# SE PERDRE OU DISPARAÎTRE

DE LA MÊME AUTRICE

*Les Rancœurs et la Terre*, Buchet/Chastel, 2023.
*Le Silence des repentis*, Buchet/Chastel, 2022.

KIMI CUNNINGHAM GRANT

# SE PERDRE OU DISPARAÎTRE

Traduit de l'anglais (États-Unis)
par Alice Delarbre

BUCHET • CHASTEL

Titre original : *The Nature of Disappearing*
Éditeur original : Minotaur Books


Les citations de la Bible sont extraites
de la traduction de Louis Segond (1910).
Le poème d'Ellen Bass cité p. 368-369 est une traduction libre
de « *The Thing Is* » paru dans son recueil *Mules of Love*,
BOA Editions Ltd., 2002.

ISBN : 978-2-283-03965-6

*Pour ceux d'entre vous qui errent dans un désert*

*Il l'a trouvé dans une contrée déserte,*
*Dans une solitude aux effroyables hurlements ;*
*Il l'a entouré, il en a pris soin,*
*Il l'a gardé comme la prunelle de son œil.*

Deutéronome, 32-10

*L'Office national de préservation de la nature veille sur un réseau de plus de 45,2 millions d'hectares – soit une surface supérieure à celle de l'État de la Californie, ce terrain public est composé de plus de 803 réserves naturelles sauvages administrées par le gouvernement fédéral au nom du peuple américain. Il s'agit d'endroits uniques où la nature continue à faire la loi, d'endroits où les individus comme vous, poussés par la soif d'aventure, pourront éprouver leur autonomie mais aussi expérimenter la solitude.*

Service forestier des États-Unis
sur les réserves naturelles sauvages
administrées par ses soins (septembre 2023)

# 1

La fumée teinte le monde en blanc. Elle engloutit l'immense cime des arbres et étouffe le canyon devant. Elle efface intégralement les faces grises majestueuses des Obsidians, enveloppe la vallée d'un linceul, se faufile dans les ravins. Au milieu de la rivière, Emlyn sent le contact rassurant de l'eau qui presse ses cuissardes contre ses jambes.

Une ombre au-dessus de sa tête. Une silhouette noire qui plonge vers les flots en un éclair, brusque et rapide. Une vive éclaboussure au moment où l'oiseau atteint la surface, avant de remonter, dans un battement d'ailes, sa prise entre ses serres. Un balbuzard. Emlyn regarde son client, qui patauge dans le cours d'eau devant elle. A-t-il vu le rapace ? Certains ont le sentiment que les truites de ces rivières leur appartiennent à eux, non aux oiseaux, et elle a comme l'intuition que ce client entre dans cette catégorie.

John Thomas, c'est son nom. Il a paru lui tenir rigueur des feux de forêt en Californie qui salissent le ciel azuré de l'Idaho, promis par l'organisateur de l'excursion. Plus tôt, alors qu'ils chargeaient du matériel dans le pick-up, il a agité la main en direction de la masse grisâtre au loin, à l'endroit où se cachaient les Obsidians, masquées par la fumée, et a dit en se renfrognant :

– Je croyais qu'il y avait des montagnes.

Il était arrivé quatorze minutes plus tôt dans une Aston Martin Vantage bleu canard avec une bande jaune sur le capot. Emlyn s'est efforcée de ne pas l'admirer – ce que tout conducteur de ce genre de bolide attend que l'on fasse et ce qui lui a aussi coûté à elle, l'amatrice de belles voitures. Elle a également dû fournir un effort pour ne pas contempler de façon trop insistante la canne à pêche en bambou fabriquée à la main, d'une valeur de quatre mille six cents dollars, même si elle n'a pas pu se retenir, au bout du compte, d'un commentaire. Elle a enfin fourni un dernier effort pour ne pas le lorgner lui, John Thomas, qui doit avoir dix ans de plus qu'elle, mais qui rayonne de beauté et de vigueur, parfaite illustration de la façon dont l'argent prolonge la jeunesse. Quand il est descendu de son Aston Martin, il lui a tendu une main douce et lui a décoché un sourire d'homme habitué au succès.

– J'ai entendu beaucoup de bien à votre sujet.

À son grand soulagement, elle semble avoir été à la hauteur de sa réputation. Il faut dire que la chance est avec eux. Elle joue toujours un rôle dans l'histoire. Emlyn avait préparé un train de mouches artificielles pour son client – une première couleur pêche sous laquelle elle avait fait des points au marqueur indélébile et une seconde plus petite, rayée, qu'elle avait aussi fabriquée de ses blanches mains. Plus tôt dans la journée, il a attrapé une belle grosse truite brune bien luisante dans une portion de la Salmon ouverte au public. Plus tard, avec une satisfaction non dissimulée, il a pêché un petit omble à tête plate dans un affluent de la rivière, sur les terres du ranch Henning, où Emlyn est autorisée à emmener ses clients. Statistiques à l'appui, elle lui a dit combien cet exploit était rare et a pris tout un tas dc photos avant de relâcher le poisson dans l'eau froide.

C'est un bon métier que celui de guide, et elle le sait. Elle peut évoluer, jour après jour, dans le lieu où elle se sent le plus à l'aise, autrement dit la nature, et plus précisément ce territoire dont elle a la certitude qu'il est le plus beau du pays, sinon du monde. La plupart du temps, elle adore ça. Avec la rivière il n'y a pas de routine, pas d'horloge à surveiller. En revanche il y a la splendeur, la diversité. Toutes sortes de clients la contactent. Certains n'ont jamais utilisé de canne à mouche et, épris de toutes les sublimes descriptions de romans comme *Et au milieu coule une rivière* ou *La Rivière Pourquoi*, ils veulent tenter leur chance. Elle se souvient de sa première impulsion à elle, alors qu'elle regardait son père descendre dans l'eau, assise sur la rive, genoux repliés contre elle. Elle le voyait plisser les yeux, se pencher, puis ferrer le poisson et commencer à le remonter. Il ne se précipitait pas, même si le poisson s'agitait, il prenait toujours son temps.

– Je peux essayer ? a-t-elle demandé un jour.

Il a souri et lui a fait signe de le rejoindre dans l'eau. Celle-ci, froide, a rapidement imbibé ses tennis en toile. Elle était une petite fille, à l'époque, âgée de onze ans. Pourtant, elle se souvient encore de son désir, de ce sentiment de ne plus pouvoir se contenter de rester assise sur la berge.

Voilà pourquoi, lorsque ses clients, poussés par la fascination et la curiosité, paient un prix ahurissant pour passer la journée à s'initier à cette activité, Emlyn se fait un plaisir de les satisfaire. Elle les prend dans son pick-up et les conduit sur la 75, en direction du nord. Ils dépassent les sources thermales de Selborne, où les eaux chaudes jaillissent de la terre et déversent leurs flots brûlants le long d'une colline dorée jusqu'à la Salmon. Ils tournent à gauche vers les étangs artificiels, où ses clients ont la place nécessaire pour s'entraîner à lancer la ligne, et où on a entassé tellement de truites que leurs nageoires se touchent presque et qu'elles obscurcissent l'eau transparente. Emlyn n'a rien contre ces journées-là. Pas plus que contre celles où son client est un pêcheur aguerri, simplement venu découvrir la région et les coins à poissons, recueillir quelques conseils sur les mouches à utiliser. Parfois, dans le lot, il y a un John Thomas, de ces abrutis prétentieux souhaitant mettre à l'épreuve une guide locale dont ils ont entendu parler sur Internet. De ces personnes qui ne savent pas réellement apprécier ce bonheur de voir le reste du monde se brouiller et disparaître lorsqu'on est dans l'eau, et qui courent après autre chose de bien moins important. Or aujourd'hui est une de ces journées.

Toute la matinée elle a cherché à trouver l'adjectif qui lui correspond. C'est une habitude, elle identifie celui qui résume une personne : un terme massif et étincelant saisissant l'essence d'un être. Au fond d'elle, elle a envie de croire que les gens sont si complexes qu'un seul mot ne peut pas les définir, qu'ils n'ont pas réellement une essence, mais plusieurs. Ou alors qu'on peut être une chose, puis en changer. Malgré tout, c'est un jeu auquel elle joue. Pourtant, elle a beau se creuser la tête, elle n'a toujours pas trouvé l'adjectif de John Thomas.

Il insiste pour déjeuner au Sunny Creek Lodge, à un peu plus de vingt-deux kilomètres au sud de l'endroit où ils se trouvent. Emlyn n'a aucune envie de partager un repas avec John Thomas mais, malheureusement, ça fait partie du job. Discuter pour enrichir son carnet d'adresses et donner l'impression au client que cette journée est un moment de partage avec une vieille amie. C'est la seule facette de son travail qui s'apparente vraiment à une corvée pour elle, et la seule pour laquelle elle n'est pas particulièrement douée. D'ailleurs, ça figure plus souvent qu'elle ne veut se l'avouer dans le questionnaire que l'on demande aux clients de remplir à l'issue de l'excursion. Emlyn est jugée froide, peu amicale, mal à l'aise. Autant de caractéristiques qu'elle peut difficilement nier, mais qui ne sont pas moins désagréables à lire. Plus d'une fois, Oliver, son patron, lui a demandé de faire un petit effort, « s'il te plaît ». Et elle essaie, elle essaie sincèrement, toutefois cette tendance à maintenir tout et tout le monde à distance, à voir les autres à travers le filtre de la suspicion, est si profondément enracinée en elle qu'elle n'est pas certaine de pouvoir un jour changer.

Dans la poche zippée de sa salopette cirée, Emlyn a toujours trois objets : un coupe-fil, un flacon d'émulsifiant liquide pour mouches sèches et la petite lampe d'urgence que sa chère amie, Rev, lui a offerte lors de son premier Noël dans la vallée. Elle passe la paume de sa main sur la poche et sent les contours de chacun des objets sous le nylon. Une habitude. Elle laisse ensuite tomber ses mains vers la rivière, effleure sa surface. Comme toujours, l'eau froide lui provoque des fourmillements dans l'annulaire gauche. Une vieille blessure, un souvenir du passé. Et même si elle est enfin installée dans un endroit où elle ne pense plus beaucoup à son ancienne vie, son doigt lui rappelle parfois tout ce qu'elle avait à une époque. Et tout ce qu'elle n'avait pas.

En amont, John Thomas a encore réussi à remonter un poisson, et il se débat pour le garder dans sa main gauche, puisqu'il tient un téléphone dans l'autre, à bout de bras, pour immortaliser son exploit. Une fois qu'il a remis sa prise en liberté, elle lui fait signe.

La qualité de l'air est mauvaise aujourd'hui, « malsaine » pour reprendre les termes du Service météorologique national, et ces jours-là Oliver demande à ses guides de garder un œil attentif sur les clients : ils peuvent facilement ressentir les effets non seulement de la fumée mais aussi de l'altitude.

– On se passera d'un malaise en pleine rivière, a-t-il dit à son équipe. Surtout que l'hôpital le plus proche est à près de cent trente bornes.

Il y a plusieurs heures maintenant qu'elle fait barboter John Thomas dans l'eau. Ils ont commencé à l'aube et il est presque midi.

Il fait des remous en se rapprochant.

– Truite fardée ? lui demande-t-elle.

– Ouais, répond-il avec un sourire. Énorme, plus de soixante centimètres, je dirais.

Les mots d'Oliver traversent l'esprit d'Emlyn à toute allure. « Fais un petit effort. »

– Joli, dit-elle en se forçant à lui sourire.

Elle ramène sa longue tresse sur le devant de son épaule. Même à cinquante mètres elle a bien vu que le poisson était bien plus petit que ce qu'il prétend.

Le Sunny Creek Lodge n'accepte pas les réservations, mais il y a un petit box, dans le coin sud, que la propriétaire,

Roxy, est souvent disposée à garder pour les guides d'Oliver s'ils la préviennent en amont. C'est un vieil établissement délabré qui penche d'un côté ; ses rondins de bois et son mastic datent d'un autre siècle, mais ils tiennent encore debout.

Même en pleine semaine, à l'heure du déjeuner, il y a une longue queue qui serpente depuis la porte du restaurant jusqu'au gravier du parking – c'est l'été. Roxy et deux serveurs saisonniers s'activent dans une salle qui contient un trop grand nombre de box et de tables, des plateaux rouges posés en équilibre sur leurs épaules. Deux employés supplémentaires sont en cuisine, occupés à faire griller des steaks hachés et tailler des frites dans des pommes de terre de la région, sorties d'immenses sacs en papier kraft.

John Thomas commande un burger végétarien avec piments jalapeños et figues. Après avoir immortalisé son assiette avec son téléphone, il demande à Emlyn de le prendre pendant qu'il la tient à deux mains en souriant. Il considère avec désapprobation le burger qu'elle a choisi, à la viande de bison.

À la fin du repas, elle s'excuse un instant pour aller régler l'addition au comptoir. Elle en profite pour jeter un coup d'œil au petit téléviseur fixé dans un angle, au-dessus du bar, et dont le son est coupé pendant le service de midi. Une chaîne de restauration rapide prévient ses clients d'une importante infection alimentaire à l'E. coli. Une série d'orages estivaux frappent le Midwest. Et un bandeau blanc sur lequel défile un gros titre au bas de l'écran :

*Disparition ? Sans nouvelles de deux stars du phénomène « vanlife ».*

Emlyn sort son portable de sa poche. Elle écrit à Oliver qu'ils ne vont pas tarder. Elle tend l'addition à Roxy, puis deux billets de vingt dollars, avant de mettre la monnaie dans le vieux bocal qui sert à recueillir les pourboires. Elle range le reçu pour le remettre à son patron plus tard.

Soudain à l'écran apparaît une photo d'une sublime blonde qui ne lui est pas inconnue, appuyée contre une des immenses arches du parc national de Moab, coiffée d'un bonnet rouge, souriante. Suit un autre cliché : la même femme avec le même bonnet, blottie contre un brun costaud, tous deux emmitouflés dans une couverture écossaise aux couleurs vives, les monts de Grand Teton se dressant, immenses, derrière eux. Emlyn se fige. Enfin une dernière photo de la femme, avec des lunettes de soleil, devant un camping-car Mercedes gris, qui tient une poêle en fonte remplie d'une incroyable variété de légumes.

Un frisson remonte le long de la colonne vertébrale d'Emlyn.

*Janessa ?*

Pas plus tard que la semaine dernière, sa vieille amie l'a appelée alors qu'elle était en plein trek. Elles ont discuté quelques minutes – elles ont échangé des banalités, ce qui est devenu la norme entre elles depuis un moment –, puis Janessa a changé de braquet.

– Je dois te parler de quelque chose.

Pile à ce moment-là, Emlyn est arrivée dans l'un des nombreux endroits de la zone privés de réseau, et la communication a été coupée. Des heures plus tard, quand Emlyn a pu de nouveau téléphoner, elle est tombée directement sur le répondeur de son amie. Elle lui a laissé un message, mais depuis elle n'y a pas vraiment repensé.

Le restaurant résonne du brouhaha du déjeuner : fourchettes qui raclent les assiettes, un bébé qui frappe le plateau de sa chaise haute, une cliente hilare à une table dans le coin.

– Monte le son, souffle-t-elle à Roxy, même si le journal télévisé est passé à un autre sujet.

La restauratrice se penche vers elle, sourcils froncés :

– Pardon, quoi ?

Emlyn agite ses mains tremblantes en direction du téléviseur.

– Les infos, tu peux monter le son ?

Roxy jette son torchon en travers de son épaule et cherche derrière le bar, pousse des verres, entrechoque des bouteilles. À présent à l'écran : un sénateur impliqué dans un scandale. Lorsque Roxy déniche la télécommande, elle l'oriente vers le téléviseur et monte le son. Un client assis juste à côté beugle par-dessus son épaule de couper ces conneries par pitié, il essaie de déjeuner en paix.

Emlyn demande à Roxy :

– Tu as vu le reportage ? Sur le couple qui a disparu ? Tu as entendu quelque chose, leurs noms, n'importe quoi ?

Elle se tamponne la nuque avec son tour de cou.

Roxy finit d'essuyer un verre et le retourne.

– Non, désolée.

– Et tout à l'heure, avant le déjeuner ? Personne n'a mentionné la disparition d'un couple ?

– Non, c'est plutôt animé ici, répond-elle en levant les sourcils.

(L'adjectif de Roxy : *vaillante.*)

Observant Emlyn un peu plus attentivement, elle penche la tête.

– Ça va ?

– Quoi ?

– Assieds-toi une minute, lui dit Roxy en lui indiquant un tabouret libre.

La jeune femme repousse la proposition d'un geste de la main, les yeux rivés sur le bandeau où défilent des informations, à l'affût de précisions. Il ne peut pas s'agir de Janessa, se raisonne-t-elle. Les photos se sont succédé rapidement ; elle n'a eu que quatre ou cinq secondes environ pour les regarder. Et ça fait des années qu'elle n'a pas revu sa vieille amie en chair et en os. *Amie.* Est-ce le bon terme ? Oui, bien sûr. En réalité, « amie » est même un terme presque trop léger. Elles ont été davantage que cela. Des confidentes, des alliées, des sœurs.

Et puis elles sont devenues moins que cela.

Elles se sont éloignées. Janessa a déménagé, elles se sont brouillées. Et elles n'ont jamais eu de véritable explication au sujet de ce qui s'était passé entre elles. Emlyn n'est même pas complètement sûre de l'enchaînement précis des événements. Elle a son idée sur le sujet, bien sûr. Et des regrets. Combien de fois a-t-elle imaginé d'autres issues en se lamentant : et si les choses s'étaient déroulées différemment, et si Tyler ne l'avait pas oubliée dans la forêt, et si elle avait écouté Janessa dès le début, et si, et si ?

Emlyn a espéré qu'elles pourraient toutes deux essayer de se racheter, elle aurait aimé rebâtir leur relation. De son point de vue, c'est d'ailleurs ce qu'elles faisaient peu à peu. Après une période de silence, Janessa et elle ont pris l'habitude de s'appeler de temps à autre. Elles s'envoient des cartes pour leur anniversaire et pour la Saint-Valentin, qu'elles s'amusent à tourner en dérision. Janessa lui a même posté un cadeau de Noël : un baume à lèvres, du thé sophistiqué, des biscuits dans une jolie boîte en métal.

Quoi qu'il en soit, ça n'a plus jamais été pareil entre elles depuis ce fameux été, il y a cinq ans.

Emlyn tend la main vers le bar, rouge, et l'agrippe.

John Thomas se lève de la banquette, la rejoint d'un pas traînant et se place beaucoup trop près d'elle.

– On y va ?

Elle cligne des yeux, peine à se resituer dans l'instant présent.

Il décoche un immense sourire à Roxy.

– Le burger était délicieux, dit-il avant d'étudier son reflet dans le miroir derrière le comptoir.

– Condescendant, dit Emlyn à voix haute.

L'adjectif lui est venu brusquement : « dédaigneux, qui se montre hautain avec les autres. »

– Pardon ? lance John Thomas en se détournant du miroir.

Emlyn rougit et lui montre le téléviseur.

– Ce journaliste, dit-elle.

Sur le trajet du retour à la boutique de pêche, John Thomas regarde son téléphone portable et se plaint du mauvais réseau. Il reparle de son omble et de la prise de l'énorme truite fardée sur laquelle s'est conclue leur partie de pêche. Emlyn essaie de lui prêter une oreille suffisamment attentive pour ne pas paraître grossière, mais son cerveau est en ébullition et s'échauffe.

*Il s'agit de deux histoires sans rapport*, se dit-elle. Janessa n'a pas disparu, Janessa ne vivrait pas dans un camping-car,

Janessa ne publierait pas de photos dévoilant des détails intimes de sa vie au monde entier.

Sauf que si. Elle pourrait très bien.

Il y a tellement de détails de son existence qu'Emlyn ne connaît plus.

Lorsque, de retour à Heart, ils finissent par se garer sur le parking, Emlyn descend du pick-up et serre la main de John Thomas. Il veut faire une photo avec elle, qu'il publiera sans aucun doute en ligne, en identifiant la boutique avec un hashtag. C'est la raison de vivre d'Oliver : son affaire a connu un véritable essor depuis qu'une star de cinéma a tagué la boutique il y a deux ans, ce qu'il rappelle aux guides chaque année en juin. Emlyn a envie de refuser. Elle n'a jamais aimé l'idée que les gens exposent dans le moindre détail leur vie (et par extension la sienne) au monde entier. Pourtant elle se rappelle qu'il va ensuite remplir un questionnaire, qu'elle est censée avoir une évaluation le mois prochain, et elle accepte. Elle penche sa tête vers celle de John Thomas et se force à sourire pendant qu'il prend la photo, puis elle lui dit, avec autant de sincérité qu'elle en est capable.

– Ça m'a fait bien plaisir, cette journée.

# 2

Après toute son histoire avec Tyler, après que la mort était venue lécher sa porte, après qu'elle s'était laissée attirer vers celle-ci avant finalement de décider de s'en éloigner, Emlyn a conclu un pacte avec elle-même : une rupture totale était nécessaire. Une séparation nette, froide et fracassante. Il n'existait aucun juste milieu, il n'était pas question de garder un pied dans son ancienne vie et un autre dans sa nouvelle. La seule solution, c'était de changer de peau, jusqu'à la dernière petite cellule, puis de s'en laisser repousser une nouvelle. Elle n'a pas dit à Tyler où elle se trouvait. Elle n'a pas décroché lorsque lui ou des connaissances communes ont cherché à la joindre. Elle n'a pas fait la moindre recherche en ligne sur lui. Elle n'a pensé ni à lui ni à la vie qu'ils avaient partagée. Enfin, elle a essayé. Elle ne vit pas très loin de l'endroit où ils ont habité ensemble – à une heure et demie de route –, et elle est encore plus près du chalet de Patten Lake, qui appartient aux parents de Tyler et où ils ont passé des vacances ou des week-ends. Pour se construire une nouvelle vie, elle devait avant tout se fixer des limites, et des limites strictes.

Avec Janessa, elle a fait une exception. Sans elle, Emlyn pourrait bien être morte.

À présent, assise derrière le volant de son pick-up sur le parking de la boutique de pêche, elle déverrouille son téléphone pour saisir le nom de Janessa dans le moteur de recherche. Apparaît aussitôt le gros titre de CNN, et elle clique sur le lien. Les photos qu'elle a déjà vues sur le téléviseur du restaurant surgissent sur son petit écran. Elle fixe ces images, intègre la terrible réalité : il s'agit bien de sa vieille amie. L'appréhension vient se loger dans sa gorge, le portable tremble dans ses mains. L'article est bref. La « petite chérie des réseaux sociaux » n'a rien publié depuis près d'une semaine, ses amis et sa famille n'ont pas reçu de nouvelles. C'est tout. Emlyn compose le numéro de Janessa. Elle bascule directement sur le répondeur. Après avoir raccroché, elle fait défiler la liste de ses appels entrants récents. Oliver, Rev, John Thomas, encore Oliver. Et là. Janessa. Emlyn compte les jours et constate que leur conversation interrompue remonte très exactement à une semaine. Une angoisse brûlante écume sur sa peau. Elle lance le téléphone sur le siège passager, démarre et prend la direction de chez elle.

Son chez-elle, actuellement, se trouve à un peu moins de dix kilomètres sur une route de terre qui débute à six bons kilomètres du nord de la ville. Elle y est installée depuis un moment, dans sa caravane Airstream, et il faut bien dire que c'est magnifique, qu'elle aimerait beaucoup ne jamais avoir à partir. Elle prend une douche express, puis remplit la bouilloire avec l'eau d'un pichet en plastique. Elle soulève le bas de son lit pour sortir son arc du compartiment de rangement. Elle prend ensuite une tasse émaillée dans le placard, bleue à mouchetures blanches, et elle se prépare un thé. Y a-t-il quelque chose à faire ? Appeler la police ? Laisser son numéro de téléphone dans la section commentaires du site Internet de CNN ? Elle coupe le feu sous la bouilloire et prend appui contre la petite table à manger le temps de faire aller et venir le sachet de thé dans sa tasse, de regarder l'eau se colorer peu à peu.

Durant l'après-midi, un vent venu du nord a chassé la fumée vers le sud, et à présent le soleil brille dans le ciel. Les Obsidians sont réapparues : noires, austères, ourlées de blanc. Les couleurs émergent dans la vallée, verts et ors, et la lumière embrase le monde.

Emlyn sort de son Airstream avec son thé. Elle observe la topographie, à l'affût. C'est une habitude. Elle est chez elle ici maintenant, dans ce magnifique paysage sauvage, et il n'y a pas grand-chose pour l'effrayer. Des loups sont présents dans la zone – elle en a vu un une fois, sur les images d'une caméra de chasse qu'elle a installée à l'ouverture de la saison, et elle les entend souvent la nuit –, mais ils sont peu nombreux, fuyants et ne représentent pas de menace. Les ours bruns ne sont pas rares, cependant on peut les repérer à distance ici avec les petits massifs d'armoises tridentées, et elle veille à ne jamais laisser de nourriture sortie. Les pumas, eux, sont une autre paire de manches. Leurs attaques sont extrêmement inhabituelles, mais elle préfère être prudente.

Le vent qui a chassé la fumée de la vallée agite maintenant l'auvent de la caravane. Elle enveloppe la tasse de ses dix doigts, respire l'odeur d'armoise puis s'affale sur une chaise de camping pliable. Elle ressort son téléphone pour écrire un rapide texto à Janessa. *Est-ce que tout va bien ?* Elle l'envoie, avant de poser son portable et son thé sur les marches de l'Airstream. Elle sort l'arc de son étui. À vingt mètres se trouve la cible qu'elle a installée. Elle se positionne, les pieds écartés à largeur d'épaules et tend la corde. Le bout de ses doigts effleure la commissure de sa bouche. Elle s'entraîne depuis le début de l'été, elle travaille sa puissance pour atteindre la force de traction conseillée, de cinquante livres. Elle a déjà participé à des sorties guidées, mais, pour la première fois depuis son arrivée dans la vallée, elle a réussi à obtenir un permis pour chasser le wapiti, et elle peut donc s'y aventurer seule cette année. Elle a pour projet d'en abattre un, ou du moins d'avoir la force nécessaire pour s'y essayer. Un gibier de cette taille leur fournirait, à Rev et à elle, de quoi manger pendant douze mois, et l'idée qu'elle puisse en être capable, qu'elle puisse, dans une faible mesure, remercier Rev pour tout ce qu'elle a fait ces trois dernières années a poussé Emlyn à redoubler d'efforts depuis le début de la fonte des neiges.

Elle n'a pas encore tiré sa première volée de flèches lorsqu'elle l'entend : le crissement distant des pneus qui roulent sur le gravier, le bruit poussif d'un moteur qui monte la côte. Une voiture. Elle se retourne et regarde un nuage de poussière se former au loin, s'élever vers le ciel. Des randonneurs, peut-être. À un kilomètre et demi de là se trouve le point de départ d'un sentier. Ou pourquoi pas des campeurs, à la recherche d'un bon emplacement, au calme et avec une belle vue. Elle encoche une nouvelle flèche, arme la corde, expire, relâche.

Enfin une jeep blanche apparaît à la sortie du virage, ralentit et vient se garder devant la caravane. Varden. Les mains toujours sur le volant, il lève un index. *Honorable*, c'est son adjectif, et pas dans le sens de « correct » ou d'« acceptable » – qui ne lui conviendraient pas du tout –, mais bien dans celui de « conforme aux normes de bonté, d'intégrité et d'honneur ». Voilà une définition qui résume Varden à la perfection.

– Emlyn, dit-il en descendant de son véhicule.

Il porte sa tenue habituelle, celle du service forestier : pantalon vert foncé raide, chemise d'un gris tirant sur le vert aussi raide. Son nom est écrit en lettres dorées sur le badge épinglé à sa poche poitrine.

– Varden, répond-elle avec un sourire.

Il s'adosse à sa jeep et croise ses bras sur son torse.

– Tu tires à quelle puissance ?

– J'en suis à quarante-six livres. Pas encore assez.

– C'est déjà bien. Très bien.

Il retire sa casquette et la pose sur le capot.

– Tu vas y arriver, je n'ai aucun doute. Quand tu as décidé quelque chose, rien ne peut t'arrêter.

À ce compliment, le cœur d'Emlyn se met à tambouriner.

– Merci.

– Tu continues à faire tes pompes ?

– Bien sûr. Et toi ?

Il hoche la tête. Ils ont commencé à s'y mettre ensemble, l'hiver précédent.

– J'ai l'impression que c'était une bonne volée, dit-il avec un geste en direction de la cible, où les quatre flèches d'Emlyn forment un petit cercle régulier.

Elle range l'arc dans son étui et prend sa tasse de thé.

– Je te sers quelque chose ?

– Pas aujourd'hui, merci.

– Bon, je me doute que tu n'as pas fait tout ce chemin juste pour me dire bonjour.

Varden prend une profonde inspiration et s'éponge le front.

– Non.

Emlyn connaît parfaitement la raison de sa visite, et elle s'en veut de lui imposer ça encore une fois, de le forcer à venir lui tirer les oreilles. Elle sait que c'est la partie de son travail qu'il apprécie le moins – le contrôle, l'application de la loi –, et elle sait que ça le met encore plus mal à l'aise parce que c'est elle.

– Ça fait trop longtemps, Em, lâche-t-il en secouant la tête. Des gens se plaignent.

– Qui ça ?

– Tu es là depuis près d'un mois, Emlyn. La limite est de dix jours maintenant. Tu le sais bien.

Elle roule les yeux.

– Il y a presque quatre cent mille hectares de nature sauvage, et malgré tout les gens sont incapables de s'occuper de leurs affaires.

– Peut-être que si tu choisissais un endroit difficile d'accès et sans vue, personne ne se rendrait compte de rien, mais cet emplacement… Il est magique.

Il s'éloigne de quelques pas et se tourne vers les collines ondoyantes juste en contrebas, puis l'immense vallée, dorée par le soleil couchant, et enfin, tout au fond, les Obsidians, impressionnantes et désolées.

– Et c'est d'ailleurs pour cette raison que tu l'as choisi. Je ne te reproche rien. C'est la meilleure vue de ce côté du massif. N'empêche. Il y a des règles. Et d'ailleurs, comment tu fais pour rester au même endroit sans bouger ?

Elle hausse les épaules et perd son regard au-delà de Varden, vers la colline qui monte, toujours plus haut, et le sentier emprunté par le gibier, qui serpente en direction de l'ouest, puis disparaît. Tous les mercredis, à la nuit tombée, elle accroche son Airstream à son pick-up, et elle la descend à la station de vidange la plus proche pour se délester de ses eaux usées et refaire le plein d'eau potable. Et non, elle ne laisse pas les dix dollars requis dans le petit coffre en métal près du robinet.

– Ça ne me plaît pas plus qu'à toi, lui dit Varden.

– Je sais.

– Descends un peu chez Rev. Elle est toujours prête à te faire une petite place.

Tout le monde l'appelle Rev, même si son véritable prénom, Emlyn l'a appris dès leur rencontre, est Ruth. Et elle n'est même pas pasteur, ce qui pourrait lui valoir le titre de révérende, non, c'est juste une femme toujours disposée à écouter et à prier – du moins c'est comme ça qu'elle lui a expliqué les choses, il y a longtemps. Depuis ce tout premier hiver, Emlyn a toujours passé les mois les plus froids chez Rev, dans l'un des chalets qui demeurent vides en dehors de la saison estivale.

– Je vais y aller. Bientôt.

– Tu lui manques.

Il donne un coup de pied dans une pierre.

– Et à moi aussi, ajoute-t-il.

Varden loue un des chalets de Rev à l'année, et Emlyn adore les hivers en leur compagnie à tous les deux. Elle adore la façon dont ils l'ont acceptée, sans lui poser la moindre question, dont ils l'ont intégrée à leurs existences, alors qu'elle était seule, à la dérive, et presque morte.

– Bon, peu importe où tu iras, mais tu vas partir ?

Elle regarde sa montre.

– Demain. Ça te va ?

Il opine du chef.

– Ça ira.

Il s'apprête à remonter dans sa jeep.

– Ils ont approvisionné le lac Tatum il y a quelques jours, avec un hélicoptère. J'envisage de monter y pêcher. Ça te dirait de m'accompagner ?

Varden est peut-être amoureux d'elle. Et c'est réciproque, ou elle voudrait que ce le soit, mais en vérité elle est encore trop paumée, elle ne mérite pas un homme comme lui. Il y a trop de distance entre eux pour qu'il s'en rende compte. Si elle le laisse approcher assez près, il le verra. Et alors il la quittera. Il fera ça gentiment, oui. Il dira que c'est entièrement à cause de lui, ou d'un élément extérieur. Elle sera pourtant à blâmer, elle le sait. S'il y a une chose que ses vingt-huit années d'existence lui ont apprise, c'est qu'il y a dans ce bas monde des personnes qui inspirent la loyauté et le dévouement, et d'autres que l'on peut oublier, et quitter. Elle appartient à la seconde catégorie. Elle n'est qu'une pierre de gué, un repère sur une carte, une saisonnière. Voilà ce qui arrivera. C'est toujours ce qui arrive. Et même si elle peut encaisser beaucoup de choses, Emlyn ne supporterait pas de perdre Varden, puis Rev et tous ces gens qui se sont rassemblés autour d'elle comme un troupeau d'éléphantes protectrices lorsqu'elle n'avait plus rien.

– Je dois travailler, malheureusement, répond-elle en mentant.

– Je continuerai à te le proposer, tu sais.

– C'est vrai ?

Il y a une note d'espoir dans sa voix, elle la perçoit. Et peut-être aussi un soupçon de désespoir. Elle voit tout ce qu'elle attend de la vie aussi nettement que la lumière d'un phare sur des eaux noires. Confiance, proximité. Bébés. Repas bruyants, matins de Noël, livres d'images sur le canapé. Varden sait-il que, lors de ses soirées solitaires dans sa caravane, elle rêve en secret d'une vie où ils partageraient tout cela ensemble ? Perçoit-il le soupçon de désir dans ses intonations ? Gênée, elle se détourne et pioche une flèche dans son carquois. Elle observe discrètement Varden. Il est beau, et si gentil, et elle aimerait tant trouver le moyen d'abattre les protections qu'elle a accumulées autour de son cœur. Elle aimerait pouvoir le laisser y accéder.

– Jusqu'à ce que tu me demandes d'arrêter, finit-il par répondre en montant dans sa jeep.

Il démarre.

– C'est toujours un plaisir de te voir, Em, ajoute-t-il avant de s'éloigner dans un nuage de poussière.

# SEPT ANS PLUS TÔT

Emlyn rencontre Janessa pour la première fois au Bumpy's Diner, dans une ville au sud de l'université où elle effectue sa deuxième année d'études, en Pennsylvanie. Cette ville n'est pas très loin, et Emlyn vient là parce que 1 – elle n'a aucune envie de croiser les types odieux, membres des fraternités, qui envahissent tous les restaurants du coin de la fac, 2 – elle n'a aucune envie de croiser les nanas des sororités, encore plus odieuses, et 3 – les pancakes, délicieux, ne coûtent que trois dollars. Une fois par semaine, elle monte sur son vélo et s'offre cette petite récréation. Francine, la propriétaire, la connaît bien maintenant, et elle lui remplit indéfiniment sa tasse de café à un dollar. Alors, ça fait trois dollars pour manger plus un dollar de café brûlé plus un dollar de pourboire. Elle aimerait pouvoir laisser plus, vu le temps qu'elle passe dans son box, mais elle ne peut pas se le permettre. Elle rentre à vélo dans le noir, ce qui est peut-être imprudent, pourtant le souffle de l'air automnal sur ses joues et la sensation de son cœur qui bat plus vite dans la dernière montée menant au campus sont l'unique façon d'échapper à cette magnifique prison étincelante. Et c'est la seule fois de la semaine où elle se sent bien alors elle veut en profiter jusqu'au bout.

Lors de cette soirée-là d'octobre, deux clients, dont elle suppose qu'ils sont du coin, entrent dans le restaurant. Francine leur sert un café et leur demande de bien se tenir, puis elle disparaît dans la cuisine. Il n'y a qu'une quatrième personne à cette heure tardive, une jeune femme en veste Carhartt, installée tout au fond. Lorsque les deux hommes tentent d'engager la conversation avec Emlyn, elle essaie de se montrer très occupée par ses devoirs et débouche un surligneur. L'un d'eux se glisse pourtant sur la banquette à côté d'elle tandis que le second étale son corps massif sur celle d'en face, et la panique l'envahit. Ils empestent l'alcool et l'huile de moteur.

– Tu bosses sur quoi ? lui demande celui qui s'est assis près d'elle.

Il tend un doigt vers le livre ouvert sur la table et y laisse une trace noire. Emlyn se dévisse le cou pour apercevoir Francine dans la cuisine.

– Mes devoirs, répond-elle.

Dehors, son vélo est appuyé contre la façade du restaurant, juste sous la vitrine près de son box, et elle songe soudain, avec un nœud dans le ventre, que ses longs trajets de nuit pour rentrer sur le campus sont peut-être encore plus imprudents qu'elle ne le soupçonnait.

– Hé ! lance une voix. Vous êtes à ma place.

Tout à coup, la jeune femme en veste Carhartt se dresse à l'entrée du box, son sac à dos sur une épaule. Une casquette cache ses cheveux.

L'homme en face d'Emlyn redresse la tête, peut-être déstabilisé qu'une représentante du sexe faible le domine de toute sa hauteur alors qu'il est assis. Il se soulève pour se décaler vers la vitre.

– Y a de la place.

– Non, dit-elle en croisant les bras. Pas assez. Alors bougez.

Emlyn est impressionnée par l'autorité que cette fille dégage.

– C'est qu'on a du caractère, observe l'homme assis à côté d'elle.

Il passe sa langue sur ses lèvres.

– Vous savez, reprend la jeune femme en Carhartt, j'ai grandi dans un ranch, dans l'Idaho. Là-bas, en matière d'emmerdeurs, on a des ours, entre autres. Et mon papa m'a appris à être toujours préparée.

Elle sort une grande bombe aérosol noire de la poche latérale de son sac à dos, destinée à recevoir une gourde.

– Ça, poursuit-elle en la posant d'un geste sec sur la table en Formica, où le métal résonne, ça sert à repousser les ours. Un style de spray au poivre, mais trente fois plus puissant. Il paraît que si on en reçoit dans l'œil, on reste aveugle à vie.

Elle fait sauter la sécurité orange avec son pouce.

Emlyn remarque l'étincelle dans ses yeux, son jean large et déchiré, sa veste Carhartt, et elle se dit : *enfin une amie*. Elle s'autorise à peine ce type de pensée. Elle a déjà passé plus d'un an à l'université, et si elle adore les cours, elle déteste tout le reste. Les filles des sororités, avec leurs voix rauques et leurs ventres bronzés. Leurs belles voitures. Leurs projets de vacances d'hiver et de printemps – « je vais en République dominicaine », « moi, je prends l'avion pour Barcelone », « je pars skier à Vail ». Il y a une si grande partie de tout ça qui s'apparente à une langue étrangère pour elle, elle n'a pas les clés pour suivre ces échanges. Ses projets à elle : rentrer chez elle en Californie, à Shingletown, et trouver un petit boulot pour avoir de quoi s'acheter à manger jusqu'à la fin du semestre. Le meilleur moment de ses vacances, ce sera celui où elle échangera quelques livres de poche avec son grand-père.

Et la fille qui se dresse au bout de la table n'est certainement pas membre d'une sororité. Qui sait, l'isolement d'Emlyn est peut-être terminé.

Plus tard, elle apprendra que toute cette histoire de ranch dans l'Idaho n'est pas tout à fait inventée, mais qu'il s'agit d'un arrangement avec la réalité. Le « ranch » est une gigantesque propriété sur un terrain de six hectares, au milieu d'un petit océan de demeures du même style, et le père de Janessa est plus un adepte du tir au pigeon dans un club qu'un cow-boy qui se balade avec un pistolet à la ceinture.

Pourtant sur le moment, Emlyn est persuadée que la fille est tout à fait capable d'appuyer sur le poussoir noir et d'asperger ces types de spray au poivre, qu'elle en a d'ailleurs assez envie, et apparemment ils ne sont pas beaucoup plus rassurés qu'elle, parce que celui qui se trouve sur la même banquette qu'elle lance :

– Allez, Davey, viens.

Et ils partent.

D'un œil méfiant, Emlyn les regarde pousser la porte vitrée et rejoindre leur pick-up Ford. Ils le font déraper en rond, les pneus crissent et fument sur l'asphalte du parking, puis ils foncent dans la rue déserte.

– Je m'appelle Janessa, se présente la fille en s'asseyant en face d'Emlyn. On est ensemble en cours de civilisation occidentale.

– Ah bon ?

– Tu lèves souvent la main. Et moi je suis toujours assise au fond.

Emlyn lui adresse un sourire penaud. C'est son cours préféré.

– Je m'appelle Emlyn. Merci de m'avoir sauvée.

– Il y a une justicière qui sommeille en moi, dit-elle en roulant les yeux et en lui décochant un sourire éclatant. Enfin, tous les tests de personnalité l'affirment.

Puis elle ajoute avec un clin d'œil :

– Et j'ai toujours eu le désir pervers d'asperger un fumier avec du spray anti-ours. Enfin, comme tout le monde, non ?

Emlyn n'avoue pas tout haut que cette pensée ne lui a jamais traversé l'esprit. Elle fourre ses livres dans son sac à dos, et ensemble elles quittent le box. Dehors, Janessa balaie le parking quasi désert du regard.

– Tu es garée où ?

Emlyn lui indique son vélo.

– Tu ne peux pas rentrer avec ça.

– Je ne peux pas le laisser ici.

Elle n'a pas d'autre moyen de transport.

– Il va venir avec nous, lui dit Janessa en sortant ses clés de sa poche.

Emlyn reste plantée sur place un instant, à hésiter, mais elle finit par obtempérer. Elle prend son vélo par le guidon et le pousse jusqu'à un vieux break Volvo. Son casque, attaché à l'une des poignées, se balance d'avant en arrière. Janessa grimpe sur la banquette arrière et ensemble elles réussissent à hisser l'engin dans le coffre, par le hayon.

– Et voilà, conclut-elle. Monte.

Emlyn s'assied à côté d'elle.

– Tu vis vraiment dans un ranch ?

Janessa met le contact. Elle fait déraper sa voiture en rond, comme les deux abrutis dans leur pick-up, sauf que la vieille Volvo est plus longue et plus lente, et Emlyn a l'estomac qui se soulève, mais elle rit si fort qu'elle rejette la tête en arrière.

Le lendemain matin, Emlyn s'installe à sa place habituelle au premier rang de l'amphithéâtre du bâtiment Vaughan, deux minutes avant le début du cours de civilisation occidentale. Le Dr Rodkey se sert une tasse de café avec sa grande Thermos verte, puis il traîne le tabouret en métal qui se trouve derrière l'estrade. Il a des lunettes, une belle tignasse blanche et une barbe cotonneuse. Emlyn l'adore.

– Salut, lui lance Janessa en s'asseyant près d'elle.

– Mademoiselle Thomas, lui dit le Dr Rodkey avec un sourire en levant sa tasse de café fumant. Quel plaisir de vous voir enfin quitter le dernier rang.

– Bonjour, docteur Rodkey.

– Vous voilà enfin en bonne compagnie, dit-il en inclinant la tête vers Emlyn.

Elle se sent rougir. Elle rend visite à ce professeur presque chaque semaine, dans son bureau, pour discuter d'une lecture ou d'un devoir. Et aussi, même si elle arrive à peine à se l'avouer, pour combler un manque de conversation, de lien humain.

– C'est pour ça que je me suis assise là, rétorque Janessa.

Elle est différente de la veille. Elle n'a plus ni sa veste Carhartt ni sa casquette. Aujourd'hui, ses cils sont recouverts d'une couche épaisse de mascara, et ses lèvres sont d'un rose brillant. Aujourd'hui ses cheveux blonds et bien raides, cachés la veille au soir, lui descendent aux épaules. Des lunettes à la mode mettent en valeur son visage tout en lui donnant un air studieux. Elle porte un tee-shirt à col en V et un short en jean coupé. La transformation a quelque chose de déroutant. Si Janessa ne s'était pas laissée tomber sur le siège à côté du sien, Emlyn n'est pas certaine qu'elle l'aurait reconnue.

À la fin du cours, Janessa lui demande ce qu'elle fait plus tard dans la journée.

Emlyn suit du bout du doigt la fermeture Éclair de son sac à dos.

– Je dois rendre un devoir lundi matin, répond-elle, parce qu'elle n'a rien de prévu, comme d'habitude.

Et plus important, elle ne peut pas se permettre de prévoir quoi que ce soit.

Janessa l'observe un instant avec insistance.

– Non, conclut-elle en secouant la tête. Désolée, mais c'est inacceptable. Je ne peux pas accepter qu'une fille comme toi passe son vendredi soir à la bibliothèque. Je t'emprunte pour la soirée. On va sortir.

– Je ne sors jamais. Je… c'est pas mon truc.

Janessa lève les yeux au ciel.

– Ah oui, la bibliothèque est tellement plus fascinante. Je vais te dire un truc. Tu m'accompagnes ce soir, et j'irai à la bibli avec toi demain. Marché conclu ?

Elle lui donne un petit coup de coude dans les côtes.

– Marché conclu ?

Emlyn hausse les épaules. Elle ne va quand même pas refuser, si ?

– OK, si tu veux.

– Tu te douches et tu passes me prendre. Je suis au Fry, C3. Ne touche pas à tes cheveux.

Plus tard, Janessa dépose des touches de fond de teint sur le front et les joues d'Emlyn. Puis elle s'arme d'un pinceau pour l'estomper. Elle lui met aussi du blush sur les joues et un trait d'eye-liner sur les paupières. Elle lui boucle les cheveux avec un fer à friser, ébouriffe les ondulations, secoue une bombe de laque et lui dit de retenir son souffle. Lorsque Janessa la fait pivoter vers le miroir, Emlyn dévisage son reflet. La métamorphose est surprenante. Troublante. Et aussi euphorisante.

– Écoute, lui dit Janessa en appliquant un peu de gloss sur les lèvres d'Emlyn. Je t'explique. Imagine que tu vas à une soirée déguisée ou que tu montes sur une scène de théâtre. Ce soir, tu n'es plus Emlyn, la fille sage qui passe ses vendredis soirs à la bibliothèque. Ce soir, tu ne vas pas dépenser un seul centime de ton argent. Ce soir, tu es quelqu'un d'autre. Tu es drôle et dragueuse. Non…

Elle se renfrogne, s'écarte pour examiner le visage d'Emlyn.

– Ça ne marchera pas, si ? Tu es distante et mystérieuse. Maintenant, regarde.

Elle baisse son menton, tourne son regard vers le bas, puis elle le relève et le plante dans celui d'Emlyn.

– « Tu m'offres un verre ? » Voilà ce qu'il faut faire. Fastoche. À ton tour, entraîne-toi.

Emlyn baisse son menton, puis elle bat des cils de façon caricaturale et dit, avec un accent du sud lamentable.

– Tu m'offres un verre ?

Elles éclatent de rire.

– Non ! Pitié, non. Recommence.

– Tu m'offres un verre, mec, dit-elle en imitant les types des fraternités qu'elle déteste.

Janessa glousse.

– Encore, réclame-t-elle.

Emlyn est contente d'elle. Elle prend son meilleur accent de Pennsylvanie, bien traînant, et dit :

– Y a que'qu'un qui m'offrirait un verre ?

– Là, c'est parfait, dit Janessa en reniflant.

Elle se tamponne le dessous des yeux avec un mouchoir pour essuyer ses larmes.

– Absolument parfait, répète-t-elle.

Quand elles arrivent sur le parking du campus, Emlyn cherche la Volvo, mais Janessa s'arrête près d'une Maserati.

– C'est à qui, cette voiture ?

– À moi.

– Et le break ?

– Il est à ma coloc. Je lui ai emprunté l'autre soir.

– Pourquoi ?

– Tu irais au Bumpy's Diner avec cette caisse ? lui demande Janessa.

Enfin, irait-elle où que ce soit, avec une voiture pareille ? Le père d'Emlyn était garagiste. Et même si c'était un loser et qu'il est parti, toutes les années qu'elle a passé dans son atelier, petite, ont déteint sur elle, elle n'y peut rien. Elle continue à lire les magazines automobiles quand elle fait la queue à la caisse du supermarché, pour jeter un coup d'œil aux nouvelles sorties.

– GranTurismo, v8, six vitesses ?

Janessa prend une profonde inspiration et ferme les yeux – ils sont verts – d'un air théâtral.

– Je pourrais t'embrasser là. Je ne plaisante même pas. 4,7 litres.

Elle joue avec ses cheveux blonds, ondulés maintenant, un peu décoiffés avec un naturel trompeur, puisque Emlyn sait, pour l'avoir vu, qu'il lui a fallu quarante minutes afin d'obtenir ce résultat. C'est à cet instant, alors que Janessa se tient devant elle, en minijupe et veste en cuir noir dans l'air automnal d'une fraîcheur plaisante, qu'Emlyn lui choisit un adjectif. *Attirante.* « Belle, au charme déroutant ; énigmatique ; séduisante. »

– Allez, dit Janessa en déverrouillant les portières. En route.

# 3

À la boutique de pêche, Emlyn fait défiler ses souvenirs avec Janessa.

Depuis la veille, elle a appelé et laissé plusieurs messages sur le répondeur, exprimant un degré croissant d'urgence. « Janessa, tu es passée aux infos, j'espère que c'est un malentendu. » « J'espère que tu vas bien. Janessa, je suis inquiète. » « Janessa, appelle-moi dès que tu auras ce message, s'il te plaît. »

Emlyn tente de se concentrer, d'être présente. Pourtant c'est bien plus compliqué qu'il n'y paraît, car Oliver attend d'elle qu'elle réponde aux questions des clients tout en montant des mouches artificielles sur des hameçons pour remplir les rayons. Son esprit ne cesse de naviguer entre un passé qu'elle s'est efforcée de laisser derrière elle et ce nouveau territoire inattendu et inévitable du « qu'a-t-il pu arriver ? » Que voulait lui dire Janessa ? Et pourquoi Emlyn a tardé à la rappeler ? Elle se sent coupable, bien sûr. Elle aurait dû le faire plus tôt. Elle aurait dû rebrousser chemin pour retrouver du réseau. Elle aurait dû percevoir l'insistance dans le ton de son amie.

Elle est juchée sur un tabouret métallique, dos à la porte de la boutique, penchée au-dessus de la petite table équipée d'une lampe puissante et d'une loupe pour le montage des mouches. Derrière elle, Lindsey, l'étudiante du Michigan venue travailler pour l'été, scanne des étiquettes et insère des cartes de crédit dans le terminal. (Son adjectif est *frivole*, ce qui n'est peut-être pas très gentil, mais réaliste.) Emlyn s'attaque à une autre mouche. Elle prend un hameçon de taille 16 fixé à un aimant, le place dans l'étau de montage et abaisse le levier pour le maintenir en place. Puis elle coupe une plume brune d'une dizaine de centimètres et la pose sur le côté.

Quelqu'un approche dans son dos et s'arrête près d'elle. Les clients aiment la regarder travailler. Parfois ils demandent même à acheter la mouche qu'elle est en train de fabriquer, pour pouvoir dire qu'ils ont assisté à son montage, comme si ça la rendait plus authentique en un sens, ou que ça pouvait leur porter chance.

– Bonjour, dit-elle en insérant une soie de montage marron foncé dans la bobine.

Elle ne redresse pas la tête. Elle enroule le fil autour de la hampe de l'hameçon, puis elle ajoute une partie de la plume, et la bobine tourne, tourne, tourne. Le client ne va pas tarder à lui poser une ou deux questions, il ne va pas tarder à la complimenter. Il s'émerveillera de la vitesse à laquelle elle travaille, en ayant mémorisé les gestes et les différentes étapes. Elle connaît cette conversation par cœur.

Mais…

Une présence, une odeur. Un picotement remonte le long de son dos.

– Bonjour, Em.

Cette voix.

Tyler.

Elle lève les yeux. Elle a l'impression que son cœur quitte sa poitrine, qu'il bondit dans sa gorge. Elle se repousse de la table et manque de faire basculer le tabouret métallique.

– Je suis désolé, j'ai bien conscience que cette visite est inattendue.

Une bobine de fil tombe bruyamment sur le parquet en pin et roule.

Elle ne parle toujours pas. Elle ne se détourne pas.

– C'est à cause de Janessa.

Elle réagit à la mention de son amie. La pièce se met à tourner et à se brouiller sous les pieds de Tyler, elle sent qu'elle tend les mains vers la table pour conserver son équilibre.

– Écoute, reprend-il, c'est une longue histoire, mais je pense qu'elle a des ennuis. Et j'ai besoin de ton aide.

Toute la douleur. Tous les mensonges. Il l'a brisée et laissée en miettes, elle a consacré ces trois dernières années à travailler dur, si dur pour tenir à nouveau sur ses jambes. Et soudain il est là, il débarque comme ça dans sa nouvelle vie, c'est une éruption de chaos, et elle, elle n'a qu'une seule pensée en tête, son adjectif. *Fascinant.*

– Comment m'as-tu trouvée ? lui demande-t-elle lorsqu'elle finit par retrouver sa voix.

Une question étrange. Après tout, elle ne se cache pas. Pendant longtemps, une part d'elle a même espéré qu'il la trouverait. Qu'il la chercherait, au moins. Elle ne voulait pas qu'il revienne. Elle ne voulait pas d'une réconciliation. Néanmoins, s'il était venu la voir, s'il avait essayé, elle aurait eu la preuve qu'il ne l'avait pas oubliée. Qu'elle n'était pas de celles qu'on oublie mais de celles qui méritent qu'on s'accroche. Elle n'a avoué ce fantasme à personne, même pas à Rev, et à peine à elle-même, cependant pendant une longue période, dès qu'une voiture approchait ou que la porte de la boutique s'ouvrait en tintant, au moment de relever les yeux, elle la sentait, cette minuscule étincelle d'espoir qui dansait dans sa poitrine.

Pourtant Tyler n'est jamais venu. Et au bout d'un moment elle a fini par cesser de vouloir qu'il le fasse.

Elle prend une profonde inspiration et se rassied sur le tabouret pour reprendre la confection de sa mouche. Les mains tremblantes, elle choisit une plume provenant du cou d'un faisan doré, orange avec la pointe noire, qu'elle taille pour la réduire à un demi-centimètre de longueur.

Tyler retire sa casquette à filet orange et passe ses doigts dans ses épais cheveux blonds.

– Par un type que je connais. Que tu as emmené pêcher. Il a publié des tonnes de photos sur les réseaux, et notamment une de vous deux au bord d'une rivière. En tombant dessus, je me suis dit, oh purée, c'est elle. Tu étais tellement sublime, c'était…

Il se plaque une main sur le cœur.

– J'en ai eu le souffle coupé quand je t'ai vue. Ce qui n'a rien de très nouveau, en fait.

Il forme un O avec ses lèvres et expire.

– Et ça continue, d'ailleurs.

Il baisse les yeux, passe d'un pied sur l'autre.

– Dans ses commentaires, il disait des choses très gentilles sur tes talents de guide, au fait.

Elle essaie de ne pas accorder de valeur aux paroles de Tyler, de ne pas laisser cette sincérité si touchante se frayer un chemin jusqu'à elle et l'atteindre. Elle se concentre sur la mouche, positionne la plume dorée au niveau de la courbure de l'hameçon et la fixe avec la soie de montage.

– Tu n'as rien à faire ici.

Il prend une profonde inspiration et ferme les yeux.

– Je sais. Je sais aussi que j'ai des tas de choses à te dire. Et j'ai envie de le faire. Crois-moi, je me les suis répétées un millier de fois.

*Tu m'as oubliée.*

– J'imagine ce que tu ressens en me voyant débarquer comme ça, mais... s'il te plaît, il faut que tu le saches, je ne serais pas venu si j'avais eu le choix. Je te le jure.

Dehors, Oliver gare son pick-up sur le parking. Il en descend avec un client.

Emlyn prend maintenant une barbe de paon.

La porte s'ouvre en grand, Oliver entre. Il jette un regard dans sa direction avant d'accueillir un client, et elle sait que de ce regard découlent sans doute une multitude d'observations. *Ça ne ressemble pas vraiment à une interaction professionnelle... Je te rappelle que tu es au travail, Emlyn...* Mais aussi : *Tout va bien de ton côté, hein ?* (L'adjectif d'Oliver : *scrupuleux.*)

– Écoute, dit-elle à Tyler en baissant la voix. Je ne peux pas discuter dans l'immédiat.

Elle pense aussitôt à Janessa. Que sait-il ? Doit-elle lui parler de leur conversation interrompue au téléphone ? Elle fait un nœud de blocage, un deuxième et un troisième, puis elle lève les yeux vers lui.

– Je suis désolée. Je ne peux pas t'aider.

Les épaules de Tyler s'affaissent sous le poids de la défaite. Il ouvre la bouche et la referme. Lorsqu'il tourne la tête, elle remarque que ses yeux bleus sont brillants de larmes.

– D'accord, dit-il à sa grande surprise.

Le Tyler qu'elle connaissait aurait insisté. Il aurait cherché à l'amadouer, il l'aurait suppliée, il lui aurait fait toutes sortes de promesses jusqu'à ce qu'elle cède. Au lieu de quoi, il hoche la tête et prend une profonde inspiration.

– Si tu changes d'avis, je serai au chalet de Patten Lake. Jusqu'à ce que je reparte.

Il la regarde alors, et elle sent dans son cœur un millier de petites piqûres. Toutes ces années, elle a réussi à se convaincre qu'elle ne voulait plus avoir le moindre lien avec lui. Qu'il lui avait fait trop de mal, qu'elle lui en voulait. Pourtant à présent qu'il lui tourne le dos puis s'éloigne dans un rayon de soleil, qui se réfléchit sur la vitre de la porte et décoche un éclair de lumière aveuglant dans la boutique, qu'il s'arrête près de son véhicule et pivote vers elle un instant avant de prendre le volant et de partir, impossible de le nier : elle a terriblement envie de le suivre.

Tyler était esclave de son addiction. Elle l'a vu y succomber. Elle a toujours cru qu'elle n'était pas ce genre de personne, que les choses ne pouvaient pas avoir prise sur elle contrairement à lui. Et pourtant la vérité est qu'à cet instant la moindre parcelle de son être veut lui courir après. Elle ressent la force d'attraction, de traction. Comme ce bateau qui remontait le Saint Johns un jour, remorqué par un autre, plus grand et plus puissant. Et à cet instant où tout ce pour quoi elle a travaillé se trouve sur le point de partir à la dérive, elle ne peut s'empêcher de se demander s'ils sont, au fond, si différents que ça, tous les deux.

# 4

Rev est dans le jardin, agenouillée, elle arrache les mauvaises herbes dans un carré de betteraves. Elle se lève en voyant arriver Emlyn dans son pick-up, place une main en visière pour s'abriter du soleil, puis agite la main. C'est une grande femme, élancée et musclée. Ses cheveux blancs ondulés lui arrivent en dessous des épaules, et un chapeau de paille à large bord trône sur sa tête. *Rayonnante*, voilà son adjectif, « qui brille ; qui irradie ». Et Emlyn s'en souvient chaque fois qu'elle se trouve en sa présence. Rev possède ce je-ne-sais-quoi qui semble lui permettre de repousser les ténèbres du monde, qui respire la chaleur, l'acceptation et la sagesse ; ça explique sans doute pourquoi, au fil des années, les gens du coin, après s'être tournés vers elle pour ses conseils et son aide, ont fini par voir en elle une guide spirituelle. Rev enlace Emlyn par la taille et la serre contre elle. Comme toujours, la jeune femme est surprise par la force de son aînée. Elle est très âgée. Ce n'est pas encore une vieille, mais elle approche des quatre-vingts ans. Elle vit dans cette vallée depuis des décennies.

– Jeune fille, lui dit Rev en reculant pour la regarder. Je suis tellement heureuse de te voir.

Elle lui serre de nouveau la taille.

– Tu es venue prendre un thé ? J'ai presque terminé avec ces mauvaises herbes.

– Je vais t'aider.

– Entendu, répond Rev en la lâchant, je ne dis pas non à une paire de bras supplémentaire.

Elle retourne d'un pas un peu chancelant à son potager.

– Comment va ta hanche ? lui demande Emlyn.

– Raide, et elle me pince. Pénible comme toujours, dit-elle en souriant.

Il y a des années, son médecin lui a recommandé de subir une opération qu'elle a refusée.

– Tu ne devrais pas faire ça, t'agenouiller, trimer aussi dur. Appelle-moi enfin. Tu sais bien que je serai toujours heureuse de venir te donner un coup de main.

Rev balaie les inquiétudes d'Emlyn d'un revers de main.

– Qu'est-ce qui t'amène par ici, alors ? Varden est monté te déloger ?

La jeune femme sourit.

– Eh, oui. Il m'a rendu une petite visite, mais... Ce n'est pas pour ça que je suis là.

– Non, je m'en doutais.

Emlyn s'agenouille, arrache une mauvaise herbe entre deux betteraves et la jette dans le seau de Rev.

– Tu t'en doutais ?

– Oliver a appelé hier soir, il m'a dit que tu avais reçu de la visite.

Au bout de trois années dans la vallée, Emlyn aurait pu prévoir que ça arriverait. Tous les étés, un demi-million de touristes débarquent et louent des maisons, des vélos et des kayaks pour une ou deux semaines. Ils envahissent les deux restaurants locaux et achètent du café et de l'alcool en quantité. Ils assiègent la station-service et vident les étagères de la minuscule épicerie attenante. Quant aux soixante-dix-huit résidents à l'année, bloqués par la neige en hiver et colonisés par les touristes en été, ils forment une communauté soudée, au sein de laquelle les nouvelles circulent vite.

– Tyler, lâche Emlyn.

– C'est ce que j'ai pensé. Oliver m'a dit que tu avais l'air un peu secouée.

– Janessa a peut-être disparu.

Rev interrompt aussitôt son désherbage et ferme les yeux.

– Seigneur, soupire-t-elle.

Emlyn comprend que ce mot est une prière en soi.

– Il voudrait que je l'aide… je ne sais pas, à la chercher, je crois.

Elle est au courant, bien sûr, que Tyler et Janessa ont repris contact après ce qui s'est passé – ils étaient proches depuis l'enfance, ça se comprenait –, mais pour des raisons évidentes elles n'en ont jamais parlé toutes les deux.

– Il pense qu'elle a des ennuis.

– Et qu'est-ce que tu comptes faire ? lui demande Rev.

Emlyn secoue la tête.

– À ton avis, qu'est-ce que je dois faire ?

– Ça, ça dépend de toi, jeune fille.

– J'ai mis toute mon énergie à clore ce chapitre de ma vie.

Rev hoche la tête, secoue la terre accrochée aux racines d'une mauvaise herbe.

– Tout à fait, oui, et tu as bien réussi.

– Seulement… Je t'ai raconté mon coup de fil avec Janessa la semaine dernière, qui a été interrompu. Elle s'apprêtait à me dire ou à me demander quelque chose. Et si elle avait besoin de mon aide ? Et s'il était trop tard, maintenant ? Je ne sais pas quoi faire de ces interrogations…

L'émotion lui noue la gorge.

Rev reste silencieuse. Elle chasse, avec son pouce, un peu de terre sur la feuille d'une betterave.

– Je t'écoute, Rev. Je sais que tu as une réponse. Un de tes pressentiments. (Emlyn sait bien que celle-ci ne les appelle pas des pressentiments, mais des « vibrations », inspirées par le Saint-Esprit.)

La femme âgée se penche vers elle pour lui prendre la main. Ses yeux bleus deviennent de plus en plus laiteux à cause de la cataracte.

– Bon, d'abord, il n'est pas question de lui dans cette histoire. Tu ne dois rien à cet homme. Tu le sais, trésor, hein ?

Elles en ont abondamment discuté, il y a des années, lorsque Emlyn lui a confié son histoire avec Tyler, le positif, le négatif et tout ce qui a mal tourné. Rev est au courant, bien sûr, que Tyler l'a abandonnée. Elle sait aussi pour Janessa, pour leur amitié qui a volé en éclats cet été-là, cinq ans auparavant, pour leur relation qui n'a plus jamais été la même. Au tout début, quand Emlyn était triste et égarée, Rev a passé de longues heures à l'écouter relater, et à absorber, tout ce qu'elle avait traversé. Parfois elle se mettait dans son fauteuil à bascule pour tricoter. Parfois elle faisait de la pâtisserie. Et parfois elle s'asseyait simplement en face d'Emlyn derrière la table en bois de son chalet, et elles buvaient un thé ensemble. Durant ce premier hiver dans la vallée, alors que les tas de neige montaient, montaient, Emlyn a bien failli se laisser submerger par la tristesse. Elle se surprenait à regretter que Varden l'ait trouvée. Les très mauvais jours, elle rêvait de partir seule dans tout ce blanc qui lui arrivait à la taille. Elle ne l'a pas fait, pourtant, elle ne pouvait pas. La lueur de Rev l'a retenue. Et Varden – il faut reconnaître que la chaleur et la stabilité qu'il dégageait ont aussi joué leur rôle.

À présent Emlyn hoche la tête.

– Je sais, oui.

– Bien. Maintenant qu'on a établi ça, je peux passer à la suite.

Elle serre la main de la jeune femme puis la lâche et prend appui contre la jardinière en bois derrière elle.

– J'ai du mal, je crois, à imaginer que tu pourrais rester les bras croisés. Enfin, je sais que vous vous êtes brouillées, ton amie et toi, mais vous aviez été extrêmement proches pendant une longue période, et tu la connais mieux que quiconque, non ?

Emlyn hausse les épaules. À une époque, ça a peut-être été vrai.

– Tu pourrais sans doute être utile, reprend Rev avant de s'interrompre et de prendre une profonde inspiration. C'est peut-être une chance. Et peut-être que, même si ça va te paraître bizarre, tu te dois à toi-même de la saisir.

À son tour Rev hausse les épaules.

– Je suis incapable de te dire ce que tu dois régler, exactement. Ce que tu dois tirer au clair pour toi, ce qui doit se passer là, ajoute-t-elle en dirigeant un index noueux vers la poitrine d'Emlyn. Il reste quelque chose à dénouer. Ça, je le sens.

Emlyn se renfrogne.

– Et si je ne suis pas prête ? murmure-t-elle.

Rev secoue la tête.

– Non, non. Je te l'ai déjà dit une centaine de fois, tu es forte, jeune fille. Si forte. Et intelligente. Et endurante. Tu as une force de caractère sans pareille.

Emlyn n'a jamais pensé mériter aucun de ces qualificatifs, et encore moins à cet instant précis. Sa rencontre avec Tyler – ce désir irréfutable d'abandonner sur-le-champ ce qu'elle faisait pour le suivre dehors, pour l'accompagner dans cette entreprise insensée – a au moins servi à lui rappeler, aussi désagréable cela soit-il, qu'il n'a pas perdu son ascendant sur elle, et qu'elle n'a pas entièrement gagné son autonomie.

– Je n'en suis vraiment pas certaine, dit-elle tout bas, en enfonçant son pouce dans la terre.

Rev gonfle ses poumons d'oxygène. Elle ferme les yeux et lève son menton vers le grand ciel bleu, puis ses deux mains, très haut.

– Abba…

La jeune femme comprend que Rev s'apprête à réciter une prière et ferme à son tour ses yeux.

– Abba, nous savons qu'Emlyn est ton enfant. Que nous sommes tous tes enfants. Et nous savons aussi que ce monde nous réserve des épreuves. Oh oui, nous le savons.

Rev poursuit dans un murmure avant de se taire. Emlyn entrouvre une paupière. La prière est-elle terminée ? Rev garde les yeux clos. Elle a le front plissé et les lèvres pincées, elle hoche la tête. Soudain, elle baisse une de ses mains pour la poser sur le front d'Emlyn. Au bout d'un instant – ou plusieurs ? Combien de temps s'est-il écoulé ? –, Rev retire sa main. La chaleur de sa paume s'attarde sur le visage d'Emlyn, qui rouvre les paupières progressivement, éblouie par le soleil.

– Nous te remercions, Notre Père. Amen, conclut Rev.

Elle arrache une mauvaise herbe et la secoue.

– Confiance, jeune fille. Voilà le mot que le Seigneur vient de me souffler à l'instant.

– Confiance ? Confiance en quoi ? En qui ? lance Emlyn, incrédule. Je ne comprends pas du tout ce que ça veut dire.

Rev incline la tête sur le côté et sourit.

– Ça, trésor, je pense que c'est à toi de le découvrir.

# SIX ANS PLUS TÔT

Janessa sauve Emlyn pour la deuxième fois à la fin de leur troisième année.

Elles sont sorties danser. Elles ont rencontré deux types d'une fac voisine, Jonah et Todd, et à ce stade de la soirée les couples qui se profilent correspondent à l'habituel arrangement des deux amies : Janessa avec le plus beau, Emlyn avec l'autre. Todd, le brun aux fossettes à se damner, est magnifique, et Janessa lui a mis le grappin dessus dès le début de la soirée.

Jonah, qui partage sa chambre sur le campus, est mignon. Il a l'air gentil et bien élevé, et il donne l'impression de quelqu'un de sérieux. Ils dansent pendant des heures, et Emlyn finit par être fatiguée. Tard dans la soirée, Jonah lui glisse à l'oreille :

– Je vais te chercher un verre. Rejoins-moi.

Elle acquiesce. Elle se fraie un chemin dans la foule, passe entre les danseurs en se tortillant. Elle a perdu la trace de Janessa et fouille la piste du regard dans l'espoir de la retrouver. Elle est soudain prise d'un accès de peur à l'idée que son amie aurait pu partir avec Todd et l'abandonner, même si Janessa n'a jamais fait une chose pareille et a toujours juré que ça ne lui viendrait pas à l'idée.

Jonah a réussi à dégoter un box près de la porte et lève la main pour lui faire signe.

– Tiens, c'est pour toi, dit-il en poussant un verre vers elle.

Elle a si chaud et si soif qu'elle avale une grande gorgée, puis une seconde.

– Merci.

Il se carre contre la banquette. Emlyn continue à scruter la foule pour trouver Janessa. Elle boit encore.

– Il est quelle heure ? lui demande-t-elle.

Il regarde sa montre.

– Une heure.

La musique cogne. Elle est prise d'un vertige. Dans la marée de danseurs, elle finit par croiser le regard de Janessa et tente de lui faire comprendre qu'elle est prête à rentrer. Elle lève le bras, hausse les sourcils et incline la tête vers la porte. Janessa agite la main et lui envoie un baiser.

Emlyn continue à boire. La pièce tangue. À quelle heure sont-ils arrivés ici ? Ils ont été dans d'autres endroits avant ?

– Comment tu t'appelles, déjà ? demande-t-elle à voix haute.

Il sourit.

– Jonah.

Il fait si chaud, c'est si bruyant.

– Viens, dit-il en lui prenant la main. On va respirer un peu d'air frais.

Elle sent qu'elle se lève et que ses pieds se dirigent vers la sortie. Y a-t-il de la fumée dans la pièce ? Comment s'appelle ce type ? Est-ce qu'elle le connaît ? Elle le suit dehors.

Il sort ses clés.

– Ça te dit de partir d'ici ?

– Mon amie…

Il la prend par le coude.

– Ne t'en fais pas pour elle, elle est avec Todd.

Emlyn le suit dans le parking.

– Je ne devrais pas la laisser, en fait… On va où ?

Quelque part, dans les profondeurs de son esprit, elle sent que quelque chose cloche, mais ses jambes continuent à l'éloigner de la boîte.

– Oh !

Quelqu'un tire Emlyn par le bras et la libère.

– Il se passe quoi exactement ?

Janessa est soudain là : présence éclatante et ondulante dans l'obscurité.

– Tu vas où ?

Elle approche son visage tout près de celui d'Emlyn, pose une main sur chacune de ses joues.

– Emmie ? Emmie, tu m'entends ? Où est-ce que tu l'emmenais ?

Elle crache une constellation d'insultes en direction de Jonah. Et de Todd. Elle serre la main d'Emlyn de toutes ses forces.

– Viens, je vais prévenir les flics.

Et elle le fait. Elle va dénoncer les types au barman de la boîte, puis elle appelle le 911. Elles sortent ensuite s'asseoir au bord du trottoir pour attendre. Emlyn s'affale contre Janessa, elle a du mal à rester éveillée. Lorsque les policiers arrivent enfin, Jonah et Todd ont levé le camp depuis longtemps.

– Écoute, lui dit Janessa le lendemain matin, à propos d'hier soir… c'est flippant ce qui s'est passé. Ça aurait pu se finir très mal.

Elles sont dans la chambre de Janessa, le soleil découpe des taches de lumière sur son bureau. Elle pousse un café qu'elle a acheté à la cafétéria du campus vers Emlyn.

– J'ai essayé d'attirer ton attention, se justifie cette dernière.

– J'ai cru que tu me faisais juste coucou, répond Janessa avant de secouer la tête. Tu dois être plus prudente. Enfin, on doit être plus prudentes, toutes les deux.

Sa voix se met à trembler quand elle ajoute :

– Emmie, s'il t'était arrivé quelque chose, je ne me le serais jamais pardonné.

– Tu n'y es pour rien, dit-elle pour que Janessa comprenne bien qu'elle n'est pas en colère, qu'elle ne lui reproche rien.

– Si, en un sens. C'est moi qui t'ai poussée à sortir. Qui t'ai fait découvrir ce monde. Tu n'allais jamais dans des endroits de ce genre avant de me connaître.

– Peut-être, mais ce n'est pas à toi de me protéger pour autant.

Voilà ce qu'Emlyn dit tout haut, même si, au fond d'elle, elle aime cet aspect de la personnalité de Janessa, depuis toujours. Son cran, son audace. Elle n'a jamais eu une amie qui tenait autant à elle, qui était prête à tout pour elle. Et c'est si agréable de savoir qu'elle compte pour quelqu'un.

Janessa refuse ses protestations.

– Il nous faut un signal. Un geste pour dire : « J'ai besoin que tu viennes me sortir de là, aide-moi. » Et dès qu'une de nous le fera, l'autre n'aura jamais, jamais le droit de l'ignorer. Un geste qu'on sera les seules à connaître, toi et moi, un truc subtil.

Emlyn avale une gorgée de café et réfléchit. Elle ramène ses longs cheveux emmêlés du côté gauche, vers l'avant, et les entortille.

– Oui, parfait ! C'est une idée de génie, dit Janessa.

– Quelle idée ?

– Ce que tu viens de faire avec tes cheveux, là.

Elle reproduit le geste.

– Tu ramènes tes cheveux du côté gauche et tu les enroules autour de ta main. Recommence.

Emlyn s'exécute.

– On a notre signal. Notre appel d'urgence, notre S.O.S.

Elle appuie sa tête contre l'épaule d'Emlyn et ajoute :

– Tu te trompes quand tu dis que ce n'est pas à moi de te protéger. C'est ce que font les amies. Elles surveillent mutuellement leurs arrières, coûte que coûte. On veille l'une sur l'autre.

# 5

Lorsque Emlyn repart de chez Rev et prend la direction de son emplacement dans la forêt nationale, elle ne peut s'empêcher de penser à ce fameux matin, il y a des années, où Janessa a mis leur signal au point. Et, encouragée par la conviction de Rev, elle prend une décision : elle se rendra au chalet de Patten Lake. Elle dira à Tyler tout ce qu'elle sait et elle écoutera ce qu'il a à dire ; elle fera son possible. Peut-être qu'en réfléchissant ensemble ils réussiront à réunir assez d'informations pour aider leur amie. Après tout, c'est ce que Janessa aurait fait, elle. Remonter la piste d'Emlyn, coûte que coûte. C'est même ce qu'elle a fait pour elle, autrefois.

Elle rappelle Janessa et, une fois de plus, tombe directement sur le répondeur. Emlyn ravale la panique qui monte en elle. Elle fourre son portable dans sa poche et s'attelle à attacher la caravane au pick-up. Avec sa visseuse, elle remonte les béquilles. Puis elle recule sa voiture, portière ouverte, jambe gauche sortie pour pouvoir se pencher et bien aligner la boule d'attelage avec la tête. Elle fixe l'attache, visse les écrous et active le verrou. Navrée de quitter ce lieu enchanteur, elle lance un dernier regard dans son rétroviseur.

Elle descend la longue route de terre de la forêt nationale avec sa caravane, tourne sur la Route 75, goudronnée, puis finit par s'engager sur le bas-côté, juste à l'entrée de la propriété de Rev. Le cœur battant, elle cherche la jeep blanche de Varden. Pourvu qu'elle ne tombe pas sur lui ! C'est lui qui l'a retrouvée, il y a trois ans, à douze kilomètres au nord de ce chemin de terre. Elle souffrait d'hypothermie et de déshydratation. Emlyn peut encaisser beaucoup de choses, et elle l'a d'ailleurs fait par le passé, mais décevoir Varden, lire la désillusion sur ses traits si elle doit lui expliquer qu'elle s'apprête à retourner dans la forêt avec celui qui l'y a un jour abandonnée, elle s'en sent incapable dans l'immédiat.

Elle ne peut pas aller à Patten Lake avec l'Airstream – qui ne survivrait pas aux nids-de-poule, et elle va donc la garer à sa place habituelle, derrière la grange de Rev, avant de la détacher.

Son matériel de randonnée est toujours rassemblé. Elle remplit sa glacière. Beurre de cacahuètes, deux paquets de crackers. Elle ouvre le réfrigérateur et en sort des yaourts, une boîte d'œufs, ainsi que le restant d'un morceau de cheddar. Maintenant les vêtements. Elle se rend dans la chambre, prend le sac à dos à son crochet et ouvre sa petite penderie. Deux pantalons de randonnée. Une polaire, un bonnet et des gants. La doudoune compressible qui lui a coûté une petite fortune à l'automne dernier. Un collant en mérinos, deux débardeurs. Plusieurs épaisseurs. Il faut toujours prévoir plusieurs épaisseurs en montagne, où la température, même en été, peut varier de dix bons degrés en une journée. Elle ajoute trois tee-shirts. Puis elle se faufile dans la minuscule salle de bains et allume. Elle n'est pas du genre à se maquiller, mais elle sort la petite trousse qu'elle range sous le lavabo. Elle applique une touche d'anticerne sous ses yeux, brosse les poils de ses sourcils. Elle utilise un deux-en-un pour ses joues et ses lèvres, avant de considérer son reflet dans le petit miroir d'un air exaspéré.

– Pitoyable, marmonne-t-elle en se renfrognant.

C'est son adjectif. Elle range la trousse de maquillage à sa place sous le lavabo et éteint.

– Dis à Varden que je lui donnerai des nouvelles.

Elle charge Rev, qui vient de frapper à la porte de l'Airstream pour lui donner un cake à la banane encore chaud, de ce message.

– Compte sur moi, répond-elle.

– Et dis-lui…

Emlyn cherche ses mots.

– Dis-lui que je devais le faire. Pour Janessa. Et que j'espère que ça ne change rien.

Son pouls s'accélère.

– Entre nous, ajoute-t-elle.

Rev la considère d'un air entendu.

– Je veillerai à ce qu'il le comprenne.

La route jusqu'au chalet de Patten Lake, où loge Tyler, est longue et pleine d'ornières. Sans les vingt et une habitations semées sur le périmètre du lac et qui valent toutes plusieurs millions, la route serait complètement à l'abandon. Les « chalets » n'en sont que dans le sens où ils sont tous construits en rondins, de taille raisonnable et suffisamment espacés pour offrir à leurs propriétaires un semblant d'intimité. Il faut savoir que les propriétaires ont engagé une équipe de paysagistes et d'autres professionnels. Ils ont conclu une sorte de pacte tacite pour maintenir l'atmosphère d'origine des lieux, et personne n'a osé l'enfreindre depuis des décennies. C'est pourquoi, quand la mère de Tyler a voulu apporter quelques « améliorations » au chalet, il a fallu recourir aux services d'un architecte d'intérieur. Tous les éléments ont été sélectionnés avec soin et commandés chez des antiquaires à travers le continent. Si les habitations pouvaient bien sûr être équipées d'électroménager dernier cri, de jacuzzis et de téléviseurs connectés, il fallait que ces innovations soient intégrées avec goût au décor rustique.

Au moment de s'engager sur la courte allée qui mène au chalet, Emlyn repense à un souvenir. Le 4 juillet, des années plus tôt. La maison et la terrasse étaient noires de monde, les employés d'un traiteur faisaient circuler des plateaux de nourriture, et Tyler en a profité pour l'emmener se baigner dans le noir. C'était au début de leur relation, avant qu'il n'ait son accident, avant que la vie d'Emlyn ne bascule tout à coup dans une autre direction. La main de Tyler dans la sienne, les galets rugueux du lac sous ses orteils, sa robe ample qu'elle a retirée facilement. L'eau froide, l'onde de choc qui a chassé les effets des verres qu'elle avait bus. S'était-elle déjà sentie aussi vivante ?

Elle se gare à côté d'un camping-car Mercedes gris. Elle reste assise un instant et observe le chalet. Les rondins sombres et le mastic, la porte rouge cerise. Ses yeux remontent vers la fenêtre de la chambre où elle dormait quand elle venait. C'est vraiment une très mauvaise idée, non ? Revenir ici. Elle attrape le levier de vitesse et envisage d'enclencher la marche arrière.

Rev prierait pour elle. Elle saurait quoi dire, et Dieu l'écouterait, parce que Rev est quelqu'un de bon, de pur, de rayonnant. Emlyn n'est rien de tout ça, elle en est même très loin, et même si celle-ci lui a répété bien plus d'une fois que le Seigneur n'écoute pas seulement les êtres pieux, qu'il garde les bras grands ouverts pour les autres, Emlyn peine à s'en persuader. Et elle ne sait d'ailleurs ni quoi demander ni comment le demander.

Elle coupe le moteur. Elle prend une profonde inspiration, attrape sa gourde d'eau et le cake à la banane, puis elle descend. Elle suit les larges dalles qui mènent à la porte et frappe doucement. Elle entend des bruits de pas se rapprocher, et soudain Tyler est là, devant elle, avec un tablier à rayures. Dès qu'il la découvre, son visage s'éclaire et ses yeux s'humectent de larmes.

– Tu es venue, dit-il. Je suis en train de faire une pizza.

Il a une traînée blanche sur la joue.

– Tu me connais, quand j'ai besoin de réfléchir, je cuisine.

Il fait un pas vers elle et semble se raviser.

– Entre, dit-il plutôt en tournant les talons, tout en l'invitant à le suivre d'un geste.

Elle reste sur le seuil, observe l'intérieur. Elle se baisse, délace ses chaussures de randonnée et entre. Elle est aussitôt propulsée dans le passé, il y a cinq ans, quatre. La console de l'entrée n'a pas changé, un magnifique plateau en noyer posé sur un enchevêtrement de branches qui se dresse à sa gauche. Le même tapis persan étroit, rouge et bleu, mène à la cuisine, droit devant. Sur la droite, elle reconnaît la tête d'orignal – un achat, pas un trophée d'un chasseur qui aurait fréquenté la famille – trône au-dessus de l'immense cheminée, dans le salon. Une cheminée traversante, dont on peut aussi profiter dans la pièce de derrière, où se trouvent un billard et un immense téléviseur.

Elle suit le couloir en chaussettes de laine et s'arrête à l'entrée de la cuisine. Il est toujours là, le panier rempli de pantoufles pour les invités. Elle en prend une paire et soulève ses pieds pour bien enfiler les talons.

Tyler se tient devant l'îlot central, il verse de la sauce sur la pâte.

– Bon, dit-elle, le cœur tambourinant. Me voilà.

Elle dépose le cake de Rev sur le plan de travail. Elle reconnaît les surfaces en marbre blanc, l'armoire réfrigérée en inox, les immenses suspensions au-dessus de l'îlot. Elle est étourdie par l'effet que les lieux ont sur elle. Leur familiarité, le bonheur dont ils étaient synonymes à une époque. Elle ne s'est pas préparée à ce déferlement d'émotions, et elle se racle la gorge.

– Ce qu'il faut que tu saches, dit-elle en se ressaisissant, c'est que Janessa m'a appelée la semaine dernière. Elle avait quelque chose à me dire, mais on a été coupées avant qu'elle ne puisse s'expliquer.

Tyler fronce les sourcils, la cuillère en l'air.

– Tu as une idée de ce dont il pouvait s'agir ?

– Non, j'ai pensé que tu saurais peut-être.

– Et elle t'a dit autre chose, un indice qui aurait pu te mettre sur la voie ?

Elle secoue la tête.

– Je ne crois pas. Rien qui m'ait mis la puce à l'oreille en tout cas. J'espérais que tu pourrais m'aider. Que ça te parlerait.

Il a fallu qu'Emlyn partage cette information à voix haute pour prendre conscience qu'elle n'est pas particulièrement utile. Elle saisit une mèche de cheveux et l'entortille entre deux de ses doigts.

– Tu as essayé de la rappeler ?

– Bien sûr.

– Elle m'a dit que vous aviez repris contact, poursuit-il en étalant la sauce sur la pizza. Ça m'a fait plaisir. Je m'en suis toujours voulu que les choses soient parties en vrille entre vous, à cause de moi. Ça n'a jamais été mon intention.

Emlyn a du mal à déglutir, une vieille pensée revient sur la pointe des pieds et montre ses crocs. Même si Tyler lui a répété à de nombreuses reprises que ce n'était pas « comme ça » entre Janessa et lui, Emlyn a toujours manqué de confiance en elle, elle n'a jamais réussi à s'en persuader complètement. Après tout, qui ne lui aurait pas préféré Janessa ? À la perspective de poser la question elle sent monter la nervosité, mais elle doit savoir. Elle s'efforce d'adopter un ton nonchalant, détaché.

– Tous les deux, vous êtes… ensemble ?

Tyler tousse.

– Janessa et moi ? Purée, non. Enfin, je l'adore, hein, mais non. Bien sûr que non.

Il redresse la tête et soutient le regard d'Emlyn, un sourire danse sur ses lèvres.

– Tu continues à faire une fixation là-dessus, alors ?

– Quoi ? Non, je posais juste une question.

Elle est certaine que ses joues sont d'un rose vif qui la trahit. Elle déteste le soulagement qu'elle a ressenti en entendant la réponse de Tyler, le poids invisible qui a soudain disparu. Elle se détourne et s'approche de la table. Deux ordinateurs portables sont ouverts. Une pile de journaux, une chemise bleue, une liasse de documents imprimés. Des assiettes en papier pleines de taches de gras. Trois bouteilles en verre de kombucha, quatre cannettes d'eau minérale pétillante. Une casserole où ont figé les restes de ce qui ressemble à une béchamel au fromage.

– C'est le bazar, désolé, dit Tyler en retirant le fromage râpé sur ses mains. Donne-moi une seconde.

Il prend une poignée de champignons pour les ajouter sur la pizza.

Elle a toujours adoré le regarder cuisiner.

Il prend la poignée de la pelle à pizza et se retourne pour l'enfourner. Il règle le minuteur puis s'essuie les mains sur son tablier et la rejoint devant la table.

– Merci d'être venue. Tu ne peux pas savoir combien c'est important pour moi. Que tu sois prête à faire ça.

Il est si proche qu'elle sent son odeur, qui s'empare déjà d'elle.

– Écoute, Em, je sais que ce n'est sans doute pas le bon moment, je sais que j'aurais dû le faire il y a des années, mais j'ai tellement de choses à te dire…

Elle s'écarte. Une part d'elle voudrait les entendre, ces choses. N'a-t-elle pas passé un millier d'heures à imaginer ce moment ? Des excuses, une explication, un « je t'aime ». Cependant elle a aussi passé des années à tenter de se convaincre qu'elle n'avait pas besoin de ces mots pour tourner la page, pour aller bien. Ça ne dépendait pas de ce que Tyler avait dit ou non. Ça ne dépendait pas de lui tout court. Elle commence tout juste à croire à la vérité de ces principes. Bien qu'elle n'ait pas froid, son annulaire est parcouru de fourmillements.

– Je ne sais pas ce que tu aurais à me dire, Tyler, mais tu as laissé passer l'occasion il y a longtemps.

Elle est surprise par la détermination dans sa propre voix.

– Que ce soit bien clair, poursuit-elle, je suis ici pour Janessa et seulement pour Janessa. C'est la seule chose qui compte à présent.

Il ferme les yeux, la minuscule cicatrice sur sa joue se creuse davantage. Lèvres pincées, il hoche la tête.

– D'accord, je comprends. D'accord.

Emlyn se racle la gorge.

– Je suppose que tu as appelé la police.

– Bien sûr. Et le service forestier. Évidemment, personne n'a l'air de me prendre au sérieux. Il faut dire que mon seul argument se résume à « mon amie ne publie plus rien sur les réseaux sociaux, et je n'arrive pas à la joindre au téléphone ». Apparemment, ce n'est pas suffisant pour obtenir l'aide des forces de l'ordre.

– Qu'est-ce qu'en disent ses parents ? J'aurais cru que son père aurait chargé le gouverneur en personne de la retrouver.

– Je les ai appelés, bien sûr.

Il tambourine d'un doigt sur la table.

– Elle leur téléphonait tous les dimanches, à ses parents, reprend-il. Apparemment, elle leur a envoyé un texto pour leur dire qu'elle avait des problèmes de réseau mais qu'elle allait bien et qu'elle les aimait.

– Quand ?

– Dimanche dernier, il y a cinq jours.

Il secoue la tête avant d'ajouter :

– Et ils ont reçu un paquet de sa part hier. Un cadeau d'anniversaire pour sa mère.

– Alors ils ne sont pas inquiets.

– Apparemment non. Il faut dire que, de leur point de vue, la situation n'a rien d'anormal.

Il se touche le menton et passe son pouce sur le bas de son visage.

– Enfin, tu sais... Disons que la situation est un peu plus compliquée que ça. Ils ne me parlent plus depuis des années. Ils ne m'ont jamais pardonné ce que je t'ai fait. Et, honnêtement, je ne leur en veux pas.

Il soupire puis tire une des chaises.

– Bref, j'ai noté tout ce que je savais. Janessa a pris la route il y a une semaine. Contrairement à son habitude, elle a raté une publication le lundi. À ce stade, je n'étais pas encore trop inquiet. Ça n'arrivait pas souvent, mais ça arrivait. Pas de réseau, ou alors mauvais. C'est la loi quand on part en pleine nature. Par contre, elle publiait toujours le lendemain dans ce cas. Ils prenaient la route pour trouver du réseau si besoin. Mardi, toujours rien. Là, je lui ai envoyé un texto. J'ai essayé de l'appeler. Mercredi, silence radio. Là, j'ai commencé à m'inquiéter pour de bon.

Emlyn s'assied à côté de Tyler en écartant sa chaise de la sienne – d'un geste qu'elle espère discret.

– OK, reviens en arrière. Qu'est-ce que tu veux dire par « elle a raté une publication » ?

– Un message sur YouTube, Instagram.

Il lui tend la chemise bleue, qu'elle ouvre. Elle feuillette les documents à l'intérieur. Un tableur Excel, une liste de dates tapées à l'ordinateur, avec des kilométrages, des lieux, le tout accompagné de codes couleurs, de noms d'entreprises, de notes au sujet de séances photos.

Tyler sélectionne une des pages de l'itinéraire, pose son doigt sur la colonne des dates et le descend.

– Pinedale, dans le Wyoming. C'est là qu'elle est censée être en ce moment.

Il regarde sa montre.

– Ils arrivaient du nord, ils devaient traverser la forêt de Bridger-Teton.

Il récupère un atlas sur sa droite et cherche la page du Wyoming.

– Forêt qui, tu t'en souviens peut-être, est immense et isolée. Les portables ne captent pratiquement pas, à aucun endroit.

Il lui indique le trajet qu'ils avaient prévu sur la carte.

– Il y a un lac, ici. Ou deux. Un de ses sponsors lui avait donné une canne à pêche avec moulinet. J'avais prévu une leçon. On avait toujours un planning précis. La date, le contenu, tout.

– « On » ?

Tyler retire sa casquette orange et la pose sur la table.

– Elle bosse pour moi. Pour la boîte que j'ai lancée. Après…

Il se passe une main dans les cheveux, le regard dans le vide.

– Il y a deux ans, j'ai lancé cette boîte. On fabrique des camping-cars.

– Comme on en parlait ensemble ?

Les mots lui ont échappé avant qu'elle n'ait eu le temps de les retenir, et elle les regrette aussitôt. Elle n'a aucun droit de se sentir blessée par cette information en théorie. Ils n'ont pas signé le moindre contrat, pas établi le moindre plan précis. C'était juste un rêve. Pourtant savoir que Tyler s'en est emparé pour en faire quelque chose, sans elle, ça pique et ça brûle, ça attise une sensation endormie qu'elle est incapable de nommer et qui lui déplaît.

– Oui, dit-il.

Il tend la main vers la sienne, puis la retire brusquement et se lève pour aller chercher quelque chose dans le réfrigérateur.

– En mieux, poursuit-il. Il y a tout le confort, mais le camping-car reste tout-terrain. On peut sortir des sentiers battus avec. La garde au sol est relevée, les suspensions et jambes de force ont été renforcées. J'ai eu de la chance, j'ai vraiment bien choisi mon moment. J'ai terminé mon premier prototype pile au moment où de plus en plus de gens ont eu envie de prendre la route. C'est là que Janessa est intervenue, elle m'a proposé de partir avec le camping-car et de faire un reportage sur son voyage. Dès que ça a pris, c'est devenu énorme. L'année qui vient de s'écouler a été folle. On a tellement de commandes qu'on n'arrive pas à suivre.

Il sort deux kombuchas et lui en tend un.

– Pas de Recoil ?

Elle se souvient très bien de la bière préférée de Tyler, brassée dans la région. Il lève sa bouteille et secoue la tête.

– Non, c'est terminé. J'ai décroché. Je n'en ai plus touché une seule depuis...

Il s'éclaircit la voix avant de poursuivre :

– ... depuis qu'on s'est séparés. Je suis complètement guéri, à cent pour cent. Ce qui, pour un type comme moi, précise-t-il en haussant les sourcils, signifie abstinence totale. Jamais de bière. Ni de café.

Le cœur d'Emlyn frémit-il à ces mots ?

Est-ce de l'espoir qui tourbillonne dans son ventre ?

Elle se force à se rappeler qu'elle a déjà entendu ça avant. « J'ai décroché, c'est fini. » Parfois, il s'agissait d'un mensonge. Parfois, il avait réellement arrêté. Jusqu'à ce qu'il reprenne, un ou deux mois plus tard, ou six. Elle se force à sourire.

– Bravo, Tyler. Je suis heureuse pour toi.

– J'avoue, il m'arrive encore de manger du sucre parfois, répond-il avec un sourire.

Il se rassied et se connecte à un compte Instagram sur l'un des ordinateurs.

– Donc, comme je te le disais, on avait établi un itinéraire. Ce qui compliquait les choses, c'est qu'elle ne devait jamais publier sur les endroits où elle se trouvait en temps réel. On s'était mis d'accord sur le principe, un décalage de deux jours.

Son visage s'assombrit lorsqu'il poursuit :

– Ils ont eu un problème, il y a environ six mois. Un cinglé les a pistés grâce à Instagram. Il est venu les trouver dans un parc national. Ça a remué Janessa, et ça se comprend. Et ça a été encore pire pour Bush, son compagnon. Il peut être un peu, comment dire… parano ? Protecteur. Il voulait tout arrêter, et Janessa a réussi à le convaincre de continuer.

Tyler fait rapidement défiler des photos. Janessa en maillot de bain et bonnet rouge vif, perchée sur un énorme rocher, un lac aux eaux turquoise scintillantes derrière elle.

– « Compagnon » dans le genre « compagnon de route » ?

Janessa allongée sur une plage avec le même maillot. Le même bonnet rouge. Janessa sous la douche extérieure. Janessa encore et toujours avec son bonnet fétiche, sous les draps emmêlés du lit du van.

– Ah non, rectifie Emlyn. Compagnon dans ce sens-là…

– Je sais, je sais, s'empresse de dire Tyler, il y a un côté voyeur. Ce n'était pas forcément ce que j'avais en tête quand on en a discuté en amont. Enfin bref, c'est la direction qu'ils ont choisi de prendre, tous les deux.

– C'est sûr qu'ils sont…

Quel est l'adjectif qu'elle cherche ? *Sublimes ? Sexy ? Attirants.*

– Séduisants.

Il avale une gorgée.

– Il faut bien le reconnaître… ça fonctionne. Janessa, elle a ça dans le sang. Enfin, tu la connais, les gens vont naturellement vers elle. Vers lui aussi, d'ailleurs. Et par ricochet, vers les camping-cars. La boîte s'appelle Désir Évasion, et ils contribuent à l'image de la marque. Un peu d'évasion, un peu de désir.

Elle se retourne et remarque qu'il l'observe. Elle cligne des yeux, mal à l'aise.

– Elle a l'air différente, observe-t-elle.

Le terme *mieux* lui vient à l'esprit, et Emlyn grimace intérieurement en allant au bout de sa pensée. Janessa a toujours été jolie, mais la fille sur ces photos est plus que ça. Elle rayonne, elle est parfaite.

– Je suis juste un peu surprise, ajoute Emlyn en reportant son attention sur l'écran.

Peut-être qu'elle ne devrait pas l'être. Que ce soit au sein de groupes de travail, lors de déjeuners avec d'autres étudiants, au café avec des amis, dans les soirées, Janessa a toujours fait en sorte de se retrouver au centre de l'attention.

– Bon, alors… comment tu as fait pour lancer des recherches officielles ?

Il boit une gorgée avant de répondre :

– Il n'y en a pas vraiment à proprement parler. Enfin, j'ai essayé. Elle se trouve sur une liste de surveillance quelque part. À ce qu'on m'en a dit. Tu sais comment ça marche avec ces organismes gouvernementaux, l'agence des parcs, le service forestier, le bureau de gestion territoriale… En théorie, ils sont censés collaborer, mais c'est loin d'être aussi simple. Il faut des autorisations, certains ont peur d'empiéter sur les plates-bandes des autres. Et puis ça représente une zone de recherche si étendue… Des centaines de milliers d'hectares dans chaque État parfois, et ce n'est pas comme si je pouvais leur indiquer un point de départ précis pour leurs recherches. En prime, avec tous les incendies en ce moment, eh bien disons qu'une star des réseaux sociaux qui se déconnecte quelques jours… n'est une priorité pour personne.

– Et le FBI ?

Tyler prend un air dépité.

– Même topo. Pas une priorité.

Emlyn se renfrogne, la situation lui paraît confuse.

– Ils sont quand même passés aux infos.

– J'ai un pote chez CNN.

Évidemment. Ça lui a toujours paru si étrange, ces relations qui peuvent vous faciliter la vie. Tyler n'est même pas riche, enfin pas autant que Janessa, simplement… il connaît les bonnes personnes. Un coup de fil, un message. Combien de fois les a-t-elle vus résoudre un problème qu'elle aurait traîné, elle, pendant plusieurs jours, et ce, sans fournir beaucoup plus d'effort que s'ils sortaient une baguette magique ?

L'arrestation de Tyler lors d'un concert : effacée de son casier. Les révélations croustillantes de Janessa sur le salaire ridicule versé par son père aux employés de son hôtel : jamais publiées, alors même qu'elle avait passé un contrat avec un magazine. La liaison scandaleuse de la mère de Janessa avec un jardinier : comme si ça n'avait pas eu lieu. Tous ces gens traversent la vie sans se poser de questions, et leurs choix discutables peuvent être balayés, biffés avec une facilité déconcertante, par le simple fait qu'ils sont qui ils sont.

– D'accord, donc ses parents ne sont pas inquiets, les autorités non plus…

Emlyn s'interrompt, avec l'espoir que Tyler va prendre la suite, pourtant il se contente de la dévisager, il attend la fin de sa phrase.

– Peut-être que tu n'as pas de raison d'être inquiet, toi non plus ?

– Non, Em, je me ronge les sangs, c'est plus fort que moi. Quelque chose déconne.

Elle hoche la tête. Ce mystérieux appel de Janessa, puis son silence sur les réseaux sociaux, l'enchaînement de ces incidents. Elle ne peut pas donner tort à Tyler.

– Quelle est ton hypothèse, alors ? Ils se sont perdus ?

– Mmm, non.

– Tu ne peux pas en être tout à fait certain.

– Non, mais presque. Bush, de son vrai nom Roderick Medina, est un pêcheur, et un chasseur. Il a une chaîne YouTube sur les techniques de survie et le « bushcraft », l'art de vivre dans la forêt.

Il pose sur Emlyn des yeux virevoltants.

– Tu es peut-être la meilleure pisteuse d'Idaho, Bush est le meilleur de tout l'Ouest.

Il finit son kombucha.

– Sans vouloir te vexer, ajoute-t-il.

Elle se sent rougir. Elle croise son regard. Il y a un an, elle s'est retrouvée dans les pages du magazine de chasse *Sports Afield*. L'un des journalistes avait décroché un permis de chasse au wapiti, et il a réussi à convaincre son rédacteur en chef de l'envoyer faire un reportage sur place avec un photographe. Puis il a contacté Oliver, et lorsque ce dernier lui a présenté son équipe, il a choisi Emlyn pour guide. Il a donné à son récit une dimension dramatique amplement exagérée, bien sûr – sans inventer aucun des faits, il a présenté l'expédition comme une succession d'événements inattendus et éprouvants. Ils ont franchi un ravin aux pentes particulièrement raides, ils ont immortalisé Emlyn agenouillée près d'une trace de sang.

– Tu as lu cet article ?

– Bien sûr, lui répond-il avec un sourire. Enfin, pas plus de quatre ou cinq fois.

Le minuteur vibre, et il se lève.

– Et ouais, bon, je t'ai baratinée tout à l'heure. C'est pas Tony Myers qui m'a mis sur tes traces. J'ai toujours su où tu te trouvais.

Est-elle contrariée ou flattée par cet aveu ? Un peu des deux.

– Les photos du reportage étaient chouettes, ajoute-t-il. Tu avais l'air heureuse.

Elle l'était, ce jour-là. Enfin, *heureuse*, c'est un terme insaisissable. Elle avait proposé à Varden de l'accompagner, en lui disant (et en se racontant à elle-même) que ce n'était pas sage de partir seule en forêt avec quatre hommes qu'elle ne connaissait pas, peu importaient leur réputation et leurs diplômes. Varden avait aménagé son emploi du temps pour pouvoir se libérer, parce qu'elle le lui avait demandé, et parce qu'il n'était pas du genre à dire non à une amie.

Tyler sort la pizza et la pose sur l'îlot. Son odeur parvient jusqu'à Emlyn.

– Bref, reprend-il en coupant le four, Bush n'est pas un citadin qui se prend pour un aventurier du week-end. Il sait ce qu'il fait. Tu as raison, ils peuvent toujours s'être perdus, mais disons que c'est peu probable.

Elle se retourne vers l'écran de l'ordinateur pour continuer à explorer le compte Instagram.

– Tu penses à quoi, alors ? lui demande-t-elle.

Il s'appuie contre la cuisinière et croise les bras.

– Ces derniers temps, ils ont un peu fait monter les enchères en un sens. Il fallait toujours aller plus loin, plus haut, ils voulaient repousser leurs limites.

Il lève les yeux au ciel.

– Histoire de faire une photo ou une vidéo dont on parlerait. J'ai l'impression que les réseaux sociaux leur sont montés à la tête.

– Et donc… ils se seraient blessés ?

Tyler soutient son regard.

– Peut-être bien.

Cette possibilité est une morsure, un élancement. Parce que ça peut arriver, bien sûr. Parce que c'est arrivé. Comme un papillon de nuit attiré par la lumière, le cerveau d'Emlyn se rapproche en frémissant de ce terrible souvenir. Il y a quatre ans et demi, dans la réserve de la forêt nationale de Gila, au Nouveau-Mexique. Tyler, grièvement blessé, alors qu'ils se trouvaient tous les deux loin, très loin du reste du monde. La nuit qui tombait insidieusement, les kilomètres à parcourir pour appeler les secours. Elle se force à revenir à l'instant présent.

Tyler penche la tête en direction de la terrasse.

– Viens, on va manger dehors.

Elle prend son kombucha et se lève pour le suivre. Derrière les portes-fenêtres s'étend une terrasse dallée, suffisamment grande pour accueillir, d'un côté, une longue table à manger en teck, et de l'autre un brasero entouré de fauteuils de jardin d'un rouge joyeux. Deux chaises longues sont tournées face à la plage de galets, au bord du lac. Le soleil couchant qui scintille à sa surface le colore en orange.

– C'est une véritable œuvre d'art, lâche-t-elle en s'asseyant face à lui derrière la table en teck.

– Ma pizza ou la vue ?

– Les deux.

Il coupe des parts et l'invite à se servir. Elle tire délicatement sur un des triangles de pizza pour le mettre dans son assiette. Elle se rend compte qu'elle n'a rien avalé depuis son petit déjeuner, un porridge et une banane, et elle a soudain l'impression d'être affamée. Elle se penche en avant pour souffler sur la part fumante, puis la goûte du bout des lèvres. Elle renoue avec une vieille habitude oubliée, les pizzas de Tyler le dimanche soir. Ils montaient sur leur toit-terrasse, emmitouflés dans des couvertures pour se protéger de l'air froid de la montagne.

– Tu ne peux pas la localiser grâce à son téléphone ? demande-t-elle en se forçant à se concentrer sur l'ici et le maintenant, sur la véritable raison de sa présence ici.

– Pas si la fonction n'est pas activée sur son téléphone. Je vérifie régulièrement.

– Et son copain ?

Tyler secoue la tête.

– Pareil.

– Bon, ne nous emballons pas. Et si c'était une stratégie de communication ?

Elle se sent un peu coupable de suggérer une chose pareille, mais elle ne peut pas s'empêcher de se poser la question : Tyler ne serait-il pas parano ? Et elle ?

Il fronce les sourcils.

– On bosse ensemble. Si elle voulait faire un coup, elle m'aurait prévenu.

Elle boit une gorgée de kombucha.

– Bon, et l'inverse, alors ? Et si elle voulait juste… arrêter ? Elle avait peut-être besoin d'une pause.

– Dans ce cas, elle me l'aurait dit, tout simplement.

Emlyn fait la moue.

– Peut-être… mais peut-être aussi qu'elle ne voulait pas te décevoir.

Du bout de l'index, elle suit la couture sur sa manche, puis ajoute :

– Réfléchis à ça… Si elle en a eu assez, tu ne crois pas qu'elle a pu avoir du mal à t'en parler ?

– Elle peut tout me dire, et elle l'a toujours fait. Elle sait qu'elle peut me faire confiance, quoi qu'il arrive.

Il regarde Emlyn droit dans les yeux.

– Il leur est arrivé quelque chose. Quelque chose de sérieux. Je le sens. Et je dois la retrouver.

## DIX-SEPT ANS PLUS TÔT

Les premières semaines qui suivent le jour où le père d'Emlyn a glissé son sac de voyage sur son épaule, embrassé sa fille sur le front et descendu d'un pas guilleret le trottoir avant de partir dans sa Camaro rugissante, sa mère, Marlene, n'a pas beaucoup quitté sa chambre. C'est déjà arrivé par le passé, ces plongées soudaines et surprenantes dans des ténèbres qu'Emlyn semble incapable de pénétrer : une première fois lorsque Marlene a perdu un bébé à quatorze semaines de grossesse, et une seconde quand elle a appris le décès de sa propre mère. Sauf que le père d'Emlyn était là. Il commandait des pizzas et achetait des plats surgelés pour le dîner. Ils regardaient la chaîne documentaire ensemble, et elle ne s'inquiétait pas. Dans plusieurs années, à l'occasion d'un cours de psychologie à l'université, elle apprendra les termes médicaux qui décrivent ces périodes d'abattement et celles, toutes aussi déroutantes, d'euphorie de Marlene, mais sur le moment, du haut de ses douze ans, Emlyn ne met aucun mot dessus.

Après les cours, elle aligne des colonnes régulières de longues divisions, remplit des feuilles d'exercice pour ses cours de SVT ou de physique-chimie, elle apprend les vingt termes de sa liste de vocabulaire. Quand elle a terminé ses devoirs, elle grimpe au seul arbre dans son jardin, s'adosse à une branche et ouvre son dictionnaire. Tous les soirs, dans le salon, elle regarde le DVD d'une comédie, *Napoelon Dynamite*, que son père lui a offert au Noël précédent. Elle récite tout bas les répliques des acteurs, elle rit lorsque Kip chante sa chanson à la fin. Les jours où elle souffre particulièrement de la solitude, elle regarde en boucle la scène sur la terrasse dans laquelle oncle Rico se vante de ses exploits footballistiques devant Kip. Son père riait systématiquement à gorge déployée.

Quelqu'un – son père sans doute – glisse une enveloppe d'argent liquide dans la boîte aux lettres une fois par semaine pendant qu'elle est au collège. Avec ces quarante dollars hebdomadaires, Emlyn se rend au supermarché le plus proche, à deux pâtés de maisons, et elle achète de la margarine, du lait, des œufs, du pain, du fromage, des bananes, du beurre de cacahuètes, des flocons d'avoine et autant de conserves de soupe que possible avec ce budget. Sa mère lui a appris, bien avant son récent isolement dans sa chambre, à préparer toutes sortes de repas à partir de ces ingrédients. Elle varie les recettes, monte des repas à la recluse.

– Tu dois manger, maman, insiste-t-elle.

Et celle-ci obtempère. Tous les soirs, pendant qu'elles dînent ensemble dans le lit parental, Marlene se force à sourire, à interroger sa fille sur sa journée. Elle a perdu du poids malgré tout, et Emlyn s'inquiète pour les cernes sombres qui fleurissent sous les yeux de sa mère, pour ses pommettes émaciées.

Lorsque Mme Boyer, la voisine qui est une vraie fouineuse, s'inquiète de ne pas avoir croisé les parents d'Emlyn depuis un moment, l'adolescente ment, elle répond que son père est en déplacement pour le travail, et que sa mère est malade. Une semaine plus tard, Mme Boyer reprend des nouvelles de Marlene. Entre-temps, Emlyn a découvert l'adjectif *inquisitrice* dans son dictionnaire, et elle l'a attribué à sa voisine, dont elle a remarqué qu'elle aimait arpenter le quartier pour collecter et diffuser des informations.

Elle est peut-être poussée par la malveillance, peut-être pas ; Emlyn ne sait pas très bien ce qui la pousse à agir ainsi, mais la seconde fois où Mme Boyer l'interroge, elle rentre son menton vers sa poitrine et marmonne :

– Elle est condamnée.

Aussitôt, elle regrette son mensonge. Les yeux écarquillés de la vieille dame, la main ridée aux veines saillantes qui se plaque sur sa bouche. Puis, et c'est le pire de tout, elle attire Emlyn contre elle pour la serrer dans ses bras un instant… Rien ne pourrait davantage susciter un remords profond et béant en elle que cette réaction d'empathie sincère. Elle grimace pendant l'étreinte, se déteste.

– Je suis vraiment désolée, ma chérie, lui dit Mme Boyer.

Emlyn opine alors du chef contre sa poitrine.

Plus tard, tout en ouvrant une conserve de soupe au poulet et en la versant dans deux bols, tandis que les nouilles tombent d'un coup, en gros tas, elle réfléchit au moyen de se tirer raisonnablement de la situation délicate dans laquelle elle s'est mise avec trois petits mots. *C'est vrai qu'elle est condamnée,* songe Emlyn. *Elle meurt à petit feu dans sa chambre, il n'y a aucun signe d'amélioration, je ne sais pas comment l'aider, moi.*

Le lendemain, lorsque Mme Boyer se présente avec des lasagnes brûlantes qui embaument tellement qu'Emlyn en pleure presque de joie, la culpabilité dévorante revient l'assaillir, et elle avoue presque la vérité. Deux jours plus tard, c'est une autre voisine, Mme Ralston, qui vient la voir avec un plat de pâtes au poulet sauce Alfredo qui bouillonne encore et une salade ; puis deux jours après, une voisine qu'Emlyn ne connaît que de vue et qui lui apporte un rôti braisé. Elle se rend compte qu'elle ne peut plus dire la vérité maintenant, elle ne peut plus revenir en arrière. Les repas continuent à affluer, le quartier la prend sous son aile comme une tante trop parfumée qui exige des câlins. Elle engloutit la nourriture tout en sentant une brûlure inhabituelle dans son ventre. Culpabilité ? Honte ? Ulcère ? Les trois peut-être. Emlyn est convaincue qu'elle devra payer très cher les conséquences de sa supercherie, dans cette vie ou la suivante. Et, si elle se fie au feu qui dévore son abdomen, très probablement dans celle-ci.

Installée sur la branche en fourche de l'arbre, dans le jardin, elle feuillette son dictionnaire et découvre l'adjectif *pitoyable.* « Qui suscite la compassion, en particulier à cause d'une tragédie ou d'une faiblesse. » Ce mot lui parle. Elle comprend que cette définition lui convient comme un gant. C'est sans aucun doute ainsi que ses voisines la voient dorénavant : ça explique les repas et les regards navrés. La définition se poursuit : « Sans valeur ni mérite, minable. » Emlyn reprend appui contre l'arbre et observe les grandes feuilles qui vacillent au-dessus de sa tête et accepte l'idée, avec une certaine consternation, que cette définition lui convient également. Elle repense à son père, qui l'a abandonnée avec désinvolture, en agitant la main. Aux billets de vingt dollars glissés dans la boîte aux lettres, aux promesses et aux mensonges. Les gens ne se comportent pas comme ça avec une personne charmante, pleine de vie, forte et amusante. Ils le font avec une personne sans valeur ni mérite, minable. Là, perchée dans l'érable avec son dictionnaire sur les genoux, Emlyn accepte à contrecœur l'idée qu'elle a trouvé son adjectif, son essence. *Pitoyable.*

Pour éviter de croiser ses voisines, elle prend l'habitude de courir à bride abattue depuis l'arrêt du bus scolaire, tous les après-midi. Elle se cache derrière les arbres ou dans les massifs de buis. (Ce qui est pitoyable aussi.) Ce n'est qu'une question de temps avant que ses voisines découvrent son mensonge, ou bien sa mère. Emlyn ne sait pas ce qui serait le pire. Elle finira néanmoins par comprendre que ce ne sera pas simplement les unes ou l'autre. Ce sera les deux.

Un jour, à son retour de cours, elle est accueillie à la porte par Marlene. Celle-ci a rangé la cuisine et elle s'est douchée. Elle sent délicieusement bon, Emlyn retrouve la mère qu'elle connaît et qu'elle aime. Ainsi, en un clin d'œil, la femme triste aux yeux creusés enfermée dans sa chambre a disparu. Une assiette de cookies tout juste sortis du four est posée sur la table de la cuisine immaculée, où attendent aussi un verre de lait et une tasse de café.

– Viens, lui dit Marlene, j'ai préparé un goûter.

Les pépites de chocolat encore chaudes fondent, et Emlyn se brûle la langue à la première bouchée. Bien sûr, elle est soulagée d'avoir retrouvé sa mère d'autrefois, de découvrir la cuisine bien en ordre et de pouvoir manger des cookies.

– Papa est rentré ? demande-t-elle en rebroussant chemin vers l'entrée, persuadée qu'elle va le voir.

Un nuage de mépris voile le visage de Marlene. Elle enroule une mèche de cheveux autour de son index et fait tomber une goutte d'eau sur la table.

– Non, trésor, ton père ne rentrera pas. Il est parti.

– Mais il avait dit…

– Il a menti, l'interrompt sa mère. Il a toujours menti.

Elle s'adosse à sa chaise et croise les bras.

– Par exemple, il avait promis de m'aimer pour toujours. Dans la richesse et la pauvreté, dans la santé et dans la maladie. Il m'avait garanti que je serais heureuse en venant m'installer ici avec lui. Et puis il a rencontré une autre femme. Plus jeune, qui avait l'attrait de la nouveauté. Et *pouf !* il a disparu.

Ça ne peut pas être vrai. Son père n'aurait jamais rencontré une autre femme… Qu'est-ce que ça signifie, d'abord ? Et où aurait-il rencontré cette femme ? Il passait son temps au garage, non ?

– C'est faux, proteste Emlyn.

Marlene semble se radoucir, elle tend la main vers celle de sa fille.

– J'imagine que c'est perturbant.

– Il ne ferait jamais ça… il a dit qu'il reviendrait.

– Je suis navrée d'avoir à t'ouvrir les yeux.

Elle prend un morceau du cookie d'Emlyn et le mange.

– Je ne vais quand même pas le couvrir, ajoute-t-elle.

L'adolescente reste silencieuse un long moment. Le cookie est trop sucré, le lait trop chaud.

– Pourquoi ?

Marlene soupire.

– Je ne sais pas, trésor. Certaines personnes ont tendance à se montrer démissionnaires face aux difficultés du quotidien, c'est comme ça. Mais toi et moi, on va rester ensemble. On va traverser cette épreuve.

Emlyn remarque alors les cartons entassés dans le salon, les étagères vides.

– Qu'est-ce qui se passe ?

– On déménage.

Le cœur d'Emlyn bondit dans sa gorge.

– Quoi ?

Un nouveau nœud, qu'elle n'a pas encore tout à fait identifié, se forme dans son ventre. Une peur. La peur qu'elle ne puisse pas laisser sa mère seule, la peur que Marlene, elle aussi, l'abandonne. Dans l'immédiat, cette peur est une minuscule appréhension qui vient de se former. Avec le temps, elle grandira, elle se répandra dans le moindre recoin de son être. Elle l'affectera au point de jouer un rôle dans chacune de ses conversations futures, dans chacune de ses relations.

– On déménage, répète Marlene.

– Quand ?

– Bientôt.

Une part d'Emlyn est soulagée. La forteresse de mensonges qu'elle a bâtie autour de la « maladie » de sa mère lui paraît de moins en moins solide, et elle va pouvoir filer sans la regarder s'écrouler.

– Et on va où ?

Sa mère rejette la tête en arrière pour finir son café.

– Toi et moi, commence-t-elle avant de prendre un cookie dans l'assiette et de se lever, on rentre chez moi.

En une semaine, Marlene vide la petite maison. Elles apportent trois cargaisons d'affaires à l'Armée du salut.

Elles entassent tout ce dont elles ne veulent plus sur le trottoir et posent un panneau *Servez-vous* à côté. Une lampe du salon, un vélo trop petit pour Emlyn, une collection de vieilles cassettes audio remontant à la jeunesse de Marlene. Quand elle croit que sa fille a quitté la maison pour de bon et ne la verra pas, elle scotche un message sur la boîte aux lettres, où le père d'Emlyn avait l'habitude de glisser ses enveloppes d'argent liquide. Quatre mots, dont un de six lettres qu'Emlyn a interdiction de prononcer. Une fois dans la voiture, Emlyn demande :

– C'était quoi, ce que tu scotchais ?

Marlene met ses lunettes de soleil pour cacher ses yeux.

– Un message pour ton père, dit-elle en démarrant.

– Il saura où nous trouver ?

– Évidemment.

Emlyn n'est pas certaine que ce soit vrai.

La voiture est pleine à craquer, au point que les jambes de l'adolescente, assise à l'avant, sont coincées entre un sac contenant les produits de beauté de sa mère et une glacière avec des sandwichs et un reste de chili préparé par Mme Tompkins, une voisine qui habite à trois maisons de là. Marlene baisse sa vitre pour faire signe, en passant, à Mme Boyer, qui se trouve justement devant chez elle, un balai à la main, une expression de perplexité au visage. La culpabilité brûle de nouveau dans la poitrine d'Emlyn, et elle sort aussi son bras par sa fenêtre. Au moins, elle laisse ça derrière elle, aussi.

Il y a quinze heures de route pour aller de la Caroline du Sud à la ville de Pennsylvanie où Marlene a grandi. Emlyn n'a jamais rencontré son grand-père, qui a fait une crise cardiaque deux jours après le départ de sa fille, à dix-huit ans, et qui la tient responsable de cet accident, à cause du stress qu'elle lui a causé. Il envoie, chaque année, une carte de Noël à sa petite-fille avec un billet de cent dollars bien lisse à l'intérieur, et une carte d'anniversaire qui contient la même chose. Il signe d'une écriture appliquée : *Papy.* Marlene a pourtant brossé un portrait sévère de l'homme : « grincheux », « impitoyable », « insensible » font partie des adjectifs qu'elle a employés pour le décrire, et Emlyn ne peut s'empêcher de se sentir fébrile à l'idée que sa mère a décidé d'arriver chez lui à l'improviste.

Derrière la vitre de la voiture, les palmiers nains et les marécages qui ont servi de décor à l'enfance d'Emlyn sont peu à peu remplacés par d'immenses collines ondoyantes couvertes d'herbes d'un vert jaunissant, puis par des rangées interminables de maïs immense, et ensuite par des étendues de forêts épaisses de grands arbres au feuillage si luxuriant qu'elle est persuadée qu'elles ont pénétré dans un autre monde. À ses pieds se trouve un livre qu'elle a acheté à l'Armée du salut pour vingt-cinq cents, à l'occasion d'un de leurs dépôts, mais elle ne l'a pas encore ouvert. Marlene s'arrête pour lui offrir une glace dans chaque État, le plus souvent chez des petits commerçants au bord de la route, et une fois au McDonald's. Elle cherche des stations de radio qui diffusent des chansons des années 1980 et 1990 pour pouvoir chanter, vitres baissées, même si avec le vent ses cheveux lui fouettent le visage. Aux premières notes d'un vieux tube des Foo Fighters, elle se fige, avant d'abattre violemment la paume de sa main sur le bouton de l'autoradio pour l'éteindre. Emlyn n'a pas besoin de demander d'explications. Elle connaît cette chanson. Son père a toujours adoré les Foo Fighters.

Quand, enfin, elles quittent l'autoroute et pénètrent dans une ville endormie qui ne possède qu'un seul feu tricolore, Emlyn lit les enseignes des magasins qui défilent. La quincaillerie, la solderie, la pharmacie Richey. Marlene ne tarde pas à engager la voiture dans un chemin de terre semé d'ornières profondes, si étroit qu'elle passe à peine en largeur. Les arbres qui débordent sur la voie raclent le toit et les vitres. Elles finissent par sortir de ce tunnel pour entrer dans une clairière en pleine forêt, occupée en son centre par un chalet coquet. Un homme se tient au bord d'une petite mare, il jette des poignées de nourriture dans l'eau. Il se retourne.

– Attends-moi ici, dit Marlene avant de descendre de voiture.

Emlyn se penche à l'extérieur de la vitre baissée pour entendre. Marlene a les mains enfoncées dans les poches profondes de son vieux jean. Elle parle, parle, parle, puis pince les lèvres. Jusqu'à maintenant, papy n'a pas encore dit un mot. Il finit par sortir une cigarette de la poche de sa chemise à carreaux.

– Je te l'avais bien dit la première fois que j'ai rencontré ce garçon, lance-t-il en jetant un coup d'œil vers la voiture et en croisant le regard d'Emlyn.

– Il ne faut jamais se fier à un rebelle.

Son grand-père possède, elle le découvre rapidement, un atelier dans les bois, à une centaine de mètres du chalet, sur le terrain qui lui appartient, et Marlene a des vues dessus.

Il possède des fenêtres, l'électricité et l'eau courante, ainsi qu'une colonie fournie de rongeurs qui ont laissé beaucoup de déjections. Avec un peu d'huile de coude, le résultat sera parfait, assure Marlene, quand Emlyn lui demande pourquoi elles ne peuvent pas plutôt s'installer dans le chalet. Marlene lui explique que son père fume, et qu'Emlyn risquerait d'être victime de tabagisme passif, d'avoir les poumons encrassés et de subir un retard de développement neuronal.

Elle, elle ne voit que le béton au sol, et le monceau de crottes qui donne l'impression que quelqu'un a pris un gigantesque bocal de vermicelles en chocolat pour en saupoudrer partout. Elle ne voit que les coins envahis de toiles d'araignées blanches. Elle ne voit que les étaux, la scie circulaire sur table et la ponceuse. Et elle a presque un haut-le-cœur parce que ça empeste le moisi, le musc et les matières fécales. Papy grommelle quelque chose au sujet des hantavirus et d'autres maladies, il finit par convaincre sa fille de loger dans le chalet tant que l'atelier n'aura pas été entièrement réhabilité.

Pour leur première nuit, elles montent leurs sacs de voyage dans l'ancienne chambre de Marlene. Papy ouvre une boîte de soupe à la tomate et prépare des sandwichs toastés au fromage sur son immense cuisinière blanche. Il considère avec désapprobation le roman qu'Emlyn est en train de lire et, plus tard, il lui tend une édition poche usée du *Meilleur des mondes*, d'Aldous Huxley.

– Si tu veux lire une histoire qui fait peur, essaie ça.

Marlene se lance à corps perdu dans la « remise en état » de l'atelier. Elle se fait livrer une benne à ordures et la remplit. Elle embauche le fils d'un voisin, un gars avec une carrure de bûcheron qui fait un clin d'œil à Emlyn chaque fois qu'il la croise, pour l'aider à déplacer le matériel de papy dans l'appentis juste à côté. Équipée d'un masque filtrant comme ceux que peut porter le personnel médical, Marlene passe un aspirateur industriel pour nettoyer des décennies de crasse et de débris accumulés.

Emlyn, qui a, momentanément, l'interdiction de pénétrer dans sa nouvelle maison, commence à explorer le terrain derrière la propriété de son grand-père. Tout l'été elle arpente les bois, s'aventure un peu plus loin chaque fois. Elle cherche son père, suit des sentiers. Elle organise des battues imaginaires. Elle convainc papy de l'emmener à la bibliothèque, où elle emprunte des livres sur les traces laissées par les bêtes, leur pistage. Elle les emporte dans la forêt et les feuillette, laisse des traces de doigt marron sur les pages. Au fond d'elle, elle sait bien que son père n'est pas dans ces bois. Elle sait que sa mère n'a pas menti en lui disant qu'il a trouvé quelqu'un d'autre. Elle sait qu'il les a réellement quittées de son plein gré. Et pourtant ces recherches l'aident à panser ses plaies et, même si elle a onze ans et devrait sans doute arrêter de se raconter des histoires, elle continue.

Elle attrape des tritons qu'elle recueille dans sa paume, pour caresser leur dos orange soyeux. Elle regarde les écureuils gris bondir d'une branche à l'autre, à la cime des arbres. Elle escalade aussi de grandes façades rocheuses, dans des lieux où la terre dévale soudain à pic dans un fleuve sombre qui va se jeter en serpentant dans l'Atlantique. Elle pique une petite boîte d'allumettes sur l'étagère de papy et, en suivant les instructions d'un des livres de la bibliothèque, trouve un endroit suffisamment dégagé, puis apprend à faire un feu. Dans la nature, elle n'est plus Emlyn la discrète, la craintive, qu'on oublie facilement, qui ne lève jamais la main en classe et déjeune seule dans son coin à la cantine, qui invente des mensonges pour cacher ses soucis familiaux. Dans les bois, elle devient quelqu'un d'autre. Elle est courageuse, confiante, intrépide.

Enfin, presque. Ce nœud qui est apparu dans son ventre peu après qu'elle a vu son père s'éloigner sur le trottoir... ce n'est plus seulement un nœud, et il ne se cantonne plus à son abdomen. Il s'étend, il grandit, encore et encore. Elle a peur que papy ne meure. Elle insiste pour accompagner sa mère chaque fois que celle-ci se rend au supermarché, même pour une petite course. Elle la supplie de la scolariser à domicile, tente de persuader sa mère de ne pas postuler à des emplois. (Marlene ne cède sur aucun des deux points.) Le jour de la rentrée à l'automne, Emlyn se regarde dans le miroir et s'enjoint à ne faire confiance à personne. Elle apprécie Mme Gardner, qui a décoré les murs de sa classe avec des œuvres d'art intrigantes et dont les sourires sont aussi délicieux qu'un bol de cerises, mais elle décline poliment sa proposition de rejoindre le club de poésie, qui se tient après les cours, alors même que sa professeure l'a prise à part un jour pour l'inviter à y participer. Elle ne s'autorisera pas à se rapprocher de quiconque. Ni de Mme Gardner ni de personne.

Lorsque Emlyn fera son entrée à l'université, elle aura enfin tourné la page et renoncé à « pister un père disparu depuis longtemps et qui ne s'était jamais perdu de toute façon », mais la nature sauvage continuera à exercer son attrait sur elle. Elle s'inscrira au club d'activités en plein air et participera à tous les stages proposés : la navigation terrestre – les bases, et le niveau plus avancé –, la survie dans la nature, les premiers secours en milieu sauvage. Même si elle ne se fera pas de véritables amis dans ce club, elle absorbera tous les enseignements, et elle se révélera douée, dans tous les domaines. Durant le premier semestre de sa deuxième année, en cours de psychologie avec le Dr Hartnett, en découvrant le chapitre de son manuel sur la « peur de l'abandon », elle aura l'impression de lire sa propre histoire. Au début, cette découverte lui fera l'effet d'un couperet : elle ne pourra jamais nouer la moindre relation saine, elle est condamnée à être malheureuse. En une phrase, cependant, le manuel expliquera que la thérapie peut être un remède. Dans un élan de courage et de désespoir, Emlyn prendra rendez-vous au centre médical des étudiants et commencera à voir Rhonda. Rhonda lui expliquera qu'en développant son don pour la vie en plein air, elle a mis en place une stratégie positive pour renforcer son assurance en dehors d'une interaction avec d'autres individus. Que c'est une bonne chose de prendre des nouvelles de chez elle, mais peut-être pas aussi fréquemment qu'elle le fait. Que oui, le départ de son père a sans doute agi comme un déclencheur. Que ce n'est toutefois en rien une fatalité. Que construire une amitié, pas à pas, pourrait lui faire du bien. Qu'Emlyn doit essayer de s'ouvrir à cette idée.

Une semaine plus tard, elle sera en train de faire ses devoirs au Bumpy's Diner. Deux hommes s'installeront sans y être invités dans son box, et la sublime Janessa, si sûre d'elle, débarquera avec sa veste Carhartt et sa casquette, elle posera un spray anti-ours sur la table en Formica et leur ordonnera de débarrasser le plancher. Janessa s'assiéra à côté d'elle en civilisation occidentale le lendemain matin et lui proposera de sortir avec elle le soir même. Et Emlyn se rappellera le conseil de Rhonda, elle se répétera qu'elle a envie d'une vie aux relations assainies, une vie heureuse, et elle acceptera.

# 6

Après le dîner, Tyler allume un feu dans le brasero, puis prépare deux tasses de thé. Emlyn sort un des ordinateurs portables sur la terrasse, et il pose les tasses sur la table. La nuit s'est rafraîchie.

– Je voudrais lire ses publications, dit-elle. On trouvera peut-être un indice.

– Crois-moi, je l'ai déjà fait, et rien. Enfin bien sûr, regarde.

Il rapproche sa chaise de la sienne.

Elle soulève le capot de l'ordinateur et l'écran lumineux éclaire leurs visages. Tyler se penche pour taper un mot de passe. Emlyn fait défiler la page Instagram tout en bas, pour reprendre du début, au printemps de l'année précédente. La toute première photo : Janessa et Bush blottis l'un contre l'autre devant le camping-car gris, avec un labrador noir qui les regarde.

*Bonjour, tout le monde ! Nous, c'est Janessa et Bush, avec notre fidèle compagnon, Clyde. On s'apprête à partir pour une grande aventure dans cet incroyable van aménagé, conçu et entièrement assemblé, à la main, par mon meilleur ami, l'incroyable @tylerthestone. On espère repérer de nouveaux endroits et faire des expériences. On compte bien se dépasser et grandir grâce à nos découvertes. Il y aura forcément des hauts et des bas ; on s'en doute. Alors on propose de vous embarquer avec nous pour les hauts, les bas et tout le reste. #DésirEvasion #vanlife #campingcar #aventure #voyage #nature #sauvage*

Quatre publications ponctuent ce premier voyage. Des vues grandioses du Grand Canyon : la roche rouge mouchetée de vert, la légende décrivant une randonnée facile de moins de deux kilomètres pour rejoindre l'endroit. Ensuite, on voit le camping-car garé juste devant l'entrée du parc national de la forêt nationale de Kaibab. Des pins se dressent jusqu'au ciel. La troisième publication consiste en une brève vidéo prise du camping-car, sans un seul autre véhicule en vue. Sur la dernière photo, Clyde est tout près de Janessa, la tête sur son épaule, alors qu'elle perd son regard dans le gouffre rouge du Grand Canyon.

– C'est ce qui a attiré les gens au départ, je pense, observe Tyler. Cette promesse initiale. De hauts et de bas. Ils ont eu le sentiment qu'elle était authentique. Ils ne voulaient pas d'un monde où tout est beau, incroyable, merveilleux. Ils voulaient de l'authenticité, la vraie Janessa.

Emlyn hoche la tête tout en continuant à lire, pourtant les mots de Tyler la font réfléchir. Elle repense à sa première rencontre avec son amie dans ce petit café de Pennsylvanie, vêtue comme une fille du coin, avec sa veste Carhartt et sa casquette. Le lendemain, en cours, elle est arrivée métamorphosée en étudiante sexy mais studieuse. Un véritable caméléon, capable de se transformer. Janessa a toujours été fantasque, capricieuse. À la fac, elle passait rapidement d'un garçon à un autre sans s'attacher. Et juste après sa terrible engueulade avec Emlyn, elle a pris, à la surprise générale, un boulot à l'autre bout du pays, sur la côte Est, et a quitté l'Idaho où elle avait justement attiré celle-ci. Tandis qu'elle fait défiler les photos, Emlyn ne peut s'empêcher de revenir à une question qu'elle s'est posée pour la première fois il y a bien longtemps : quelle est la véritable identité de sa vieille amie ?

Un pneu crevé en pleine forêt. Janessa fait une moue boudeuse, lèvres en avant, pendant que Bush s'active pour le changer et que Clyde lui lèche la joue. Un panneau *Route condamnée.* Des avertissements à l'entrée de parcs nationaux, des visites annulées, des masques. Les fameux « bas » annoncés.

– Elle m'a parlé de Clyde, dit Emlyn.

– Oui, répond Tyler avec un sourire. C'est le véritable amour de sa vie.

D'autres étapes, d'autres photos.

Tyler rentre ranger la cuisine, et Emlyn l'observe à la dérobée à travers les portes vitrées. Torchon sur l'épaule, casquette à l'envers. Devant le gigantesque évier de ferme, il hoche la tête en rythme sur une musique qu'elle n'entend pas. Tout ce temps elle a réussi à se convaincre qu'elle avait tourné la page, que cette vie ne lui inspirait plus aucun désir, que celle-ci ne lui manquait pas. Qu'il ne lui manquait pas. Et pourtant là, sur la terrasse au bord du lac Patten, dans ce lieu où elle a connu un bonheur immense, elle ne peut complètement étouffer la nostalgie qui affleure juste sous sa peau et qui crépite, chargée d'électricité.

Tyler est redevenu Tyler. C'est tout le problème. Le teint frais, le regard limpide, attentif et charmant. Le Tyler qui l'a oubliée dans la forêt n'était pas le vrai. C'était le Tyler prisonnier des griffes de son addiction. Ce Tyler-là mentait, volait et faisait qui sait quoi d'autre encore. Ce Tyler-là a bien failli la tuer. L'autre en revanche, celui qui prépare des pizzas et qui la regarde avec des yeux bleus captivants, c'est celui dont elle est tombée amoureuse il y a bien des années. Et s'il est vraiment libéré de son addiction…

Elle se concentre sur l'ordinateur pour penser à autre chose.

Elle lit les commentaires. Flatteurs, escrocs… *Tu es si belle, je t'aime. Épouse-moi, Janessa ! Oh là là, tu es sublime.* Et aussi : *Obtiens 50 000 abonnés ! Contacte-nous par MP @paradisrandonneurs.* Un fabricant de sacs à dos lui en propose un gratuit. Une entreprise veut savoir si Janessa et Bush accepteraient de faire la promotion de leur nouvelle ligne de polaires recyclées. Une autre leur propose des gourdes gratuites. Un échange avec le compte @randopechelavie retient son attention, vers le bas. Le dernier message, qui remonte à six mois, dit : *Je me rends compte que j'ai dépassé les bornes, désolé. J'avais juste très envie de vous rencontrer. Je ne vous dérangerai plus, c'est promis.*

Le cœur d'Emlyn fait un bond. C'est l'histoire dont Tyler lui a parlé.

Elle remonte au premier message du fil.

*Salut, je suis ton compte depuis son lancement, et j'adore participer à vos aventures !* Janessa a répondu par un simple « J'aime ». L'abonné a ajouté plusieurs autres messages. *On a discuté à la laverie automatique du parc de Kodachrome Basin.* Janessa n'a pas répondu cette fois. *C'est encore moi.*

*J'ai un aveu à te faire. Je ne suis pas tombé sur toi par hasard à la laverie ! Je savais que vous aviez visité Bryce Canyon juste avant, et j'en ai déduit votre destination suivante. Tu trouves ça bizarre ?*

Emlyn frissonne dans le noir. Elle continue sa lecture. Un message de @ozkerwild, daté du mois dernier : *Je croyais qu'on avait un accord.* Aucune réponse de Janessa. @ozkerwild a de nouveau écrit il y a deux semaines : *Tu ne peux pas me laisser dans le doute comme ça.* Et enfin, huit jours plus tôt : *Je dois comprendre que c'est terminé ?* La réponse de Janessa à ce dernier message ne fait aucun sens : *44 % N*679,1/114.W ? 42>17.* Il pourrait très bien s'agir d'une erreur, songe Emlyn, un téléphone qui se déverrouille dans un sac et dont les touches sont pressées par accident.

Elle clique sur le profil associé à l'adresse. Pas une seule publication, pas un seul abonné. Pourrait-il s'agir du type du parc de Kodachrome Basin qui utiliserait un autre pseudo ou d'une tout autre personne ? Janessa a-t-elle trompé Bush ? Les messages du type de la laverie étaient déjà bien flippants, mais ces trois-là paraissent pires en un sens.

Emlyn retourne sur la page de Janessa pour chercher les images du fameux parc de Kodachrome. Tyler et elle y sont allés il y a des années, et elle est certaine qu'elle reconnaîtra les immenses colonnes et ailerons rouges qui jaillissent de terre comme la colonne vertébrale d'un gigantesque monstre endormi. La roche blanche, caramel, orange, rouille, rouge et striée. Oui, voilà. Elle repère la date. Au printemps dernier, il y a six mois. Emlyn clique sur la publication. Une balade à cheval au milieu des formations rocheuses, Janessa en jean et en chapeau de cow-boy. Une promenade en V.T.T. pour faire l'ascension d'une paroi rocheuse. Bush et Janessa enlacés devant une autre merveille de la nature, Grosvenor Arch. Des sourires immenses, un ciel bleu. Et même une photo de la laverie du parc, un adorable petit bâtiment en rondins juste à côté du terrain de camping.

Emlyn se mordille la lèvre. Elle ferme Instagram et lance une recherche Internet sur Bush. Elle trouve un article de presse : *Un philanthrope finance un nouveau refuge pour la faune sauvage.* Sur le cliché qui l'illustre, Bush coupe un ruban lors d'une inauguration. Il porte un costume et une cravate. Et elle ne peut s'empêcher de remarquer qu'il paraît aussi à l'aise qu'avec sa tenue de chasse et son maquillage camouflage. Janessa est présente, en arrière-plan, dans une robe midi bleue très sage, les mains croisées devant elle. Emlyn clique ensuite sur un article de *Sports Afield*, publié deux ans avant qu'elle n'accompagne leur équipe à la chasse. Il est intitulé : *Sa Majesté des mouches.* Bush explique au journaliste qu'il tenait à voir s'il pouvait fabriquer des mouches artificielles uniquement à partir de matériaux qu'il aurait été chercher à la source. Poils de wapiti et de cerfs mulets, et même des plumes blanches et noires prélevées sur le coq d'un voisin.

Elle cherche la chaîne YouTube de Bush et la trouve sans mal. Pêche à l'arc depuis un canoë dans l'Arkansas, cerf de Virginie abattu grâce à une sarbacane. Il y a des dizaines de vidéos, mais elle sélectionne celle où l'on voit Bush traquer un wapiti avec son arc. Un arc fabriqué à la main dans du bois de robinier noir, et des flèches taillées dans des roseaux avec des empennes en plumes de dindon. Il en décoche une et sa proie, une énorme bête aussi large que haute, les babines écumantes, s'écroule à quarante mètres de distance.

Il la dépèce sur place, enveloppe de gigantesques morceaux de viande dans des sacs en étamine qu'il transporte à son pick-up en quatre trajets. Une opération qui prend des heures, Emlyn le sait bien, même si, pour les besoins de la vidéo, elle est présentée en accéléré, réduite à quelques minutes. À l'occasion de l'un de ses trajets il s'arrête pour cueillir quelques poignées de groseilles à maquereau qu'il fourre dans les poches de sa veste.

Vers la fin de la vidéo, Bush lave un morceau de filet dans un ruisseau.

« Je suis crevé, dit-il à l'objectif, en s'aspergeant le visage d'eau de son autre main et en laissant une traînée de sang sur sa joue. Complètement mort. »

Il s'essuie le visage avec sa manche.

« Je ne sais même pas si je réussirai à me sortir du lit demain matin. Et j'aurai sans doute besoin d'aller voir un chiropracteur de toute urgence. »

Il sourit avant de brandir le morceau de viande.

« Mais rien que pour ça, ça en vaut la peine. »

Il fait un feu, découpe la viande en fines tranches. Il parle avec naturel à la caméra, explique chacune des étapes pendant qu'il cuisine. Il montre un sachet rempli de farine, de sel à l'ail et de poivre.

« Alors bien sûr, ça fait un truc en plus à porter, mais croyez-moi, c'est un petit sacrifice qu'on ne regrette vraiment pas », conclut-il avec un sourire.

Sa voix est grave, il s'exprime avec aisance et assurance. Emlyn connaît les chasseurs, elle se considère comme l'une d'eux. Elle comprend instantanément l'attrait qu'il peut exercer sur eux, lui qui est capable de s'aventurer dans les coins les plus paumés, de tuer un wapiti avec des armes qu'il a fabriquées lui-même, et ensuite de le dépecer sans aucune aide. Ce n'est pas seulement son talent, qui en soi est déjà impressionnant. C'est lui. Il est sympathique, on a envie de s'identifier à lui. *Charismatique.* « Qui est doté d'une autorité magnétique suscitant le dévouement. » Pas étonnant que Janessa et lui collectionnent les abonnés.

Sur la vidéo, Bush met les médaillons de viande dans le sachet, les secoue légèrement, puis les fait griller dans une poêle. Il ajoute les groseilles à maquereau qu'il a cueillies, et mange ce délicieux repas avec son canif.

*C'est étrange*, songe-t-elle en refermant l'ordinateur de Tyler. Il suffit de lire deux articles sur quelqu'un, de parcourir ses profils sur les réseaux sociaux, de regarder une vidéo et, en moins d'une heure, on a l'impression de le connaître. De savoir quelles sont ses valeurs, ce qu'il aime, comment il se comporte avec les autres. Qui il est.

Elle laisse l'ordinateur sur la table et va s'installer dans l'une des chaises longues près du feu. Tyler lui a dit que Janessa et Bush ont commencé par les destinations les plus courues. Parcs nationaux, monuments. Puis, ces derniers mois, ils ont voulu explorer des coins moins célèbres. Des forêts et des espaces protégés, des terres administrées par le bureau de gestion territoriale, des endroits sauvages. En somme, pas le genre de lieu où l'on emprunte une route bien signalisée, pour atteindre un parking bien indiqué, avant de partir marcher sur un sentier bien balisé. C'est une tout autre histoire. Ça fait partie de l'attrait. Les routes, à peine entretenues, dissuadent la plupart des gens de s'y engager. On peut passer un, deux, trois jours, ou plus, sans croiser un autre être humain. Les sentiers de randonnée sont souvent les mêmes que ceux empruntés par le gibier, qui choisit toujours la facilité. Sans carte, surtout si on n'a pas un bon sens de l'orientation, on peut facilement se perdre. Et l'ennui, c'est que le temps de prendre conscience qu'on s'est perdu, le compte à rebours a déjà commencé. On peut se retrouver sans nourriture ni eau avant d'avoir même compris qu'on s'est écarté du chemin.

Et ce n'est pas tout. Un faux pas, une pierre qui tombe. Dans beaucoup de ces endroits, le terrain abrupt ne pardonne pas. Les sentiers sont souvent étroits et taillés à flanc de coteau, bordés d'un côté par un vide impressionnant. Si l'on se fie aux photos de Janessa, Bush et elle sont en forme, et tout à fait compétents. Toutefois une petite blessure peut rapidement s'aggraver, selon la distance à laquelle se trouvent les secours. Et, mais ne parlons pas de malheur, un problème plus grave change la donne du tout au tout. Emlyn le sait mieux que quiconque.

Quoi d'autre ? Janessa et Bush se sont peut-être introduits sur une propriété privée et sont tombés sur un ermite en pleine forêt ? Les habitants de l'Idaho ne sont pas très tolérants avec les intrus. Un souvenir de Rev lui revient. Au printemps dernier, la rivière était au plus haut, blanche et bruyante, elles se trouvaient dans la cuisine du chalet et se préparaient à sortir marcher. Emlyn a regardé son amie glisser une balle dans le chargeur de son Beretta Pico, puis le remettre en place avec le plat de la main. Ensuite, Rev a rangé le pistolet dans la poche de son pantalon et enfoncé un chapeau sur sa tête.

– Pourquoi tu prends ça ? lui a demandé Emlyn en récupérant un bonnet sur le portemanteau.

C'était son premier printemps dans la vallée.

– Les ours ? a-t-elle hasardé.

– Oh, jeune fille, lui a répondu Rev en enfilant un gant. Quand on vit assez longtemps dans ces contrées, on apprend vite qu'il vaut mieux parer à toute éventualité.

Elle a mis sa seconde main noueuse dans l'autre gant avant de reprendre :

– Les ours, les pumas, oui… Enfin, pour tout te dire, à mes yeux, l'animal le plus dangereux de tous reste…

Elle s'est interrompue, a soutenu le regard d'Emlyn.

– … celui qui se déplace sur deux pattes.

À présent, étendue sur la chaise longue, Emlyn médite les paroles de Rev. Elle pense aux commentaires sur Instagram. Quel genre de taré traque quelqu'un jusque dans la laverie d'un parc national ? D'un autre côté, un type qui avoue aussi facilement vous avoir suivi à la trace doit-il vraiment susciter autant d'inquiétude ? Et qui est ce @ozkerwild ?

Il est bien possible que ce qui est arrivé à Janessa n'ait pas le moindre rapport avec aucun de ces deux abonnés, s'objecte-t-elle à elle-même. Janessa est sociable, exubérante, *attirante*. Elle a très bien pu engager la conversation avec un cinglé, ou une cinglée, au départ d'un sentier, et il ou elle se sera fait des idées. Emlyn se rappelle une soirée, en troisième année de fac, pendant laquelle un gros con s'est approché discrètement de Janessa pour glisser une main sous sa robe. Elle lui a donné un coup de poing en plein visage, violent, il y avait du sang partout, avant d'ajouter un coup de genou dans son entrejambe, histoire de bien enfoncer le clou. Tout le monde s'est pétrifié autour d'elle.

Dans le noir, Emlyn sourit à ce souvenir. Sa belle amie, si courageuse, si pleine de vie.

*Janessa*, songe-t-elle en levant les yeux vers la nuit étoilée, *où es-tu ?*

# CINQ ANS PLUS TÔT

Quelques semaines avant la remise des diplômes, Janessa s'étire à côté d'Emlyn après une sortie en V.T.T. sur un sentier au nord du campus. En équilibre sur une jambe, elle croise son pied sur son genou.

– Tu devrais venir avec moi dans l'Idaho, lui dit-elle.

Emlyn étire son quadriceps gauche.

– Je ne sais pas...

– Allez, insiste Janessa. D'autres aventures nous attendent.

Elle empoigne son amie par les épaules.

– Diana Barry et Anne Shirley ont encore des choses à vivre.

Un lundi de février où il avait tant neigé que les voitures et les trottoirs étaient ensevelis et que les cours étaient annulés, Janessa a bravé ces obstacles pour rejoindre Emlyn dans sa chambre. Elle a apporté une liqueur de whisky, une préparation pour chocolat chaud qu'elle avait reçue à Noël et les DVD des vieilles adaptations canadiennes pour la télévision d'*Anne de Green Gables.*

– C'est une tradition chez moi, a-t-elle expliqué. Quand j'étais petite, je forçais Tyler, mon meilleur ami, à venir à la maison les jours de neige. Et on regardait ça, à chaque fois.

Puis elle a ajouté, dans un éclat de rire :

– Je suis sûre que ça te plaira plus qu'à lui !

Elle leur a préparé des liqueurs de whisky au chocolat, et elles ont regardé la télévision en pyjama jusqu'à minuit. À la fin de cette journée, Janessa a décrété qu'elles étaient Anne Shirley et Diana Barry. L'attribution des rôles manquait de pertinence. Janessa était maligne, intrépide et jolie, autrement dit elle réunissait les qualités d'Anne et de Diana, alors qu'Emlyn n'avait pour elle que l'intelligence d'Anne. Ça lui plaît, pourtant que, depuis cette soirée, Janessa la qualifie désormais d'« amie de cœur ». Et ça lui plaît que Janessa voie leur amitié se prolonger au-delà de leurs années à l'université.

Emlyn a reçu une proposition d'emploi dans l'établissement secondaire où elle a fait ses études, ce qui est à la fois une victoire – son premier boulot ! –, et un gigantesque pas en arrière. A-t-elle vraiment envie de rentrer chez elle ? Son grand-père continue à bricoler toute la journée, plus ronchon que jamais. Marlene donne désormais des cours d'art pour adolescents au centre d'animation. Tous deux accueilleraient Emlyn les bras grands ouverts, elle le sait. Pour autant, rêve-t-elle de vivre dans l'atelier réhabilité avec sa mère ? (D'un autre côté, rêve-t-elle de payer le loyer d'un appartement miteux alors qu'elle pourrait vivre gratuitement avec Marlene ?)

– J'ai un travail qui m'attend, tu sais, rappelle-t-elle à Janessa.

– Je sais, je sais. Et c'est vrai. Ils seraient dingues de ne pas t'embaucher, mais…

Elle s'interrompt, se racle la gorge. Emlyn sait qu'elle va chanter.

– *No, how am I supposed to slow it down / So I can figure out who I am ?*

Emlyn éclate de rire. Janessa chante comme un pied. Ce qui ne l'empêche pas de beugler ce refrain sans honte. « Non, comment veux-tu que je ralentisse, pour prendre le temps de découvrir qui je suis ? » Et son timbre de voix convient particulièrement mal à cette chanson de Judah & the Lion.

– Tu sais que tes talents de chanteuse, c'est peut-être bien ce que je préfère chez toi ?

– Euh, je suis à peu près certaine que c'est ce que tout le monde préfère chez moi, rétorque Janessa en plissant les yeux et le nez.

Elle prend la main de son amie et ajoute :

– Bon… promets d'y réfléchir au moins, d'accord ?

– Promis, lui répond Emlyn en s'efforçant d'adopter un ton vague, même si elle sait déjà qu'elle ne dira pas non à Janessa, elle ne peut pas et, la plupart du temps, elle n'en a pas envie.

La perspective de ne pas quitter son amie, de repousser l'entrée dans l'âge adulte et tout son attirail, n'a jamais été plus séduisante qu'à cet instant précis, trois semaines avant de monter sur une estrade pour serrer la main du président de l'université qui leur souhaitera bon vent.

Le lendemain de la remise des diplômes, Emlyn entasse un maximum de choses dans la Maserati, dépose tout le reste à l'Armée du salut locale, puis Janessa et elle prennent la I-80 en direction de l'ouest.

– On commence par l'été, dit-elle alors qu'elles traversent l'Ohio. Je reste cet été, et après, on verra.

Quand elle prononce ces mots, elle est sincère. Elle demande à l'établissement scolaire de lui laisser un peu de temps pour prendre sa décision, et elle se persuade que si elle a envie de rentrer en Pennsylvanie pour occuper ce poste d'enseignante, elle pourra le faire en août.

Seulement voilà, en quelques semaines Emlyn tombe amoureuse de sa nouvelle vie. S'il y a une chose pour laquelle Janessa est particulièrement douée, c'est rendre les choses irrésistibles, et l'Idaho ne fait pas exception. Guidée par son amie, Emlyn trouve rapidement ses marques dans la joie. Le mardi soir, elles dînent avec Jack et Linda, les parents de Janessa. Le jeudi soir, elles vont voir un film au cinéma à un dollar la séance, même s'il est mauvais ou qu'elles l'ont déjà vu. Le vendredi, elles sortent. En général, le samedi, il y a une randonnée en montagne, à pied ou à V.T.T. Le dimanche, elles vont bruncher chez l'inénarrable grand-mère de Janessa, Betts, qui porte du rouge à lèvres carmin et des petits talons. Si Janessa est invitée à une fête, elle emmène Emlyn. Si ses parents reçoivent, son amie est de la partie. Janessa organise tout, et Emlyn est heureuse de suivre le mouvement.

Janessa lui trouve un job dans l'un des hôtels de son père, où elle donne des cours de rattrapage aux enfants de la clientèle. C'est un cadre idéal pour mettre en application son diplôme d'enseignement du premier degré, Janessa a insisté, et même si Emlyn gagnerait sans doute plus en étant serveuse, elle accepte.

Sur un seul point, elle refuse de se plier aux desiderata de Janessa. Elle décline poliment les propositions réitérées de son amie et de ses parents de l'héberger. Elle prend une location. Même si elle se retrouve avec à peine plus de quatre-vingts dollars par mois pour la nourriture et les extras, elle a une certitude : elle ne veut pas entrer dans l'âge adulte en vivant aux crochets de quelqu'un. Et puis, l'endroit a beau être miteux, avec ses murs défraîchis et son électroménager jaune, Emlyn s'y plaît. Elle est chez elle.

Un vendredi soir, Janessa et elle sont sorties danser quand elle commence à se sentir mal. Ce n'est pas la nausée, non, elle ressent une douleur. Rien de dramatique, mais elle ne pourra pas rester des heures sur la piste alors qu'il est encore tôt. Elle se fraie un chemin dans la foule de danseurs pour aller s'asseoir dans un box. Janessa la repère rapidement. Elle est avec un nouveau type, déjà mordu. Emlyn connaît la chanson, maintenant. La stratégie de Janessa n'a aucun secret pour elle : le sourire éblouissant, le regard qui semble contenir une promesse. Elle s'en veut d'être la rabat-joie de service, elle qui a tout essayé pour se libérer de son image de fille discrète, en retrait, mais elle craint de ne pas être capable de sortir de la boîte sur ses deux jambes si elle ne part pas rapidement.

Alors que la musique cogne et que l'odeur de transpiration imprègne l'atmosphère, Emlyn croise le regard de Janessa. Elle ramène ses cheveux à l'avant de son épaule gauche : leur signal.

Janessa lui adresse un signe de tête presque imperceptible. Sans une seule seconde d'hésitation, elle se tourne vers le mec.

– Il va falloir en rester là pour ce soir. Désolée.

Elle lui donne son numéro et, quelques minutes plus tard, les deux amies sont dehors, elles traversent le parking.

– Je te demande pardon, marmonne Emlyn, alors qu'elle tient son amie par le bras tant marcher la fait souffrir. Il était mignon.

– T'inquiète, lui répond Janessa en lui serrant la main. Tu sais bien que tu passes toujours en premier. Ça va ?

– Je ne sais pas.

Janessa s'arrête.

– Il s'est passé quelque chose ?

– Non, non, rien de ce genre.

Emlyn sait qu'elle repense à ce qui a bien failli lui arriver en troisième année.

– Je ne me sens pas bien, rien de plus, ajoute-t-elle.

Elles se remettent en route.

– Tu es sûre ? Quelqu'un t'a payé un verre ? Tu as l'impression qu'on t'a droguée ?

Janessa ouvre la Maserati.

– Non, non, répond Emlyn, qui monte avec l'aide de son amie.

– Bon, tu vas aller te coucher. Et je vais rester cette nuit au cas où.

Le lendemain matin, Janessa lui prépare du pain grillé avec du miel. Emlyn a du mal à l'avaler. Pour le déjeuner, son amie lui apporte une soupe de nouilles au poulet. Emlyn lui demande de repartir aussitôt, elle craint d'être contagieuse. Janessa balaie son inquiétude d'un revers de main. La douleur se déplace dans le côté droit d'Emlyn. Elle vomit, sa température monte, elle se blottit sur le canapé, le corps agité de frissons. Janessa lui apporte une serviette imbibée d'eau froide pour son front. Emlyn a mal quand elle marche.

– On ne dirait pas la grippe, observe Janessa en pressant le dos de sa main contre la joue de son amie. Il faut t'emmener à l'hôpital.

Emlyn résiste, refuse. Ça dure quatre, cinq heures. À la journée succède une autre nuit. Le lendemain matin, elle délire et n'est plus en état de s'opposer à Janessa, qui appelle un vieil ami. Il vient chez Emlyn pour la porter jusqu'à la Maserati. Elle passe ses bras autour du cou du jeune homme, affaiblie et fiévreuse. Dans un coin brumeux de son cerveau, elle remarque combien il sent bon.

À l'hôpital, les médecins établissent rapidement le diagnostic : son appendice a éclaté. Ils l'emmènent aussitôt en chaise roulante au bloc opératoire.

Lorsque Emlyn se réveille progressivement de l'anesthésie, elle voit la pendule blanche, la télévision fixée dans un coin de la pièce, une chaise vide le long du mur. Elle a mal à la gorge, ses membres sont lourds. Elle est désorientée. Elle se souvient mal de l'enchaînement des événements, la fièvre et l'anesthésie embrouillent tout. Tout à coup, sur sa gauche, elle aperçoit Janessa, profondément endormie, pliée en deux, la tête posée sur le lit d'hôpital. Elles sont amies depuis des années maintenant, et pourtant Emlyn a toujours eu du mal à croire que c'était bien réel, que Janessa ne finirait pas par lui tourner le dos, qu'elle ne se rendrait pas compte qu'Emlyn est terne et compliquée et qu'il y a un million d'autres filles plus intéressantes à fréquenter. Elle ne le sait que trop bien, les personnes qui semblent vous aimer le plus peuvent vous abandonner et tourner la page comme si vous n'aviez jamais existé.

Et pourtant là, allongée sur un lit d'hôpital, Emlyn tend la main pour caresser la tête de Janessa et une larme coule sur sa joue, parce que, pour la première fois de sa vie, elle arrive à croire qu'elle a trouvé une vraie amie.

Plus tard, Janessa la reconduit chez elle. Elle l'aide à monter les quatre volées de marches. Lorsqu'elles arrivent dans la chambre, Emlyn transpire et halète tant elle souffre.

– Viens chez mes parents, lui dit son amie. C'est ridicule.

Emlyn ne veut pas se sentir encore plus redevable.

– Ça va aller, j'ai juste besoin de repos.

Janessa l'installe dans son lit et la borde. Elle presse le dos de sa main contre sa joue, puis elle se baisse pour coller sa propre joue contre son front.

– Repose-toi, lui chuchote-t-elle avant de regarder sa montre. Je dois filer, mais je repasserai. Je t'apporterai de la soupe.

Emlyn écoute la porte se refermer sans bruit derrière son amie. La douleur dans son abdomen rayonne jusque dans son dos. Elle essaie lentement de rouler sur le flanc. C'est pire. Sur l'autre flanc. Encore pire. Elle retrouve sa position initiale, sur le dos. Elle fixe le faux plafond, les rectangles blancs mouchetés maintenus par une ossature métallique. Une tache d'humidité brunit le coin le plus éloigné. Elle prend une profonde inspiration. Si les femmes réussissent à respirer pendant un accouchement, elle peut bien supporter ça, non ? Elle tente de repenser à des souvenirs, tirés de films ou de séries, de femmes en plein travail. Un, deux, trois. Elle souffle en arrondissant la bouche, comme elle les a vues faire. La douleur reste une braise ardente qui semble croître en taille et en intensité.

Elle se rappelle soudain que le médecin lui a prescrit un flacon de comprimés. Où sont-ils ? Son sac à dos se trouve au pied du lit, à près de deux mètres d'elle. Elle s'assied, fait lentement basculer ses pieds sur le sol. Ses gestes sont prudents. Elle se baisse pour soulever son sac, et la douleur qui lui transperce le ventre est presque insoutenable. Son épaule l'élance, elle aussi. Comme si quelqu'un avait planté un couteau dans sa clavicule et le tournait dans la plaie. Elle s'affale contre l'oreiller, hors d'haleine. D'une main tremblante elle furète dans son sac à dos et trouve le sachet en papier blanc qui contient les comprimés. Elle en récupère un dans le flacon brun et s'empresse de le mettre dans sa bouche, au désespoir. Elle avale une gorgée d'eau pour le faire descendre dans son estomac.

Elle s'abandonne contre l'oreiller. La douleur s'enfouit plus profond. Les minutes s'écoulent lentement. Quinze, seize. Vingt-trois.

Au bout de trente minutes, une chaleur l'envahit. Le bonheur, plus que le bonheur. Une joie profonde qui ébranle tout son corps, qui l'enveloppe, de la tête aux orteils. La souffrance disparaît, *pouf !*, envolée. Elle s'assied, soulagée, se lève. Elle prend une douche, se sèche les cheveux. Elle s'habille. Son jean ne ferme pas – elle a encore l'abdomen gonflé –, et elle sort un pantalon de jogging de son tiroir. Elle trouve un pot de yaourt et des myrtilles dans le réfrigérateur et se prépare un en-cas. Elle met de la musique. Elle n'entend même pas la serrure de la porte tourner.

Janessa se tient soudain devant elle, une soupe à la main.

– Qu'est-ce que tu fais ?

Emlyn a la vague impression que son amie est en colère, mais elle n'en est pas certaine. Elle se précipite vers elle, jette ses bras autour de son cou et l'embrasse sur la joue.

– Tu m'as sauvée ! Tu me sauves toujours.

– Attention ! proteste Janessa en se libérant des bras d'Emlyn. Tu vas te faire mal. Pourquoi tu es debout ? Tu devrais être couchée.

– Je vais bien ! Je me sens en pleine forme.

*Euphorique*, voilà le mot qui lui vient à l'esprit, puis qui lui glisse entre les doigts comme un poisson.

– Je suis euphémique, dit-elle en souriant.

– Quoi ?

Tout à coup, Emlyn remarque les rainures sur les panneaux au mur.

– Regarde, murmure-t-elle.

Elle se rapproche, passe sa main à gauche, à droite.

– Il y a deux textures…

Elle suit les sillons avec son index, puis, c'est plus fort qu'elle, elle approche son visage pour lécher le mur. Il est à la fois lisse et rugueux. Le panneau est lisse, la rainure rugueuse.

– J'ai compris, dit Janessa.

Elle pose la soupe et accompagne son amie dans sa chambre. Emlyn s'appuie sur elle.

– Je t'aime, J.

– Moi aussi, je t'aime. Mais tu dois te reposer.

Elle l'aide à s'allonger.

– Je ne suis pas fatiguée, insiste Emlyn.

Janessa trouve le flacon de comprimés sur la table de nuit et le prend.

– De l'oxycodone ! s'exclame-t-elle en le secouant. Ils t'ont filé un opioïde !

– Le médecin…

– Je m'en fous, ce médecin est cinglé.

Janessa se penche vers elle.

– Tu n'as plus le droit d'en prendre, lui dit-elle. C'est bien compris ? Tu y arriveras sans. Tu es forte, je le sais.

– Tu n'es pas ma cheffe, rétorque Emlyn en pointant un doigt sur elle.

– Ne sois pas ridicule. Et reste allongée, sinon on va devoir retourner à l'hôpital.

Emlyn continue à planer pendant des heures. Janessa la surveille, assise au pied de son lit, son téléphone à la main, pendant qu'elle alterne phases de sommeil et phases de veille. Elle lui passe soudain les mains dans les cheveux.

– Je dois filer. Tu ne quittes pas ton lit, promis ? Je reviendrai avec des plats du traiteur chinois et on regardera nos amies Anne Shirley et Diana Barry, d'accord ?

Emlyn hoche la tête, cette perspective la réjouit.

– Amies de cœur, murmure-t-elle à Janessa, qui lui attrape le pied et le serre, sous le tas de couvertures.

– Pour toujours.

# 7

Quelqu'un la secoue doucement par l'épaule, une voix prononce son prénom. Elle se redresse brusquement, le cœur tambourinant, le sang affluant vers sa tête.

– Je suis désolé, Em. Désolé de t'avoir réveillée.

Tyler est là, agenouillé juste à côté d'elle.

Elle se trouve toujours sur la chaise longue, sur la terrasse de Patten Lake. Le soleil s'est hissé au-dessus de l'horizon et elle a du mal à garder les yeux ouverts. Sa tête est posée sur un oreiller et une épaisse couverture protège son corps. Elle l'empoigne à deux mains. Le lac scintille dans la lumière matinale.

– Qu'est-ce qui se passe ? Il y a un problème ?

– Janessa est de retour.

– Ici ?

– Non, non. En ligne. Elle vient de publier.

– Je t'ai préparé du café, dit-il en posant une cafetière à piston sur l'îlot.

Il sort une tasse du placard et la lui tend. Elle la remplit puis la tient à deux mains pour se réchauffer.

– Merci.

De son côté, il verse de l'eau chaude dans la tasse où se trouve un sachet de thé. Il se dirige ensuite vers la table où l'un des ordinateurs portables est ouvert.

Emlyn avale une gorgée de café brûlant et onctueux, avant de se concentrer sur l'image à l'écran. Janessa, bronzée et sublime, appuyée contre le torse du tout aussi magnifique Bush. Derrière eux, des eaux d'un bleu profond et, au-delà du lac, une immense paroi rocheuse.

*Désolée pour le silence radio, les amis. On a eu besoin de prendre quelques jours pour se recentrer et être tous les deux. Pour nous, ça a été synonyme de yoga au bord du lac, un peu de pêche et du repos, bien nécessaire. En tête-à-tête. On repart bientôt à l'aventure. #vanlife #bonheur #DésirEvasion #pêche #amour #surlaroute #lavieenvadrouille*

– Elle ne m'a toujours pas contacté, mais quel soulagement, observe Tyler. Elle est bien à l'endroit prévu dans notre planning, finalement. Au bord de ce lac dans le Wyoming. Et tu avais raison, elle avait juste besoin d'une pause. Ça se comprend. J'aurais dû t'écouter.

Il prend une profonde inspiration et ferme les yeux.

– Je suis tellement content qu'elle aille bien.

– Oui.

Elle est contente, elle aussi. Soulagée. Janessa et Bush sont heureux, ils vont bien. Elle scrute la photo à l'écran. Le lac. Le vieux cyprès derrière l'épaule gauche de Janessa, tordu et noueux. Cet endroit a quelque chose de familier.

– Évidemment, c'est ce que tout le monde me répétait depuis le début, reprend Tyler. Les autorités. Ça doit arriver plus souvent qu'on ne le pense. Les gens disparaissent puis réapparaissent. Leurs amis et leur famille paniquent, gros stress général. C'est pour ça que personne ne voulait lancer des recherches.

Tyler avale une gorgée de thé.

– Et je me dis tant mieux maintenant.

Emlyn boit son café pour essayer de se réveiller. Elle continue à observer la photo de la publication.

– Tu as dit que c'était où, déjà ?

– Dans le Wyoming, répond-il avant de feuilleter l'itinéraire pour vérifier. Fremont Lake.

Du bout du doigt il suit les informations contenues dans le tableur.

– Près de la forêt nationale de Bridger-Teton.

Le bâtiment marron qui contient des toilettes publiques, dans le coin droit de la photo, flou mais bien présent. Son toit en tôle ondulée rouge, criard et surprenant. Emlyn est déjà allée dans cet endroit. Or elle n'a jamais mis les pieds à Fremont Lake.

– Je lui ai mis trop de pression, poursuit-il. Je m'en rends compte avec le recul. Je vais arranger ça. On va repenser les choses, adapter le planning. Et s'ils veulent arrêter, ça me va aussi. Les affaires marchent, on n'a plus besoin de faire autant de publicité.

Emlyn n'arrive pas à détacher ses yeux de l'écran. Cette étrange paroi rocheuse, on dirait presque qu'un visage y a été sculpté, front, nez, bouche. Elle est sûre à présent.

Tyler remue son sachet de thé dans sa tasse.

– Je suis désolé de t'avoir fait venir. Tu dois avoir l'impression que c'était un stratagème pour passer du temps avec toi, ou un truc du genre, mais j'étais sincèrement inquiet.

– Tyler, lui dit-elle d'une voix douce, il y a un problème. Cette photo n'a pas été prise dans le Wyoming.

– Quoi ?

– Cet endroit, il n'est pas dans le Wyoming. C'est le Martin Reservoir.

Tyler fait la moue.

– Je ne connais pas.

– C'est au nord, pas loin de Magellan Corridor.

La route de Magellan Corridor est une route de terre non entretenue d'un peu de plus de cent cinquante kilomètres, qui traverse deux réserves naturelles adjacentes, qui à elles deux représentent près d'un million cinq cent mille hectares.

– Non, ils sont au bord d'un lac dans le Wyoming, comme prévu.

Tyler ouvre son second ordinateur portable et tape sur le clavier pour faire apparaître le site Internet d'une boutique de magasins de cet État. Un troupeau de wapitis qui paissent dans un pré, un groupe de chevaux sur un terrain accidenté, un lac avec une paroi de granit en arrière-plan.

– C'est cet endroit. Tu reconnais ?

Il faut bien avouer que le lac sur la photo de Janessa n'a pas l'air si différent de celui du site de la boutique. Pourtant elle secoue la tête.

– Non, ce n'est pas le même.

Il se penche vers l'écran, sourcils froncés.

– Tu es sûre de toi ?

– Oui.

Elle lui montre, sur le premier ordinateur, le visage dans la roche, les toilettes, l'arbre.

Janessa va bien, se répète-t-elle en essayant de garder son calme. Elle regarde son amie sur la photo, souriante, serrée contre Bush. Elle n'est pas blessée, elle ne s'est pas perdue. Cette publication est étrange, mais elle n'est pas porteuse de mauvaise nouvelle en soi. Il n'y a aucune urgence.

D'un autre côté, c'est totalement illogique. Pourquoi Janessa publierait-elle une photo en prétendant se trouver dans le Wyoming alors qu'elle est dans l'Idaho ? Emlyn en revient à sa pensée initiale : et si Janessa et Bush avaient des doutes sur leur arrangement avec Tyler et Désir Évasion, et s'ils envisageaient autre chose ? S'ils étaient prêts à tourner le dos à ce mouvement « vanlife » qui les épuise depuis plus d'un an ? Et s'ils pensaient que c'était le seul moyen d'échapper à Tyler ? Brouiller les pistes, faire croire au monde entier qu'ils se trouvent ailleurs. Ça ne tient pas non plus la route. Tyler a raison sur ce point : Janessa n'a jamais eu aucun mal à lui tenir tête, ni à personne d'autre d'ailleurs, et si elle en avait assez, elle le dirait. Pourquoi mentir ? Pourquoi publier sur son compte ?

À moins que…

Une horrible pensée surgit soudain dans son esprit, une pensée dévastatrice.

– Je ne pige pas, dit Tyler. Ça n'a aucun sens.

Emlyn a du mal à déglutir, elle inspire profondément. La pensée s'attarde, elle virevolte dans sa tête, impossible de s'en débarrasser. Elle a du mal à prononcer les mots, pourtant elle finit par le faire, au bout d'un moment.

– À moins que ce ne soit pas elle.

Le harceleur, celui qui a réussi à les retrouver dans le parc de Kodachrome, @randopechelavie. Ou le mystérieux @ozkerwild. Elle regarde Tyler.

– Je sais que ça peut paraître tiré par les cheveux, mais imagine que quelqu'un se soit connecté à leur compte pour publier cette photo ? Quelqu'un qui voudrait que personne d'autre ne sache où ils se trouvent.

# 8

La théorie d'Emlyn les pousse immédiatement à l'action, et ils se lancent dans les préparatifs comme deux tornades. Elle transfère ses affaires du coffre de son pick-up au camping-car de Tyler. Elle récupère plusieurs cartes écornées de forêts nationales, sillonnées de plis dans tous les sens et les glisse dans la poche à l'intérieur de la portière avant. Tyler fait le plein de nourriture grâce au cellier bien fourni, il fourre tout dans un seau en plastique et le met au fond du camping-car.

Dans la précipitation, Emlyn ne pense à écrire à Varden qu'une fois qu'ils ont pris la route. *Je vais bien, on va au Martin Reservoir,* écrit-elle. La notification « distribué » n'apparaît pas.

Ils se dirigent vers le nord, traversent l'immense vallée entre les Obsidians et les Borahs. La route finit par bifurquer vers l'est. Elle se rétrécit, suivant le lit du fleuve. Les montagnes semblent se rapprocher, l'eau scintille sur leur droite. Cinquante kilomètres sans le moindre réseau cellulaire. Tyler tourne à gauche sur une route de terre pleine d'ornières, le camping-car tangue, le terrain gronde sous leurs roues, un nuage de poussière se soulève dans leur sillage. Il agrippe le volant, les mains blanches tant elles sont crispées, les lèvres pincées par la concentration.

– Tu veux que je conduise ? lui propose-t-elle, tant la vitesse à laquelle ils roulent la rend nerveuse. Je pourrais, tu sais.

– Désolé, tu n'es pas à l'aise ?

– Pas trop.

– Je vais ralentir.

Elle regarde son téléphone. Pas une seule barre.

– Tu as un amplificateur ? lui demande-t-elle.

– Évidemment.

– Je n'ai pas de réseau.

– Ah ouais, mais l'amplificateur ne marche que s'il y a quelque chose à amplifier.

Elle s'affale sur son siège.

Tyler écrase soudain la pédale de frein, passe en marche arrière puis tourne à gauche.

– J'ai failli louper l'embranchement, grommelle-t-il.

À présent il roule lentement, même si tout à coup la route est pavée. Ils atteignent une barrière fermée à clé, qui bloque l'entrée d'un parking. Tyler coupe le moteur et descend. Elle fourre son portable dans sa poche et le suit.

Ils se contorsionnent pour passer entre les barres métalliques, et ensuite Tyler hésite. Emlyn lit l'inquiétude dans ses yeux, l'épuisement.

– Par là, dit-elle en lui attrapant la main.

Un vieux réflexe. Elle prend conscience trop tard de son geste et lui lâche aussitôt les doigts, mais il ne l'imite pas. Ils traversent le parking, puis une étendue d'herbe desséchée, à l'abandon, qui crisse sous leurs semelles. Un gobelet en polystyrène est ballotté par le vent.

Le Martin Reservoir est immense, il mesure plus de mille six cents hectares et s'étend sur deux comtés. En temps normal, son eau provient de l'importante fonte des neiges qui fait enfler les deux fleuves au nord, chaque printemps. Le service de la pêche et de la chasse de l'Idaho le remplit chaque année de poissons, et c'est un lieu prisé par les pêcheurs à la ligne en été, même si, curieusement, il n'y en a pas un seul aujourd'hui. Le lac mesure près de dix-huit mètres de profondeur par endroits, et ses eaux bleues, glaciales, contiennent des perches, des ombles de fontaine, des esturgeons et même une poignée de maskinongés tigrés. Elle est venue pêcher ici, l'été précédent, avec Varden, et elle pense soudain à lui.

Ce jour-là, il s'est presque passé quelque chose. Ils ont bien ri en prenant des poissons, puis, plus tard, ils les ont fait griller sur un feu. Ils ont failli s'embrasser, assis côte à côte près des flammes, genou contre genou, sous le ciel moucheté d'étoiles. Elle en avait envie. De ce baiser, de lui. Et pourtant, à cause de ce réflexe qui semble inéluctablement ancré en elle, elle s'est écartée. À présent elle s'interroge : son texto est-il parvenu à Varden ? Y a-t-il une seule personne, à part eux, qui sache où ils se trouvent ? Est-elle en train de refaire la même erreur que trois ans auparavant, en suivant Tyler en pleine nature ?

Elle chasse ce souvenir et le suit jusqu'au réservoir. Lorsqu'ils se rapprochent, elle retient soudain son souffle. Là où la berge descendait habituellement en pente douce vers l'eau, à présent une déclivité abrupte dévale dans le vide. Elle serre la main de Tyler de toutes ses forces. Envolée, l'eau bleue. À la place, à perte de vue, un gigantesque canyon roussâtre, ponctué de petits carrés d'herbe verte et courte en bas. Il y a du bétail. Tout au fond de la gorge, un minuscule cours d'eau marron, sinistre, au débit presque inexistant, sinue dans la vallée.

– Tu avais tort, dit Tyler. Cet endroit ne ressemble pas du tout à leur photo.

Emlyn prend le temps de se repérer, puis elle lui montre.

– Tu vois, là ? Le visage dans la roche.

Elle recule d'un pas pour poursuivre son examen.

– Et cet arbre. Les toilettes, au fond. C'est ici que la photo a été prise. Peut-être pas récemment, mais c'est ici.

Tyler recule à son tour pour avoir une vue d'ensemble.

– Attention, lance une voix dans leur dos. Il y a dix-huit mètres de vide, ici.

Ils se retournent en même temps et découvrent un garde forestier, qui se tient à quelques mètres d'eux, bras croisés.

– J'espère que vous n'aviez pas l'intention de pêcher, ajoute-t-il avec un sourire.

– Qu'est-ce qui se passe ? demande Tyler. Où est passé le réservoir ?

– On l'a vidé à cause de la sécheresse.

– Quand ? s'enquiert Emlyn. Il a été vidé quand ?

Le garde forestier lève les yeux vers le ciel, l'air de compter dans sa tête.

– Il y a trois semaines.

Tyler jure dans sa barbe.

– Vous aimez bien tirer sur la corde, tous les deux, hein ? reprend l'homme en ajustant sa casquette. D'abord vous êtes descendus dans le canyon, au mépris des panneaux « entrée interdite », puis vous avez campé dans un endroit qui n'est pas autorisé. Vous ne pouvez pas vous installer n'importe où, vous savez ? On ne peut pas faire tout ce qu'on veut. Vous devez vous procurer une carte pour connaître les emplacements autorisés aux véhicules motorisés. Ils sont signalés par des triangles le long des routes.

Il fronce les sourcils, remet sa casquette en place.

– Et maintenant vous bloquez le passage. Je sais que les gens dans votre genre n'en font qu'à leur tête, mais apprenez qu'il y a des règlements.

Tyler fait la moue.

– On ne sait pas du tout de quoi vous parlez.

– Votre camping-car, vous l'avez garé en pleine réserve ces derniers jours. Je vous ai laissé un message sur le pare-brise à deux reprises.

C'est au tour d'Emlyn d'intervenir.

– On vient juste d'arriver ici, monsieur.

Le garde forestier incline la tête sur le côté.

– Ici, oui. Pas là, ajoute-t-il avec un immense geste du bras. Vous êtes dans le coin depuis un moment.

Il croise les bras avant de reprendre :

– Écoutez, vous n'allez pas avoir d'ennuis. N'importe quel autre été, je vous aurais chassés, mais là, cet endroit est désert, alors… Au fond, je suis content de voir que vous allez bien. Je commençais à m'inquiéter.

Tyler lâche la main d'Emlyn, et c'est seulement lorsqu'il le fait qu'elle prend conscience qu'il la tenait encore. Il se rapproche du garde forestier.

– Vous voulez dire que vous avez vu un autre camping-car garé dans les parages ? Pendant plusieurs jours ? Qui ressemblait au mien ?

L'homme a l'air de réfléchir à la question.

– Oui, pas loin.

– Où ça exactement ?

Il indique une direction dans la vallée, en amont.

– Par là, à treize ou quatorze kilomètres. Juste après l'entrée de la réserve…

Tyler a déjà tourné les talons pour retourner au camping-car. Emlyn hésite, elle fait un pas pour le suivre, puis rebrousse chemin.

– On s'enregistre, lui dit-elle. Considérez que c'est une demande officielle de permis pour séjourner dans la réserve. Emlyn Anthony et Tyler Stone.

– Ça pourrait être quelqu'un d'autre, dit Tyler en s'essuyant le front et en démarrant le moteur. Non ? Il y a des milliers de camping-cars comme celui-ci, ils sont partout. Sans parler de toutes les boîtes qui proposent des vans aménagés, je ne suis pas le seul.

Il tambourine sur le volant.

Il reprend la route en continuant à pianoter nerveusement. Emlyn sort le cake à la banane de Rev, qui se trouve sur le dessus de son sac à dos. Elle en prélève un bout, à la main, et le tend à Tyler.

– Tiens.

– Je n'ai pas faim, grommelle-t-il, mais comme elle insiste et tient le morceau de gâteau sous son nez, il finit par le prendre. Mmm… purée. Il est délicieux.

– C'est mon amie Rev qui l'a fait.

– Quand je pense que toute ma vie j'ai commis l'erreur de croire que le cake à la banane était simplement un cake avec de la banane dedans… Quel idiot !

Emlyn lui tend un autre bout.

– Rev a un don pour faire voir les choses sous un angle radicalement différent, dit-elle avec un sourire. Elle est assez incroyable.

– Je suis content que tu aies réussi à te faire des amis, lance-t-il en gobant le deuxième morceau. Non, ce n'est pas ce que je voulais dire. Je suis content que tu te sois bien installée, que tu aies créé des liens. Après tout ce qui s'est passé. Les amis, les relations… il n'y a que ça qui compte.

Ils roulent en silence, la route de terre rugit sous leurs roues.

– Je suis vraiment content que tu sois venue, Em. Tu es la première personne que j'ai eu envie d'appeler.

Il donne un coup de volant pour éviter un nid-de-poule, puis il se tourne vers elle et ajoute :

– Tu es toujours la première personne que j'ai envie d'appeler.

# CINQ ANS PLUS TÔT

Emlyn a besoin d'air.

La fête où Janessa l'a conviée, chez un voisin, est bondée de gens riches qui, trois heures après avoir commencé à boire, deviennent plus bruyants et plus odieux de minute en minute. Et surtout, le cousin de Janessa a essayé de se rapprocher d'elle toute la soirée, or à ce stade Emlyn a déjà vidé plusieurs verres de trop pour pouvoir être certaine qu'elle ne dira pas ou ne fera pas une chose qu'elle regrettera ensuite. Jimmy vit actuellement à Los Angeles, où il mène une carrière dans le hip-hop sous le nom de J-Love, et bien qu'Emlyn ait lourdement insisté sur le fait qu'il n'était pas son genre, Janessa semble persuadée qu'ils iraient bien ensemble. Elle doit juste lui laisser une chance. J-Love vient de s'absenter pour aller aux toilettes. C'est l'occasion ou jamais de fuir.

Elle a l'intention de sortir sur la terrasse en bois, par les portes-fenêtres coulissantes qui occupent tout un mur de la maison. Elle devrait trouver un escalier dehors, quelque part, qui lui permettra de s'esquiver discrètement. Elle se fraie un chemin à travers la foule de gens, pousse l'une des portes-fenêtres et disparaît dans la nuit. Sa robe, qu'elle a empruntée à Janessa, est un peu trop petite, et elle s'est sentie mal à l'aise toute la soirée. Elle a les orteils comprimés dans ses chaussures à talons, qui appartiennent aussi à Janessa. Emlyn les retire et se dirige vers le bord de la terrasse. Ses longs cheveux emmêlés sont brûlants dans sa nuque. Elle préfère les avoir plus courts, mais lorsqu'elle a pris rendez-vous chez le coiffeur, Janessa lui a dit qu'elle était « super sexy, complètement dans l'esprit de l'Idaho », et elle a annulé à la dernière minute. Elle sort un élastique de son sac à main et se fait un chignon à la va-vite, avant de jeter un coup d'œil par-dessus son épaule, à l'intérieur. Elle aperçoit Jimmy, avec son jogging blanc éblouissant, qui la cherche dans la foule.

– On se cache ? lance une voix dans le noir.

Elle sursaute.

– Oh, non, désolé… je ne voulais pas te faire peur. C'était complètement nul de ma part, pardon. Dans le genre type bizarre qui se planque dans le noir… et qui te demande à toi si tu te caches. Je ne sais pas ce qui ne tourne pas rond chez moi.

Le type en question sort de l'obscurité. Il est jeune, de l'âge d'Emlyn environ, et avec son jean et son tee-shirt vert on peut vraiment dire qu'il n'a pas fait le moindre effort vestimentaire pour la soirée. Il sourit, ses yeux bleus pétillent, ses dents blanches sont parfaites, et aussitôt Emlyn oublie tout. Le monde autour d'elle semble chavirer. Plus tard, elle notera la barbe blonde de trois jours. Les discrètes taches de rousseur sur les pommettes. La cicatrice en forme d'étoile, quelques centimètres sous l'œil droit. Seulement là, lors des tout premiers instants, elle remarque seulement qu'il est beau et qu'elle en a le souffle coupé.

– C'est pas grave, dit-elle en se détournant. Et oui, je me cache. En quelque sorte.

– Moi aussi.

– À cause de qui ?

– Oh, de tout le monde.

Il avale une gorgée de bière, puis demande :

– Et toi ?

Elle hésite.

– Un type...

– Jimmy ?

– Comment tu as deviné ?

– C'est toujours Jimmy, répond-il en riant.

– Je crois qu'il se fait appeler J-Love maintenant, dit-elle en essayant de retenir un sourire.

Il tousse.

– Je n'étais pas au courant. Merci de m'aider à me tenir à la page. Viens par là, poursuit-il en faisant un geste. On ne te verra pas par la fenêtre.

– J'espérais trouver un escalier, dit-elle en s'approchant de lui.

– Et ensuite ?

Les yeux d'Emlyn s'accoutument peu à peu à l'obscurité.

– Et ensuite je pourrai rentrer à pied chez mon amie.

Elle fouille la nuit du regard, tente de s'orienter.

– Elle n'habite pas très loin, précise-t-elle.

– Je vois.

– Alors, il y a un escalier ?

– Bien sûr. Enfin, à ta place, je passerais par la route. C'est juste un conseil. Ça ne vaut pas le coup de passer par-derrière et de traverser les jardins.

– Tu veux dire que tu l'as déjà fait ? réplique-t-elle d'un ton taquin.

– Juste un millier de fois.

Il sourit de nouveau. Emlyn réunit les pièces du puzzle.

– Tu es Tyler.

Janessa lui parle de son ami d'enfance depuis des années. Tyler : son acolyte de toujours, son allié, son voisin.

– Et on est chez toi, ajoute-t-elle.

– Chez mes parents. J'ai mon appartement, de l'autre côté de la ville, maintenant.

Il termine sa bière, puis lance :

– Et tu es Emlyn.

– Comment tu le sais ?

– On s'est déjà rencontrés, en fait. Il y a quelques semaines. Tu étais très malade. Je t'ai portée dans la voiture de Janessa.

Elle se sent rougir. Elle se rappelle seulement qu'un type costaud l'a transportée jusqu'à la Maserati, et qu'elle était dans un sale état à ce moment-là. (Ah si, se remémore-t-elle soudain : il sentait bon.)

– Je suis désolée, je ne me souviens pas du tout de toi.

– Ça m'arrive souvent, s'esclaffe-t-il. Je suis extraordinairement ordinaire. On m'oublie facilement.

– Ce n'est pas du tout ce que je voulais dire ! J'ai complètement oublié cette journée, tout est flou.

Il lui tend une main, froide et humide à cause de la bouteille de bière.

– Bon, eh bien, enchanté de faire ta connaissance encore une fois.

Elle regrette de porter la robe trop petite de Janessa. Elle regrette de s'être fait ce chignon à la va-vite.

– Enchantée de te rencontrer. Je ne compte pas la première fois. Je suis à peu près certaine que, dans le cas où on est à deux doigts de mourir parce qu'on a une rupture de l'appendice, on est autorisé à oublier des choses.

– L'argument me paraît recevable, en effet.

Il pose sa bière sur la balustrade. *Recoil*, peut-on lire sur l'étiquette. Il penche la tête d'un côté.

– Allez viens, suis-moi.

Pieds nus, elle traverse la terrasse derrière lui et jette un dernier regard en direction de la fête, à l'intérieur. Il dévale des marches et un détecteur de mouvement déclenche des lumières.

– Tu sais où aller ? lui demande-t-il.

– Bien sûr.

Elle plisse les yeux, cherche la maison de Janessa.

– Euh, bon, d'accord, confesse-t-elle, j'ai peut-être besoin qu'on me mette sur la voie.

– Viens, je te montre.

– Tu n'es pas obligé de…

Tyler s'éloigne déjà sur la pelouse. Elle trottine derrière lui dans le noir.

*Clic. Pschhh, pschhh.* Tout à coup, de l'eau les asperge de toutes les directions, gauche, droite, au-dessus. Avant qu'elle n'ait le temps de comprendre ce qui se passe, elle est trempée. Un arrosage automatique ! Elle retient un cri sous le jet glacial qui la bombarde. Dans le noir, elle sent que Tyler la prend par la main pour l'entraîner dans une direction. Elle se laisse faire, elle court, ses chaussures à talons rebondissent contre sa cuisse.

Ils finissent par trouver un endroit au sec, hors d'atteinte de l'arrosage automatique.

– J'ai essayé de te prévenir, lui dit-il en riant.

Il est trempé, lui aussi, son tee-shirt vert est plaqué sur son torse.

– Tu aurais pu être…

Elle agite les mains, voûte les épaules.

– … un peu plus précis !

– Tu avais l'air bien décidée de toute façon.

Il sourit.

– Enfin moi je porte des vieux machins, mais toi et ta jolie robe. Bon courage.

Il prend le temps de la regarder avec ses yeux bleus irrésistibles.

– Enfin, je ne me plains pas. Le spectacle est loin d'être désagréable.

Il ne lui a pas lâché la main, et elle non plus. Ils marchent ensemble jusqu'à la maison des parents de Janessa. L'herbe, gorgée d'eau froide, se glisse entre les orteils d'Emlyn.

– Et voilà, lui dit-il.

– Merci.

– De rien.

Un avion décolle de l'aéroport voisin. Il monte, monte au-dessus de leurs têtes, puis vire vers l'est. Tyler lui lâche la main.

– On se recroisera sans doute.

Elle sent la joie de ces derniers instants s'envoler, sa timidité revient.

– Oui.

Il se retourne pour retraverser le jardin en sens inverse, mais il s'arrête.

– Hé, Emlyn, lui lance-t-il en faisant volte-face. La prochaine fois, évite de m'oublier et de me briser le cœur, d'accord ?

Son cœur à elle s'emballe, et elle frissonne dans le noir.

– Promis.

Il sourit, et Emlyn jure de ne jamais l'oublier tel qu'il est ce soir-là, avec son tee-shirt vert, beau et séduisant.

L'arrosage automatique continue à tourner. Elle regarde Tyler repartir en trottinant vers la fête, vers la maison qui étincelle, vers toutes ces voix qui s'échappent par les fenêtres ouvertes. Juste avant qu'il n'atteigne les marches qui mènent à la terrasse, elles s'éclairent grâce au détecteur de mouvement et l'illuminent. Il se retourne et lève une main. Elle lui fait signe elle aussi. Elle tape le code de la porte d'entrée et pénètre dans la maison déserte. Elle retire aussitôt la robe trempée et enfile son short en jean et son tee-shirt. Elle range les talons de Janessa à leur place, dans un gigantesque placard, mais fourre la robe dans son sac à dos pour la laver chez elle. Elle prend son casque et referme la porte derrière elle, puis elle monte sur son vélo. Dans le noir, elle pédale si vite que ses lumières brillent de mille feux. Le temps d'arriver chez elle, elle a déjà trouvé un adjectif pour Tyler. « Qui attire irrésistiblement et subjugue. » *Fascinant.*

# 9

Le camping-car avance en grondant, l'armoise défile derrière le pare-brise. De la poussière pénètre par les vitres baissées. Les contreforts des montagnes, ponctués de pins, se dressent sur la droite. Et derrière les Borahs, gigantesques, aux cimes qui retiennent les dernières neiges de l'hiver précédent. Au loin, un petit troupeau d'antilopes paissent, et l'une d'elles redresse la tête pour les regarder passer. Sur leur gauche s'étend le réservoir vide et brun.

Soudain, la route vire vers la droite, en direction de la forêt, et devient brusquement plus accidentée. Il y a des nids de poule partout. Tyler roule le plus lentement possible, et ils avancent dans des secousses. Emlyn pense aux termes « suspensions » et « entretoises », qui lui reviennent de son enfance. Les après-midi dans le garage de son père, lui sous une voiture. Elle faisait ses devoirs assise à son bureau en métal, tout en mastiquant lentement un Snickers.

Elle allume la radio, et le téléphone de Tyler se connecte aussitôt. Une chanson se fraie un chemin jusqu'aux haut-parleurs. *Stay with Me*, de Sam Smith. La musique emmène Emlyn faire un voyage dans le passé : tous deux sur la piste de danse au mariage d'un ami de fac de Tyler.

Ensuite, vient *Georgia* de Vance Joy, qu'ils ont écoutée en boucle lorsqu'ils sont allés camper au parc de Zion. Puis *Believe*, de Mumford & Sons. Un week-end à Bear Lake, Tyler fonçant sur l'eau bleue en jet ski, Emlyn derrière lui, accrochée à sa taille, le soleil dans son dos. Toutes ces chansons sont une lame de fond venue du passé et qui la déborde.

– C'est quoi cette sélection, Tyler ? marmonne-t-elle en s'emparant du téléphone.

Il le lui arrache aussitôt des mains.

– Non, dit-il d'un ton sec. Pardon, c'est… Je m'en occupe.

Il fait défiler un menu avec son pouce, roule encore plus lentement. Elle médite les paroles de la dernière chanson. « *I had the strangest feelings / Your world's not all it seems…* » « J'ai eu la plus étrange des impressions / Ton monde n'est pas ce qu'il paraît être… »

Elle observe Tyler. Les yeux qui vont et viennent, l'épaule gauche relevée. Elle connaît cette posture par cœur. Il ment.

– Arrête-toi.

Il ralentit sans stopper complètement.

– Pourquoi ?

– Tout de suite, Tyler.

Le camping-car s'immobilise dans un crissement de pneus, et elle est projetée contre sa ceinture. Il met le levier de vitesse sur « parking » et la regarde.

– Montre-moi ton téléphone.

Il s'exécute à contrecœur.

Elle fait défiler ses messages, ouvre sa boîte mail. Elle ne sait pas très bien ce qu'elle cherche, mais elle sait qu'il y a quelque chose, un arrangement avec la réalité, une dissimulation.

Un message de sa mère, des mails d'acheteurs potentiels qui se renseignent sur les camping-cars, la facture d'une entreprise de carrelage. Rien de suspect.

Il prend un morceau de cake à la banane, puis lance au bout de quelques minutes :

– Heureuse ?

– Pas vraiment.

Elle pose le téléphone sur le tableau de bord. Il soupire, doigts crispés sur le volant. Il finit par reprendre son portable et clique sur l'écran tactile avant de le lui tendre.

– Voilà.

Elle fixe l'objet.

– Regarde. Voilà ce que je ne voulais pas que tu voies.

Elle prend le téléphone et étudie l'écran blanc. Une liste de chansons. Intitulée : *Emlyn*. Elle parcourt les titres. Une anthologie du temps qu'ils ont passé ensemble, un album de souvenirs. Les chansons qu'elle a entendues et aussitôt reconnues, mais d'autres aussi. *Digital Witness*, de St. Vincent : le 31 décembre sur le toit. Wiz Khalifa et Charlie Puth : un pique-nique dans le parc de Natural Bridges. Le cœur d'Emlyn se serre, son esprit tourbillonne. Elle ne sait pas quoi dire.

Tyler presse son front contre le volant.

– Maintenant tu sais.

Elle se racle la gorge et se tourne vers la vitre. Ils restent assis en silence. Tyler prélève un autre morceau de cake à la banane.

– Ça te va si on continue à avancer ?

– Oui.

D'autres kilomètres, mais pas tant que ça. La route est si mauvaise qu'Emlyn doit, un temps, descendre et marcher à côté du camping-car afin de guider Tyler pour qu'il n'abîme pas son châssis. Elle a du mal à savoir ce qu'elle doit espérer. Si, au bout de cette route, ils trouvent le van de Janessa et qu'elle n'y est pas, quelle conclusion pourront-ils en tirer ? Que faire ensuite ? Et s'ils arrivent à l'emplacement et que ce n'est pas son van à elle, devront-ils repartir de zéro ?

Enfin, ils dépassent un panneau marron annonçant qu'ils entrent dans la zone de « nature sauvage ».

– Je n'ai jamais très bien compris cette histoire de zone, dit Tyler. Moi, j'ai l'impression qu'on traversait un désert depuis un bon moment déjà, non ?

– Au sens métaphorique du terme ?

Il ricane.

– En un sens, oui, au moins pour moi.

Il tapote le volant avec son pouce.

– Tu le sais mieux que n'importe qui, ajoute-t-il.

Emlyn se rappelle un des offices de Rev, à l'époque de son arrivée dans la vallée. Des versets du Livre des Nombres. Un matin neigeux, une prise de conscience saisissante : elle aussi traversait un désert.

Devant eux, les arbres s'écartent, mais juste avant, un peu en retrait sur la gauche, un éclair au milieu du feuillage. Des panneaux solaires sur le toit d'un camping-car.

– Là ! s'écrie-t-elle en pointant le doigt.

Tyler freine et braque à gauche. Il se gare derrière un véhicule identique au sien. Une autre voiture se trouve à côté. Une Isuzu blanche, au châssis surélevé pour permettre une conduite tout-terrain. De la boue danse sur le bas de ses portières.

– C'est le leur ? demande Emlyn en observant le camping-car.

Tyler hoche la tête en lui montrant les autocollants sur le pare-chocs, avant de sortir un pistolet.

– Qu'est-ce que…

– Écoute, reste ici.

Il soutient son regard puis ajoute :

– Je ne sais pas ce qu'on risque de trouver.

– Où as-tu trouvé cette arme ? Tu sais seulement t'en servir ?

– Je n'en ai pas l'intention, répond-il en refermant sa portière.

Elle sort le spray anti-ours de son sac à dos avant de descendre elle aussi. Elle n'a aucune intention d'attendre sagement sur son siège.

Tyler pose son index sur ses lèvres. Elle retire la sécurité de la bombe et repense, bien sûr, à Janessa, qui a posé bruyamment la sienne sur la table en Formica au Bumpy's Diner, toutes ces années auparavant. Le monde se fige. Ils se rapprochent, les aiguilles de pin craquent sous leurs semelles. La peur commence à envahir son esprit. Que vont-ils trouver à l'intérieur du van ? Peut-être des indices, peut-être rien. Peut-être aussi des réponses. La mort. Est-elle vraiment prête à affronter une chose pareille ? Elle prend une profonde inspiration pour tenter d'apaiser ses nerfs et de chasser la boule dans sa gorge.

Tyler arrive à hauteur du véhicule. Tous deux remarquent aussitôt l'odeur de pourriture. Une odeur puissante. Il jette un coup d'œil à Emlyn avant de coller son visage à la vitre teintée, en plaçant sa main gauche en visière, pistolet toujours dans la droite. Emlyn retient son souffle. Elle coince le spray sous son bras et essuie ses paumes moites sur son pantalon.

Tyler recule, laisse retomber le pistolet le long de sa cuisse.

– C'est vide, dit-il en levant le visage vers le ciel pour souffler, tandis que ses épaules s'affaissent.

Emlyn partage son soulagement bien sûr. Elle se rapproche pour voir à l'intérieur. Puis elle fait le tour, lentement, à la recherche d'indices. Les pneus sont bien gonflés. Ils ont pu tomber en panne d'essence. Avoir un problème de moteur ou de transmission.

– Tu as de quoi ouvrir ? lui demande-t-elle.

Elle pense à la lampe torche que lui a offerte Rev. Au bout se trouve une pointe métallique conçue pour briser le verre – dans le cas où elle serait prisonnière de sa voiture. Ça lui a peut-être toujours paru l'objet le plus inutile en sa possession. Après tout, quelle est la probabilité de se retrouver coincé dans son véhicule et de devoir briser une vitre pour sortir ? Et en prime c'est très désagréable, cette pointe qui lui rentre dans la poitrine quand elle porte sa salopette cirée. Elle veille pourtant à l'avoir toujours sur elle depuis que Rev la lui a offerte. Elle a pensé à la glisser dans son sac à dos avant de partir pour le chalet, et elle va peut-être bien avoir une occasion de l'utiliser.

Tyler plonge la main dans sa poche et en sort un trousseau de clés.

Il fait le tour pour aller déverrouiller la porte. Une odeur de putréfaction s'échappe du camping-car. La manche sur le nez, il monte à l'intérieur. Il n'a pas besoin de chercher l'interrupteur pour allumer.

– Vérifie que ça démarre ? lui suggère-t-elle.

Janessa et Bush ont pu tomber en panne. Et profiter du passage d'un randonneur ou d'un campeur dans les parages pour repartir. Ce scénario n'aurait rien d'impossible. Si une chose pareille arrivait à Emlyn, c'est sans doute ce qu'elle ferait. Les randonneurs, les campeurs plus particulièrement, sont des gens sympathiques et prêts à aider. Enfin, la plupart.

Tyler s'installe derrière le volant et met le contact. Le moteur démarre dans un grondement. Il le coupe, se lève, secoue la tête. Emlyn monte à son tour. Pile en face d'elle se trouve une minuscule douche pourvue d'une porte en plastique rétractable et, à côté, un petit meuble surmonté d'un évier. La source de la puanteur se trouve posée juste à côte : un sachet de blancs de poulet bio en train de décongeler dans une casserole d'eau. Enfin, c'est ce qu'ils faisaient il y a un, trois ou cinq jours. L'appréhension lui noue l'estomac. Janessa et Bush, où qu'ils soient, avaient l'intention de revenir. Tyler empoigne la casserole pour jeter son contenu dehors.

Emlyn se retourne. Un autre meuble avec deux brûleurs sur le dessus. Un crochet auquel est suspendu un filet à provisions contenant des bananes si noires et si molles qu'une flaque d'un jaune brillant s'est formée sur le plan de travail en dessous. Un petit réfrigérateur ; une liste de courses est scotchée sur sa porte noire : *lait, miel, œufs, cheddar*. Un étroit passage mène au fond, où se trouve le lit. Emlyn voit qu'il peut être séparé en deux banquettes – entre lesquelles, suppose-t-elle, se trouve une table pour créer un coin repas. Tyler et elle en avaient discuté, à l'époque où ils étaient ensemble, ils avaient imaginé la disposition idéale. Elle recule et se met à genoux pour observer l'installation.

Elle n'a pas été assemblée à la va-vite, avec des matériaux bon marché. Le résultat est douillet, fonctionnel et de bon goût. C'est beau, et impressionnant.

– J'aime beaucoup ton aménagement, dit-elle en se relevant.

Un soupçon de jalousie alors. Une étincelle de ressentiment.

– Tout, ajoute-t-elle.

Elle passe la main sur les carreaux noirs et blancs derrière l'évier, sur la planche de bois brut au-dessus du lit.

– C'est vraiment du super boulot, Tyler. Une belle réussite.

Elle reconnaît la couverture sur un coin du lit, elle l'a vue sur les photos Instagram de Janessa. Elle s'assied à côté, prudemment. À sa droite se trouve une petite table de chevet qui contient des tiroirs. Et dessus un morceau de papier. Emlyn reconnaît la grosse écriture ronde de Janessa. Elle le prend. Une liste. *Poster le cadeau pour maman, appeler Emlyn.* Elle interrompt sa lecture, le cœur battant. Plus d'une semaine s'est écoulée depuis leur coup de fil interrompu. Le cadeau est arrivé à bon port entre ce moment-là et aujourd'hui. Janessa s'est donc acquittée des deux premières tâches. Enfin, en quelque sorte. Elles n'ont jamais terminé leur conversation, si ? D'ailleurs, les mots ne sont pas rayés.

Et la suite ?

*Faire la lessive, acheter de nouveaux livres sur Kindle et se désabonner de Netflix.*

Emlyn suit un fil noir qui zigzague sur la couverture à côté d'elle. Elle regarde une dernière fois le bout de papier avant de le reposer sur la table de nuit.

Il y a un dernier mot sur la liste de Janessa : *prévenir…*

# 10

Emlyn descend du camping-car à l'abandon. Deux morceaux de papier, glissés sous les essuie-glaces, s'agitent au vent. Elle les récupère : des messages griffonnés, de la main de ce garde forestier. Elle s'approche de l'Isuzu blanche, se baisse pour étudier les empreintes des pneus. Elle passe le bout des doigts sur les motifs dans la boue, complètement durcis. Amortisseurs Fox de qualité, un treuil Warn à l'avant. Elle se relève. Deux jerricans métalliques, pour l'essence, à l'arrière, un autre en plastique, qui contient un filtre à eau. Le propriétaire de ce véhicule n'est pas un bleu. Elle place une main au-dessus de ses yeux pour voir à travers les vitres teintées. L'habitacle est nickel, il n'y a pas un seul déchet, le porte-gobelet est vide. Elle se dirige vers la cellule amovible de camping-car, posée sur le plateau du pick-up, mais toutes les vitres sont masquées par des pare-soleil. Se peut-il que ce véhicule appartienne à @randopechelavie du parc de Kodachrome ? Elle sort son portable de sa poche pour chercher des indices sur son compte Instagram. Sans surprise, elle ne trouve aucun réseau.

Elle recule, éblouie par le soleil. Un bruit d'eau lui parvient à travers les arbres, et elle prend sa direction. Les aulnes, à la forte densité, se dressent, gigantesques, vers le ciel. Un terrain de jeux pour les orignaux ou les ours. Elle tient toujours son spray dans sa main gauche. Elle s'arrête pour observer les environs, à l'affût du moindre bruissement de végétation, de la moindre inclinaison des arbustes. Elle avance, le sol devient meuble, ses pieds s'y enfoncent. Elle baisse les yeux. Partout ailleurs la sécheresse a privé la terre d'eau, mais celle-ci est épaisse et riche, marbrée de vert.

Le cours d'eau est proche, Emlyn le sent. Elle écarte les branches des aulnes qui lui égratignent les bras, et soudain elle y est. Un ruisseau, petit mais puissant, qui écume sur les rochers. Elle trouve une étendue de gravier et s'assied, dépose le spray à côté d'elle. Elle délace ses chaussures de randonnée, retire ses chaussettes et remonte les jambes de son pantalon. Puis elle se relève et entre dans l'eau. Orteils, chevilles, mollets. Le froid provoque un électrochoc qui l'atteint en pleine poitrine. Cœur qui bat à tout rompre, douleur. Tyler n'a jamais recherché ce type d'euphorie, et pourtant il aurait dû. Elle avance avec vigilance, les pierres lisses et visqueuses glissent sous ses pieds. Une pie vient se poser à proximité. Elle observe la jeune femme, tête penchée. L'annulaire d'Emlyn est parcouru de picotements.

Devant, une tache de couleur. Au milieu des aulnes, sur l'autre rive. Elle se baisse pour mieux voir, ajuste la hauteur de son angle de vision. Elle fait un pas prudent dans cette direction, un second. Ses jambes commencent à s'engourdir, malgré tout la douleur demeure.

Un bonnet rouge, accroché à une branche.

La peur vient aussitôt se loger dans la gorge d'Emlyn tandis qu'elle fait défiler dans son esprit toutes les images de son amie avec ce bonnet : Janessa sous l'arche du parc de Moab, Janessa et Bush à Tetons, Janessa en maillot de bain. Emlyn décroche le bonnet, le tient par un des brins de laine épais qui le composent. Elle retraverse le ruisseau, plus vite maintenant, et manque de perdre l'équilibre. Elle glisse ses pieds mouillés dans ses chaussures, récupère ses chaussettes et le spray, avant de s'empresser de retourner à l'emplacement des véhicules.

– Tyler !

Il est assis sur un rocher près de l'Isuzu. Elle lui montre le bonnet. Tyler le prend et, pendant un long moment, il le tourne et le retourne sans un mot. Puis il se lève et se dirige vers son camping-car. Il en sort un sac à dos.

– Qu'est-ce que tu fais ?

– On a un point de départ, répond-il. On n'a jamais été aussi près d'eux, et on n'aura peut-être pas d'autre occasion. On va remonter leur piste.

– Non, on a besoin d'aide.

– Tu es une pisteuse, Em. Tu traques des bêtes, tu en es capable. J'en suis sûr.

– Non. On devrait retourner voir ce garde forestier. On pourra utiliser sa ligne fixe. Prévenir la police, le service forestier. Réunir une équipe pour organiser une battue.

Elle prend une profonde inspiration avant d'énumérer toutes les raisons de le faire.

– Ils ont des chiens entraînés. Et plus on sera nombreux, plus on pourra couvrir de terrain.

Tyler secoue la tête.

– On n'a pas le temps. Il nous a fallu plus de deux heures pour arriver ici depuis le parking.

Elle calcule mentalement le temps qui serait perdu si elle suivait son idée. Deux heures pour rejoindre le garde forestier. Deux ou trois de plus pour convaincre tout le monde qu'il y a de quoi lancer des recherches, sur la base de leurs informations. Si leurs interlocuteurs sont partants, au moins une heure de plus pour réunir du monde, mais, soyons réalistes, beaucoup plus vu l'endroit où ils se trouvent. Encore deux heures pour revenir. Et ça, c'est si tout se déroule bien, sans heurts ni retards. En somme, la nuit sera presque tombée, ce qui signifie que les recherches ne démarreront que le lendemain matin. Et même s'ils partent dès l'aube, ça fait beaucoup de temps de perdu. Dix-sept, dix-huit heures. Des heures qui pourraient faire la différence entre la vie et la mort. Et malgré tout…

– Je peux aller chercher de l'aide, insiste-t-elle. On te rattrapera. On ira vite.

Tyler se décompose. Il frotte la terre sèche avec la pointe de sa chaussure, hésite, puis finit par lâcher :

– Rappelle-toi ce qui m'est arrivé à Gila, Em. Ça peut très vite dégénérer. Une seconde tout va bien, et la suivante, non. On le sait mieux que personne, toi et moi. S'ils ont besoin de notre aide, c'est maintenant. On arrive peut-être déjà trop tard.

À la mention de la forêt nationale de Gila, un frisson parcourt la colonne vertébrale d'Emlyn.

Tant de choses peuvent se jouer en une journée, à la suite d'un enchaînement de petites décisions, d'un seul choix qui paraît anodin. Ses conséquences peuvent se propager, bouleverser une vie, la modifier pour des mois, des années.

Tyler a raison. Dans leur cas, si quelqu'un était venu… L'issue aurait pu être différente. Tout aurait pu être différent.

Elle repense au coup de fil de Janessa, la semaine précédente. Aux commentaires de @randopechelavie sur

Instagram. Aux échanges plus énigmatiques de @ozkerwild. Aux blancs de poulet et aux bananes en train de pourrir dans le camping-car. Et surtout, bien plus inquiétant, au bonnet rouge. Emlyn n'a aucun moyen de savoir ce qui s'est passé exactement, mais elle a une certitude : il y a eu un problème.

Tyler lève son index pour lui faire signe de ne pas prendre sa décision tout de suite et file vers le van.

– Regarde, dit-il en revenant avec un petit GPS de randonnée gris. J'ai un contact au service forestier. Je vais lui envoyer nos coordonnées et lui dire ce qu'on a trouvé, lui expliquer qu'on part à la recherche de nos amis.

Il se met à presser des touches, le petit mousqueton fixé à l'appareil oscille pendant qu'il tape.

– Comme ça, poursuit Tyler, quelqu'un saura où on est et ce qu'on fait. Et si on trouve Janessa et Bush, et qu'ils ont besoin d'aide de toute urgence, au point qu'on ne peut pas les aider, nous, on appuiera sur le bouton d'urgence. Ils nous enverront la cavalerie. Des médecins, un hélicoptère, la totale.

Elle n'a pas les moyens de se payer un tel outil, elle, ni l'appareil, ni l'abonnement mensuel, mais elle sait comment il fonctionne. Quand on presse le bouton d'urgence, les canaux reliés au GPS reçoivent l'alerte ainsi que les coordonnées de l'émetteur. Tout le circuit de communication est un peu compliqué, et elle n'a retenu que l'essentiel : c'est un moyen infaillible d'obtenir des secours, si on a des ennuis dans une zone sauvage.

Ce qui implique que ce n'est pas si dangereux, ni même insensé, de partir à deux sur les traces de Janessa et de Bush – pas avec ce filet de sécurité ni ses connaissances de la nature. Surtout si la vie de son amie est en jeu. Adossée à un arbre, elle regarde Tyler saisir son message sur le GPS, et elle comprend que c'est son propre passif qui la retient, en réalité, son désir de rester bien à l'abri derrière un mur de pierres. Elle n'aime pas sentir que ses vieux sentiments pour Tyler se ravivent peu à peu, elle ne veut pas penser au risque qu'elle courrait en les laissant s'embraser.

D'un autre côté, est-ce la vie dont elle veut ? Est-ce celle qu'elle souhaite devenir ?

Janessa aurait le cran nécessaire. Elle serait déjà en route, elle n'aurait même pas besoin d'y réfléchir à deux fois. Et à cet instant précis, Janessa a besoin que son amie mette de côté ce qui la retient pour devenir tout ce qu'elle n'est pas : intrépide, confiante, héroïque.

– D'accord, lâche-t-elle. Je viens avec toi. À mes conditions. C'est moi qui décide. C'est moi qui dirai où on va, et quand. Et tu dois promettre de m'obéir. Hors de question que tu sortes ton pistolet et me demandes de rester en retrait. Compris ?

Le soulagement se peint sur les traits de Tyler. Il hoche la tête. Il ajoute un sac de couchage roulé bien serré sur le dessus de son paquetage, puis pose une main sur son cœur.

– Promis, juré, craché.

# CINQ ANS PLUS TÔT

Emlyn part faire une randonnée à V.T.T. Elle n'est installée dans l'Idaho que depuis deux mois, mais elle a déjà identifié plusieurs itinéraires au départ de son appartement, qui empruntent parfois la route principale, parfois d'autres plus petites et parfois encore le sentier pavé qui traverse la ville et monte vers l'une des stations de ski. Aujourd'hui, elle prend la direction du nord. Elle gravit la petite côte qui permet de rejoindre la grande route, qu'elle suit tout le long du replat jusqu'au fameux sentier pavé à moins de deux kilomètres en dehors de la ville. Il est tôt, il fait frais, mais le soleil estival est déjà haut dans le ciel. Le moment rêvé pour une balade.

Devant elle, un pick-up est arrêté sur le bas-côté de la route, capot ouvert. Elle ne ralentit pas. Elle traversera la chaussée avant d'arriver à sa hauteur. Un homme avec une casquette à filet orange apparaît soudain derrière la voiture. Il la regarde, paupières mi-closes.

Emlyn le reconnaît immédiatement, elle l'a rencontré à cette fête, la semaine dernière. L'ami d'enfance de Janessa, Tyler. Son cœur tambourine. Elle s'est rejoué cette soirée en boucle : la robe trop moulante, l'arrosage automatique, les derniers mots qu'il lui a dits.

– Salut, dit-elle en ralentissant.

Il s'est replongé sous le capot jusqu'à la taille. Il redresse la tête et la tourne vers elle. Un sourire lui fend le visage.

– Salut.

Elle pose les pieds à terre et il s'approche d'elle.

– Je ne sais pas si tu te souviens de moi, je suis Tyler, dit-il en lui tendant la main.

Elle incline la tête et décide de rentrer dans son jeu.

– Emlyn Anthony, répond-elle en lui serrant la main. Je suis désolée, on se connaît ?

– Je crois bien, oui. On s'est déjà vus deux fois.

Il baisse les yeux vers son V.T.T.

– Qu'est-ce que tu fais dehors à cette heure ?

Elle retient un sourire.

– Ben… du vélo.

Il retire sa casquette et se passe la main dans les cheveux.

– Ouais, j'aurais pu deviner, je reconnais. Entre le V.T.T., le casque et tout. Question débile, pardon. Je suis un peu crevé en ce moment.

– Je peux t'aider ?

Il croise les bras et prend appui contre l'aile de sa voiture.

– J'ai mes rollers à l'arrière… « Ce serait super si tu pouvais m'emmener en ville ».

Ça fait des années qu'elle n'a plus passé ses soirées devant la télé, comme à l'époque du départ de son père, mais elle reconnaît sans mal la réplique du film *Napoleon Dynamite*. Napoleon sur son vélo, qui traîne son frère, Kip, en rollers.

– « Seulement si tu vas me chercher mon stick à lèvres », rétorque-t-elle dans sa meilleure imitation de Jon Heder. « J'ai super mal aux lèvres ! »

Elle se sent aussitôt mal à l'aise, pourtant Tyler sourit.

– Pas mal, approuve-t-il. Bonne imitation, plus vraie que nature.

Il remet sa casquette.

– C'est le meilleur film de tous les temps. Un incontournable quand je veux me payer une bonne tranche de rigolade.

– Meilleur film, ça me paraît un peu excessif, mais il est drôle, oui.

Elle se rapproche du pick-up.

– Qu'est-ce qui t'est arrivé ?

– Je ne sais même pas. Il y avait un troupeau de wapitis dans ce pré, ajoute-t-il en indiquant leur direction, et je me suis garé pour les regarder quelques minutes. Quand j'ai voulu redémarrer, rien. Le moteur ne répond plus.

– Tu me permets de jeter un coup d'œil ?

– Je t'en prie, dit-il en s'écartant.

Elle retire son casque et l'accroche à son guidon.

– Le vilebrequin fait du bruit ?

– Non, il ne se passe rien.

Elle observe le bloc moteur.

– C'est peut-être le solénoïde de démarreur.

– Ouais, c'est aussi ce que je pensais.

Il éclate de rire et ajoute :

– Je plaisante, je ne sais même pas de quoi tu me parles.

– Tu as un tournevis ?

– J'ai une petite trousse à outils quelque part, oui. Je vais regarder.

Il disparaît un instant, furète dans l'espace derrière les sièges avant, puis revient avec un tournevis.

– Parfait. Je ne sais pas si ça va marcher, mais ça vaut le coup d'essayer.

Essaie de redémarrer.

Tyler se place derrière le volant, jambe gauche pendant dans le vide par la portière.

Emlyn utilise le tournevis pour établir un contact entre les deux points où les fils du démarreur se fixent. Le vilebrequin s'active et le moteur rugit.

– Dément ! s'exclame Tyler en sautant sur la chaussée. Absolument dément !

Il lève les poings en l'air et commence à sautiller sur place.

– Victoire !

Emlyn sourit.

– Pour le moment. Il faut que tu fasses changer ton solénoïde. Sinon tu devras utiliser un tournevis chaque fois que tu voudras démarrer.

– Et je fais comment ?

– Va en acheter un dans un magasin de pièces détachées. Je pourrai t'aider à le remplacer si tu veux.

– Sérieux ?

– Oui.

Elle rougit, heureuse de constater qu'il semble impressionné.

– Je peux te remercier pour ton aide ? J'ai une dette envers toi. Je m'apprêtais à appeler une dépanneuse. Rien que ça, ça mérite un sandwich.

Elle rit.

– Pas du tout, enfin. Ça m'a fait plaisir de t'aider. Et puis tu étais sur ma route.

– Allez, insiste Tyler, laisse-moi t'inviter à manger un bout.

Il lui décoche un sourire.

– Tout de suite ?

– Ouais, tout de suite. On peut mettre ton vélo à l'arrière.

Un rapide coup d'œil à son reflet dans la vitre côté passager lui révèle que le casque n'a pas été tendre avec elle. Ses cheveux sont collés sur son front, et sa mèche rebelle à droite se dresse vers le ciel comme une corne. Et pourquoi, oh pourquoi, n'a-t-elle pas pris le temps de se brosser les dents avant de partir en balade ? Son adjectif se rappelle à son esprit. *Pitoyable.* Elle fait coulisser la lanière de son casque sur le guidon.

– Tu ne me dois rien, Tyler.

– Bon, d'accord.

Il observe le champ puis reporte son attention sur elle.

– Est-ce que je peux quand même t'inviter à manger ? Juste pour le plaisir ?

Il se frotte le côté du cou avec la paume.

– Enfin, reprend-il, peut-être parce que je regrette de ne pas avoir pris ton numéro l'autre soir, que j'ai demandé à Janessa de me le filer, qu'elle a refusé et que je me dis que l'univers m'envoie un signe, me laisse une seconde chance ?

Emlyn prend le temps de digérer toutes ces informations.

– Attends… Tu es sérieux ? Janessa a refusé de te donner mon numéro ?

La vraie question, celle qu'elle n'ose pas poser à voix haute, c'est : *Tu voulais mon numéro ?* Son cœur bat la chamade.

– Ouais, elle a dit non.

– C'est bizarre. Qu'est-ce qui lui a pris ?

– Oh, elle a été catégorique. Tu es une terre sacrée à ses yeux. Pure et intacte. Je crois qu'elle a dit que tu étais « saine ».

Il a, dans le regard, un pétillement provocateur. Emlyn en veut à son amie d'avoir donné d'elle l'image d'une fille chaste et innocente – même si c'est la vérité. Ce n'est pas la première fois que Janessa intervient pour la détourner de ce qu'elle aime appeler des types « minables ». Un joueur de foot en troisième année de fac. Un étudiant en littérature qui miaulait de vieux tubes de Radiohead au bar du campus, le vendredi soir. Le footballeur n'était pas digne d'elle (« sexy mais pas assez intelligent », pour citer Janessa). Quant au chanteur, c'était un fumier qu'elle devait impérativement fuir. Elle ne lui en a pas voulu sur le moment – enfin, peut-être un peu –, et elle a suivi ses recommandations.

À présent, néanmoins, alors que le soleil lui chauffe les épaules et que le ciel derrière Tyler est d'un bleu magnifique, un soupçon de rancœur lui lacère le ventre.

– Janessa abuse un peu, parfois, dit-elle en le regardant droit dans les yeux.

Il éclate de rire.

– Sans blague !

Il joue avec les gravillons sous ses semelles. Une camionnette passe à vive allure.

– Ça veut juste dire qu'elle tient à toi, poursuit-il. Elle t'aime, et c'est comme ça qu'elle le montre. Elle est…

Il a du mal à trouver le bon terme.

– Autoritaire ?

Emlyn n'avait pas l'intention de prononcer ce mot tout haut, et elle sent aussitôt la culpabilité l'étreindre.

– J'allais dire qu'elle voulait tout gérer, mais oui, « autoritaire », ça lui va aussi.

Il hausse les épaules et ajoute :

– Elle cherche juste à te protéger.

– Me protéger de quoi ?

– De moi, sans doute.

– De toi ?

Un sourire lui chatouille les lèvres.

– Elle pense que je risquerais de te pervertir.

– Et toi ? Tu en dis quoi ? demande-t-elle en baissant la tête, taquine à son tour.

Il semble sélectionner avec soin les mots de sa réponse.

– J'en dis qu'avec Janessa, il faut s'affirmer, tôt ou tard. Je la connais depuis que je suis tout petit. J'ai eu tout le temps d'apprendre à la connaître. Toi, tu es plutôt novice en comparaison. Tu vas devoir lui faire comprendre qu'elle ne peut pas décider de tout en permanence. Après, ça ira bien entre vous. Normalement.

– Je ne la laisse pas tout décider, insiste Emlyn, même si elle n'est pas certaine que ce soit la vérité.

Comme pour en faire la démonstration malgré tout, à Tyler et à elle-même, elle pousse son V.T.T. vers l'arrière du pick-up.

– Je mangerais bien un morceau, en fait. Et si tu le veux toujours, je te donnerai mon numéro.

Elle monte sur le siège passager et attache sa ceinture. *Ce n'est pas un rancard*, se dit-elle. *Ce n'est pas un rancard ! Il veut juste te remercier, par politesse. Ça ne veut rien dire, ne commence pas à te faire des idées.* Elle se penche vers la portière pour observer avec circonspection son reflet dans le rétroviseur.

Tyler fait demi-tour pour retourner en ville, vers le sud. Il s'arrête dans une station-service pour acheter trois sandwichs.

– Les meilleurs de la ville, dit-il en lui en tendant un.

Dans un coin du parking, un vieil homme avec une épaisse barbe d'un blond roux est assis par terre, genoux contre la poitrine. Il est adossé au pied d'un chariot métallique rempli d'affaires.

– Je reviens, dit Tyler en mettant le levier de vitesse sur « parking » et en sautant sur le bitume.

Le vieil homme a du mal à se relever. Tyler lui donne un coup de main puis lui offre le troisième sandwich. Il lui pose une main sur l'épaule et tous deux rient à gorge déployée. Poussée par la curiosité, Emlyn entrouvre sa vitre. Ils discutent. Météo, feu de forêt en Californie, le type de mouches artificielles qui ont la faveur des poissons de la Big Wood. Elle remarque alors la canne à pêche qui dépasse du chariot. Au bout de deux minutes, Tyler serre la main de l'homme et revient vers sa voiture. Emlyn appuie sur le bouton pour refermer sa vitre.

– C'est qui ? lui demande-t-elle.

– Jorge.

– Comment vous vous connaissez ?

– Je l'ai rencontré il y a deux ans, quand il vivait juste à côté de l'entrée de mon immeuble.

– Et ?

Tyler hausse les épaules.

– Et on est amis.

– Tu lui achètes des sandwichs.

Avant de quitter le parking, Tyler baisse sa vitre pour faire signe à Jorge, qui est déjà très occupé par son en-cas. Il lève la main.

– Oui, lâche Tyler.

– Tous les jours ?

– Seulement le samedi.

– Pourquoi ?

Tyler tient le volant de sa main gauche et son sandwich de la droite.

– Et pourquoi pas ?

Lorsqu'il se gare en bas de chez elle et lui demande si ça lui dirait d'aller se baigner plus tard, elle répond oui. Parce qu'elle est déjà complètement amoureuse.

– Je reviens dans trois heures, lui dit-il.

Elle monte l'escalier en métal de son immeuble dans un état de transe.

Dans sa minuscule chambre, elle se poste devant le miroir fixé à l'arrière de sa porte. Pendant qu'elle s'observe, ses vieux complexes reviennent à l'assaut. Les cheveux châtains mousseaux, les taches de rousseur sur son nez. Sa petite poitrine, ses hanches inexistantes. Elle est musclée, pas maigre. Comment un type du genre de Tyler pourrait-il s'intéresser à elle ? À tous les coups, en acceptant de l'accompagner « se baigner », elle ne réussira qu'à récolter une peine de cœur, ou pire.

D'un autre côté, Jorge, le sandwich…

– Tous les types craquants ne sont pas des ordures, rétorque-t-elle à son miroir, sourcils froncés.

Elle n'est pas certaine d'avoir réussi à se convaincre elle-même, parce que son expérience, aussi limitée soit-elle, lui a enseigné l'inverse. Enfin, pourquoi ne pas laisser une chance à Tyler ? D'autant que lui vient alors une pensée audacieuse, de celles que pourrait avoir Janessa : pourquoi aurait-elle besoin d'un garçon aux intentions pures, pourquoi devrait-elle désirer une telle chose ?

En vérité, elle en a assez d'avoir peur, de passer inaperçue. De nouveau, elle se jauge, cette fois dans le miroir de la salle de bains. Ses joues sont rosies par la matinée au soleil, ce qui est peut-être mignon, qui sait ?

Quel maillot de bain mettre ? Quelle tenue ? Elle ne possède que peu de vêtements, aucun de très joli. Elle choisit entre ses deux maillots, enfile un jean, un tee-shirt blanc tout bête, une polaire. Elle fourre le maillot et une serviette dans son sac à dos. Elle ignore encore à quoi cette soirée la conduira, mais elle est prête à faire ce saut dans l'inconnu.

# 11

Emlyn et Tyler laissent le camping-car garé près de celui de Janessa et retournent au ruisseau, près duquel elle a trouvé le bonnet. Ils franchissent la barrière d'aulnes, qui leur égratigne les bras. Quand ils trouvent un tronc couché en travers du cours d'eau, Tyler le franchit en premier, bras écartés pour garder l'équilibre. Emlyn le suit, pas après pas, gauche, droite, gauche. Elle sent qu'elle vacille, le poids de son sac à dos lui faire perdre son axe. Elle finit par rejoindre l'autre rive, et la terre ferme la réconforte. Le gibier a laissé des traces partout, des pistes qui coupent à travers les aulnes. Elle s'accroupit, à la recherche de traces de pas. Orignaux, coyotes, cerfs à queue noire… Elle se redresse et scrute les environs, évalue les options. Tyler se trouve sur sa gauche, elle lui dit de chercher des empreintes.

– Ici, lance-t-il.

Elle le rejoint et s'agenouille. Bien vu. Des traces de chaussures. Le mot « Danner » est presque lisible. Elle pose son pied à côté. Quasiment la même taille. Et une seconde empreinte, plus longue, plus large, le mot « Kenetrek ». Des chaussures de chasse montantes. Deux personnes. C'est bon signe. Y a-t-il d'autres traces ? Emlyn retire son lourd sac à dos pour suivre les traces, penchée vers l'avant. Ah… Elle se baisse plus bas, approche son visage tout près du sol. Une troisième trace. « Merrells ». Quelqu'un a dérapé à un endroit, il y a comme une traînée dans la boue. La personne aurait glissé ? Non, peut-être pas… Elle aurait été traînée ?

Elle se redresse et rebrousse chemin pour aller chercher son sac.

– Par ici, indique-t-elle à Tyler, en décidant de lui taire la présence de la troisième empreinte.

Ils cheminent en silence, vers le nord, jusqu'à ce qu'ils finissent par ressortir du bois d'aulnes et se retrouvent au pied d'une vallée étroite. Les parois rocheuses qui se dressent de part et d'autre sont immenses, presque verticales. Emlyn s'arrête pour faire le point. Ici, l'herbe n'a pas été foulée récemment par le passage d'un humain ou d'une bête. Il n'y a qu'une seule piste devant eux, et ils la suivent. La faune, et elle inclut les humains dans cette catégorie, emprunte presque toujours le trajet qui oppose le moins de résistance. Ils suivent la vallée, puis remontent en faisant une boucle. Ils trouvent des pins. Le terrain devient de plus en plus escarpé.

– Ça va ? lui demande Tyler.

– Bien sûr, répond-elle, même si ses jambes la brûlent, que son dos la tue et que des gouttes de sueur dévalent le long de la racine de ses cheveux.

– Et toi ?

– Je me suis mis au triathlon. Enfin, je ne m'entraîne qu'à la course pour le moment. Après… tu vois, quoi. C'est devenu ma nouvelle addiction.

Il s'arrête pour boire à sa gourde souple.

– J'aime me persuader que je suis en forme, ajoute-t-il avec un sourire. Et parfois le monde me rappelle gentiment que je ne le suis pas autant que je voudrais le croire.

– Tu es fatigué, comprend-elle en avalant une gorgée au tuyau de sa propre gourde. Tu n'as pas dû dormir cette nuit.

Il baisse les yeux, chasse un insecte sur la jambe de son pantalon.

– Pas beaucoup, en effet. Pas assez.

Emlyn est la première à le repérer.

Un mouvement. Loin devant, une personne qui vient dans leur direction. La silhouette dévale la pente rapidement, en dehors du sentier. La poussière qu'elle soulève dans son sillage indique sa trajectoire. Elle est trop distante pour qu'on puisse distinguer sa taille ou son sexe, mais le cœur d'Emlyn fait un bond.

– Tyler, dit-elle en tendant le bras.

Elle balance entre l'espoir et l'appréhension. Ils sont à la recherche de deux personnes après tout. Et si une seule vient à leur rencontre, ce n'est pas bon signe.

Ils se dirigent vers la silhouette, qui continue à avancer en dehors du sentier, à une vingtaine de mètres. Tyler agite le bras.

– Bonjour ! crie-t-il.

Une carrure athlétique. Une grande taille. Un pas assuré. Un homme. Bush ?

Tyler et Emlyn s'arrêtent. C'est ce qu'il faut faire, quand on croise quelqu'un au cœur d'une forêt. Prendre le temps de dire bonjour, de discuter. Vous venez d'où ? Vous êtes là depuis combien de temps ? Pourtant l'homme continue à avancer, lui. Il ralentit, mais il ne s'arrête pas. Il lève le bras en les croisant.

Un sac à dos, un pantalon de randonnée charbon, un tee-shirt camouflage à manches longues, une casquette, des lunettes de soleil. Un tour de cou bleu clair remonté sur le nez. Un revolver dans un étui sur la hanche droite. Emlyn tente de faire une photo mentale du randonneur, mais il les a déjà dépassés de cinq, de dix mètres. Enfin il ralentit et se retourne vers eux.

– Juste pour info, je suis tombé sur une femelle grizzly et son petit, par là.

Il indique la direction dans laquelle ils se rendent.

– J'ai dû les surprendre, parce qu'elle m'a chargé. Je pense que j'ai réussi à les faire fuir, je n'en suis pas certain.

– Merci, répond Tyler.

Là, l'homme s'arrête. Il est à vingt mètres, le soleil dans le dos.

– À votre place, je changerais d'itinéraire.

Y a-t-il une pointe de menace dans son ton ?

– On est à la recherche de quelqu'un, lui lance Tyler.

– Un homme et une femme, ajoute Emlyn.

Elle aimerait beaucoup voir le visage du randonneur, elle guette une réaction à ses mots sur ses traits. Il écarte ses deux mains en grand et hausse les épaules.

– J'ai pas croisé âme qui vive. À part des ours.

Il pivote pour repartir, puis se ravise.

– Faites attention à vous, ajoute-t-il, avant de partir, en suivant le sentier cette fois.

Tyler le regarde s'éloigner.

– C'était bizarre, non ?

– Ouais, confirme-t-elle.

– Pourquoi il portait son tour de cou ?

Emlyn secoue la tête. Il lui arrive de mettre le sien, quand elle pêche.

– Il y a beaucoup de soleil, ça évite la crème solaire.

Et c'est le cas. À moins qu'il ne soit sensible à la fumée. Qu'il ait peur de tomber malade. Il n'y a rien de vraiment anormal, de réellement étrange dans chaque élément qui compose la tenue de l'homme. Et parfois les gens quittent le sentier pour permettre à ceux qui arrivent en face de passer.

Elle ne peut toutefois retenir une autre pensée : en un sens, l'homme était parfaitement déguisé. Entre les lunettes de soleil, la casquette et le tour de cou, elle n'a pas pu noter le moindre signe distinctif le concernant, à l'exception de sa taille et de sa carrure, et même là il s'agit d'une estimation grossière, à une vingtaine de mètres de distance, durant une trentaine de secondes. Il aurait pu s'agir d'un homme noir de quarante-cinq ans, aux yeux marron et aux cheveux gris coupés court. Ou d'un homme blanc de vingt-cinq ans aux yeux bleus et aux longs cheveux blancs. Il possédait peut-être des tatouages, ou une cicatrice. À l'exception de sa tenue, elle ne pourrait pas fournir le moindre élément descriptif à son sujet.

Bien sûr, elle pense à l'Isuzu garée à côté du camping-car de Bush et de Janessa. C'est forcément son véhicule. Était-ce @randopechelavie ? Ou @ozkerwild ? Et son avertissement – « à votre place, je changerais d'itinéraire » – était-il une menace ou une mise en garde amicale ?

Elle le regarde disparaître en trottinant, puis elle se dirige en amont, vers l'endroit où il est passé. L'herbe est couchée vers l'avant, il l'a aplatie en passant. Elle cherche un endroit avec de la terre. Là. L'empreinte d'une semelle Merrell.

– Ce n'était pas lui, si ? demande-t-elle à Tyler, qui s'est accroupi à côté d'elle. Comme on n'a pas vu son visage, je me demandais… Ce n'était pas Bush, hein ?

Il fait non de la tête.

– Tu es certain ?

– Sûr et certain, dit-il en se relevant. Bush est plus grand.

# 12

Vers la fin de la journée, Emlyn et Tyler trouvent une corniche suffisamment grande et relativement plate. Face à eux, un panorama spectaculaire, composé de quatre montagnes et d'une partie de la vallée en bas. Exactement ce qu'elle avait espéré. Elle pose son sac à dos et s'assied, dos contre la roche.

– On va devoir s'arrêter ici, dit-elle en scrutant le ciel.

Le soleil est déjà masqué par le plus haut des sommets, et bientôt il fera nuit. Elle sort ses jumelles de la poche avant et, en partant de l'extrême gauche, scrute l'horizon. Elle monte et descend de façon méthodique. Elle cherche un mouvement, une couleur inhabituelle, de la fumée. Le jour décroît rapidement.

Derrière elle, Tyler prépare le terrain pour camper, il dégage les branches et les pierres.

– Les feux ne sont pas interdits ici, hein ?

– Pas encore, lui répond-elle.

Elle reprend son observation. Il monte sa tente, s'éloigne, revient avec les bras chargés de bois. Sur une hauteur au loin, un mouvement, une tache brune. Elle règle aussitôt ses jumelles pour la retrouver. Pins, rochers, armoise. Là.

Un wapiti, deux. Elle pense à son permis de chasse à l'arc, rangé dans un tiroir de son Airstream. Toutes les heures qu'elle a consacré à s'entraîner, à accroître sa force. Elle observe les bêtes un moment. Une file de trois, non quatre, qui sort du couvert des arbres. Que des mâles. D'un jour à l'autre, la paix entre eux volera en éclats, ils se feront la guerre à cause de la saison des amours. Ils réuniront leurs harems. Ils brameront, baveront, se rouleront dans leur urine. Se battront. On appelle ça entrer en rut. Difficile, face à ce spectacle, de ne pas penser que la sexualité rend les animaux stupides. Elle pose ses jumelles et lorgne du côté de Tyler, qui s'est agenouillé pour disposer le petit bois et les branches en tas circulaire régulier. Il s'interrompt, croise son regard et lui sourit.

Elle finit d'observer les environs accessibles depuis son point de vue, puis elle s'attelle à l'installation de sa propre tente. Celle de Tyler peut contenir deux personnes, mais elle a quand même apporté la sienne. Elle tente déjà le diable en se retrouvant seule avec lui ici, à combattre mollement les vieux sentiments qui remontent à la surface. Inutile de s'exposer à un risque supplémentaire. Son cœur n'y survivrait pas.

Tyler sort un réchaud de son sac puis plusieurs repas lyophilisés.

– Ce soir, madame, pour le dîner, nous vous proposons, du poulet aux légumes avec son risotto, un émincé de bœuf aux champignons ou un ragoût de haricots et de maïs.

Il remplit le réservoir d'eau et allume dessous.

– Surprends-moi, lui répond-elle en sortant son canif pour retirer l'écorce d'un bout de bois bien sec.

Quand elle a réuni une belle quantité de copeaux, elle les glisse sous les branches de Tyler. Elle cherche sa pierre à feu, mais il sort un briquet de sa poche. Il approche la flamme des copeaux, qui se consument aussitôt. Elle se penche vers eux pour souffler, doucement. Le feu prend et monte vers le ciel.

L'eau est déjà bouillante. Tyler coupe le réchaud et verse l'eau dans l'un des sachets lyophilisés. La nuit se referme autour d'eux, la température baisse. Elle sort une polaire et l'enfile. Les flammes sont de plus en plus grosses, de plus en plus brillantes, mais elles ne dégagent pas encore beaucoup de chaleur. Tyler les observe et, c'est plus fort qu'Emlyn, elle en profite pour le regarder, pour scruter son visage.

– Tu as changé, lui dit-elle.

Il hoche la tête.

– J'espère bien. J'essaie, j'essaie sincèrement. J'ai encore deux ou trois choses à régler, et tout ça sera derrière moi pour de bon.

– Deux ou trois choses ?

– Oui, dit-il en remuant le bois. Ce monde dans lequel je vivais, je veux juste m'assurer que tous les liens avec lui…

Il hausse les épaules avant de poursuivre :

– … n'existent plus, sont coupés, pour pouvoir réellement tourner la page. Tu vois ce que je veux dire ?

À son tour elle hoche la tête, tire ses manches sur ses mains. C'est exactement ce qu'elle a fait avec lui : elle a coupé tous les ponts pour laisser cette histoire derrière elle.

– Je vois, dit-elle.

Il fait bouillir une seconde quantité d'eau qu'il verse dans un autre sachet.

– C'est marrant… enfin non, ce n'est pas le bon terme. C'est triste qu'il ait fallu que je perde la chose à laquelle je tenais le plus pour mettre de l'ordre dans ma vie.

Elle ne répond pas, rive ses yeux sur le feu.

Ils attendent. Les montagnes sont devenues de gigantesques ombres chinoises, noires sur un ciel presque aussi foncé.

– Toi aussi, tu as changé, au fait.

– Dans quel sens ?

– Je ne sais pas… Tu es plus forte. Plus sûre de toi. Presque comme si… je crois qu'on peut dire que tout ce que j'ai perçu chez toi, à l'époque de notre rencontre, a grandi, éclos. Comme si tu étais faite pour ce monde. Et je trouve ça bien, vraiment génial. Je n'ai pas le droit d'être fier de toi, mais c'est le cas.

Il lui donne un des repas.

– Et voilà, madame.

Elle sort une cuillère de son sac à dos et ouvre le sachet. De la fumée s'en échappe, elle goûte son contenu.

– « Émincé de bœuf », lit-elle dessus, en l'approchant de la lumière du feu. C'est bon. Tu as pris quoi ?

– Le ragoût. Tiens, goûte.

Il remplit sa cuillère puis se rapproche pour la lui tendre. Elle se penche pour avaler la bouchée. Il ne s'éloigne pas et elle lui propose un peu de son émincé. Le feu commence à chauffer. Leurs genoux se touchent.

L'espace d'un bref instant merveilleux, elle oublie presque qu'ils ne sont pas il y a quatre, cinq ans. Qu'ils sont séparés, que Tyler l'a abandonnée, que son amour pour elle est toujours passé en second. Que c'était plus fort que lui.

L'ennui étant qu'elle aime oublier ces choses.

– C'était géant, non ? reprend-il. Toi et moi, dans la nature. Je n'ai jamais rien vécu de mieux. Parmi tout ce que j'ai vécu, tout ce que j'ai vu… rien n'arrive à la hauteur de ça.

Il referme le sachet vide et le jette dans le feu. L'emballage produit aussitôt des flammes vives, vertes et bleues, puis se consume.

– Enfin c'est normal, avec toi, tout est toujours mieux.

« Ne dis pas des choses comme ça », pourrait-elle lui rétorquer. Elle pourrait aussi s'éloigner, se réfugier sous sa tente. Sauf qu'elle n'en fait rien. Et lorsqu'il se rapproche encore pour venir s'asseoir sur son tapis de sol, elle reste exactement là où elle est.

– Merci, souffle-t-elle en sortant son sac de couchage pour le dérouler.

– Em, je sais que tu ne veux pas parler de ce qui s'est passé entre nous. Il y a quand même deux choses que j'ai besoin de te dire. Deux choses que je voudrais que tu saches. Si tu acceptes de les entendre.

C'est une très mauvaise idée, non ? Dangereuse. Ce que Tyler souhaite lui dire pourrait ouvrir la voie au pardon, et à la guérison. À toute une constellation de possibilités. Et la route qu'elle a choisie est la bonne. Un sentier rocailleux, solitaire, avec des pierres entassées tout autour de son cœur. Solitaire, oui, mais sans danger. Protégé. Quel mal y a-t-il à cela ?

Elle songe soudain au mot que Rev a chuchoté à l'issue de son étrange prière dans le potager : *confiance.* Et elle se sent hocher la tête, dire :

– D'accord.

– D'abord, je suis désolé. Je n'ai jamais voulu te faire du mal. J'espère que tu le sais.

Il s'essuie les yeux avec sa manche.

– Certains diraient que ce sont mes problèmes de dépendance qui ont failli te tuer. Moi, je ne suis pas de cet avis. C'était moi. Je t'ai mis dans cette situation, je t'ai oubliée. J'en accepte la responsabilité. Et je suis vraiment, sincèrement désolé. Pas un seul jour ne passe sans que je n'y pense. Pas un.

Une larme échappe à Emlyn, roule sur sa joue. Puis une deuxième, une troisième. C'est très précisément ce qu'elle voulait éviter. Pendant des années sa colère l'a ancrée, lui a donné une assise. Cette posture l'a mise en sécurité. À présent, elle a l'impression de perdre pied.

Il l'enlace pour l'attirer contre lui. Elle refuse de le regarder, mais elle se laisse aller. Elle n'a aucune idée du temps où ils restent ainsi, tous les deux. Il finit par s'écarter pour prendre du bois sur la pile.

– Et la seconde chose ? lui demande-t-elle.

Puisqu'ils se sont aventurés sur ce terrain, autant aller jusqu'au bout. Après avoir alimenté le feu, il ne retourne pas s'asseoir à côté d'elle. Il prend place sur un tronc couché, en face d'elle. Il sort un bonnet puis la regarde. Ses yeux bleus, sa magnifique bouche.

– La seconde chose, c'est que je n'ai jamais cessé de t'aimer.

– Tyler, murmure-t-elle.

Derrière lui, une paire d'yeux vient de surgir dans le noir. Jaunes, luisants.

Il ramasse un bâton, remue les braises.

– Et je ne cesserai sans doute jamais.

– Tyler, répète-t-elle plus fort.

– Ouais ?

– Il y a quelque chose dans les bois. Derrière toi.

Il écarquille les yeux.

– C'est quoi ?

Elle secoue la tête, incertaine.

– Un puma peut-être.

Les orbites jaunes disparaissent, réapparaissent. Il lâche un juron et se relève d'un bond.

– Essaie de ne pas paniquer, lui intime-t-elle, alors que son pouls rugit.

Les yeux refont une apparition fugace. Aucun corps, aucun mouvement, aucun bruit. Juste cette paire d'yeux qui se déplace vers la droite. Qui s'évanouit un instant. Puis coulisse vers la gauche. La bête va et vient, elle observe. Pour prendre sa décision.

– Ramasse une pierre, lui dit-elle. Et lance-la dans sa direction. Prends aussi le pistolet, mais ne tire que s'il se rapproche.

Tyler ne doit l'utiliser qu'en tout dernier recours. Tirer dans le noir sur ce qui *ressemble* à une menace, c'est un péché capital dans la forêt.

Elle alimente le feu avec des branches supplémentaires pour qu'il grossisse. Tyler lance une pierre en direction des yeux. Sans jamais quitter ceux-ci du regard, elle cherche à tâtons, dans son sac, une petite casserole en métal. Ses doigts finissent par trouver la poignée. Elle la sort d'un geste brusque et la frappe avec sa cuillère. *Cling, cling, cling.*

– Hé ! crie-t-elle dans le noir. Va-t'en !

Tyler jette une autre pierre. Cette fois il a dû mieux viser, parce que les billes jaunes filent rapidement vers la gauche, comme si la bête avait fait un bond. Il en lance une autre.

Emlyn continue à taper sur sa casserole et à débiter des bêtises :

– Va-t'en, méchant puma. Tu ne nous mangeras pas ce soir. On ne veut pas de toi ici. Allez ouste, maintenant. Non, merci, le puma !

Tyler se rapproche des arbres avec une autre pierre. Les yeux disparaissent, et ils entendent un bruit dans les fourrés.

Tyler hurle un chapelet d'obscénités dans la nuit, avant de se retourner pour regarder Emlyn par-dessus le feu. Elle cesse de taper sur sa casserole en criant, et ils éclatent de rire, parce que leur terreur et leur désespoir d'il y a quelques instants leur semblent soudain ridicules. Emlyn qui tambourinait sur son instrument de fortune et beuglait dans la nature, Tyler qui jetait des pierres en direction d'yeux jaunes dans le noir. L'immense balancier des émotions.

Ils en discutent, rient encore. Elle garde un œil sur la forêt, de peur que le puma ne revienne faire un tour dans les parages, mais il ne se montre pas. Ils entretiennent le feu pour qu'il soit immense et bien chaud. Ils ne reparlent pas de ce que Tyler a confessé. Il a parlé, maintenant elle sait. Elle pourra repasser ces mots, encore et encore, les faire rouler dans le creux de sa main. Elle s'approche dangereusement près du point où elle pourrait laisser cette chose entre eux se déployer. Tard dans la nuit, alors qu'elle ne ressent pas encore la fatigue, mais qu'elle n'est plus si sûre ni d'elle ni de la solidité des murailles qu'elle a érigées, à la lueur orange déclinante du feu, elle se lève, souhaite une bonne nuit à Tyler et pénètre dans sa tente.

## CINQ ANS PLUS TÔT

Tyler se gare devant l'immeuble d'Emlyn. Il a trois minutes d'avance, mais elle l'attend déjà sur l'escalier extérieur du bâtiment. Il porte un jean baggy et un tee-shirt avec un yéti qui brandit une hache dans une forêt. Elle constate, en montant à côté de lui, lorsqu'elle sent son odeur, qu'il s'est douché.

Elle pose son sac à dos entre ses pieds.

– J'espère que tu aimes les burgers, dit-il en lui montrant un sachet en papier marron par terre. J'aurais dû m'en assurer avant.

Ils roulent longtemps. Ils traversent la ville, puis un quartier avec de gigantesques villas tentaculaires sur de gigantesques parcelles tentaculaires. Les maisons rétrécissent, deviennent moins prévisibles, moins chics et, après une pente, le bitume se transforme en terre. Encore des kilomètres. Ils dépassent le panneau d'une forêt nationale, ferment les vitres pour ne pas laisser entrer la poussière. Mumford & Sons braille dans les enceintes. Elle ne lui dit pas qu'elle possède cet album, elle aussi.

Tyler ralentit et s'engage sur une petite voie secondaire, sur la droite, pour aller se garer.

– Mangeons, dit-il. Il y a pas mal de marche ensuite.

Les burgers sont froids maintenant, mais encore bons. Ils retirent l'emballage en aluminium et se régalent sur le parking. Il lui essuie une trace de ketchup sur le menton.

Ils descendent un long sentier jusqu'à un lac bleu étincelant. Il lui prend la main chaque fois qu'elle trébuche. Elle se cache derrière des buissons pour se changer, puis il l'imite. Il escalade un immense rocher et plonge. Il pousse un cri en remontant à la surface.

– Viens ! dit-il en faisant du surplace dans l'eau.

Elle saute.

Le soleil se couche, l'obscurité arrive peu à peu. Tyler fait un feu sur un rocher plat qui surplombe l'eau. Emlyn n'a pas envie que ça se termine, mais elle n'aime pas non plus l'idée que plus la nuit avance, et plus elle pourrait devenir l'objet de certaines attentes. Qu'espère-t-il de cette soirée ? Elle n'est pas le genre de fille à coucher avec un garçon dès le premier rendez-vous, si ?

– Est-ce que tu organises toujours des expéditions nocturnes pour tes rancards ? finit-elle par demander, étranglée par l'angoisse.

Il rit.

– Non, dit-il en s'occupant du feu. Et toi ?

À son tour, elle rit.

– Non !

Elle cache ses mains à l'intérieur des manches de sa polaire.

– Enfin, ce n'est pas moi qui ai eu l'idée de venir ici, ajoute-t-elle.

– Un point pour toi.

Il sort un sac de couchage de son sac à dos.

– Tiens, lui dit-il en le déroulant.

Le cœur d'Emlyn bat à toute allure. D'excitation mais aussi de peur. Elle est soulagée, et peut-être un peu déçue, en le voyant sortir un second sac de couchage pour lui.

– Regarde ce ciel.

Il lui montre Cassiopée, Céphée. La Voie lactée se déploie au-dessus de leurs têtes, vague blanc et lavande.

– Raconte-moi quelque chose sur toi que personne d'autre ne sait, lance-t-il avec audace dans le noir.

Il est toujours assis en face d'elle, le feu diminue petit à petit.

Plus tard, elle comprendra que c'est du Tyler tout craché. Qu'il soit en présence d'un petit ou d'un grand groupe, qu'il soit juste avec elle… Il enjambe allègrement les banalités pour plonger au cœur des choses.

Sur le moment, pourtant, Emlyn ne sait pas où se mettre. Il y a tant de choses qu'elle garde au fond d'elle, des blessures qui picotent et qui abîment toutes les relations. La vie est tellement plus facile quand on cache sa douleur sous une façade bien lisse.

– Toi d'abord, lui répond-elle.

Il se mordille la lèvre, remue les braises avec une branche.

– La cicatrice, là, dit-il en lui montrant la minuscule étoile sur sa joue. Ma famille croit qu'elle est due à une chute à vélo. C'est ce que j'ai raconté. En vrai, je me la suis faite en grimpant pour atteindre le placard où mon père rangeait son alcool, quand j'avais treize ans. Janessa était là. Elle n'en a jamais parlé… À toi.

A-t-elle vraiment envie de lui répondre ? Elle hésite, mais il la regarde en souriant et ses yeux pétillent à la lueur des flammes.

– L'année de mes onze ans, mon père m'a offert un dictionnaire, avant de partir quelques mois plus tard.

Elle étend le sac de couchage sur ses jambes.

– Pendant longtemps, je l'ai lu pendant des heures. J'apprenais des définitions. Pas de tous les mots, hein, juste quelques-uns chaque jour.

Elle se rappelle la solitude qu'elle ressentait après le collège, perchée dans son arbre. Et, plus tard, les placards rouges de l'atelier transformé en maison, l'abat-jour plissé crème, la pile de livres de la bibliothèque.

– Il a appelé au début. Envoyé des cartes. Je continuais à lire le dictionnaire et à retenir des définitions.

Elle lui jette un regard discret. Avec cette révélation, elle a sérieusement fissuré son armure. Elle en ressent pourtant de la légèreté aussi, comme si un poids s'était ôté de sa poitrine.

– Et j'ai pris l'habitude d'attribuer un adjectif aux gens.

Elle n'en a jamais parlé à personne.

Il penche la tête sur le côté.

– C'est possible, ça ? Les gens seraient aussi… simples ?

– Tu serais surpris.

– Quel est mon adjectif ?

Elle l'observe à travers le feu et ment.

– Tu n'en as pas encore.

Ils ne s'embrassent pas. Il ne la touche même pas. Elle est convaincue que ce n'est pas parce qu'il agit en gentleman et sait se retenir, mais que c'est à cause d'elle, de son inadaptation flagrante, et cette pensée lui ronge le ventre. Tyler a juste voulu être gentil en lui proposant de sortir avec lui. Et comme toujours elle s'est montrée naïve, et pitoyable, en acceptant. Elle aurait dû refuser, parce qu'elle a déjà l'impression qu'un lien inédit s'est tissé entre Tyler et elle. Déjà elle redoute le moment où il s'arrêtera au pied de son immeuble et lui lancera un « à plus tard » qui signifiera « adieu ».

Le lendemain matin ils reprennent la voiture pour aller petit-déjeuner en ville dans un endroit qui n'avait jamais retenu l'attention d'Emlyn. Tyler connaît le serveur, Gus, et la cuisinière, Jada, qu'il embrasse tous les deux sur la joue. Il leur présente Emlyn, et elle se demande s'il est déjà venu avec d'autres filles.

Lorsqu'il la dépose chez elle, il descend de voiture pour lui dire au revoir. Il est beaucoup plus grand qu'elle, il se penche pour déposer un baiser sur son front. Elle agrippe le pare-chocs pour ne pas tomber à la renverse. Il enregistre son numéro de téléphone et lui promet de l'appeler.

Elle monte l'escalier jusqu'à son appartement, puis se retourne avant d'entrer. Il la regarde, il n'a pas bougé. Elle lui sourit et lui fait un signe de la main. Une fois chez elle, elle s'effondre sur son horrible canapé écossais, épuisée mais en pleine effervescence. Elle se lève pour aller jeter un coup d'œil à la fenêtre, cachée derrière le rideau, et elle voit Tyler partir. Elle est un bateau ivre. Peut-être qu'un jour comme celui-ci ne se reproduira jamais plus, peut-être qu'elle a tout gâché. Elle prend une douche et s'interdit de penser à son adjectif à elle.

Tyler lui envoie pourtant un texto dans la soirée. Et un autre le lendemain. Trois jours plus tard, ils se retrouvent pour manger une glace. Le week-end suivant, ils jouent au tennis. Quand ils sont ensemble, ils évitent de parler de

Janessa, c'est une sorte d'accord tacite entre eux. Emlyn se demande malgré tout à quel moment on peut considérer que Tyler et elle ont commencé à sortir ensemble… Et combien de temps cette situation pourra-t-elle perdurer, pourront-ils encore longtemps ignorer qu'ils sont tous les deux très intimes avec une personne qui ne sait pas qu'ils sont ensemble ? Une personne qui, pour une raison mystérieuse, ne voulait justement surtout pas qu'ils se lient. Emlyn n'aime pas y penser. Elle refuse d'admettre qu'elle pourrait aller au-devant d'ennuis. Dans l'immédiat, elle veut savourer ce bonheur inattendu. La joie d'être avec quelqu'un d'aussi gentil, drôle, exaltant que Tyler, le frisson d'un nouvel amour.

## 13

Le lendemain matin, en sortant de sa tente, Emlyn trouve Tyler réveillé, assis près du feu de camp. Dès qu'il la voit, il se lève et lui tend une petite tasse rouge remplie de café fumant, ainsi qu'un sachet métallisé contenant des œufs lyophilisés, auxquels il a déjà ajouté de l'eau chaude.

– J'ai préparé le petit déjeuner.

– Classe, répond-elle en lui prenant la tasse et le sachet. Merci.

Le dos de leurs mains s'effleure. Tyler s'appuie contre le tronc couché. Le café est fort et bien chaud, de la vapeur s'en dégage.

– Tu sais, quand j'étais petit, on n'avait pas ça, dit-il en désignant, d'un geste de la main, la fumée qui a fait sa réapparition dans la vallée. On avait un ou deux incendies, quelque part dans l'État, chaque été. Rien de comparable.

– Il est proche ? demande-t-elle.

Elle a une application pour suivre les feux de forêt : de petites flammes les symbolisent. Sans réseau, la carte ne doit pas pouvoir se mettre à jour, si ? Une pensée glaçante lui vient : si les autorités ont décidé de fermer les accès à la forêt, s'ils ont envoyé des alertes, s'ils ont annoncé aux informations ou sur le site Internet du service forestier qu'un nouvel incendie a débuté, ils n'auront aucun moyen de le savoir, Tyler et elle. Et ils seront peut-être coincés.

Tyler hausse les épaules.

– Aucune idée.

Ils rangent leurs tentes et le reste du matériel. Emlyn souffre à cause du poids de son sac à dos, qui lui paraît plus lourd que la veille. Elle ouvre son application de cartographie, qui fonctionne hors ligne, elle. Un fin trait vert symbolise le trajet accompli. Elle place un repère à l'endroit où ils viennent de camper, et vérifie la distance parcourue : six kilomètres et demi. La batterie de son téléphone diminue, l'application est énergivore. Il ne lui reste plus que 41 %.

Ils redescendent de la corniche pour reprendre le sentier à l'endroit où ils l'ont quitté la veille au soir. Ils continuent à monter en serpentant à travers des pins. Ils s'arrêtent pour faire une pause, grignotent quelques amandes. Elle observe le contenu de sa gourde souple, qu'elle incline d'un côté à l'autre. Ils auront besoin d'eau, bientôt.

Tyler se lève et remet son sac à dos.

– Prête ?

Il lui tend la main pour l'aider à se hisser sur ses deux jambes. Il ne la lâche pas une fois qu'elle est debout, et ils se retrouvent face à face. Elle a une mèche de cheveux dans les yeux, il l'écarte. Elle se détourne pour reprendre son sac à dos.

Les arbres se clairsèment. Le soleil est haut dans le ciel à présent, l'air chaud et sec. Ils doivent se trouver à plus de deux mille cinq cents mètres d'altitude. Enfin, ils arrivent sur du plat. Un pâturage de haute montagne, où l'herbe est ponctuée de touffes de plantes herbacées jaunes, de la famille des astéracées. Ils avancent plus vite sur le sentier étroit, les hautes herbes frottent contre leurs pantalons. Elle rappelle à Tyler de boire régulièrement.

Une ombre traverse le pré devant elle, puis une autre. Emlyn lève la tête. Des oiseaux tournent dans le ciel. Elle s'immobilise, plisse les yeux. Des urubus à tête rouge, la poitrine blanche d'une buse rouille. Ils décrivent des cercles sans relâche. Ils sont des douzaines. Elle se dévisse le cou, monte sur la pointe des pieds. Le plateau est envahi de purshies tridentées et d'armoises. Elle repense brusquement au puma de la veille. Il ne faudrait surtout pas qu'ils surprennent une bête en train de dévorer sa proie.

– Fais du bruit, dit-elle à Tyler en lui montrant le ciel. Au cas où il y aurait quelque chose devant. Mieux vaut le prévenir de notre arrivée.

Elle tape dans les mains, crie. Tyler, qui marche devant elle, l'imite.

– La vache ! lance-t-il en s'arrêtant brusquement, avant de reculer et de manquer de la percuter.

– Qu'est-ce que c'est ? Elle attrape le spray anti-ours fixé sur sa poitrine et retire la sécurité.

Tyler fait un pas sur le côté pour quitter le sentier. Les restes d'une bête morte, rose, écorchée vive, abandonnée dans les branches d'une touffe de purshie tridentée. Ses membres et son visage ont été picorés. Une marmotte ? Un ver blanc sort en se tortillant de son ventre rond.

– C'est dégueulasse, dit Tyler en se détournant.

Il n'a jamais eu l'estomac très accroché.

– Quel genre de prédateur fait ça ? lance-t-il.

– Oh, tu serais surpris…

Les orques qui lancent les dauphins pour leur briser la colonne vertébrale. Les grizzlys qui mangent leurs proies avant qu'elles ne soient mortes. Les gens qui aiment croire que la nature n'est que beauté et harmonie se trompent. Il suffit d'y avoir passé assez de temps pour le savoir.

Elle observe à nouveau les oiseaux dans le ciel.

– Avançons.

Ils cheminent en silence, perturbés, l'un et l'autre. Ils découvrent une autre bête, un lièvre, pendu par le cou.

Emlyn en a la chair de poule. Elle se rapproche. La puanteur est insoutenable. Elle arrache une branche à un buisson. Prise d'un haut-le-cœur, elle plaque sa manche gauche sur sa bouche et son nez, se penche vers l'animal et se sert de la branche pour lui soulever la tête. Là. Un petit collet gris lui enserre le cou.

– Il est tombé dans un piège, dit-elle avant de rebrousser chemin pour aller examiner la marmotte.

*Idem.*

Ils reprennent le sentier et, une centaine de mètres plus loin, d'autres cadavres. Certains ont le même fil de fer autour du cou, d'autres ont été piégés grâce à d'autres matériaux : du fil, le fin tendon blanc d'un animal.

– Emlyn ?

Tyler a pris de l'avance et s'est pétrifié sur le sentier. Tout à coup elle remarque le bruit d'une bête qui se débat.

Elle court le rejoindre. Une biche, émaciée, les yeux affolés par la peur, mais vivante. Sa tête est prise dans un collet, et elle se débat depuis Dieu sait combien de temps, le lacet a usé ses poils avant d'entamer la chair, son cou est rouge, à vif. De part et d'autre du sentier se dressent deux arbres et, en travers du passage, presque invisible, le fil.

La biche se cabre de terreur en les sentant approcher, elle recule, tombe et roule sur le côté. Les troncs penchent sous son poids avant de se redresser et de la projeter violemment en avant.

– Donne-moi ton pistolet, chuchote-t-elle à Tyler, trop tard.

Il le tient déjà à la main et, alors même qu'elle lui propose de s'en charger, il appuie sur la détente. Emlyn sursaute. Le bruit de la détonation se réverbère dans les montagnes. La biche gît en tas. Emlyn pose la main sur le bras de Tyler pour l'inviter à le baisser lentement. Elle se penche vers lui, l'enlace dans le dos.

Elle a du mal à s'expliquer le pourquoi de cette scène atroce. La saison du piégeage est l'hiver. Et puis il y a trop de collets, trop rapprochés. Un bon chasseur les aurait espacés, et surtout, il n'aurait jamais laissé les bêtes se décomposer. Sans oublier que, dans une partie aussi reculée de la forêt, il ne pourrait pas transporter tout ce gibier. Et ce piège dans lequel la biche a été prise ? Ce genre de collet n'a pas été conçu pour tuer une bête, le chasseur doit nécessairement intervenir pour l'achever. S'agit-il de l'œuvre d'un novice, venu faire l'idiot en pleine nature ? Quelqu'un qui ne connaît ni les saisons de la chasse ni son éthique ?

Comment comprendre ce qui s'est produit ? Qu'est-ce qui a bien pu tourner mal ?

Il ne peut pourtant pas s'agir d'erreurs. Ce ne sont ni des accidents ni les fruits d'une expérience. Il y a ce collet en travers du chemin, et l'autre dans un buisson, pour attraper un rongeur. Sans parler du plus incroyable, l'utilisation de tendons d'animaux. Celui ou ceux qui ont posé ces pièges n'ont rien d'amateurs. Ils s'y connaissent et sont adroits. Des experts, des artistes de la chasse.

Emlyn se sent prise d'un vertige. Elle a chaud et le soleil cogne sur sa tête. Tyler se dégage de ses bras, s'essuie les yeux avec la manche de son tee-shirt. Des nuées de mouches déchaînées s'abattent sur la biche. Une pie se pose sur un arbuste voisin. Emlyn rebrousse chemin, caresse l'oreille soyeuse du lièvre. Elle repense à sa rapide recherche Internet sur le compagnon de Janessa, au chalet. Les vidéos de chasse et de pêche. L'arc et les flèches qu'il a fabriqués lui-même, le wapiti.

– Tyler, souffle-t-elle en le rejoignant, qu'est-ce que tu peux me dire sur Bush ?

# CINQ ANS PLUS TÔT

– J'ai rencontré quelqu'un, annonce-t-elle à Janessa.

Emlyn a l'impression d'avoir les nerfs qui crépitent. Trois semaines se sont écoulées depuis qu'elle a rencontré Tyler à cette soirée, et ils se sont déjà revus cinq fois. Elle n'a jamais rien caché d'aussi important à Janessa, et ce secret la met au supplice, pas seulement parce qu'elle a envie d'en parler à son amie, mais aussi parce qu'elle sait que celle-ci va forcément finir par les démasquer. Et s'il y a bien une chose dont Emlyn est convaincue, c'est qu'il vaut mieux que la nouvelle vienne d'elle. L'annonce doit se faire avec tact, bien sûr, néanmoins elle doit se faire, et vite.

Janessa est très surprise.

– Quoi ? Et pourquoi je ne suis pas déjà au courant ? ajoute-t-elle avec un geste de la main.

Elle se laisse tomber sur le canapé d'Emlyn à côté d'elle et se rapproche.

– Je veux tout savoir, ajoute-t-elle.

Emlyn a réfléchi à ce qu'elle dirait, elle s'est entraînée. Une révélation progressive, prudente. Elle ne doit pas avoir l'air trop enthousiaste ni aller trop vite en besogne. Elle ne doit surtout pas, quoi qu'il advienne, lâcher le mot « sérieux ».

Elle ne peut pas lui avouer qu'elle est en train de tomber amoureuse de Tyler – plutôt de dégringoler à toute vitesse !

– Alors, commence-t-elle, je l'ai rencontré à une soirée.

– Laquelle ? Quand ?

– Celle chez ton voisin.

Emlyn penche la tête sur le côté, l'air de suggérer que cette partie de son récit est un peu floue dans son esprit. Comme si elle n'était pas retournée dans cette maison, deux fois déjà : une première pour jouer au tennis, une seconde pour déjeuner avec les parents de Tyler.

– Je croyais que tu étais avec Jimmy ce soir-là.

– Oui, c'est vrai. Enfin je n'étais pas réellement *avec* lui, j'ai juste voulu être sympa. Pendant un moment.

Elle se tourne vers Janessa.

– Ce n'est vraiment pas mon type, je suis désolée.

Elle ne sait pas très bien pourquoi elle s'excuse. Et d'ailleurs Janessa balaie ses explications d'un revers de la main.

– Je sais, t'inquiète. Je lui avais promis d'essayer.

Elle avale une gorgée de son *latte.*

– Allez, continue. Parle-moi de ce type.

– Il est intelligent. Gentil. Attentionné. Drôle, tellement drôle. Mignon…

– Il a l'air parfait.

– Oui, confie Emlyn tout bas. J'ai l'impression qu'il l'est. J'ai tout de suite ressenti un truc entre lui et moi, tu vois ?

À peine ces mots lui ont-ils échappé qu'elle les regrette.

– Oh, ta tête ! s'exclame Janessa. Je ne t'ai jamais vue comme ça.

Emlyn aimerait être capable de contenir son euphorie. S'est-elle trahie déjà ? Son amie pousse un petit cri. Elle se mordille la lèvre en remuant les pieds, folle de joie.

– C'est qui, alors ? Je le connais ?

– Oui, tu le connais, répond prudemment Emlyn, qui sent son pouls battre dans son cou. Tu le connais même très bien. C'est ton voisin. Ton vieil ami. Tyler.

Janessa cligne des yeux. Une, deux fois. Un lourd silence pèse sur elles deux.

– Tyler ? finit-elle par lâcher. Mon Tyler ?

Emlyn grimace, cet adjectif possessif est un coup de poing en plein ventre. Elle change de position sur le canapé, s'enjoint à rester calme.

– Je ne suis pas sûre qu'il considère qu'il est à *toi*, mais oui, c'est le Tyler que tu connais depuis l'enfance.

– Non, dit Janessa en posant son *latte* sur la table basse d'un geste brusque avant de se lever. Hors de question.

– Non ?

– Choisis quelqu'un d'autre. N'importe qui.

Elle pivote sur ses talons et ajoute :

– Je te le demande, s'il te plaît.

– Quoi ? Pourquoi ? rétorque Emlyn, surprise par la pointe d'agressivité dans son propre ton.

Janessa pince les lèvres.

– Disons qu'il est hors jeu.

L'appréhension déferle dans le ventre d'Emlyn.

– Parce que tous les deux, vous… êtes ensemble ? Ou vous l'avez été à un moment donné ?

Ça pourrait en effet complexifier les choses, même si c'est de l'histoire ancienne. Qu'elle se soit terminée bien ou mal.

– Non, jamais. C'est juste… tu peux faire ce que tu veux avec n'importe qui d'autre. Je ne m'en mêlerai pas, je te le jure. Avec lui, tu dois me promettre de garder tes distances.

– Garder mes distances ? C'est ton meilleur ami, je suis ta meilleure amie…

Emlyn lève les deux mains en geste d'incompréhension.

– Oui, c'est vrai, j'aurais jamais imaginé…

– T'aurais jamais imaginé quoi ?

Un sentiment qu'Emlyn est incapable de nommer, ni tout à fait de la colère, ni tout à fait de l'indignation, quelque chose de plus subtil, mais pas nécessairement de moins dangereux, commence à monter en elle. Son pouls rugit, sa tête tourne. Enfin, elle exprime tout haut la pensée de Janessa :

– Qu'un type comme Tyler puisse s'intéresser à une fille comme moi ?

Elle sait bien qu'elle est inférieure à Janessa dans tous les domaines. Elle le sait et l'accepte sans hésitation, parce que c'est un élément inhérent à leur relation et à toutes les relations amicales entre filles. Du moins telles qu'Emlyn les envisage. Dans toute amitié, il y en a toujours une plus jolie, plus séductrice, plus attirante. Lorsqu'elles sont ensemble et rencontrent deux types, le plus beau choisit Janessa, c'est systématique.

– Non ! proteste-t-elle en se laissant de nouveau tomber sur le canapé. Je n'ai jamais dit ça.

– Mais tu le pensais.

– Non, pas du tout.

Elle croise les bras et ajoute :

– Tu sais, j'aimerais vraiment que tu arrêtes de te dévaloriser comme ça. Au début, c'était mignon, mais à ce stade ça devient épuisant, je t'assure.

Elle croise le regard d'Emlyn, rentre le menton.

– Écoute, je t'aime, je veux le meilleur pour toi. Et bien sûr j'aime aussi Tyler. Seulement, c'est… compliqué.

J'aimerais pouvoir t'expliquer, et peut-être qu'un jour j'y arriverai, mais s'il te plaît ne commence pas une histoire avec lui.

– Pourquoi, enfin ?

– Je le connais depuis toujours. Depuis que je suis née. Et, crois-moi, personne ne sait mieux que moi à quel point il peut être charmant.

Elle prend son amie par la main pour l'attirer vers elle, sur le canapé.

– Crois-moi aussi, le charme s'épuise. Je te le dis, Em, Tyler est le champion toutes catégories des minables. Tu me fais confiance ?

Emlyn se mordille la lèvre, puis lâche :

– Oui.

Et c'est le cas. Janessa ne l'a jamais laissée tomber, elle a toujours été une vraie amie.

– Bien sûr que je te fais confiance.

– Bon, alors tu dois me faire confiance sur ce coup. Tyler est synonyme d'ennuis.

Elle se penche pour déposer un baiser sur la joue d'Emlyn, qui respire une bouffée de son parfum.

– Tu comprends ce que je veux dire, hein ?

– Je crois.

– Je t'aime, et tu le sais, dit Janessa en se levant. Je dois filer maintenant, je t'appelle plus tard. On sortira ensemble.

Avant d'ouvrir la porte, elle se retourne et sourit.

– On te trouvera quelqu'un d'autre. Quelqu'un de bien mieux, je te le jure.

Emlyn prend une douche. Elle se prépare une tasse de thé. Elle ouvre le livre qu'elle a emprunté à la bibliothèque et essaie de lire. Elle retourne dans la salle de bains et peigne ses longs cheveux encore humides.

Que vient-il de se passer, exactement ? Janessa a-t-elle, en l'espace de cinq minutes, réussi à convaincre Emlyn d'interrompre une histoire naissante ? Alors qu'elle partage quelque chose de fort avec ce garçon ? Et qu'il pourrait bien avoir des sentiments pour elle, lui aussi ? Quand elle pense qu'elle a à peine protesté, à peine résisté. Son adjectif lui revient en mémoire. *Pitoyable.* Elle observe son reflet dans le miroir et constate qu'elle a les sourcils froncés. Elle ressemble à sa mère.

Tyler a raison. Depuis leur rencontre au Bumpy's Diner, c'est Janessa qui prend toutes les décisions. Elle choisit où elles vont le vendredi soir, ce qu'elles mangent, ce qu'elles boivent. Elle donne le ton. Et Emlyn l'a toujours accepté. À présent elle repense à sa baignade avec Tyler, aux étoiles qui scintillaient dans le ciel, au baiser qu'il a déposé sur son front et, pour la première fois, elle n'a pas envie de suivre Janessa aveuglément.

Ici, dans la salle de bains, une poignée de souvenirs grésillent et crépitent dans son esprit. En deuxième année : lorsqu'elle annonce qu'elle rentre passer les vacances de printemps chez sa mère pour travailler à la solderie, Janessa lui achète un billet d'avion pour Miami. (C'est sa grand-mère qui a insisté, explique-t-elle avec un sourire.) En troisième année : lorsqu'elle jure qu'elle n'a aucune envie d'aller au bal de fin d'année, Janessa en déduit que c'est parce qu'elle n'a pas les moyens de s'acheter une robe (ce qui n'est pas faux), et lui en offre une. Sublime, longueur midi, épaules découvertes, d'un vert d'eau qui met en valeur ses yeux. La même année : une centaine de *lattes* dans le café préféré de Janessa hors du campus, une carte cadeau « anonyme » valable dans la librairie de la fac, qu'Emlyn a reçue quand Janessa a su qu'elle avait paniqué en découvrant le prix d'un manuel, un manteau d'hiver bien chaud dont Janessa n'avait plus l'usage et qu'elle avait l'intention de « donner à l'Armée du salut » sinon. (Il avait encore l'étiquette du magasin.)

Le ressentiment est une petite chenille qui remonte sur la peau d'Emlyn. Sur le moment, chacun de ces cadeaux lui a semblé précieux. Elle s'est émerveillée de sa chance, et de la générosité de son amie ; elle a été pleine de gratitude. À présent, elle envisage soudain une autre possibilité, nouvelle et troublante : et si ces cadeaux n'avaient pas été de simples actes de bonté ? Ils lui ont fait plaisir, certes, mais chacun d'eux a aussi été un moyen, pour Janessa, de parvenir à ses fins. Elle ne voulait pas partir seule à Miami. Elle voulait que son amie l'accompagne à ce bal. Et avec la veste bien chaude, Emlyn s'est laissée convaincre de partir au ski avec la famille de Janessa, plus tard dans l'année.

Mais… C'est une façon déplaisante et perturbante d'envisager le monde, sans négliger qu'Emlyn fait peut-être erreur, non ? Sa psy à l'époque de la fac, Rhonda, l'a encouragée à cesser de voir le monde à travers le filtre sombre de la méfiance, et Emlyn a fait de grandes avancées dans ce domaine. Après tout, il est bien possible que tous ces gestes aient réellement été une manifestation de la générosité de Janessa. C'est sa meilleure amie. Son amie de cœur, son âme sœur. Elle a toujours répondu présent pour Emlyn. Elle l'a aidée à sortir de sa coquille, elle l'a rendue plus courageuse, plus forte, meilleure. Emlyn ne peut pas imaginer sa vie sans elle. Et Janessa a toujours eu à cœur de veiller à son intérêt.

N'est-ce pas ?

# 14

Face à cette myriade de pièges, Emlyn sent la panique la gagner. Quels signes a-t-elle ignorés en chemin ? Aurait-elle dû ralentir à un moment ? Qu'est-ce qui lui a échappé ? Elle repense à son dernier coup de fil avec Janessa et envisage pour la première fois d'autres hypothèses. « Je suis en danger… Bush a complètement pété les plombs… Préviens la police, s'il te plaît. À l'aide… » Pourquoi ne l'a-t-elle pas envisagé avant ? Parce que Bush avait l'air d'un type bien dans ses vidéos ? Parce que toutes les photos de Janessa et de lui les montraient fous amoureux l'un de l'autre ? Une peur d'une nature différente commence à s'immiscer en elle.

Tyler n'a pas répondu à sa question au sujet de Bush. Il ne s'est pas éloigné de la biche morte, il reste pétrifié sur place, le pistolet ballant contre sa cuisse. Les mouches bourdonnent, la langue rose de la bête sort de sa gueule. La pie observe la scène depuis son perchoir, elle semble envisager une descente, incline la tête, remue sa longue queue. La branche oscille en rythme. Dans le ciel, les vautours continuent à tournoyer. Affamés, ils guettent leur heure.

– Je n'ai jamais tué une seule bête, dit Tyler.

Il ne parvient pas à détacher ses yeux de la plaie laissée par la balle : poils fauves ébouriffés, lambeaux de chair rouge vif. La pie s'aventure vers le sol. Elle se pose sur la poitrine de la biche, arrache un morceau de viande avec son bec, puis remonte sur sa branche.

Emlyn tend la main vers celle de Tyler, enveloppe la crosse du pistolet avec ses doigts.

– Tu as fait ce qu'il fallait, Tyler.

– Vraiment ?

Il lâche l'arme, et elle remet la sécurité avant de lui répondre.

– Oui, vraiment.

Elle n'ajoute pas à voix haute que la bête avait déjà connu bien trop d'heures de souffrance, attachée à ces arbustes, qu'elle était sans doute quasi morte de soif et d'épuisement, que ce n'était plus qu'une question de temps avant que la nature ne se retourne contre elle. Ours, loups, ce puma. Même ces vautours dans le ciel. Toutes les créatures qui connaissent la faim, le désespoir et ne sont pas à court de ressources. Elle envisage de rendre le pistolet à Tyler, mais décide de le ranger dans sa grande poche extérieure.

Elle étudie les environs. La fumée s'est épaissie, la vallée est maintenant enveloppée de brume. Disparues, les montagnes qu'ils pouvaient admirer au loin la veille au soir. Les pins eux aussi paraissent brouillés, à peine visibles, fantômes noirs dans un océan blanc. À force d'aller et venir, d'examiner les pièges en quête de réponses, de chercher, Emlyn a perdu ses repères dans la fumée. Par où sont-ils arrivés ? Où se trouve le nord ? Et eux, où se trouvent-ils ?

C'est comme ça que ça se produit, bien entendu. On baisse la garde, on se laisse distraire, on tourne, encore et encore. Puis on est déboussolé. Il suffit d'ajouter à ça la tendance générale des gens à paniquer à l'idée d'être perdus en pleine nature, et le problème survient. Pourtant, même si Emlyn ne sait pour le moment pas où elle se trouve, ce n'est pas ce qui l'inquiète. Elle a son application et sa boussole. À l'époque où elle s'entraînait à la navigation terrestre avec le club de la fac, à la fin d'un week-end de stage, les formateurs les ont tous plantés au milieu de nulle part avec leurs sacs à dos, et ils leur ont demandé de retrouver le chemin du campement. Elle est arrivée la première. Ce n'est donc pas la crainte d'être perdue qui la tourmente. Non.

Elle s'inquiète de leur exposition au milieu de ces pâturages. Si la personne qui a posé ces pièges les attend – pour les effrayer, leur passer un message ou quelque chose de bien pire –, ils seront complètement à sa merci. Elle imagine ce qu'elle ferait si elle chassait dans cette vallée et qu'un cerf mulet ou un wapiti traversait le plateau d'un pas lourd, broutant la purshie tridentée et l'armoise, flairant les phorbes. Si elle chassait, elle profiterait du couvert des arbres pour se cacher, observer et guetter une occasion de tirer.

– Viens, dit-elle en se forçant à imprimer du calme à ses intonations.

S'il y a bien une chose que son métier de guide lui a apprise, c'est à interpréter les réactions de ses clients. Savoir ce qu'ils veulent ou ce qu'ils attendent d'elle. Parfois, ce sont des instructions. Parfois, il faut flatter leur ego. Et parfois, ils ont simplement besoin d'une présence calme et rassurante. Elle voit bien que c'est ce dont Tyler a besoin dans l'immédiat. Il peut rapidement basculer dans le désespoir – elle en a été témoin si souvent –, et il ne doit surtout pas percevoir le moindre désarroi en elle, pas dans l'immédiat. Elle paraîtra imperturbable, sereine. Non, elle ne peut pas seulement en donner l'impression, elle doit être calme. Tyler le verra tout de suite si elle joue la comédie.

Il existe une profusion de listes de « règles » pour survivre. Leurs termes exacts et leur ordre varient. Toutefois, sur presque toutes les listes, on les trouve sous une formulation approchante : pour commencer ne vous perdez pas, prévenez toujours quelqu'un de l'endroit où vous êtes et, si la situation se complique, gardez votre calme. Elle a enfreint la deuxième règle en quittant le chalet de Patten Lake sans s'assurer que Varden avait reçu son message, mais Tyler a remédié à ce cafouillage en prévenant son contact du service forestier par GPS. Et ils ne sont pas vraiment perdus, juste momentanément déboussolés. Et donc, il faut garder son calme.

Elle prend Tyler par le coude.

– Allons nous mettre sous les arbres.

Il la suit, sans bruit, toujours dans un état second, et elle le conduit vers l'orée de formes noires, sur leur droite. Une fois qu'ils y sont, elle observe les alentours avant de poser son sac à dos et de s'asseoir contre lui. Tyler se laisse tomber à côté d'elle. Elle joue avec la fermeture à glissière d'une poche pour sortir son portable. La batterie n'est plus qu'à 37 % ; l'application en consomme encore plus qu'elle ne l'aurait cru. Elle a un chargeur solaire, mais il est lent, et il fonctionnera sans doute encore moins bien avec la fumée. Elle le cherche malgré tout et branche son téléphone. Elle ouvre l'application, étudie la carte. Zoome, dézoome. Là, oui. Elle scrute avec soin la carte, repère les marques sur leur parcours. Les camping-cars, le campement de la nuit dernière. Elle se représente mentalement leur itinéraire : le dénivelé, les différents repères, le promontoire où ils ont dormi, les wapitis sur un autre flanc de montagne. Elle finit par avoir une idée assez précise de l'endroit où ils se trouvent, malgré la fumée. Elle ajoute un repère supplémentaire pour le plateau avec les pièges, puis dézoome pour se faire une idée d'ensemble. Au sud, d'où ils viennent, et à l'est, ils sont entourés par la réserve naturelle. À l'ouest, et pas si loin, se trouvent seize mille hectares de terres administrées par le bureau de gestion. Au nord, une propriété privée, le ranch RM. Ils sont bien sur un terrain public. Tyler a le regard perdu dans la brume.

– Il faut qu'on boive, dit-elle en cherchant le tuyau de sa gourde.

Elle la sort de son sac à dos pour voir combien d'eau il lui reste. Un demi-litre. Ce n'est pas une urgence – en tout cas pour le moment –, mais se réapprovisionner devrait être leur priorité, même s'ils doivent pour cela s'éloigner du chemin. Rester hydratés, conserver leur énergie. Si ces deux critères ne sont pas remplis, ils ne pourront jamais atteindre leurs autres objectifs, à savoir retrouver Janessa et, ensuite, rentrer chez eux.

– Trouver de l'eau, dit-elle plus fort, c'est la prochaine étape. On cherche une source et on filtre l'eau le temps de déjeuner. Ensuite, on refait le point. Si on a de la chance, la fumée se sera dissipée.

*Et si mon portable me lâche, on verra suffisamment pour s'orienter sans carte*, songe-t-elle. Elle consulte à nouveau l'application, repère le cours d'eau qu'elle a identifié plus tôt.

– Viens, lance-t-elle, on va rester sous les arbres un moment. Profiter de leur ombre.

Elle ne peut bien sûr pas lui confier le fond de sa pensée, sa crainte qu'ils soient peut-être sous surveillance, menacés d'un danger imminent.

– En route, l'encourage-t-elle.

Tyler roule une pomme de pin dans la paume de sa main. Il la dévisage comme s'il hésitait à se lever, mais il finit par s'y résoudre.

Ils restent dans le bois, afin de longer le plateau le plus longtemps possible. Ils finissent par devoir le traverser pour rejoindre le cours d'eau. La fumée reste épaisse, autant que le brouillard qui s'accrochait aux arbres en Pennsylvanie les matins de printemps humides. Un brouillard palpable, magique. Emlyn sentait le poids de l'air sur son visage, elle pouvait l'avaler dans sa bouche. Elle s'arrête, scrute le blanc, à l'affût d'un mouvement, d'une tache de couleur. Rien. Une blancheur si impénétrable qu'elle est pareille à l'obscurité. Étonnamment, cette fumée ne sent souvent pas grand-chose. Elle peut pourtant agir sur les sens et désorienter, laisser des séquelles sur les corps – Emlyn suppose que l'indice de la qualité de l'air aujourd'hui tourne autour de 100 et donc qu'il représente un danger pour les personnes fragiles –, pourtant on ne perçoit pas la moindre odeur.

– Tu m'as interrogé sur Bush, finit par lâcher Tyler. Qu'est-ce que tu veux savoir ?

– J'ai fait des recherches sur lui, au chalet. J'ai regardé deux vidéos pendant que tu te chargeais de la vaisselle.

– Il est doué, hein ?

– C'est sûr qu'il sait ce qu'il fait.

Elle repense à ces vidéos. Bush qui tire ce wapiti avec son arc, qui transperce une carpe avec une lance.

– Il pratique la chasse au piège aussi ?

– Ouais.

Tyler soulève une branche et stoppe net.

– Attends, tu ne penses quand même pas… Tu n'imagines pas qu'il a posé ces pièges, si ?

– À toi de me le dire.

Il secoue la tête.

– Je pense que c'est beaucoup plus plausible que ce soit l'autre taré avec son tour de cou.

La probabilité que deux personnes possédant un tel niveau de compétences se retrouvent en même temps au même endroit est mince, pour ne pas dire inexistante. À moins qu'ils ne soient ensemble. N'aient été ensemble. Un picotement de peur sillonne le dos d'Emlyn. Une fois de plus, l'idée que Janessa et Bush aient pu tomber sur une troisième personne, que Janessa se soit, malgré elle, retrouvée mêlée à un triangle amoureux, lui traverse l'esprit. Elle la chasse aussitôt.

– D'accord, quoi d'autre ? Tu le connais bien ? Ils se sont rencontrés comment, Janessa et lui ?

Tyler presse le pas pour marcher à sa hauteur.

– Je connais Bush depuis longtemps, depuis le lycée.

– Janessa aussi ? Vous étiez amis tous les trois ?

Il ricane.

– Non. Elle n'aurait même pas accepté de lui donner l'heure à l'époque.

– Comment ça ?

– C'était un pauvre type, qui traînait avec les mauvaises personnes. Et elle, c'était la reine de la promo, la belle fille un peu pimbêche. Elle ne l'aurait pas dit tout haut, mais il n'était pas assez bien pour elle.

Ça n'a rien de surprenant. Emlyn se rappelle leurs nombreuses conversations à la fac. « Répugnant », a décrété Janessa le jour où son amie lui parlait d'un type de son club d'activités en plein air qui lui plaisait. « Pervers », a-t-elle qualifié un étudiant de leur cours de civilisation occidentale qui disait bonjour à Emlyn chaque matin. Janessa et sa liste interminable de mecs « minables ».

– Alors comment ils se sont retrouvés, Janessa et lui ?

– C'est moi qui ai fait le lien. Même si elle a tout orchestré en sous-main. Un week-end, juste après son retour dans l'Idaho, elle m'a dit qu'elle organisait une fête dans un des restaurants de son père et elle m'a demandé de l'inviter. Et c'est ce que j'ai fait.

– Ça ne t'a pas paru bizarre ? Ce brusque intérêt pour lui ?

Une fois que Janessa avait pris une décision, c'était difficile de la faire changer d'avis.

– Non, il avait mûri. Il s'était réinventé depuis deux ans. Comme elle.

– D'accord, donc ils se sont revus à la fête, et ensuite ?

Tyler décolle sa casquette de son crâne.

– Je ne sais pas très bien. Je crois qu'ils sont repartis ensemble, mais je n'en suis pas sûr. Je n'ai pas vraiment l'habitude d'interroger Janessa sur les détails de sa vie amoureuse. Je ne l'ai jamais fait.

Emlyn lève les yeux au ciel.

– Ce n'est pas ce que je te demande.

– Oui, je sais. Je veux dire que… je pense que ça a tout de suite collé entre eux, tu vois ? Je n'ai pas posé de question. On est bien placés pour savoir, toi et moi, ce que ça fait de rencontrer une personne et de tomber raide dingue d'elle, au moment où on s'y attend le moins.

Il s'arrête, frotte sa chaussure dans l'herbe.

– Tu as l'impression que ton univers bascule. Ça n'a aucun sens et, en même temps, c'est la seule chose qui en a.

Elle le dévisage.

– Alors ils ont bien accroché à la soirée… et ensuite ?

– Ils sortaient ensemble depuis, je ne sais pas, quelques mois, quand un beau jour ils ont débarqué à la boutique pour essayer de me convaincre de leur prêter un camping-car. Ils voulaient partir sur les routes et tenter leur chance comme influenceurs.

– C'est tout ? Ils t'ont demandé un camping-car et tu leur as filé, aussi facilement ?

– Ils ne sont pas venus les mains dans les poches. Ils avaient des arguments, des idées pour le contenu à publier en ligne. Janessa savait que je voulais me lancer sur les réseaux sociaux, je manquais simplement de temps. Et de goût pour ça, aussi. Bush avait déjà un paquet d'abonnés, et elle m'a convaincu qu'en unissant leurs forces ils réussiraient à faire le buzz. Elle avait raison.

Emlyn contourne un massif d'armoises sur le sentier.

– Bon, donc elle sort avec ce type pendant quelques mois, puis elle s'installe avec lui dans un camping-car ?

Elle se rend compte, en le disant, que ça n'a rien d'aussi incroyable, que ça pourrait même ressembler beaucoup à du Janessa. Emlyn passe en revue la longue liste de décisions douteuses de sa vieille amie. La fois où elle a raté un examen pour assister à un concert de Judah & the Lion, celle où elle a abandonné ses parents à Miami pour suivre un barman du nom de Pablo. Sans oublier la vidéo osée tournée pendant un week-end qu'elle a « accidentellement » envoyée à tous ses amis.

Tyler lui donne un petit coup de coude.

– Tu as fait exactement pareil, non ?

*C'est vrai*, pense-t-elle. *Et regarde où ça m'a menée. Ma vie a quasiment déraillé pendant près de dix ans.*

– Ouais, et tu dirais que ça m'a réussi ?

– Oh, allez, Em. Tout n'était pas à jeter, si ?

Il retire sa casquette et s'ébouriffe les cheveux. Il se rapproche, plante ses yeux dans les siens.

– J'ai tout fait foirer, d'accord, mais avant, on était heureux. On était amoureux. Moi, en tout cas.

Elle remarque les minuscules gouttes de sueur qui se sont formées au-dessus de sa lèvre supérieure. Les boucles blondes dans lesquelles elle adorait passer les doigts. Elle fait un pas en arrière, et elle n'aime pas du tout la sensation d'instabilité qu'elle ressent dans ses jambes.

Tyler remet sa casquette et avale une gorgée d'eau.

Elle repart et ne tarde pas à entendre le bruit du ruisseau. Ce son est un soulagement. La carte indiquait bien une source d'eau, et Emlyn avait bon espoir de la trouver, mais après des années de sécheresse et un hiver moins pluvieux que d'habitude, le ruisseau aurait pu se réduire à un simple filet d'eau à cette période de l'année. Quelques semaines plus tôt, avec Varden, ils ont marché cinq kilomètres pour atteindre une rivière dans laquelle ils avaient pêché l'été précédent et l'ont trouvée presque complètement asséchée.

Ils s'arrêtent, posent leurs sacs à dos. Elle s'approche du ruisseau et s'agenouille, s'asperge le visage avec ses mains en coupe. L'eau est si froide que c'en est presque douloureux, mais c'est rafraîchissant aussi. Elle ne s'est pas lavé le visage depuis la veille.

Elle sort son filtre à eau et remplit le premier réservoir souple.

– Tyler, lâche-t-elle alors en essayant de trouver la meilleure façon de formuler sa demande. Je dois te poser une question. Et je veux que tu me donnes une réponse réaliste. Et honnête.

Il prend un air soucieux.

– D'accord…

– Ces pièges, sur le plateau. Ils ont été posés par un spécialiste. Le premier venu n'en serait pas capable. Je sais faire un lacet tout simple ou construire un assommoir. Ce qu'on a vu, tout à l'heure, ça relevait d'une autre catégorie.

Elle suspend le réservoir plein à un arbre et en remplit un autre avant de poursuivre :

– On doit partir du principe que Bush en est l'auteur. Enfin, regarde…

Elle agite la main autour d'elle, pour exprimer leur isolement.

– Qui d'autre ça pourrait être ? Et en même temps, cette installation avait quelque chose de bizarre…

Elle secoue la tête.

– Il y a des règles à respecter quand on installe plusieurs pièges aussi rapprochés. Là, il s'agissait… d'autre chose.

– Autre chose ?

– Oui. Un message, peut-être. Un avertissement ? Une façon de frimer ? Ce que j'essaie de te dire, c'est qu'il faudrait que tu réfléchisses au pourquoi de la situation. Pourquoi Bush les aurait-il posés ? Et, Tyler, il faut que tu sois plus franc avec moi.

Une fois encore, elle réfléchit à la façon de formuler sa pensée avant de parler.

– Je sais que la version officielle, c'est celle d'un couple amoureux qui part à l'aventure pour s'amuser. L'histoire de Bush et de Janessa ne peut pas se réduire à ça, pas en permanence, ce n'est jamais le cas. Je crois que ce que je voudrais savoir, Tyler, c'est s'ils se disputaient. Est-ce qu'il y avait une autre face à leur relation ? Une face que peut-être seuls leurs proches percevaient ? Une face plus sombre ?

Elle remplit sa gourde avec l'eau filtrée. Tyler pâlit légèrement.

– Ils se disputaient, oui. Comme tout le monde, non ? Et tout le monde a une face plus sombre.

– Oui, d'accord, mais est-ce que Bush a mauvais caractère, est-ce qu'il se laisse parfois aller à la violence ? Autrement dit, est-ce qu'il aurait pu s'en prendre à Janessa et la blesser ?

Elle repense à cette empreinte à proximité du camping-car. Un pied qui glisse, parce qu'une personne a perdu l'équilibre ou parce qu'elle est traînée.

Il jure dans sa barbe.

– J'en sais rien.

Il plonge sa casquette dans le ruisseau et la fait aller et venir dans l'eau. Il prend une profonde inspiration, redresse la tête. Les pins alentour se balancent, agités par un souffle de vent. Il déloge du pollen et l'emporte en aval ; ils en reçoivent une partie au passage. Emlyn attend toujours une réponse, mais Tyler garde le silence.

– Tu sais, finit-il par dire, j'ai traversé une phase religieuse, après notre rupture.

– C'est vrai ?

Elle est sincèrement surprise. Un grain de pollen atterrit sur son genou.

– En quelque sorte, oui, répond-il en hochant la tête. Il y avait une bible dans ma chambre au centre de désintoxication. Ça m'arrivait de l'ouvrir et de lire des passages. Parfois je recopiais des versets sur le papier à lettres qu'on nous fournissait. J'en ai même appris quelques-uns par cœur. La religion, c'est pas vraiment pour moi, mais, n'empêche, il y avait beaucoup de sagesse dans ce bouquin.

Emlyn se demande où il veut en venir.

– Il y a ce verset que je n'ai jamais oublié.

Elle le dévisage, elle attend.

– « Le cœur est tortueux par-dessus tout, et il est méchant. Qui peut le connaître ? » Ça vient du livre de Jérémie, chapitre 17, verset 9.

Ces mots troublent Emlyn, grouillent sur sa peau. Elle grimace.

– Qu'est-ce que tu essaies de dire ?

– Que je crois qu'on ne peut avoir qu'une seule certitude, c'est celle de ne jamais connaître complètement les autres.

Il tord sa casquette pour retirer l'excédent d'eau, la secoue. Les gouttelettes dansent au-dessus du ruisseau.

– Ils ne montrent que ce qu'ils veulent bien montrer.

C'est une vérité qui irrite, qui brûle. Pendant toutes ces années où Tyler s'est débattu contre ses addictions, où ils ont traversé des périodes noires, Emlyn n'en a jamais rien dit à personne. Ni à leurs voisins ni à sa mère. Elle a même fait l'inverse. Elle l'a protégé, elle a menti, comme elle l'avait fait avec ses parents, petite. Elle a inventé des problèmes de santé pour justifier la présence d'ambulances. Elle a inventé des déplacements professionnels pour expliquer les longues absences de Tyler, en cure de désintoxication. Pourquoi ? Qu'est-ce qui l'a poussée à réagir ainsi ? La honte ? Le besoin de le protéger ? Elle ne le savait pas à l'époque et, elle s'en rend compte soudain, elle ne le sait pas plus aujourd'hui.

Il remet sa casquette et se lève.

– Et même quand on croit connaître une personne, elle peut encore surprendre. Dans le bon comme le mauvais sens du terme. Impressionner, ravir. Ou trahir. Blesser.

Après un silence, il conclut :

– Oublier.

Emlyn finit de faire passer l'eau qu'elle a puisée dans le filtre.

– Ce que j'essaie de dire, reprend-il en fermant les yeux, c'est que oui, c'est possible.

Elle le regarde, il a les lèvres qui tremblent.

– C'est possible qu'il ait pu lui faire du mal.

# CINQ ANS PLUS TÔT

Emlyn ne respecte pas sa promesse à Janessa et ne prend pas ses distances avec Tyler.

Lorsqu'il l'appelle pour lui proposer d'aller manger une glace, elle accepte. Et quand il l'invite à passer le week-end dans le chalet familial de Patten Lake, elle accepte de nouveau. Elle n'a pas encore eu l'occasion d'annoncer à Janessa qu'elle avait décidé d'ignorer sa demande – enfin, non, ce n'est pas exact. Ce n'est pas qu'elle n'en a pas eu l'occasion. Elle a évité de se retrouver dans une situation où elle aurait pu lui parler… en l'évitant tout court. Elle n'a aucune envie d'affronter sa colère, sa désapprobation ou elle ne sait quelle autre réaction son aveu pourrait provoquer. Pour la première fois depuis très longtemps, elle renoue avec le mensonge, et les vieux réflexes reviennent avec une facilité déconcertante. Elle s'invente des contraintes professionnelles dues aux requêtes invraisemblables de son patron. Elle est victime d'un faux virus, elle s'est tordu la cheville.

Et tout du long elle a le sentiment que son amie connaît, malgré tout, la vérité.

Janessa publie un carrousel sur Instagram. Deux ados penchés sur un jeu de plateau. Deux ados, joue contre joue, de l'eau bleue, transparente, jusqu'aux genoux. Deux enfants aux joues rouges emmaillotés dans des vêtements chauds, qui entassent des blocs de neige. Et enfin deux jeunes adultes : la fille embrasse le garçon juste à côté de la bouche, et il sourit à l'objectif en prenant la photo.

La légende dit :

*Joyeux anniversaire, @tylerthestone ! De nos parties de Boggle à nos baignades en masque et tuba à Hawaï, de nos igloos dans le jardin à nos randonnées dans les Alpes, on a tout fait. Dans les bons comme les mauvais jours, sous la pluie ou sous le soleil, tu as été là. Tu sais que tu seras toujours le seul et l'unique pour moi. Je t'aime à jamais. Janessa.*

Emlyn fait défiler les photos, sans relâche. Elle n'a aucun droit d'être fâchée. Ni même contrariée, blessée, ou perturbée. Tyler et elle ont passé beaucoup de temps ensemble dernièrement, mais ils n'ont jamais discuté de leurs attentes ou de ce qu'ils représentent l'un pour l'autre. Il ne l'a même pas embrassée. Et cette publication, qu'est-ce qu'elle signifie au fond ? Janessa a-t-elle agi en toute innocence, par gentillesse, ou serait-ce un stratagème tordu pour marquer son territoire ? Emlyn doit-elle réagir ? Demander une clarification à son amie ? Comment pourrait-elle se sortir de ce marécage sentimental dans lequel elle est enfoncée jusqu'au cou ? Elle ne sait même pas par où commencer.

Lorsque Janessa l'invite à venir se baigner avec elle dans une source chaude dont elle lui a parlé, Emlyn accepte. Elle ne peut plus continuer à vivre dans le flou. Et elle ne va pas mentir à Janessa toute sa vie. Elle doit régler cette situation avant qu'il ne soit trop tard.

Janessa débarque dans la Porsche Cayenne de son père. Elles traversent le centre-ville, avec tous ses passages piétons et ses feux tricolores, puis elles s'engagent sur une route de la forêt nationale et commencent à grimper. La chaussée est étroite, et quand elles croisent une autre voiture Janessa se range sur le bas-côté, tout près de l'à-pic, pour la laisser passer. Elle est de bonne humeur aujourd'hui, elle n'arrête pas de parler, ce qui éveille les soupçons d'Emlyn. Son amie cherche-t-elle à la caresser dans le sens du poil avant de la mettre en inculpation ? Ou, pire, Emlyn doit-elle se préparer à une forme de confession ? Janessa a toujours eu des sentiments pour Tyler, ils se sont enfin mis ensemble, elle espère que son amie pourra comprendre ?

Janessa se gare sur un petit parking.

– Et voilà ! dit-elle.

Elles récupèrent leurs serviettes sur la banquette arrière et traversent la route pour rejoindre une petite source qui bouillonne sur la roche. Janessa retire son short et son tee-shirt ; elle porte un deux-pièces rouge dessous. Emlyn a mis son une-pièce bleu marine, elle.

– Je t'explique, lui dit son amie en lui montrant la source et un ruisseau juste à côté. La difficulté, c'est de trouver la bonne température. L'eau de ce ruisseau est trop froide, et l'eau de cette source trop chaude.

Elle pose ses vêtements sur un énorme rocher, avant de plonger un pied dans le ruisseau en poussant un cri.

– Glacial !

Puis elle se penche et agite le bout de ses doigts dans un petit tourbillon fumant sur sa droite.

– Brûlant.

Elle ramasse des pierres et les entasse derrière elle pour créer une retenue qui permet aux deux cours d'eau de se mélanger. Pierre après pierre elle construit un petit bassin juste assez grand pour elles deux.

– Heureusement, dit-elle, avec un peu d'ingéniosité, ça peut être absolument divin.

Elle plonge son gros orteil dans la piscine et sourit en fermant les yeux.

– Parfait.

Elle s'immerge lentement dans l'eau jusqu'aux épaules, et Emlyn l'imite. L'eau dégage une odeur de soufre âcre, qui lui irrite les narines.

– Bon, lâche Janessa au bout d'un moment. J'espère que ça ne va pas créer de malaise entre nous, mais il faut qu'on parle de Tyler.

Emlyn replie ses jambes contre son buste. Elle se racle la gorge.

– J'ai vu ta publication pour son anniversaire, dit-elle en se préparant à ce qui va suivre.

Elle se dit qu'elle peut prend la direction de la conversation. Décider du cours qu'elle suivra.

– C'était mignon, ajoute-t-elle. Et un peu perturbant.

– Perturbant ? répète Janessa en s'adossant à un rocher. On a toujours été proches, Tyler et moi, tu le sais.

– Oui, en tant qu'amis, bien sûr. Mais « tu sais que tu seras toujours le seul et l'unique pour moi » ? Et « je t'aime à jamais » ?

Elle ne pensait pas que sa voix monterait dans les aigus, or c'est le cas.

– J'en étais sûre ! s'exclame Janessa en frappant l'eau avec le plat de sa main. Je savais que vous vous voyiez dans mon dos, tous les deux, et je savais que ma publication te déplairait. Que tu ne réussirais pas à le garder pour toi.

Emlyn est perplexe.

– Tu m'as tendu un piège ?

– À vous deux, répond-elle avec un sourire satisfait. Et vous avez mordu à l'hameçon, lui et toi. Tyler m'a appelée pour me demander de retirer ma publication. Il m'a dit qu'il ne voulait pas qu'*on* puisse se faire de fausses idées.

Elle croise les bras avant d'assener :

– Et par « on », il pensait clairement à toi.

Le cœur d'Emlyn s'emballe.

Janessa prend une profonde inspiration.

– On en a déjà parlé, Emmie. Je croyais qu'on était d'accord, tu ne devais plus le revoir.

Emlyn a avalé sa langue. Elle a l'impression d'être une adolescente surprise en train d'enjamber la fenêtre de sa chambre après l'heure de son couvre-feu.

– Justement…

Janessa hausse un sourcil pour l'encourager à poursuivre. Emlyn est nerveuse, elle change de position dans le bassin.

– C'est vrai, tu m'as demandé de ne plus le voir. Tu m'as dit que tu me le déconseillais. Mais je n'ai pas accepté, à strictement parler, de le faire.

– Emmie…

Elle sait qu'elle doit se montrer courageuse.

– Le truc, Janessa, c'est… que tu n'as aucun droit sur moi. Tu n'as pas à me dire avec qui je peux ou non sortir. Ce que je dois faire ou non.

Elle roule les yeux.

– Je ne te dis pas ce que tu dois faire, enfin.

– Si. Souvent. Tu es comme ça.

– Bon, ben, si je le fais, c'est seulement parce que je tiens à toi et que je veux que tu sois heureuse. Or Tyler… n'est pas la bonne personne pour toi.

– Je sais, je sais. Son charme s'épuise, il est synonyme d'ennuis. Il m'en faudra beaucoup plus pour que j'accepte de lui tourner le dos.

Elle regarde son amie et ajoute :

– Il me plaît sincèrement beaucoup.

Janessa semble y réfléchir.

– Bien sûr qu'il te plaît. Et j'aimerais tellement pouvoir me réjouir pour toi. Je t'assure. C'est juste…

Elle remonte ses lunettes de soleil sur le sommet de sa tête et se frotte les yeux.

– Comment dire ça ? Dans l'immédiat, tu as l'impression d'être tout pour lui. D'être la seule chose qui compte à ses yeux. Et c'est… une sensation incroyable, non ?

– Ben… oui.

– C'est son mode de fonctionnement. Il fait une fixation, il devient obsédé. Ça durera un moment, et ensuite… ensuite ça changera.

Emlyn se braque en entendant ces mots.

– Tu n'en sais rien.

– Si. Je le connais depuis que je suis née. On a été à la maternelle ensemble. En colonie. J'ai passé mille après-midi d'été avec lui, j'ai fêté je ne sais combien de fois le Nouvel

An avec lui, tout. En vingt ans, j'ai été assez souvent témoin de ses engouements pour savoir de quoi je parle. En CE2, c'était le base-ball. En quatrième, Lydia Ferrer. En troisième, Valerie Tobias. En seconde, le football, pendant la première moitié de l'année. Jenny Shultz ensuite.

Emlyn secoue la tête.

– On n'est plus au lycée, Janessa.

– D'accord, oublions le passé de Tyler, après tout c'est à lui de te raconter ce qu'il a envie que tu saches. J'essaie juste de t'expliquer qu'à un moment donné, il... passera à autre chose. Tu ne lui suffiras plus.

Les mots de Janessa mettent le feu à tous les récepteurs de douleur dans le corps d'Emlyn. Ils réveillent le moindre de ses complexes, ils ravivent les choses cruelles qu'elle a toujours crues sur son compte. Son amie aurait-elle pu lui dire quelque chose de plus dévastateur pour elle ?

– Je ne lui suffirai plus, murmure-t-elle.

Lorsqu'elle prononce ces mots à voix haute, elle y entend plus une déclaration qu'une question. Janessa paraît se rendre compte de son impair, et elle prend la main de son amie.

– Ma formulation était maladroite, ce n'est pas ce que je voulais dire.

Emlyn conserve le silence un moment. Elle a l'impression de se dissocier de son propre corps, de s'élever au-dessus. Et depuis les hauteurs où elle se trouve, elle observe la scène. Il y a une source d'eau chaude bouillonnante. Une très jolie fille, enjouée et audacieuse, et une autre, moins jolie, timorée et qui manque d'assurance. Pendant longtemps, la très jolie fille a fasciné la moins jolie, elle s'est servie de son pouvoir d'attraction pour lui dire comment se conduire, elle l'a façonnée selon ses désirs. Elles sont ainsi. Ça ne les a pas rendues malheureuses d'ailleurs. Et pourtant Emlyn comprend tout à coup quelque chose : au bout du compte, cette fille moins jolie reste discrète, effacée et soumise. Et ce sera toujours le cas.

À moins qu'elle ne décide de résister. À moins qu'elle ne prenne ses distances.

L'eau tourbillonne et chante, la vapeur monte entre elles.

Emlyn libère sa main.

– Je suis désolée, Emmie. Je ne sais pas pourquoi j'ai présenté les choses de cette façon. C'était débile, j'ai dépassé les bornes. Ce que je voulais dire, c'est que… sortir avec Tyler, ce n'est pas toi.

L'assurance de Janessa, sa désinvolture la poussent à bout. Emlyn sent qu'elle perd le contrôle de ses réactions, que sa colère enfle.

– Ce n'est pas moi ? Tu viens vraiment de dire ça ? Tu as quand même un sacré culot de m'expliquer qui je suis ou ne suis pas !

La bouche de Janessa s'arrondit sous l'effet de la surprise.

– Qu'est-ce que ça veut dire ?

– Ça veut dire que je ne sais jamais, moi, à quelle version de Janessa j'aurai droit. La Janessa fougueuse et agressive ? Pétillante et dragueuse ? Mystérieuse et froide ? C'est dur de suivre, tu sais. Et quelle est la vraie, d'ailleurs ? Qui es-tu réellement ?

Elle déplace une pierre du muret derrière elle, ce qui fait entrer davantage d'eau froide dans la piscine.

– Le plus triste dans tout ça, c'est que tu ne connais sans doute pas plus la réponse à cette question que moi.

L'embarras de Janessa est de courte durée.

– Oh, pitié, tu peux parler. Tu me suis comme un toutou depuis la seconde où je t'ai tirée des griffes de ces sales types au Bumpy's Diner, tu bois la moindre de mes paroles, tu attends que je te dise ce qu'on fait, où on va, tout.

– Parce que tu m'as laissé le choix ? « Ne te coupe pas les cheveux », « porte cette robe », « laisse une chance à ce mec », « ne sors pas avec lui »... Tu t'arranges pour que je reste sous ta coupe, comme tu le fais avec tous ceux qui s'approchent de toi.

Janessa écarquille les yeux, soufflée.

– Comment peux-tu dire ça ? C'est complètement faux.

– Au contraire. Ça ne te plaît peut-être pas, tu ne t'en rends peut-être même pas compte, mais c'est la vérité. Tu te sers de ton argent, de ton physique, de ton... pouvoir de séduction pour manipuler les autres, les contrôler. Ça a toujours été le cas.

Emlyn ne peut pas s'en empêcher : elle est hors d'elle, elle souffre encore des mots cruels qu'elle vient d'entendre. Quelque part au fond d'elle, elle a conscience de s'aventurer sur un territoire dangereux, elle sait que lorsqu'elle repensera à cette conversation elle la regrettera en grande partie, et néanmoins elle trouve un étrange attrait à sentir qu'elle peut, elle aussi, faire mal, et elle s'accroche à cette sensation nouvelle.

– Je ne suis pas la seule à le penser. Tyler partage mon sentiment.

Les lèvres de Janessa s'entrouvrent, mais aucun son ne les franchit. Une expression inconnue traverse ses traits. Étonnement ? Gêne ? Douleur ? Elle glisse ses cheveux derrière ses oreilles, ses joues rougissent.

– Alors on en est arrivées là ?

La voilà, la blessure qu'Emlyn espérait causer, cuisante, à vif.

Janessa croise les mains sur ses cuisses. Pendant un long moment, elle demeure immobile, tête baissée. Le vent se lève, les trembles scintillent au-dessus d'elles. Emlyn a la chair de poule. Une larme s'échappe de l'œil de Janessa et glisse sur sa joue. Elle penche la tête vers son épaule et essuie son visage. Plus tard, Emlyn se rappellera ce moment, si inédit, si remarquable : son amie réduite au silence après avoir été réprimandée. Elle ne l'a jamais vue aussi amoindrie, et l'espace d'un instant elle envisage de faire marche arrière.

Janessa prend alors une profonde inspiration et, en un instant, elle redevient elle-même.

– Il n'était pas question de moi, là. J'aimerais que tu le comprennes. J'aimerais… j'aimerais que tu te rendes compte que j'ai toujours veillé sur toi, que j'ai toujours été de ton côté.

Elle se lève et Emlyn se retrouve nez à nez avec une paire de longues jambes bronzées. Elle comprend aussitôt que le vent a de nouveau tourné et que chacune d'elles a retrouvé la place qui lui revient : elle en dessous, Janessa au-dessus.

– Sauf que tu ne le vois pas, poursuit-elle. Tu en es incapable. Parce que tu es jalouse et méfiante, que tu ne crois en rien. C'est triste, mais tu ne seras sans doute jamais heureuse. Tyler te détruira. Et un jour tu comprendras ce que je voulais dire.

Elle sort du bassin et attrape sa serviette sur le rocher.

Emlyn la regarde traverser la route comme une furie, dans son deux-pièces rouge. Un instant elle se demande si Janessa va prendre le volant de la Porsche et l'abandonner là, près de cette source chaude, mais celle-ci l'attend dans la voiture. Pour autant, elle ne lui adresse pas un seul mot de tout le trajet retour. Elle roule trop vite, projette du gravier dans chaque virage, grâce à la bonne tenue de route de la Porsche. Emlyn, elle, est secouée dans tous les sens. Quand elles arrivent sur le parking de son immeuble, elle a mal au cœur.

Elle attrape son sac à dos sur la banquette arrière. Janessa garde les yeux rivés droit devant elle.

– Je t'appelle demain, d'accord ?

Janessa ne lui jette pas un regard et repart en trombe une fois la portière refermée. La panique étreint le cœur d'Emlyn. Elle reste plantée au milieu du parking, serviette enroulée autour de sa taille, cheveux dégoulinant dans son dos. Le soleil a entamé sa rapide descente derrière les montagnes, et elle frissonne.

Vient-elle de commettre une terrible erreur ? Elles ne s'étaient encore jamais disputées ainsi. Des petits désaccords, de minuscules accrochages, elles en ont eu. Sauf que ce n'était pas une petite prise de bec, cette fois, mais une vraie querelle. Et si Janessa lui en veut tellement qu'elle décide de ne plus lui adresser la parole ? Terrifiée par cette pensée, elle hésite à l'appeler aussitôt. Elle pourrait retirer ce qu'elle a dit, présenter des excuses, reconnaître qu'elle a parlé sous le coup de la colère. Elle pourrait même accéder à la demande de Janessa et ne plus revoir Tyler…

Non.

Elle se tourne vers son immeuble. Elle monte l'escalier, son sac à dos sur une épaule. Les amitiés reposent sur l'honnêteté et la confiance. Elles doivent permettre à ceux qu'elles lient d'être eux-mêmes. Janessa n'a aucun droit de lui demander de ne plus voir Tyler. Toutes ces allusions nébuleuses à ce qui serait meilleur pour elle, au fait qu'il va sans doute la détruire, sont probablement un stratagème pour la maintenir sous sa coupe. Emlyn a le droit de sortir avec qui elle veut ; elle est capable de faire face aux conséquences, s'il doit y en avoir. Elle a vingt-trois ans, elle est une adulte, diplômée de l'université avec mention. Elle est fatiguée de se plier aux caprices et requêtes de Janessa. Elle doit tracer sa propre route.

Elle ouvre la lourde porte de son immeuble et monte les marches jusqu'à son étage. Elle retire son maillot mouillé, prend une douche chaude dans les effluves soufrés que dégage son corps. Elle s'essuie puis se réchauffe une soupe en boîte. Elle prend son téléphone et envoie un message à Tyler : *Tu veux passer ?*

# 15

– Et maintenant ? demande Tyler.

Ils ont fini de s'approvisionner en eau, et ils ont tout remballé.

– On doit retourner voir ces pièges.

Elle voit l'appréhension décomposer ses traits.

– Je sais, Tyler, je n'en ai pas plus envie que toi, mais on doit partir du principe que Janessa et Bush sont passés par là. Et il faut qu'on examine l'endroit d'un peu plus près.

Elle hisse son sac à dos sur ses épaules.

– On a de l'eau et de la nourriture. Avec un peu de chance, on trouvera le chemin qu'ils ont emprunté et on pourra donner un coup de collier, combler un peu la distance entre eux et nous.

Il lève les yeux vers la cime des arbres avant de hocher la tête.

En chemin, Emlyn pense constamment à son amie. À leur affreuse dispute à la source chaude, aux leçons douloureuses qui l'ont accompagnée : certaines paroles ne peuvent être effacées. Il suffit d'une dispute pour briser une amitié. Aucune relation ne peut résister à tout.

D'autres souvenirs lui reviennent également : Janessa, les cheveux teints en rose, qui entraîne Emlyn dans les eaux glaciales d'un lac de montagne ; Janessa qui frappe ce type aux mains baladeuses, des années auparavant ; Janessa qui mord dans un piment Bhut Jolokia, un des plus forts au monde, provenant d'un étal en bordure de la Route 66 dans le Nouveau-Mexique, qui a les joues mouillées de larmes tout en riant et hurlant, qui s'évente les lèvres avec la main. Cette hardiesse fascinante qu'Emlyn redoutait et enviait à la fois.

Bien vite, malgré tout, son esprit se hasarde sur le territoire plus périlleux de l'imagination : elle se représente Janessa traînée de force dans les bois, cherchant à se débattre contre un Bush enragé, ou bien abandonnée, inerte, en pleine nature.

Tant de malheurs peuvent arriver, et les statistiques jouent contre son amie, Emlyn le sait bien. Si un homme veut maîtriser une femme, il en a généralement la capacité. Il suffit parfois d'une minuscule erreur pour mettre tout un groupe en danger. Quatre-vingt-cinq pour cent des gens portés disparus dans la nature sont généralement retrouvés dans les douze premières heures. Quatre-vingt-dix-sept pour cent dans les vingt-quatre premières heures. Si une personne reste portée disparue pendant une période plus longue, alors elle sera très difficile à retrouver. Emlyn revoit les escalopes de poulet décongelées sur le plan de travail, les bananes, la liste incomplète, tous les signes que cette expédition dans la réserve n'a pas été bien préparée.

Avec quelle rapidité, la peur et l'affolement peuvent montrer les crocs… Avec quelle rapidité son imagination parvient à prendre le dessus… Emlyn est fatiguée de marcher avec son sac si lourd, elle a chaud. Elle sent qu'une ampoule commence à se former sur son talon gauche. Elle sait d'expérience que les douleurs les plus infimes ont le pouvoir d'accroître ses angoisses, qu'ici, en pleine nature, le désespoir n'est toujours qu'à quelques pas du moindre léger inconfort, et qu'elle doit conserver le contrôle sur ses émotions. Elle doit rester optimiste. « Confiante dans l'avenir, qui espère. » Elle se rappelle avoir retenu la définition perchée dans son arbre, petite. C'est un mot qui lui a toujours paru glissant, impossible à retenir. Un mot qu'elle n'utiliserait jamais pour parler d'elle.

Il y a cependant des solutions pour s'en sortir, quand l'optimisme fait défaut : des astuces qu'elle a apprises au cours de deux décennies de peines et de misanthropie. Elle se force à se focaliser sur ce qu'ils savent. Bush et Janessa sont tous les deux en bonne forme physique et expérimentés. Et si elle se fie à tout ce qu'elle a pu voir de leur vie ensemble, ils sont amoureux et heureux. Janessa est forte, intelligente et sûre d'elle. Elle a toujours été capable de se défendre. Quoi qu'ils puissent découvrir, quoi qu'ils puissent croiser sur leur route, Tyler a prévenu les secours, qui sont sans doute en route. Ils ne sont pas seuls.

Moins d'un kilomètre les sépare du plateau avec les pièges. Ils sortent des bois et se retrouvent à découvert. Les vautours se dispersent à leur arrivée, ils s'envolent. Elle entend le bruissement de leurs grandes ailes. Elle retourne à leur point de départ, celui du premier piège sur lequel ils sont tombés. Elle recule de quelques pas pour observer les environs. Dans la panique, Tyler et elle ont piétiné, laissant des empreintes dans toutes les directions, ce qui lui complique la tâche. Pourtant, avec le recul nécessaire, elle discerne deux trajets possibles à partir de cet endroit. En empruntant le sentier principal ou celui qui les a menés, Tyler et elle, vers les bois. L'herbe est couchée, on devine un étroit passage qu'ils ont spontanément suivi. Elle s'accroupit, scrute la terre à la recherche d'indices. Il y a trop d'empreintes dans tous les sens pour en tirer quoi que ce soit. Elle suit le sentier, ne s'attarde pas près des cadavres des bêtes. La puanteur lui soulève le cœur, et elle tire sur sa manche pour la plaquer sur son nez.

Tyler est planté devant la biche, hypnotisé. Elle le contourne, suit le sentier. De nouveau elle se baisse pour scruter le sol. Là. Et là. Des empreintes, d'humains et de bêtes. Cerfs, wapitis. Coyotes. Tous entremêlés, un véritable labyrinthe. Elle se relève, regarde droit devant. Le sentier continue tout droit, au milieu du plateau, pendant environ cinq cents mètres. Puis, lorsque celui-ci se rétrécit, et que les parois de la montagne se rapprochent, il vire vers la droite et disparaît. Elle se souvient que la carte indiquait qu'à cet endroit il commence à monter de façon abrupte pour passer un col et rejoindre un lac de montagne. Ils pourraient y arriver le lendemain si tout se passe bien. Elle fait un écart sur la gauche, pour quitter le sentier, avance de quelques pas et s'agenouille de nouveau.

Là. L'empreinte de la semelle Danner, qui correspond à celle qu'elle a vue près du camping-car. Elle retrouve aussi celle, plus grande, de la semelle Kenetrek. Pas de Merrells en revanche. Elle presse sa paume dans la terre à côté de l'une des traces. Puis elle retire son sac à dos pour approcher son visage tout près du sol et comparer l'empreinte de sa main à celles des chaussures. Les bords sont comparables, il n'y a pas de signe d'érosion ou d'usure. Cela lui apprend ce qu'elle veut savoir. Ils étaient là, et il y a peu.

Les gens ont tendance à cheminer selon une certaine cadence, et quand on s'y intéresse, on réussit généralement à la trouver. Emlyn longe le sentier sur la droite, étudie la fréquence des empreintes pour évaluer cette cadence. Sans surprise, celle des semelles plus grandes trahit une foulée un peu plus longue. Elle appartient à quelqu'un de plus grand, qui fait donc de plus grandes enjambées. À ce qu'elle en observe aucun signe de lutte toutefois, rien ne suggère que le propriétaire des semelles plus petites est forcé à suivre le mouvement. Elle relève la tête, avance, essaie de se concentrer pour ne pas forcer sa propre cadence. Tyler est à la traîne.

Ils atteignent l'endroit où le sentier vire vers la droite, pour franchir un col. Au début, la pente se remarque à peine, ils traversent le plateau puis gravissent une petite éminence. Rapidement, pourtant, le terrain se fait plus escarpé. Emlyn s'arrête, boit. L'arrière de ses jambes la brûle.

Tyler la rejoint.

– C'est par là ? demande-t-il en montrant la côte raide devant eux.

– Malheureusement, oui, je crois.

Elle le regarde, fait de son mieux pour évaluer son état, physique comme mental.

– Prends une barre de céréales, dit-elle en ouvrant la poche sur sa taille. Et ça, ajoute-t-elle en déballant une gomme énergétique aux électrolytes. Ça va te donner un coup de boost.

Elle en avale une, elle aussi, avant de le prendre par le coude.

– Viens, on va y arriver.

Le sentier, à peine marqué dans l'herbe, zigzague à flanc de montagne. Ils traversent un autre taillis de pins. L'inclinaison est si grande qu'elle a mal aux hanches et aux genoux. Une fois de plus, elle maudit son sac à dos trop lourd, se reproche tout ce qu'il contient d'inutile, pense à la longue chute traîtresse qui l'attend si elle perd l'équilibre. Elle regarde droit devant elle. Un pas après l'autre. Le soleil joue avec une toile d'araignée, d'un blanc scintillant, et elle s'arrête. La toile est déchirée, elle pend, entrelacs de fins filaments.

Elle se retourne et attend que Tyler la rejoigne.

– Regarde, lui dit-elle en lui montrant ce qu'elle a trouvé. Elle a été déchirée. Une bête, ou un homme, l'a traversée.

Elle se rapproche et déniche l'araignée, à l'ouvrage.

– Tu as vu, là ? Elle travaille déjà à la réparer.

– Je n'aurais jamais remarqué un truc pareil, dit-il en se penchant vers la toile. Je n'aurais même pas pensé à ouvrir l'œil.

– Les indices ne se trouvent pas seulement par terre. Il faut aussi être attentif aux branches cassées, par exemple.

– Tu es incroyable, dit-il en secouant la tête.

Elle roule une branche de pin entre son pouce et son index. L'écorce est rugueuse, les aiguilles lisses.

– Merci, chuchote-t-elle.

Elle a honte de constater combien ce compliment lui fait plaisir, et elle se détourne pour qu'il ne puisse pas le lire sur son visage.

Sur le sentier, des empreintes et des excréments de wapitis. Encore une occasion de se rappeler son permis de chasse bien au chaud dans un tiroir de son Airstream. Son arc Mathews rangé sous le lit. Ses pompes. Varden, l'été dernier, si près d'elle qu'elle sentait son souffle dans sa nuque quand il lui apprenait à tirer. Où est-il à cet instant précis ? Elle l'imagine vaquant à ses occupations professionnelles. Répondre aux questions des enfants à l'office du tourisme, se rendre sur un sentier reculé pour consulter les images d'une caméra de chasse dans l'espoir d'apercevoir ses loups adorés, débroussailler un chemin envahi par la végétation. Que lui a dit Rev ? Est-il contrarié ? Inquiet ? Et surtout, sa présence ici met-elle en danger tout ce qu'il y a entre eux ? Ses rêves romantiques de matins de Noël et de livres pour enfants qu'on lit sur un canapé... sont-ils en train de lui glisser entre les doigts ? À cette question succède rapidement un doute : a-t-elle seulement une chance avec un type comme Varden ? Est-ce que ça existe pour de bon, un bonheur tangible et durable ? Elle coule un regard vers Tyler, qui marche à quelques pas derrière elle. Une pensée plus perturbante traverse l'esprit d'Emlyn : de quoi a-t-elle vraiment envie au fond ?

Ils installent leur campement pour la nuit. Ils sont encore plus rapides cette fois, impatients de se reposer.

– Et pour le dîner ? lui demande-t-il.

– Je prendre le risotto, lui répond-elle depuis l'intérieur de sa tente, où elle est occupée à dérouler son tapis de sol.

Elle secoue son sac de couchage pour lui donner du gonflant.

Ce soir, elle s'occupe de ramasser le petit bois et elle fait un feu.

– Dis, lui lance-t-il en versant de l'eau bouillante dans le sachet du risotto, ta tente, elle pèse combien ?

Emlyn retire des copeaux d'écorce de cèdre avec son canif.

– Environ deux kilos.

Il existe des modèles plus légers, mais ils coûtent cher et, la plupart du temps, la sienne fait très bien l'affaire.

Tyler remue le risotto avant de refermer le sachet.

– On peut dormir à deux dans la mienne. Tu pourrais laisser la tienne ici. On la récupérerait en redescendant.

Il remet de l'eau à bouillir.

– C'est juste une proposition, ajoute-t-il.

Elle empile les copeaux pour les enflammer avec le briquet de Tyler. Le petit bois prend rapidement, elle souffle doucement dessus. Elle forme un tipi avec des petites branches. Elle s'efforce de se donner un air très occupé, pourtant son esprit est en effervescence, tiraillé entre l'anxiété et le désir.

– Merci, lâche-t-elle avant de relever la tête. Je vais y penser.

– Je me conduirai en gentleman.

Elle hausse un sourcil.

– Permets-moi d'en douter.

– D'accord, disons que j'essaierai au moins. Enfin, tu sais ce qu'on dit, les habitudes...

Il lui tend son dîner et lui décoche un sourire. Les flammes montent de plus en plus haut.

Elle se sent rougir.

– Tu continues à lire de la poésie ? lui demande-t-il.

Aussitôt, elle repense à Varden, à sa bibliothèque pleine de poésie et au carnet qui ne le quitte jamais.

– Parfois, dit-elle en ajoutant du bois dans le feu.

– C'est un truc qui m'a toujours plu chez toi, tu sais. Un instant tu m'aidais à changer une bougie d'allumage défectueuse, et la suivante tu lisais du Mary Oliver.

Elle ouvre son sachet de risotto au poulet, et de la vapeur s'en échappe.

– Je ne pigeais pas vraiment, moi, ajoute-t-il. Les poèmes. Tu sais que je n'ai pas cette forme d'intelligence. Ça... ne me parlait pas. Mais j'aimais la façon dont ça te touchait, et j'aimais t'écouter en lire.

Elle sort sa cuillère et souffle sur la nourriture avant de l'avaler. Elle s'est déjà préparé des repas lyophilisés chez elle, et elle sait qu'ils ne sont pas aussi délicieux que dans ces moments-là, après une longue journée de marche. Le feu qui diffuse sa chaleur, la fraîcheur de la nuit qui descend. À cet instant précis, elle est convaincue qu'elle n'a jamais rien mangé d'aussi bon. Le sel, les calories. Elle finit rapidement son repas.

– Ça t'arrive d'y penser ? lui demande-t-il en croisant les jambes.

Il a troqué sa casquette contre un bonnet bleu.

– Penser à quoi ?

– À ce qui aurait pu se passer.

Elle prend une profonde inspiration et remue les braises avec son bâton.

– Ne nous lançons pas là-dedans.

– Je posais juste une question.

Elle conserve le silence dans un premier temps, puis finit par confesser :

– Bien sûr que ça m'arrive d'y penser.

– Moi aussi, réplique-t-il en délaçant ses chaussures pour les retirer et les poser à côté de lui. Et est-ce que tu te dis parfois… qu'on a peut-être encore une chance, tous les deux ? Après tout ce qu'on a traversé ? On a beaucoup changé, toi et moi. On a grandi. Je ne parle pas de maintenant, mais un jour ?

Elle repense à Varden l'hiver dernier, dans la neige, lorsqu'il transportait du bois pour le chalet. À la fois où il l'a emmenée, en raquettes, sur une route qui servait autrefois à l'exploitation forestière pour lui montrer où il avait aperçu un carcajou la semaine précédente. Et à la tarte aux pommes qu'il a préparée pour Thanksgiving, selon la recette de sa mère.

Elle en revient à peine qu'après deux petits jours au contact de Tyler, il lui paraisse non seulement possible mais désirable de se remettre avec lui, de reprendre une histoire, de retenter quelque chose. Ce frémissement dans sa poitrine, cette envie… elle n'aime pas du tout la façon dont ils semblent croître en intensité à chaque heure qui s'écoule. Elle ne peut malgré tout pas nier que c'est ce qu'elle ressent.

Elle ne répond pas à Tyler. Elle ne peut pas.

Pendant des années, ces interrogations l'ont assaillie, nuée d'oiseaux affamés et hostiles. Elle les a repoussées une à une jusqu'à finir par les enfouir en elle, parce qu'il n'y avait aucun moyen d'obtenir des réponses – elle était déterminée à rompre tout lien avec lui. De toute façon, ces interrogations étaient bien trop dangereuses pour qu'elle les libère, pour qu'elle les laisse s'envoler, battre de leurs vilaines ailes. Seulement à présent, dans cette nature sauvage, alors que son cœur se rapproche sur la pointe des pieds de Tyler et de tout ce qu'ils ont été l'un pour l'autre, elle le comprend : peu importe ce qu'il adviendra de leur histoire, il y a des choses qu'elle doit savoir, et des choses qu'elle doit dire.

Elle prend son élan.

– Tu avais recommencé à te droguer depuis combien de temps, avant ce jour-là, dans la forêt ?

Il lève son visage vers le ciel.

– Un mois peut-être. Je ne me souviens plus.

– Je n'ai rien vu.

Elle se mordille la lèvre. Il y avait des signes, bien sûr, et avec le temps elle savait de mieux en mieux les repérer. La porte de la salle de bains fermée à clé, la nervosité. L'étrange modification du rythme de sommeil de Tyler : il était en pleine forme à minuit, dormait jusqu'à plus de midi.

– J'étais devenu très doué pour le cacher.

Elle remue une branche alors que le feu brûle très bien tout seul. Elle roule le sachet qui contenait son dîner et le jette dans les flammes.

– Pourquoi tu n'es pas venu me chercher ? finit-elle par murmurer. Une fois que tu allais mieux, je veux dire. Pourquoi tu n'as pas essayé ? Pourquoi tu n'es pas revenu ?

Une larme lui échappe. Suivie d'une deuxième et d'une troisième. Elle se rend brusquement compte que c'est la question centrale. Celle qui l'empêche d'avancer, qui l'obsède. Maintenant qu'elle a fini par la lâcher, d'autres mots jaillissent :

– Tu sais combien de fois j'ai entendu une voiture approcher et pensé que c'était toi ? Pendant des mois. J'attendais. J'espérais. Je suis pitoyable, hein ? Et l'idée que tu avais pu simplement… tourner la page, m'oublier, en un claquement de doigts…

Elle secoue la tête, son corps entier tremble à présent, sa voix est un fil sur le point de rompre.

– On a été ensemble pendant deux ans. Tu ne t'es jamais excusé. Tu ne m'as même jamais dit au revoir. Tu ne voulais pas savoir où j'étais ? Si j'allais bien ?

– Je savais que tu allais bien.

Elle le regarde dans les yeux. Il poursuit :

– Pour tout te dire, j'ai pris ma voiture un jour, l'été juste après. J'avais décroché, j'étais différent. Je m'imaginais que je pourrais te reconquérir. Te montrer que j'avais changé. Que je pouvais être quelqu'un de meilleur.

Il déglutit, la souffrance le fait grimacer.

– Il y avait un événement dans l'auberge où tu logeais. Un mariage peut-être ? Je t'ai vue. Tu étais avec une femme âgée, et un type. Tu portais une robe bleue.

Elle s'en souvient très bien. Un anniversaire de mariage. Oliver et son épouse, Janet, avaient renouvelé leurs vœux sur les berges de la Salmon. Pourtant, l'espace d'un instant, elle est perdue. Elle parcourt ses souvenirs, réels et fictifs. Elle a imaginé la scène un si grand nombre de fois : Tyler qui disparaît au détour de la rivière, Tyler qui l'évite dans un festival de musique, et maintenant ça, Tyler qui s'éloigne dans le champ, vaincu, son bouquet ballant le long de sa cuisse. Est-ce possible ? Est-ce qu'il y aurait parmi toutes ces fantasmagories une expérience concrète ?

– Je ne comprends pas, lui dit-elle. Si tu étais venu me voir, pourquoi tu ne m'as pas parlé ?

Il fixe les flammes.

– Tu avais cette expression…

Il a du mal à parler, les mots se coincent dans sa gorge.

– Cette expression… J'ai bien failli ne pas la reconnaître, parce que…

Il ne parvient plus à contrôler ses émotions, sa voix s'étrangle.

– Parce que je ne l'avais pas vue depuis très longtemps. Une expression de bonheur. De paix. Tu étais heureuse.

Il s'essuie les yeux.

– Et j'ai compris à cet instant que c'était ça que je t'avais pris pendant les années où on était ensemble. Tu l'avais retrouvé, par miracle, et il était hors de question que je t'en prive à nouveau.

Elle tire ses manches sur ses mains et enfouit son visage dans le tissu doux.

– Et maintenant ? demande-t-elle.

– Maintenant ? Je me suis toujours promis de te dire à quel point j'étais désolé si l'occasion se présentait. Alors, en un sens, cette dimension-là était préméditée.

Il secoue la tête, puis ajoute :

– Quant au reste… Je ne m'attendais pas du tout à ce que ce soit comme ça entre nous. Je ne m'attendais pas du tout à ressentir… tout ça.

Ils restent longtemps assis face à face, à regarder le bois se transformer en braises.

Emlyn finit par se lever.

– Je vais aller me coucher.

Il se rapproche et se place en travers de son chemin.

– Em, je veux juste que tu saches… Je ne t'avais pas rayée de ma vie, à l'époque.

Il lui prend la main et la serre de toutes ses forces.

– Je ne suis pas sûr d'en être un jour capable.

Une onde de chaleur monte en elle. Provoquée par les mots de Tyler, mais aussi par sa proximité. Son visage n'est qu'à quelques centimètres du sien, et elle lève les yeux vers les siens. Leurs regards s'aimantent un instant. Puis il baisse le sien vers ses lèvres. Elle ne se rapprochera pas, elle le sait, cependant elle sait aussi qu'elle a envie qu'il le fasse. Qu'il fasse ce pas vers elle, qu'il l'embrasse. Ça lui paraît si naturel à tant de points de vue.

Il se penche pour déposer un baiser sur son front, et ils restent comme ça, serrés l'un contre l'autre ; elle est transportée dans le passé, à leur premier rendez-vous, sur le parking de son immeuble miteux, elle retrouve aussitôt la sensation d'avoir effleuré, du bout de son aile, quelque chose de beau et d'étincelant. Une émotion monte en eux. Ce n'est pas seulement du désir. Ce n'est pas seulement la vieille alchimie, mais tout un atlas de sentiments et de souvenirs communs. Tout ce qu'ils ont surmonté. Tout ce qui pourrait les attendre.

Emlyn n'est pas du genre à croire aux âmes sœurs, au sens où il n'y aurait, sur Terre, qu'une seule personne susceptible de la compléter. Elle sait cependant que Tyler et elle partageaient un lien fort, unique. Et ça ne sert à rien de se voiler la face : ce lien existe toujours.

Le feu crépite et une litanie d'étincelles monte en sifflant vers le ciel. Elle recule d'un petit pas et serre la main de Tyler avant de la lâcher.

– Une grande journée nous attend demain, dit-elle d'une voix rendue rauque par l'émotion.

Elle ouvre sa tente, retire ses chaussures de randonnée et se faufile à l'intérieur. Elle se glisse dans son sac de couchage, le nylon est froid et lisse. Un picotement sur sa peau. Vient-elle de commettre une erreur en se dérobant ? Parce que la situation est différente, elle est différente, Tyler est différent, et peut-être que l'univers lui envoie un message : *Vous êtes vraiment faits l'un pour l'autre.* Lorsque Rev a parlé de « confiance », pensait-elle à ça ?

# CINQ ANS PLUS TÔT

Ils viennent de rentrer d'une journée de pêche à la mouche sur la Big Wood, et Tyler est dans la salle de bains d'Emlyn, il essaie de se débarrasser de l'odeur de poisson sur ses mains. Assise dans son salon, sur son horrible canapé, elle regarde le parking. À midi, en plein été, il est presque désert, jusqu'à ce qu'une voiture arrive. Emlyn la reconnaît sur-le-champ : la Maserati de Janessa. Elle se lève et se précipite vers la fenêtre. Deux jours se sont écoulés depuis leur affreuse dispute à la source chaude.

Tyler sort de la salle de bains en reniflant ses mains et ses bras.

– Je crois que j'empeste toujours les entrailles de poisson, désolé.

Emlyn continue à suivre ce qui se passe dehors. Janessa se gare à côté du pick-up de Tyler et descend. Elle porte une casquette et des lunettes de soleil. Elle reste plantée là un moment, mains sur les hanches. Elle se retourne alors et lève son regard vers la fenêtre derrière laquelle se trouve Emlyn, qui recule en retenant un cri.

– Qu'est-ce qui se passe ? lui demande Tyler.

Il veut aller à la fenêtre mais elle le retient par son tee-shirt.

– Non !

Elle court à la porte et ferme le verrou, puis pose un index sur ses lèvres.

– C'est Janessa, chuchote-t-elle. Elle est là.

Il sourit.

– Super, elle saura peut-être comment me débarrasser de cette odeur.

– Non ! proteste Emlyn tout bas.

Elle entend le couinement strident de la porte de l'immeuble qui s'ouvre, tout en bas. *Tac, tac, tac* : Janessa monte les marches. Emlyn éteint la lumière et, d'un geste, intime à Tyler de se cacher dans la minuscule arrière-cuisine. Il fait semblant de protester mais s'éloigne de l'entrée.

Un coup à la porte. Emlyn regarde par le judas. Janessa, déformée par la lentille, bras croisés. Silence. Elle frappe de nouveau.

– Em ?

Emlyn s'éloigne du judas.

– Emmie, laisse-moi entrer.

*Clic, clic, clic, clic.* La poignée de la porte tourne à gauche et à droite.

– Je sais que tu es là.

Elle rejoint l'arrière-cuisine à pas de loups, et se colle contre Tyler. Il penche la tête vers la porte de l'appartement et écarte les mains d'un air de demander : *pourquoi ?* Elle secoue la tête. Elle ne lui a pas parlé de sa dispute avec Janessa. Il fait mine de vouloir sortir et elle le retient par le poignet. Il croise ses bras autour de son propre buste et se tortille, on dirait un collégien qui imiterait deux personnes en train de s'embrasser. Emlyn étouffe un rire. Il fait ensuite des gestes de robot. Il marche comme un Égyptien, exécute les mouvements de la Macarena. Emlyn plaque une main sur sa bouche pour s'empêcher de faire du bruit. Elle tire sur le tee-shirt de Tyler et pose une fois encore son index sur ses lèvres. Il arrête de faire l'idiot et se rapproche d'elle. Un frisson d'excitation puissant et vindicatif la traverse. Il n'est pas seulement dû à la présence de Tyler, si près qu'elle sent son souffle sur ses joues. Pour la toute première fois, elle est l'élue, et pas Janessa.

Cette dernière frappe la porte avec le plat de la main.

– Emlyn ? Ouvre cette porte.

Avec Tyler, ils se sont presque vus tous les jours, mais il ne l'a pas encore embrassée. Elle craint que l'« alchimie » qu'elle ressent soit une invention de sa part. Ils sont peut-être de simples amis. Elle n'a jamais eu un très bon instinct en matière de relations, et elle est beaucoup trop timide pour faire le premier pas, pour prendre la température.

Il a rivé ses yeux aux siens. Il se penche vers elle.

– Je peux ? murmure-t-il.

Dans un recoin caverneux de son esprit, Emlyn revoit Marlene, qui, occupée à transporter des courses de la Subaru dans l'atelier qu'elle rénovait, s'est exceptionnellement arrêtée pour délivrer l'un de ses rares conseils maternels à sa fille. « N'embrasse jamais un garçon que tu n'es pas certaine d'aimer. » Et pourtant là, plaquée contre le mur de son arrière-cuisine, elle hoche la tête.

– Oui.

Il presse ses lèvres contre les siennes. Sa salive a un goût discret de chewing-gum, et quand il lui tient le visage à deux mains, elle sent des effluves de poisson et de citron, pourtant, bizarrement, ce moment n'a rien de dégoûtant, rien. Le cœur d'Emlyn bat si fort qu'elle est certaine que Tyler peut l'entendre.

– Emlyn ! hurle Janessa en abattant le plat de sa main de toutes ses forces sur la porte.

Le baiser se termine, le charme se rompt. Elle s'écarte, mais Tyler trouve sa main et la garde dans la sienne.

Elle entend le bruit des pas de Janessa qui descend les escaliers en fulminant. Elle entend le petit bip de la portière qui se déverrouille, son claquement, le rugissement du moteur alors que la Maserati quitte le parking en trombe. Emlyn se dit qu'elle lui téléphonera plus tard, mais quand elle le fait, Janessa ne décroche pas.

Dix jours plus tard, Emlyn renoue avec la tradition du brunch chez la grand-mère de Janessa. La semaine précédente, elle a prétexté un autre engagement – elle était nerveuse à la perspective de voir son amie et s'est dit que c'était sans doute réciproque. Cette semaine, Betts l'a appelée en personne.

– Écoute, je sais que vous êtes un peu en bisbille, elle et toi, mais ce n'est pas une raison pour gâcher le dimanche d'une vieille dame, alors essayez de régler ça.

Pendant le repas, Janessa est tout sourire. Elle a teint ses cheveux en châtain foncé et les a considérablement raccourcis, en un carré surprenant, régulier, raide et brillant. Pour souligner ce changement, elle porte un beau rouge à lèvres mat bordeaux. Janessa était adorable avec ses longs cheveux blonds et fins, elle est époustouflante en brune. Elle semble plus âgée, plus élégante. Plus assurée.

– Je vais m'installer à Washington, annonce-t-elle en mordant dans un croissant.

Le cœur d'Emlyn se serre aussitôt. Betts lève un sourcil, puis tapote sa flûte de champagne avec un ongle manucuré avant d'émettre un éclat de rire.

– Ne plaisante pas, ma chérie.

– Je suis très sérieuse.

Le soleil de l'Idaho est délicieux ce jour-là. Betts incline la tête et ses boucles d'oreilles en diamant réfléchissent ses rayons. Elle désigne d'un geste son jardin d'un beau vert luxuriant, entretenu par un arrosage automatique et deux jardiniers, puis la piste de ski qui se dresse, immense, au-delà de sa haie.

– Pourquoi diable voudrais-tu quitter ce paradis pour l'enfer ?

Elle frissonne pour l'effet dramatique.

– Enfin, Janessa, tu sais bien que la côte Est est un vampire. Elle va t'aspirer toute ton énergie vitale, tu peux me croire.

Janessa soupire.

– J'ai besoin d'un changement de décor.

Elle sort ses lunettes et les met sur son nez.

– J'ai besoin d'entamer un nouveau chapitre, ajoute-t-elle.

Emlyn a du mal à croire ce qu'elle entend.

– Oh, Janessa, s'agace Betts, tu agis sur un coup de tête, comme toujours. On dirait une tragédienne. Prends des vacances. Va faire un tour en Europe. Puis rentre. Tout ce dont tu as besoin se trouve ici, dans l'Idaho.

– Pas tout, dit-elle avant de prendre sa serviette en tissu sur ses genoux pour se tamponner la bouche, et de se tourner vers Emlyn. Plus maintenant.

La pique fait mouche. Emlyn sait que Janessa pense à Tyler. Elle pense aux méchancetés que son amie lui a dites à la source chaude, au fait que celle-ci a refusé de lui ouvrir, et Emlyn se reproche aussitôt d'avoir peut-être fait dévier le cours de la vie de Janessa, de l'envoyer dans une direction inattendue. La culpabilité lui brûle la gorge. Elle est bien placée pour savoir ce que ça fait de partir à la dérive à cause d'une personne qu'on aime et en qui on avait toute confiance.

L'espace d'un instant elle envisage de tendre la main en travers de la table pour prendre celle de son amie et lui présenter des excuses. Elle pourrait la supplier de rester parce que, au fond d'elle, elle sait que leur amitié s'est brisée, ou est sur le point de l'être, et elle n'est pas certaine de pouvoir supporter un dénouement aussi soudain et définitif. Réussira-t-elle à survire sans son amie ? Qui est-elle sans Janessa ?

Sauf que…

Une autre part d'elle ne parvient pas à se débarrasser entièrement du soupçon qu'elle n'a été qu'un pion dans l'existence de Janessa ces trois dernières années, un pion docile et pratique. Elle n'a pas à justifier ses choix amoureux, elle n'a pas besoin de l'approbation de Janessa. Rien ne l'oblige à lui ouvrir sa porte à chaque fois, à décrocher son téléphone dès que son amie décide qu'elle veut la voir ou lui parler. Rien ne l'oblige à accéder au moindre caprice, à la moindre exigence de Janessa. Peut-être, se dit Emlyn, qu'il s'agit d'un don du ciel. Peut-être qu'un peu de distance, d'espace, c'est précisément ce qu'il leur faut.

– Je suis heureuse pour toi, dit-elle en levant son verre, alors même qu'elle sent, en prononçant les mots, qu'il s'agit d'un mensonge.

Elle est triste, dévastée, terrifiée.

Betts en reste coite, et son étonnement se transforme rapidement en moue renfrognée.

Janessa fixe son amie. Elle pince ses lèvres bordeaux et soulève sa flûte de champagne. Betts se carre dans son siège, bras croisés ; elle refuse de trinquer avec les deux jeunes femmes.

Emlyn soutient le regard de Janessa.

– Aux nouveaux chapitres.

Rapidement, Emlyn passe tout son temps avec Tyler. Elle le voit tous les jours, elle ne pense à personne d'autre. Ensemble, ils dessinent les plans du camping-car idéal. Ils rêvent d'avoir trois enfants, un golden retriever, un chat tigré.

Au cours de l'été, il arrive parfois qu'Emlyn tape de brefs messages sur son téléphone, comme des mains tendues vers une réconciliation : *Je suis désolée. Tu me manques. On peut se parler ?* Elle n'en envoie jamais aucun, parce qu'en vérité, et c'est bien ce dont elle doit se souvenir, lorsque ce sentiment de chagrin menace de la dévorer, c'est que, quand elle a tenté de se défendre pour la toute première fois, de dire non, de revendiquer une minuscule autonomie, Janessa a révélé son véritable visage, quittant la source chaude avec fracas, avant de venir frapper à sa porte comme une folle furieuse. Ça vaut mieux, se répète Emlyn, c'est plus sain. Leur dynamique relationnelle fonctionnait peut-être à la fac, mais ce n'est plus le cas. Emlyn était différente à l'époque.

Tout était différent. Il est temps pour elle de tracer sa propre route.

Et Tyler est le baume au cœur qui la console de cette perte. Une distraction.

– Elle a toujours été ma priorité, dit-il pour expliquer la situation. C'est fini, et c'est dur pour elle, mais elle s'en remettra.

Et, avec à peine plus qu'un baiser du bout des lèvres à la fin de sa soirée d'adieu, Janessa part. Emlyn est triste, elle continue à ressentir le gouffre immense laissé par l'absence de son amie, mais, comme elle est à présent en orbite autour de Tyler, elle se sent soutenue par sa force gravitationnelle.

Tout ceci se déroule bien avant que Tyler ne parte en quête de drogues et n'oublie Emlyn en pleine nature. Avant son accident dans la forêt nationale de Gila, avant la culpabilité qui l'a arrimée à lui pendant les années à venir, avant que tout ce contre quoi Janessa avait tenté de la mettre en garde ne se réalise.

# 16

Un grondement au loin. Pas un coup de tonnerre, non, quelque chose de plus intense. Qui semble venir de partout. Emlyn et Tyler sont dans une descente, et un nuage blanc grisâtre monte de la vallée à leurs pieds. Elle pense d'abord à de la fumée. Le ciel est dégagé aujourd'hui, badigeonné du beau bleu de l'Idaho.

Tyler s'immobilise. Il l'attrape par la manche.

– Qu'est-ce que c'est ? s'inquiète-t-il en inclinant la tête vers l'origine du bruit.

Elle secoue la tête.

– Je ne sais pas très bien.

Certains montent en quad ou en moto ici. Il y a des règles pour déterminer les endroits précis où les véhicules motorisés sont autorisés, et ils ne sont théoriquement pas acceptés dans les réserves naturelles nationales. Ça ne signifie pas pour autant que tout le monde respecte ces règles. Après tout, la probabilité d'être arrêté est faible. Emlyn tend l'oreille. Elle ne reconnaît pas le *vroum vroum* d'une moto tout-terrain ou d'un quad. Un troupeau ?

Elle a vu des vidéos des grandes migrations de caribous traversant la toundra, d'éléphants parcourant d'un pas lourd la savane. Mais qu'est-ce qui pourrait bien venir troubler le calme d'une vallée au cœur de la nature sauvage dans l'Idaho ?

Ils poursuivent leur descente, se rapprochent du bruit et de la poussière. Après avoir soupesé le pour et le contre, elle a laissé sa tente au campement. Elle est allégée de deux kilos, ce qui n'empêche pas ses genoux de l'élancer et ses hanches de protester sous le poids de son sac.

Bientôt, de nouveaux sons montent vers eux. Une cacophonie de cris. Des sabots qui martèlent la terre sèche, des appels, des plaintes, des bêlements. Des moutons !

Le sentier suit le versant de la montagne et tourne vers le nord, en direction du lac qu'elle a repéré, mais elle veut voir ça, et de près. Sans expliquer ses intentions à Tyler, elle se dirige vers le vacarme. À la lisière des bois, ils abandonnent leurs sacs et escaladent un immense rocher. Les moutons passent à vive allure devant eux, tout en sabots et en laine, un millier de boules de poils ébouriffées, comme agitées d'un même tremblement. À une centaine de mètres, un grand patou stoppe net et les considère avec méfiance. Il fait un pas dans leur direction, lève la tête et aboie. Puis il s'éloigne en trottinant pour faire rentrer dans le rang une bête qui s'est écartée du troupeau.

– Je n'en avais jamais vu d'aussi près, crie Emlyn, dont la voix est couverte par le grondement des sabots.

Chaque été, des milliers de moutons montent au nord des fermes autour de la Snake pour se rendre dans les pâturages prévus à cet effet, avant de reprendre le chemin du sud, et de leurs fermes, à l'automne. Elle les a déjà vus depuis la route. Une fois, elle se trouvait dans la Salmon, et l'eau s'est mise à bouillonner autour de ses cuisses. C'est différent cette fois, une expérience transcendante. Elle descend du rocher. Tyler l'appelle. Elle fait un pas prudent, puis un deuxième, un troisième. Lentement. Bientôt elle se retrouve au milieu du troupeau. Au début, les bêtes s'arrêtent pour la contourner par la gauche ou la droite, mais elles finissent par passer sans ralentir leur cadence, en la frôlant. Elle les sent contre ses genoux, contre ses mollets. Elle tend une main. Un mouton file juste dessous, son dos, couvert d'une laine rêche, lui rase le bout des doigts. Elle retient sa respiration, la joie, l'excitation la balaient comme un sortilège dangereux. La poussière monte, les moutons affluent de plus en plus nombreux. Elle regarde Tyler. Il lui tend une main et elle la prend, s'y accroche de toutes ses forces. Il l'attire vers lui, et en trois petits bonds elle a regagné le rocher.

Elle se rassied. Son pouls galope, tambourine juste sous ses joues. Elle ne prend conscience que maintenant de la bêtise de son geste. Elle imagine le titre des journaux : *Une femme de vingt-huit ans piétinée par un troupeau de moutons. Une femme de vingt-huit ans anéantie par une longue suite de mauvaises décisions.*

– Tu vas me dire que je n'aurais jamais dû faire ça ? lui demande-t-elle quand elle a enfin repris son souffle.

Il fait non de la tête.

– Je ne te dirai jamais ce que tu dois ou ne dois pas faire.

Il lui retire un peu de terre sur le nez, avec son pouce.

– Et puis je sais pourquoi tu l'as fait, ajoute-t-il.

– Ah ouais ?

Il lui donne un petit coup de coude.

– Tu as toujours aimé les sensations fortes, toi aussi. Sauf que, contrairement à toi, moi, j'étais prêt à le reconnaître.

# CINQ ANS PLUS TÔT

La musique résonne sur le parking, les basses font trembler les vitres d'Emlyn. Elle essaie de l'ignorer, feuillette un magazine. C'est *Intergalactic*, des Beastie Boys, l'un des classiques préférés de Janessa. Elle se lève du canapé pour aller fermer sa fenêtre et aperçoit l'astronaute qui danse en bas. Il fait quelques pas en « moonwalk », puis il avance au ralenti, feignant d'être en apesanteur, avant de se tourner vers l'immeuble et de lever le bras. Emlyn répond à son geste. Il lui montre un tas de vêtements blancs par terre – un second costume –, et il lui fait signe de descendre.

– Emlyn Anthony, lui dit Tyler lorsqu'elle le rejoint en bas, nous avons une mission.

– Ah oui ?

Elle plisse le nez et les yeux à cause du soleil.

– Je t'emmène sur la Lune.

Elle ne peut s'empêcher de sourire.

– C'est ça, ton vaisseau spatial ? demande-t-elle en regardant son pick-up.

– Allez, « c'est un petit pas pour l'homme, mais un grand pas pour l'humanité ».

Il retire son casque.

– Un peu gnangnan ? lance-t-il.

Elle rit.

– À peine.

– Tant mieux.

Il s'approche pour l'enlacer.

– Je te promets qu'ensemble on va décrocher la lune.

Elle place son visage sur son torse. Il lui montre le ciel.

– La Lune est notre objectif, mais si on la rate il nous restera les étoiles.

– Arrête, par pitié.

– Oh, mais je ne fais que commencer. Tu n'as encore rien vu ni entendu. Je vais illuminer le ciel nocturne.

Il lui montre pour la seconde fois le costume d'astronaute par terre.

– C'est pour toi.

Elle rassemble ses affaires rapidement et monte à côté de lui dans le pick-up. Ils prennent la direction du sud, celle de la réserve nationale Craters of the Moon – autrement dit les « cratères de la lune ». Tyler lui passe une sélection de toutes les chansons sur la lune qu'il a pu trouver. *Moon River*, *Dancin' in the Moonlight*, *Man on the Moon*, dans la version de R.E.M.

Emlyn n'est jamais allée dans ce parc, alors qu'il n'est pas très loin. Au début, ils l'explorent en voiture, et Tyler se gare dès que le bas-côté est suffisamment large.

Puis ils empruntent à pied, main dans la main, l'étroite allée bitumée qui traverse une gigantesque coulée de lave fossilisée.

– Deux astronautes ont marché sur la Lune en 1969, lui dit-il, Neil Armstrong et Buzz Aldrin. Ils en ont retiré toute la gloire. Tu savais qu'il y avait un troisième gars ?

Emlyn n'y a jamais réfléchi.

– Quelqu'un devait rester aux commandes du vaisseau. Quelqu'un devait les ramener sur Terre. Michael Collins. On le surnomme « l'astronaute oublié ». Il a tourné en orbite tout seul, pendant vingt-quatre heures.

Tyler s'arrête pour prendre une photo.

– Je me suis toujours dit que ça doit être phénoménal de découvrir le versant caché de la Lune seul, non ? Je veux dire vraiment seul. Il ne pouvait même pas contacter la NASA pendant une partie de son trajet. Tu imagines le cran qu'il faut pour accomplir un truc pareil ?

D'immenses cônes de scories ponctuent le parc. Ils gravissent la plus grande, assaillis par le vent de toutes parts une fois au sommet. Le paysage noir et lunaire s'étire à 360 degrés. Ils descendent ensuite dans une grotte souterraine, munis de leurs lampes frontales. Il y fait frais. Emlyn caresse la surface rugueuse de la roche du bout des doigts. Elle s'approche pour observer le lichen jaune vif et orange qui parsème sa surface. Tyler avait raison : elle a réellement l'impression d'être sur la Lune.

Plus tard, au campement, il insiste pour qu'ils mettent leurs déguisements d'astronautes. La température a baissé, même si la roche a retenu une partie de la chaleur.

Une fois habillé, Tyler avance les lèvres pour réclamer un baiser. Il se penche vers elle et entrechoque son casque en plastique avec le sien. Ça fait un petit bruit. Il recommence : *clic, clic, clic*. Il tourne la tête de gauche à droite, joue le désespoir. Emlyn est pliée en deux de rire.

Un crépuscule lilas s'installe autour d'eux.

Ils prennent des douzaines de photos, sur lesquelles ils sourient, sautent, posent avec un immense drapeau américain qu'il a apporté. À leur retour, Tyler imprime un de ces clichés en très grand format et ils finissent par l'accrocher dans leur salon. Elle en garde une impression de taille plus modeste qu'elle pose sur sa commode, dans un cadre fluorescent.

Des années plus tard, lorsque Janessa s'occupera de rassembler les affaires qu'Emlyn avait installées chez lui, elle inclura la petite photo. Et au début de son séjour chez Rev, Emlyn se surprendra parfois à la regarder, envahie d'un inquiétant sentiment mêlé de familiarité et d'étrangeté. Comment se peut-il que cette journée lui ait paru si frappante, si réelle qu'elle en a retenu une myriade de détails, et pourtant, simultanément, si inatteignable ? *J'étais là*, se dira-t-elle. *C'était nous, c'était moi. J'étais amoureuse. Nous étions heureux à cette époque.* Cependant, en observant la photo, et les personnes dessus – dans leurs costumes d'astronautes, tête contre tête, avec un immense ciel violet en toile de fond –, elle aura l'impression d'être face à des inconnus.

# 17

Des voix, un cri qui monte vers le ciel.

Emlyn se fige. Tyler, qui la suit de trop près, percute son sac à dos. Elle pose un doigt sur ses lèvres, retient son souffle. Elle n'entend plus rien, le calme est revenu.

– Qu'est-ce qui se passe ? chuchote-t-il en se penchant vers elle, si près qu'elle sent son souffle dans sa nuque.

Le silence.

– J'ai cru entendre quelque chose.

Elle fouille le ciel du regard. Un corbeau peut-être, tout en haut d'un arbre ? C'est fou comme le cerveau peut jouer des tours à l'esprit humain quand il espère quelque chose. C'est déjà arrivé à Emlyn, pendant qu'elle chassait. Une brindille qui se casse, des feuilles qui bruissent. On se convainc qu'il s'agit d'une biche à l'approche, on en est sûr et certain. Et en réalité il s'agit d'un écureuil.

Le lac est devant eux, juste après les arbres, et Emlyn aperçoit des éclats bleus scintillants entre les pins. L'idée, c'est de camper là, de se laver, de faire le plein d'eau. Le trek du jour les a éreintés, et elle sait qu'ils ont tous les deux besoin de repos. Ainsi qu'un bain, pour être franche.

Elle se remet en route. Et à nouveau… les voix.

– Tu as entendu ? demande-t-elle à Tyler.

Il acquiesce en écarquillant les yeux.

Ils se rapprochent sans bruit du lac, ils ont quitté le sentier maintenant, les branches leur raclent les bras.

Emlyn sort le pistolet de la poche où elle l'a rangé, quand ils étaient sur le plateau avec les pièges. Elle retire son sac à dos et l'appuie contre un arbre, avant de faire signe à Tyler de l'imiter. Elle sort son spray anti-ours pour le lui confier. Il considère la bombe avec une grimace, comme s'il se demandait comment l'utiliser. Elle lui fait une démonstration rapide, retire la sécurité orange et lui montre le bouton-poussoir sur lequel appuyer. Il hoche la tête.

– Suis-moi, chuchote-t-elle.

Ils se baissent et sortent des bois en courant pour aller se cacher derrière un pin isolé. Ils marchent sur des cailloux maintenant. Le pouls d'Emlyn bat la chamade. De la sueur coule de la racine de ses cheveux. Elle incline la tête en direction du lac, et ils repartent en courant pour se rapprocher du son. Ils arrivent sur un petit promontoire. De là, ils peuvent voir l'eau, mais il n'y a plus un seul arbre pour les abriter. Ils rampent à plat ventre, des cailloux se plantent dans leurs coudes. Arrivés au bord, ils se redressent lentement pour observer les abords du lac.

Encore des voix.

Tyler jure tout bas. Il se repousse du sol et se redresse de toute sa hauteur. Emlyn est toujours sur le ventre et elle le regarde sans comprendre.

– Attends…

Trop tard, il s'élance déjà vers l'eau.

Elle se met debout pour courir derrière lui, parce que quoi qu'il ait vu elle n'a d'autre choix que le suivre. Ils sont allés trop loin.

Soudain, Emlyn la voit, sortant de l'eau telle une déesse méditerranéenne, ses cheveux blonds mouillés et plaqués sur sa poitrine, son corps qui étincelle au soleil.

Janessa.

Des profondeurs de sa mémoire, Emlyn extirpe l'adjectif qu'elle lui a attribué : *attirante.* Il convient toujours.

Janessa s'arrête brusquement, bouche ouverte. Elle est trop loin pour qu'Emlyn puisse interpréter son expression, mais rapidement elle sourit et fonce vers eux, bras en l'air. Elle remonte toute la plage, dépasse Tyler et se jette dans les bras d'Emlyn, colle son visage mouillé au sien, trempe son tee-shirt avec son corps. Elle la serre très fort. Emlyn, gênée par le pistolet dans sa main droite, l'enlace de son bras gauche.

Pendant un long moment elles restent là à s'étreindre. Le soulagement envahit Emlyn.

– Tu vas bien, chuchote-t-elle.

Elle sent l'odeur du lac dans les cheveux de Janessa, elle pense à tout ce qui lui a manqué. Pendant des années elle a voulu lui dire : « Je suis navrée, j'ai tout gâché entre nous. Tu m'as manqué. » Et aussi : « Tu avais raison. » Et elle lui dira ces choses, toutes ces choses autour desquelles elles ont tourné pendant des années. Sa décision est prise. Elle le fera un peu plus tard. Peut-être même ce soir.

Pour le moment elle savoure cet instant, la présence de sa vieille amie, saine et sauve. Janessa dépose un baiser humide sur sa joue, et Emlyn tourne la tête pour faire pareil, mais... Le corps de Janessa se tend. Elle la serre plus fort. Trop fort.

Ses bras minces sont étonnamment puissants, et brusquement privés de toute chaleur.

Elle enfonce le bout de ses doigts dans les omoplates d'Emlyn et colle ses lèvres à son oreille pour lui chuchoter :

– Tu n'as rien à faire ici.

## QUATRE ANS ET DEMI PLUS TÔT

Emlyn et Tyler sont ensemble depuis moins d'un an, mais il l'a déjà transformée, elle est plus heureuse, plus vivante. Elle chante sous la douche et sourit aux inconnus. Tyler l'emmène, par surprise, en escapade pour le week-end. Il rentre à la maison avec des bouquets de castillejas. Il griffonne des messages sur des Post-it qu'il colle sur le miroir de la salle de bains.

Et pourtant c'est surtout dans les moments où il ne sait pas qu'elle l'observe qu'il la rend amoureuse. Au supermarché, il aide une vieille dame à transférer ses courses de son chariot à son coffre. Il continue, tous les samedis, à acheter un sandwich à Jorge. Il lui apporte des vêtements et de la nourriture, aussi. Et même si Tyler n'en a jamais parlé à Emlyn, leur voisine, Rita, lui raconte qu'il a appris à lire à son fils de huit ans. Ce sont ces petits actes de bonté, désintéressés, qui n'attendent aucune reconnaissance en retour, qui apportent à Emlyn la certitude qu'elle a vraiment eu une chance incroyable en croisant sa route.

Janessa est partie depuis des mois. Si Emlyn regrette la façon dont leur amitié a volé en éclats après leur dispute à la source chaude, elle est aussi convaincue d'avoir pris la bonne décision. Elle ne pouvait pas éternellement vivre dans son ombre, la suivre à la trace et se contenter des miettes qu'elle voulait bien lui laisser. Plus important, Janessa s'est trompée sur toute la ligne. Le décalage entre ses mises en garde et la gentillesse de Tyler alimente les soupçons d'Emlyn : celle-ci avait bien des sentiments pour lui.

Par cet après-midi printanier, les trembles qui frémissent éclaboussent de vert les vitres. À la fin de son bail, elle a rendu les clés de son appartement miteux pour emménager avec Tyler. Elle est en train de préparer des sandwichs toastés lorsqu'il rentre. Il est sur un petit nuage, vibrant de cette énergie contagieuse qu'elle aime tant chez lui.

– J'ai quelque chose à te dire, lui annonce-t-il en s'appuyant contre le plan de travail.

Elle se tourne vers lui, intriguée.

– Vas-y.

– Je pars.

Il se rapproche pour l'enlacer. Elle sent ses poumons se vider d'un coup, parce que c'est en train d'arriver, exactement comme elle le craignait. L'inévitable séparation, les adieux déchirants. Elle se dégage de son étreinte.

– Quoi ? Quand ?

– C'est un voyage que je planifie depuis longtemps. Je prends mon pick-up pour aller écumer l'ouest du pays, ça va être incroyable.

Il file à son bureau et sort une carte des États-Unis d'un tiroir. Il la déroule et pose des tasses dans les deux coins supérieurs pour l'aplatir. Son itinéraire est indiqué par une ligne noire : départ de l'Idaho, direction le Wyoming, le Colorado, le Nouveau-Mexique, l'Arizona et l'Utah avant le retour au point de départ.

– Quatre mois, peut-être cinq.

Emlyn est au désespoir, elle fixe la ligne noire en silence.

– Je sais que le moment peut paraître mal choisi, mais j'en rêve depuis des années, et je le sens, l'heure est venue. La météo est formidable dans le Wyoming à cette saison. Et au Colorado aussi. Il fera chaud au Nouveau-Mexique et en Arizona.

Emlyn essaie de se concentrer sur ce qu'il lui dit. Redoutant que son visage ne trahisse sa détresse, elle se rapproche de la cuisinière et retourne son sandwich avec une spatule.

– Écoute, je sais qu'on n'est pas ensemble depuis très longtemps, poursuit-il en approchant pour lui prendre la main, et je sais que c'est peut-être beaucoup demander, mais je me disais… Tu voudrais bien m'accompagner ?

Six semaines après le début de leur virée, ils se trouvent au Nouveau-Mexique, et le pick-up suit la route la plus longue et la plus sinueuse qu'Emlyn ait jamais vue. La Route 15. Son estomac proteste à chaque secousse du véhicule, elle est ballottée dans chaque virage.

– Viens, lui propose-t-il en quittant la route pour aller se garer près d'un emplacement réservé au bivouac. Tu vas respirer un peu d'air frais.

Il coupe le moteur.

– Je vais te sortir une *ginger beer* de la glacière. Tu veux un comprimé contre le mal des transports aussi ?

Elle descend pendant qu'il monte sur la banquette arrière et fouille dans la glacière. Il la rejoint avec une cannette verte.

– Je suis désolé, dit-il en l'ouvrant avant de la lui tendre. J'ai roulé trop vite ? Tu aurais dû me le dire. Je m'en veux. On n'est pas obligé de finir l'étape aujourd'hui, ça peut attendre demain.

Il s'interrompt pour admirer la vue : des collines brunes mouchetées de vert foncé, à perte de vue.

– La vache !

Elle avale une gorgée de *ginger beer*. La veille, sur le terrain de camping, pendant qu'ils attendaient leur lessive, elle lui a lu que la forêt nationale de Gila s'étend sur plus d'un million d'hectares et se compose de montagnes accidentées et d'épaisses forêts de conifères.

– C'est la première « réserve naturelle sauvage » à avoir porté cette désignation au monde, lui a-t-elle répété pendant qu'ils pliaient leurs vêtements.

Elle y repense à présent, en balayant l'horizon du regard. Elle sait que ce qu'elle voit, et qui lui paraît déjà gigantesque, n'est qu'une portion de cette forêt. L'immensité, la désolation, autant de sources de réflexion et de contemplation. Pas un être humain en vue, pas un bâtiment. Ils ont croisé une seule autre voiture de toute la matinée.

L'air frais soulage Emlyn. Elle avale une autre gorgée de soda et fait quelques pas jusqu'à trouver des pierres disposées en rond et, au centre, des braises froides. Un grand espace dégagé, l'un des nombreux espaces réservés au bivouac. Ce serait un endroit parfait pour passer la nuit.

Ils ont trouvé leurs marques, tous les deux. Ils changent d'emplacement tous les trois jours, font des courses une fois par semaine et cherchent un terrain de camping avec laverie automatique tous les dix jours. Ce qui veut dire que la plupart du temps ils dorment dans ce genre de lieu, gratuit et entretenu par le bureau de gestion territoriale ou le service forestier. Avant d'entreprendre ce voyage, Emlyn ignorait l'existence de ces endroits. La première nuit, dans la forêt nationale de Bridger-Teton, elle a à peine fermé l'œil. Le silence et l'espace, le noir – c'était presque insoutenable, et elle s'est persuadée qu'elle avait commis une terrible erreur en acceptant de venir. À présent, pourtant, elle se rend compte que les terrains de camping qui, il y a encore quelques semaines, la rassuraient lui donnent au contraire l'impression de suffoquer, ils la rendent claustrophobe. Elle y fait sa lessive, se connecte au wifi pour envoyer des photos à sa mère. Et dès le lever du soleil, elle s'empresse de ranger ses affaires, impatiente de partir.

Ici, dans la forêt nationale de Gila, Tyler est bien décidé à chercher les habitats troglodytes dont il a entendu parler. L'un d'eux constitue d'ailleurs un monument classé, à un peu plus de trente kilomètres, mais ce n'est pas ce qui l'intéresse : il veut découvrir des grottes que personne n'a jamais vues. Il en parle depuis des semaines et écume Internet, dès qu'ils ont du réseau, ou les cartes du service forestier.

Il la rejoint et lui frictionne le bas du dos.

– Tu te sens mieux ?

Elle se penche pour l'embrasser sur la joue.

– Oui, en route, dit-elle avec un sourire. On a de vieilles habitations à trouver, non ?

– Si tu ne te sens pas bien, on peut rester ici.

– Il n'est pas encore neuf heures, on ne va pas perdre toute la journée. Ça ira, insiste-t-elle en retournant vers le pick-up pour le lui prouver.

Les kilomètres défilent. Ils finissent par atteindre un endroit que Tyler a repéré sur une carte. Il y a un petit chemin couvert d'aiguilles de pin marron, à peine assez large pour le pick-up. Ils remplissent leurs gourdes, prennent leurs sacs à dos et verrouillent les portières. Cette randonnée leur prendra deux jours, environ treize kilomètres de terrain très accidenté, aller puis retour si leurs calculs sont exacts, et ils ont décidé de dormir au milieu.

– Prête ? lui lance-t-il en lui tendant la main.

Elle hoche la tête, et ils s'engagent sur un sentier, enfin quasi. C'est plutôt un passage en pleine nature sauvage. Créé par la faune locale ou du bétail, peut-être les deux. Cette terre appartient à tout le monde, et les éleveurs en profitent pour faire paître leurs bêtes ici. Tyler consulte son téléphone, paupières mi-closes, incline la tête. Ils s'arrêtent pour déjeuner, aperçoivent une biche mulet et son petit. Ils marchent, encore et encore. Le trajet est de plus en plus raide, rocailleux et ponctué de touffes d'herbe. Ils progressent plus lentement qu'ils ne l'avaient estimé, mais Tyler frémit d'excitation, certain d'approcher du but.

Il sort ses jumelles de son sac pour observer les environs.

– Là, dit-il soudain en retenant un cri. Je crois que c'est là.

Emlyn est en train de grignoter une barre de céréales. Il lui confie les jumelles et lui indique la direction. De l'autre côté d'un ravin abrupt, un monticule de roches couleur pêche.

– Je ne suis pas si sûre…

– Allons voir. On peut y être dans moins d'une heure, je te parie. Dans le meilleur des cas, on pourra passer la nuit dans un habitat troglodyte, ce qui serait vraiment incroyable, non ? À l'endroit où des gens dormaient déjà il y a plusieurs millénaires… Et dans le pire des cas, c'est juste un tas de pierres, on monte notre tente et on poursuivra nos recherches demain matin.

Il lui sourit. Ça fait des semaines qu'il s'instruit sur la culture Mogollon, qu'il admire les poteries de cette époque et mémorise tout ce qu'il peut.

– D'accord, accepte-t-elle avant de terminer son en-cas et de ranger l'emballage dans une poche de son sac à dos.

Elle sort ses bâtons de marche et ils entament la descente dans le ravin. Celle-ci est si raide qu'ils redoublent de prudence. Le soleil demeure haut dans le ciel – ils ont tout leur temps, inutile de se presser. Elle est fatiguée, elle progresse lentement, elle dit à Tyler qu'il peut prendre de l'avance s'il veut. Elle voit sa casquette orange s'éloigner dans les broussailles, son sac à dos bleu qui penche d'avant en arrière. Elle ne le perd pas de vue, même si elle garde principalement ses yeux rivés sur ses pieds, pour éviter de trébucher. Elle a mal à la cheville tant le versant est incliné.

Soudain, un hurlement.

Le sac et la casquette ont disparu.

– Tyler !

Un second hurlement de douleur.

Le cerveau d'Emlyn se démène pour analyser la situation rapidement. Spray anti-ours, pense-t-elle, et elle sort la bombe de sa poche latérale. Elle ouvre les attaches autour de sa taille et de sa poitrine, laisse son sac glisser à terre et descend en courant, même si la pente s'accentue. Elle s'arrête juste à temps. Brusquement, le sol se dérobe. Son pouls bat à tout rompre. Elle se penche avec prudence au-dessus du vide à la recherche d'une tache de couleur.

– Tyler !

Quatre mètres plus bas environ, elle découvre le sac à dos bleu. Elle l'appelle de plus belle.

– J'arrive, ne bouge pas ! J'arrive !

Il ne lui répond pas. Elle cherche par où le rejoindre, sur la gauche et sur la droite. Là. À une centaine de mètres sur la droite, l'à-pic est remplacé par une pente. Une pente prononcée mais praticable. Elle remonte en courant chercher son sac à dos, puis elle descend dans le ravin.

– Ne bouge pas ! lui crie-t-elle, bien qu'elle ne soit pas certaine qu'il l'entende.

Elle finit par le rejoindre. Son estomac se soulève quand elle découvre la scène : il est étendu au sol, son sac toujours sur le dos, et de sa jambe, sa jambe gauche couverte de sang, sort la pointe blanche d'un tibia brisé. Elle se précipite. Il est inconscient. Elle répète son prénom en boucle pour tenter de le réveiller. Elle place deux doigts dans son cou pour sentir son pouls, et elle le trouve. Elle se remémore un stage de secourisme à l'époque de la fac. *Il peut arriver qu'un blessé perde connaissance à cause de la douleur ou de l'hémorragie due à une fracture ouverte.*

– Bon d'accord, dit-elle à voix haute juste avant qu'un sanglot sonore ne lui échappe.

Elle voudrait se rouler en boule et pleurer parce que c'est grave, très grave, et qu'ils sont très loin des secours. Elle ferme les yeux et prend une profonde inspiration.

– Allez, Emlyn, s'enjoint-elle, concentre-toi. Ne panique pas ! Tu peux y arriver. Il va s'en tirer, tout ira bien.

Elle sort le premier vêtement qui lui tombe sous la main, un tee-shirt en laine mérinos. Elle compresse la plaie avec en grimaçant, sent l'os dans sa paume. Elle manque de vomir. Le tissu se gorge aussitôt de sang et devient rouge. Elle cherche un autre vêtement. Un pantalon de randonnée. Enfin, le flot de sang ralentit puis se tarit. *Tu sais quoi faire*, se répète-t-elle. *Tu l'avais appris pour un examen. Tu connais les différentes étapes, il te suffit de t'en souvenir et de les exécuter, un, deux, trois.* C'est plus facile à dire qu'à faire, mais, d'abord, nettoyer la plaie. OK. Elle sort un sachet de lingettes antiseptiques de la trousse de secours et tamponne la jambe avec. Quand elle a fini, elle se lève et court vomir sa barre de céréales dans un buisson.

Ensuite, il faut qu'elle fabrique les attelles. Elle cherche une branche solide. Ce qui n'a rien de très aisé au milieu de massifs d'armoises, mais elle finit par en trouver deux. Elle retourne en courant vers Tyler et sort de son sac à dos deux tee-shirts. Sans savoir si elles seront assez solides, elle coupe les bretelles rembourrées du sac de Tyler avec son canif. Elle les place contre chacune des branches puis les entoure avec les tee-shirts. Elle positionne les attelles de part et d'autre de la jambe pour la caler. Enfin, elle met du sparadrap tout autour pour faire un plâtre de fortune, vide le rouleau.

Une infection. C'est le principal risque si Tyler ne reçoit pas rapidement des soins médicaux. Le temps est compté. D'un autre côté… comment réussiront-ils à parcourir les dix kilomètres de terrain accidenté qui les séparent du pick-up, alors qu'il souffre le martyre et qu'il ne pourra pas s'appuyer sur sa jambe ?

Il reprend connaissance, hurle, les yeux brillants de douleur.

– Tyler, lui dit-elle en parlant très fort et en lui tenant le visage à deux mains.

Sa voix est ferme, pleine d'assurance.

– Écoute-moi bien. Tu as une fracture ouverte. On doit te sortir d'ici, tu as besoin d'aide.

Il secoue la tête, des mots lui échappent. Sa respiration devient lourde.

– On peut y arriver, Tyler. Un pas après l'autre. On va te sortir d'ici en un rien de temps.

Elle verse trois comprimés d'Ibuprofène dans sa main et les transfère dans la sienne.

– Tiens, lui dit-elle. Avale ça. On va attendre vingt minutes, et on se mettra en route.

Il prend les comprimés et referme les yeux.

– Oui, repose-toi, lui murmure-t-elle en lui passant la main dans les cheveux.

Elle étouffe un sanglot.

Quand le moment arrive, elle prend les bâtons de marche qu'il n'a pas encore sortis. Elle le relève malgré ses hurlements de douleur et glisse son épaule sous un de ses bras.

– Allez, on y va.

Elle a du mal à supporter le poids de son sac en plus de celui de Tyler contre son flanc. Elle se souvient des mots de son grand-père, il y a des années de cela. « Un pas après l'autre. Tant que tu avances, tu ne cèdes pas de terrain. » Elle n'est pas certaine d'y croire vraiment à cet instant précis, mais elle les répète à Tyler malgré tout.

Ils ont fait un peu moins de deux kilomètres, lorsqu'il la supplie de s'arrêter. Pendant qu'il se repose, elle essaie de passer en revue leurs options. Elle pourrait le laisser, retourner au pick-up le plus vite possible et aller chercher de l'aide. Mais c'est périlleux vu l'état dans lequel il est, et elle ne se le pardonnera jamais si, pendant son absence, il lui arrive quelque chose, seul dans la nature, sans défense.

Soudain, une idée jaillit. Une bonne idée, un peu risquée, sans être totalement déraisonnable, avec le soleil qui commence à descendre derrière la ligne de crête, les kilomètres qui les séparent encore du pick-up et Tyler qui est trempé de sueur tant il souffre. Elle plonge sa main tout au fond de son sac et cherche, à tâtons, un sachet en plastique. Elle l'a ajouté à la dernière minute, sur un coup de tête. Il contient le flacon brun de comprimés que l'hôpital lui avait prescrit après son appendicectomie. L'oxycodone.

Tyler pousse un gémissement de détresse. Elle dévisse le bouchon blanc, incline le flacon et regarde le petit comprimé rond dans sa paume. Bleu pâle. Elle se souvient de ce jour, il y a près d'un an, dans son appartement. La douleur postopératoire, le soulagement procuré par ce médicament, rapide… et dévorant. La légèreté qu'elle a éprouvée, la libération. Elle se rappelle aussi la réaction de Janessa. Son intransigeance quand elle lui a pris le flacon. Sauf que Tyler ne s'en sortira pas sans, il a trop mal, et Emlyn chasse ces souvenirs de son esprit. Elle garde le comprimé dans sa main et referme le flacon pour le ranger.

Cet instant, Emlyn se le repassera en boucle, l'instant où sa vie déraille pour prendre une tout autre direction. L'existence est pleine de ces bifurcations, des petits points comme ceux de ces jeux pour enfants qu'il faut relier entre eux pour obtenir une forme, chacun participant à dessiner la destinée d'un individu. Le départ de son père, la rencontre de Janessa au Bumpy's Diner, ça.

– Tiens, dit-elle à Tyler, ouvre la bouche.

Elle dépose le comprimé sur sa langue, puis glisse le tuyau de sa gourde entre ses lèvres.

Ça fonctionne. Au bout de trente minutes, Tyler est nettement plus alerte, motivé, joyeux presque, et ils se remettent en route, ils gravissent une longue côte, puis une longue descente, avant de remonter encore. Plus que six kilomètres, cinq. Ils s'arrêtent pour la nuit, elle le force à manger un peu. Ils se blottissent l'un contre l'autre, l'air est glacial. À minuit elle lui redonne un comprimé, et il réussit à dormir. Le lendemain matin, il en prend un troisième. Quand, alors qu'il ne leur reste plus que trois kilomètres, il insiste pour dire qu'il ne pourra pas aller plus loin, elle lui donne son dernier comprimé. Par miracle, ils arrivent jusqu'au pick-up. Elle reprend les virages et les montagnes russes de la Route 15 jusqu'à une clinique de Silver City. On le transporte en hélicoptère à l'hôpital le plus proche, où un chirurgien lui place des plaques et des vis en titane. Tyler n'a pas d'infection, encore un miracle. Le chirurgien garantit à Emlyn qu'elle lui a sauvé la vie.

Elle ignore alors, après neuf mois de relation avec Tyler, qu'il a consommé ses premiers antidouleurs à l'âge de seize ans – au début c'était un « cadeau » d'un pote, et une façon comme une autre, pour lui, de prendre son pied. Elle ignore qu'il a fait une overdose à dix-sept ans, a suivi une cure de désintoxication à dix-huit ans, puis de nouveau à vingt ans et à vingt et un ans. Que l'oxycodone a toujours été sa drogue préférée. Que là-bas, au cœur de la nature sauvage de Gila, elle a réveillé l'addiction qui l'a tenu entre ses griffes pendant des années avant leur rencontre.

Ils mettent un terme à leur voyage pour rentrer dans l'Idaho. Le temps de retrouver son appartement, Tyler a déjà téléphoné à de vieux amis. En quelques semaines, il devient un autre homme ; trois mois plus tard elle appelle les secours parce qu'elle le trouve inerte sur le sol de la salle de bains et ne parvient pas à le réveiller. Elle envisage de faire ses valises et de partir, mais une chose la retient, la certitude insupportable qu'elle est responsable de ce qui lui est arrivé. C'est sa faute à elle. Il n'avait touché à rien pendant quatre ans, jusqu'à ce qu'elle lui donne ce comprimé bleu dans la forêt. Il allait bien.

Emlyn lui rend visite en cure de désintoxication, attend son retour. Elle ment aux voisins lorsqu'ils l'interrogent, invente des histoires pour justifier les longues absences de Tyler. Déplacements professionnels, soucis familiaux. Pendant l'année et demie qui suit, ils traversent, ensemble, un cycle d'épreuves, chaque période d'accalmie est systématiquement suivie d'une rechute. Retenue par un mélange d'amour et de culpabilité, elle reste à ses côtés, elle essuie la tempête avec lui. Encore, et encore. Elle ne l'abandonnera pas, elle n'est pas comme son père, elle ne lui causera pas cette peine-là, elle ne veut pas être le genre de personne qui quitte le navire quand la tempête arrive. Jusqu'à ce que, finalement, lors d'un week-end où ils sont partis camper en pleine nature, Tyler, lui, l'abandonne.

## 18

Bush sort à son tour de l'eau et remonte la plage, divinité à sa façon, bronzé, musclé, éblouissant. Il ramasse deux serviettes par terre au passage et vient à la rencontre d'Emlyn en souriant. Elle pense à l'adjectif qu'elle lui a attribué au chalet de Patten Lake, *charismatique.* En un sens, il est encore plus attirant en vrai que dans ses vidéos.

Janessa s'est écartée d'elle mais l'a prise par le bras.

– Regarde qui est là ! crie-t-elle à Bush, un sourire jusqu'aux oreilles.

Elle n'a pas encore jeté un seul regard dans la direction de Tyler, qui se tient un peu à l'écart, bouche ouverte, le spray anti-ours le long de sa cuisse.

– Chéri, poursuit-elle en prenant la main de Bush, je te présente une très vieille amie, qui m'est très chère. On était…

Elle se tourne vers Emlyn, toujours avec son immense sourire et son regard bleu pétillant.

– … on était même des amies de cœur autrefois, non ? Des sœurs. Il y a longtemps.

Emlyn accuse le coup en l'entendant utiliser leur vieille expression. Elle le visage et le tee-shirt mouillés à cause de

Janessa et, même si le soleil est encore haut dans le ciel, si les galets sous ses pieds diffusent de la chaleur, elle frissonne. Elle ne comprend plus rien. Aurait-elle mal compris ce que Janessa lui a dit ? Voulait-elle parler de leur coup de fil interrompu la semaine précédente ? Est-elle fâchée contre elle ? Dans quoi, exactement, Emlyn vient-elle de mettre les pieds ?

– Bush, poursuit Janessa en laissant sa main glisser le long du bras de son amie pour lui prendre la main et la tendre vers lui. Je te présente Emlyn Anthony.

– Enchanté.

Il serre la main d'Emlyn dans la sienne, immense et calleuse, avant de l'attirer contre lui sans prévenir. Elle se retrouve engloutie entre ses deux bras, le visage collé contre son torse nu et humide.

– Les amis de Janessa deviennent automatiquement mes amis, ajoute-t-il en s'écartant.

Il la dévisage un instant.

– J'ai beaucoup entendu parler de toi, conclut-il, avant de tendre une serviette à Janessa.

Emlyn s'efforce de ne pas le lorgner, ni son visage ni son corps. Elle fixe son attention sur le lac.

– C'est vrai ?

– Bien sûr. Vous vous êtes rencontrées dans un bar à la fac, non ?

Il pose sa serviette sur ses épaules.

– Oui, exactement. Janessa m'a sauvée, dit-elle en essayant de capter le regard de son amie.

– Comme moi, alors ! dit-il avec de passer une main dans ses cheveux mouillés.

Le geste détend ses boucles et envoie des gouttelettes dans la direction d'Emlyn. Il se mord la lèvre inférieure et hausse les sourcils.

– J, tu ne m'avais pas dit qu'elle était aussi canon.

– Je suis certaine que si.

– Je te dis que non.

Avec un immense sourire charmeur, il reprend :

– C'est juste que nous, les hommes, il vaut mieux nous prévenir. Un décor pareil, deux belles femmes sur une plage…

Emlyn sent le rouge lui monter aux joues.

Janessa donne un coup taquin à Bush en roulant les yeux.

– Arrête ça.

Tyler se rapproche et se place entre Emlyn et lui.

– Bush, lâche-t-il.

– Tyler ! Mec, quelle surprise !

Il l'étreint d'un seul bras, sur le côté.

– Une bonne surprise, précise-t-il. J'adore les surprises, hein, Janessa ?

Elle enroule sa serviette autour d'elle et lui sourit avec tendresse.

– Pas le choix avec une fille comme moi.

– On ne s'ennuie jamais.

Ces gens si beaux. Leurs badinages de lycéens, leurs insinuations. Et aussi la tension sous-jacente. (À moins qu'Emlyn ne fasse une erreur d'interprétation ? Elle a l'impression d'être entrée sans prévenir sur le tournage d'un film étrange. On lui a distribué un rôle, mais personne n'a pensé à lui donner le scénario.)

Janessa regarde Tyler, puis Emlyn, avant de reporter son attention sur lui.

– Sérieusement ? lance-t-elle à son amie.

Emlyn avait oublié ce que ça faisait de décevoir Janessa. Elle sent qu'elle se chiffonne sous le poids du mépris de celle-ci, elle éprouve le besoin de se justifier.

– J'étais inquiet, répond Tyler. On l'était tous les deux.

– Oh, Tyler...

– C'est vrai ! J'ai cru qu'il vous était arrivé un truc terrible. Une blessure, quelque chose de grave. Je me sens responsable. J'ai conçu votre itinéraire, j'ai choisi les étapes. Vous roulez dans mon camping-car. Si quelque chose tournait mal, s'il vous arrivait un malheur, je... j'aurais l'impression que c'est ma faute.

Bush croise ses bras épais sur son torse épais.

– Tu sais très bien qu'on se débrouille parfaitement ici. J'ai quelques connaissances sur le sujet.

– Je sais, je sais. C'est juste que je n'avais pas de nouvelles. Et... il suffit d'une erreur, d'un faux pas, pour que tout bascule, et rapidement.

Il recherche l'appui d'Emlyn.

– Dis-leur, toi.

Elle n'a aucune envie de leur dire quoi que ce soit. Après s'être rongé les sangs, après avoir marché près de vingt-cinq kilomètres en pleine nature, elle se sent ridicule d'être tombée sur ce couple en parfaite santé qui n'a, de toute évidence, jamais couru le moindre danger, et qui, de toute évidence aussi, ne souhaitait pas recevoir de la visite. Elle est gênée, elle a l'impression d'être tombée dans un piège. Elle voudrait rentrer chez elle.

– C'est vrai, confirme-t-elle avant de se racler la gorge. Enfin dans votre cas, on avait visiblement tort.

– Allez, c'est juste pour vous chambrer, répond Bush avec un sourire. Et on te doit des excuses, Tyler. J'ai dit à Janessa qu'on aurait dû te prévenir qu'on avait besoin de faire une petite pause, je t'assure. Enfin, tu la connais… Une fois qu'elle s'est mis une idée en tête, impossible de la raisonner. « Et si on sortait des radars pour quelques jours », voilà ce qu'elle m'a proposé. « Plus d'Instagram, plus de YouTube, plus de portables. Plus d'électronique. Rien que nous deux. » Et pour être honnête, ça m'a bien plu, comme idée, alors on a tout plaqué, on a fait nos sacs, et on est partis. Comment tu as dit, déjà, bébé ? Une histoire de confiance…

– Consolidation de la confiance, réplique-t-elle en se serrant contre lui. Je voulais vivre une aventure. Une vraie. Plus de béquilles pour nous aider, plus d'Internet, plus d'itinéraire. Rien que nous deux, comptant sur nous seuls. Et l'un sur l'autre.

Elle plisse les yeux à cause du soleil, et la brûlure qu'Emlyn a ressentie en entendant les tout premiers mots de Janessa se réveille. « Tu n'as rien à faire ici. » Elle peut comprendre son agacement si Janessa aspirait à trouver un peu d'espace et de calme. Être dérangée en pleine escapade amoureuse, c'est agaçant. Surtout si on a dû se donner autant de mal pour y parvenir.

Oui, mais… La réaction de Janessa paraît malgré tout excessive, même la connaissant.

– C'est dur à expliquer, poursuit-elle, tout ce temps passé à voir des endroits incroyables, à faire des expériences folles… c'était merveilleux, bien sûr, mais on en était arrivés au point où, je ne sais pas comment dire, on avait juste l'impression de raconter une histoire, et une histoire qui nous appartenait de moins en moins. Je n'y arrivais plus, c'était juste devenu impossible.

Bush l'embrasse sur le front.

– Je sais, ma puce.

Il tend la main vers Emlyn et Tyler.

– Bon, écoute, nos amis sont là, le ciel s'est dégagé. Ça, ça nous change des histoires écrites d'avance, non ? Qui sait ce qui peut arriver quand on laisse la vie s'en mêler ? Maintenant que vous êtes là, j'espère que vous allez rester dîner avec nous. J'ai attrapé une truite, tout à l'heure, une grosse. Je vais nous préparer un festin, et vous êtes les bienvenus.

Janessa intervient en touchant le bras de Bush.

– Je suis sûre que ces deux-là ont envie de rester tranquilles.

– Oui, dit Emlyn, c'est gentil, mais on ne voudrait pas vous déranger.

– Ne soyez pas ridicules, enfin ! proteste Bush en passant un de ses énormes bras autour des épaules d'Emlyn. Vous êtes ici. Vous pouvez au moins vous joindre à nous pour le dîner et passer la nuit au bord du lac. J'insiste.

Il sourit, et elle remarque qu'il a des fossettes.

– Bien sûr qu'on va rester, répond Tyler.

Emlyn se tourne vers lui et remarque qu'il ne regarde pas Bush. Ses yeux sont rivés sur ceux de Janessa, ils sont comme unis par un lien impénétrable. Le cœur d'Emlyn renoue aussitôt avec ses vieux travers. Jalousie, sentiment d'infériorité. L'impression de s'aventurer aux abords d'un quartier auquel elle n'a pas accès.

– Parfait ! lance Bush en lâchant Emlyn. Bon, installez vos tentes, mettez-vous à l'aise. Faites un petit plouf si vous avez envie. L'eau est froide, mais j'ai l'impression que ça ne vous ferait pas de mal de vous décrasser un peu, sans vouloir être désobligeant.

Il fait un clin d'œil et se frotte les mains.

– Je m'occupe du dîner.

Emlyn et Tyler retournent chercher leurs sacs dans les bois. Le soleil tape sur leurs têtes.

– Bon, ben quel soulagement, dit Tyler en soulevant son sac.

Elle le foudroie du regard.

– Un soulagement ?

– Ouais, ils vont bien, ils sont en sécurité.

– C'est ça, ils vont bien. Ils avaient juste besoin de faire une pause, comme je l'avais supposé.

Elle pousse un soupir d'exaspération.

– Je n'en reviens pas de t'avoir laissé me traîner jusqu'ici. Je n'en reviens pas de m'être laissé gagner par ton inquiétude.

Elle repense à tous les scénarios qu'elle a imaginés, aux images terribles qui ont défilé dans son esprit.

– Je me sens tellement bête.

Il se fige.

– Attends, tu es fâchée ?

– Je ne suis pas fâchée, je suis juste…

Elle s'interrompt et secoue la tête.

– Je me sens juste bête, voilà.

– Écoute, dit-il en se rapprochant.

Le soleil éclaire ses yeux bleus et leur donne une teinte turquoise. Il lui prend les mains.

– C'est moi qui devrais me sentir bête. J'ai imaginé le pire. J'ai paniqué. Tu n'as absolument rien à te reprocher.

Au contraire. Tu as réagi en amie. Tu as été courageuse. Audacieuse, intrépide.

Un sourire lui fend le visage.

– Ça, c'est de bons adjectifs, non ? reprend-il, le regard pétillant. Je sais que tu ne voulais pas venir. Que tu ne voulais pas venir avec moi, surtout pas avec moi, mais tu as surmonté tes appréhensions. Parce que tu es courageuse. Parce que tu tiens à Janessa.

Elle se mordille la lèvre. Elle aimerait lui en vouloir, elle aimerait regretter les deux dernières soirées, tout ce qu'il lui a dit, les petites ondes d'électricité entre eux. Sauf qu'en vérité, ça lui a fait du bien de passer du temps avec lui, de retrouver le vieux Tyler, le vrai Tyler.

Elle se baisse pour ramasser son sac. Elle clippe les sangles et se tourne vers le lac bleu-vert qui scintille. Bush avait raison, le beau temps s'est installé. Elle pourrait saisir cette occasion, cueillir l'instant présent et en profiter en toute simplicité : une soirée avec d'autres randonneurs, en pleine nature sauvage. (Elle hésite encore à utiliser le mot « amis ».) Un décor sublime. Une truite bien fraîche. Un feu de camp, un dîner à la belle étoile. Tout est réuni pour une soirée parfaite, et pourtant… quelque chose cloche. Les mots terrifiants de Janessa. Cette publication sur Instagram prétendant qu'ils se trouvaient dans le Wyoming. Le regard que Tyler et elle ont échangé.

– Je repars demain matin à la première heure, dit-elle à Tyler. Avec ou sans toi.

Elle observe le campement de Bush et Janessa : leur tente et leurs affaires d'un côté du lac, un espace pour faire du feu, où Bush est justement agenouillé pour en allumer un. Des serviettes et des vêtements sèchent sur une paracorde tendue entre deux arbres chétifs. Un hamac se balance dans la brise. Doit-elle monter sa tente en face de la leur ou risque-t-elle de leur boucher la vue sur le lac et les montagnes ?

Janessa réapparaît en legging noir et tee-shirt gris usé qui dénude son épaule gauche.

– Là, c'est parfait comme emplacement, lui dit-elle en indiquant l'endroit où Emlyn se tient.

Elle entortille ses longs cheveux pour les essorer. Emlyn se détourne. Elle vient seulement de se rappeler qu'elle a laissé sa tente au campement précédent, et qu'elle devra partager celle de Tyler pour la nuit. Il y a encore cinq heures, ça lui semblait une décision raisonnable. Sage. Non peut-être pas quand même, mais moins imprudente que maintenant.

Janessa, qui s'est approchée du feu, observe Emlyn, bras croisés, tête penchée sur le côté. Lorsque leurs regards se croisent, celui de Janessa ne pourrait être qualifié autrement que de dédaigneux. « Il ne s'est rien passé », voudrait se justifier Emlyn. Au lieu de quoi elle ramasse une pierre et plante un piquet dans le sol.

Une fois que la tente est montée, Emlyn sort un flacon de savon liquide et une serviette de son sac à dos, puis elle s'approche de l'eau. Elle se cache derrière un buisson pour retirer son tee-shirt et son pantalon de randonnée qui colle à ses jambes avec la sueur. Bush avait raison : il est temps qu'elle se lave. Elle roule ses vêtements en boule, puis redresse la tête au-dessus du buisson et vérifie que personne ne la regarde. Elle court vers le lac en sous-vêtements et plonge dans l'eau. Il n'y a pas d'autre solution : une approche plus graduelle ne ferait que prolonger la douleur. Le corps ne s'adapte pas, on ne s'y habitue pas. Pas à cette altitude, avec une eau issue de la fonte des neiges. Le froid explose en elle, une bourrasque étourdissante qui l'enveloppe de la tête aux orteils. Elle retient son souffle, plonge la tête sous l'eau, remonte à la surface.

Tyler la rejoint dans le lac et se rapproche à la nage. Il s'arrête à moins d'un mètre d'elle. L'eau est transparente.

– Tu es nu ? demande-t-elle sans y croire.

– Tu veux te laver comment, sinon ? réplique-t-il avec un sourire.

Elle lève les yeux au ciel et s'éloigne. Les mains tremblantes, elle se savonne rapidement et met, une fois encore, la tête sous l'eau. Ça suffit. Elle se dépêche de sortir et court jusqu'à sa serviette, qu'elle enroule autour de ses épaules. Elle se sèche le visage, essore ses cheveux.

Plus haut sur la plage, elle voit Bush ressortir des bois avec une poignée de plantes qu'il vient de cueillir. Il lui fait un signe du bras, et elle lui répond, avant de retourner vers le campement.

Elle entre dans la tente pour enfiler des vêtements secs, puis elle tend elle aussi une paracorde entre deux arbres pour y faire sécher ses sous-vêtements et sa serviette.

Janessa est allée s'asseoir au bord de l'eau, le regard perdu dans le vague.

Emlyn rejoint Bush, qui découpe le fruit de sa cueillette avec son canif, sur un morceau de bois.

– Qu'est-ce que tu as trouvé ?

– Juste des oignons sauvages.

Il redresse la tête et lui sourit.

– J'adore cuisiner, surtout en pleine nature, dit-il. C'est une sacrée expérience. On maîtrise tout ce qu'on mange, du début à la fin.

– Je sais, j'ai vu quelques-unes de tes vidéos.

– Ah oui ? Je n'en ai pas tourné depuis un moment. Pas depuis que… Pas depuis qu'on a commencé tout ça, reprend-il en agitant la main. Enfin, je continue à faire ce que j'ai toujours fait. La seule différence, c'est que je ne filme plus.

– Tu penses reprendre, quand tu auras fini de voyager ?

Il s'interrompt.

– Sans doute pas, non.

Il lance un regard en direction de Janessa, un regard qu'Emlyn a du mal à interpréter.

– J'ai comme l'impression que j'en ai fini avec tout ça.

## QUATRE ANS PLUS TÔT

Emlyn rentre du travail, et Tyler l'accueille à la porte, souriant, fraîchement douché. Il la serre dans ses bras et elle respire son odeur.

– J'ai fait les courses, lui dit-il, je m'occupe du dîner.

Après s'être changée, elle s'assied sur un tabouret haut près du bar de la cuisine avec une eau pétillante. Tyler s'affaire, réunit des ingrédients. Dans un coin de la pièce une enceinte diffuse de la musique. Mozzarella, jambon de parme, huile d'olive, romaine. Il sait qu'elle adore ses sandwichs. Il a acheté une baguette à la boulangerie du coin.

Il la regarde avec un sourire et l'interroge sur sa journée, tout en ouvrant la baguette en deux avec un long couteau à pain.

Elle vient de prendre un nouveau travail, elle tient la caisse d'une boutique d'activités en extérieur. Les articles sont hors de prix et la clientèle imbuvable. Enfin, c'est un salaire, et surtout, elle ne doit jamais l'oublier, c'est vraiment mieux que les cours de soutien. Elle avale une gorgée d'eau pétillante et soudain elle le voit : le sang.

– Tyler…

Il continue à parler. Il a vu leur jeune voisin, Ben, qu'il a fait lire. Il est passé voir ses parents.

– Je leur ai apporté tes cookies. Ma mère était folle de joie. Je crois qu'elle est aussi amoureuse que moi, ajoute-t-il avec un sourire.

Le sang coule de la plaie. Il glisse sur le dos de sa main en un épais filet rouge.

Emlyn ne peut pas en détacher ses yeux. Elle ne l'interrompt pas.

– Je suis aussi allé rendre tes bouquins à la bibliothèque, et…

Il suspend son geste et se retourne, pensant soudain à quelque chose. Une goutte de sang jaillit de sa main et se pose sur le plan de travail blanc. Il fouille dans un tas de papiers à proximité.

– J'ai emprunté ça ! Il était sur un présentoir à l'entrée.

Il lui tend un exemplaire du dernier recueil de poèmes d'Ada Limón, *The Carrying.*

– C'est une poétesse que tu aimes, non ?

Elle prend le livre. Elle l'a déjà lu. Il le lui a acheté et offert le mois dernier, pour son anniversaire. Deux vers lui reviennent en mémoire : *Parfois, il se noie. / Parfois, nous nous noyons ensemble.* Il a mis du sang sur l'ouvrage de la bibliothèque. Une trace sur la couverture.

Tyler reporte son attention sur les ingrédients qu'il assemble. À présent il y a du sang sur le beau pain épais, du sang sur la planche à découper en bois.

Un gémissement s'échappe de la gorge d'Emlyn.

Il continue à préparer les sandwichs tout en parlant. Il ne sent pas la plaie, il ne voit pas le sang, et elle sait ce que ça signifie. Tyler plane, il est trop euphorique, trop engourdi pour se rendre compte qu'il s'est coupé.

– Qu'est-ce qui passe, chérie ? lui lance-t-il lorsqu'il remarque qu'elle pleure. Qu'est-ce qui t'arrive ?

Il contourne le bar et attire la tête d'Emlyn contre son torse. Elle écoute les battements de son cœur, forts et parfaits. Elle sent le dos de son tee-shirt s'imbiber de sang parce qu'il y a posé sa main. Encore du sang. Ses larmes redoublent.

– Parle-moi, Em.

Elle secoue la tête, le front toujours pressé contre lui.

C'est la vie qu'ils mènent désormais. Tyler est devenu ce mélange déconcertant de gentillesse tendre et de laideur terrifiante. Quatre mois sont passés depuis sa dernière cure.

– Ta main, dit-elle une fois qu'elle a réussi à se ressaisir.

Ils nettoient la plaie, puis placent une compresse dessus, qu'ils entourent de sparadrap.

Ce soir-là, Emlyn ne trouve pas la force de l'affronter. Ils se sont déjà disputés, ça se termine toujours de la même façon, Tyler nie tout en bloc et finit par l'accuser de ne pas l'aimer assez pour lui faire confiance. Ce soir, elle ne veut pas rejouer cette scène, elle n'en est pas capable. Elle remercie Tyler pour le sandwich, avant de le jeter à la poubelle – ce qu'il ne remarque pas non plus. Plus tard, alors qu'il s'est endormi sur le canapé, elle sort un détachant pour retirer le sang sur le plan de travail, le livre, le sol.

Le véritable supplice de cette nouvelle page de son existence, ce n'est pas de conduire Tyler en cure ou d'entendre la sirène d'une ambulance qui l'emporte. Ce n'est pas de le voir mentir et disparaître, de devoir veiller jusqu'à une heure tardive, folle d'inquiétude, même si tout cela lui fend le cœur, bien sûr. Le véritable supplice, elle le comprend soudain, c'est cela. Le fait que les gentilles attentions de Tyler – le recueil de poèmes, le sandwich – soient éclaboussées de sang. C'est voir la personne que l'on aime se détruire, petit bout par petit bout, sans rien pouvoir y faire. C'est savoir qu'il reste une part d'elle, mais sans jamais avoir aucune certitude sur la place que celle-ci conserve, sans pouvoir prédire à quel moment cette personne sera si abîmée qu'on ne pourra plus jamais la retrouver réellement.

# 19

Le soleil plonge derrière les montagnes, rapidement, sans tambour ni trompette. Et dans son sillage les pics se découpent en ombres chinoises, accidentés, noirs sur le ciel auburn. Le campement est élevé – deux mille trois cents mètres d'altitude d'après l'application d'Emlyn –, mais les cimes environnantes culminent bien plus haut et se dressent au-dessus du lac, projetant de longues ombres sur la surface bleue.

Avec le coucher du soleil, l'air devient glacial, et elle ajoute deux épaisseurs supplémentaires, une polaire et sa doudoune compressible. Ses cheveux, encore mouillés, se collent dans sa nuque et lui donnent des frissons dans tout le dos. Elle enfonce son bonnet sur ses oreilles. Elle s'assied sur une grosse branche près du feu et ramène ses genoux contre elle. Janessa est en face d'elle, Tyler, sur sa droite. Il remarque qu'elle grelotte et va chercher son sac de couchage dans la tente. Il le pose sur ses épaules avec un sourire. Se rassied plus près d'elle, au point que leurs hanches se touchent.

Janessa contemple le lac.

Bush sort une flasque en métal de son sac d'ustensiles de cuisine pour la tendre à Emlyn.

– Tiens, lui dit-il avec un sourire, ça va te réchauffer.

Elle boit rarement, mais elle en avale une gorgée, et l'alcool est âcre, brûlant. Elle tente de retenir une grimace en lui rendant la flasque, la gorge en feu. Bush la porte à ses lèvres avant de la proposer à Tyler, qui la donne à Janessa sans y toucher. Elle avale une première rasade en grimaçant, puis une seconde. Elle pose la flasque sur son genou, le feu fait luire le métal. Janessa observe Emlyn. Son regard est impénétrable. Il n'exprime ni colère ni joie. Emlyn le lui retourne. Elle ne sait pas si elles sont ou non en train d'avoir un échange, toutes les deux, mais si c'est le cas, elle n'est pas capable de dire en quoi il consiste exactement.

Le ciel orangé s'assombrit, les ombres à la surface du lac s'estompent. Bush laisse les flammes s'éteindre pour pouvoir cuisiner sur les braises, en leur promettant de relancer le feu une fois qu'il aura terminé. Il s'agenouille à côté d'Emlyn, dépose sa truite sur une épaisse feuille d'aluminium. Il l'arrose d'huile d'olive qu'il a trimbalée dans pas moins de trois sachets hermétiques en plastique. De sa main aussi grosse qu'une patte d'ours, il masse le poisson avec l'huile, puis le recouvre des lamelles d'oignons sauvages qu'il a cueillis, ajoute du sel et une pincée de persil séché, dont il s'est aussi chargé. Il replie la feuille pour faire une papillote, pince les deux extrémités, et la dépose sur les braises. Emlyn repense aux vidéos qu'elle a regardées, à l'aisance de Bush qui détaille chaque étape, en ponctuant ses explications d'une pointe d'autodérision. Qui sourit à la caméra. Il a un don pour ça. Il sait se rendre aimable, charmeur. Comme il semble l'être dans la réalité. En le regardant faire, elle sent qu'elle commence à se détendre. Janessa lui tend la flasque, et elle en prend deux gorgées.

– J'imagine que vous avez trouvé le camping-car ? lance Bush.

Il déchire un sachet de purée de pommes de terre lyophilisée avec ses dents, verse son contenu dans une casserole et ajoute de l'eau bouillante dessus.

Emlyn hoche la tête. Elle sent la brûlure de l'alcool jusque dans sa poitrine.

– Oui, dit-elle. Et les bananes. Et le poulet.

Elle avale une troisième gorgée avant de passer la flasque.

– On s'est vraiment inquiétés.

Elle se rappelle soudain qu'elle a le bonnet rouge de Janessa dans son sac.

– Ce qui me fait penser, ajoute-t-elle en fouillant dans son sac, que j'ai récupéré ça.

Elle tend le bonnet à Janessa.

– On s'est souvenus du poulet, et des bananes, au bout de six kilomètres au moins, dit Bush en remuant la purée. On ne pouvait pas rebrousser chemin… Enfin bref, on doit être à quoi ? Au moins vingt-trois kilomètres de là-bas, non ?

Il s'accroupit.

– Vingt-quatre, répond Emlyn.

– Impressionnant.

Il lui propose une nouvelle fois la flasque et elle ne peut pas résister à l'attrait de la chaleur. Bush se munit de deux bâtons pour retirer le poisson du feu et le déposer sur une serviette à côté. Il ouvre la papillote, teste la cuisson avec sa fourchette. De la fumée se dégage de la truite.

– Parfait.

Tout le monde a sorti son assiette, et il partage le poisson en quatre. Il sert de généreuses cuillérées de purée avant de faire apparaître, comme par magie, un sachet de flocons de bacon dont il les saupoudre. Emlyn remarque que les assiettes ne sont pas équitables. Il s'est servi la plus petite portion.

– Tu es sûr que tu auras assez ? lui demande-t-elle.

Il balaie ses craintes.

– Je prendrai une barre protéinée si besoin. Vous êtes nos invités, les amis.

Il tend alors sa flasque vers eux et ajoute :

– Bon appétit !

– Ça a l'air délicieux, observe Tyler.

Janessa acquiesce en maugréant. Emlyn fait fi de tout savoir-vivre et se jette sur son dîner. Le poisson est tendre et légèrement sucré, les pommes de terre bien beurrées et salées. Tout est chaud, délicieux. Les repas lyophilisés des deux derniers jours étaient plutôt bons, mais ce que Bush leur a préparé est d'une autre tenue. Elle dévore à toute allure.

– Désolée, dit-elle quand elle enfourne la toute dernière bouchée de son assiette.

Bush lui sourit.

– Ne t'excuse pas, surtout. C'est ma raison de vivre. J'adore voir les gens se régaler.

Tyler et Janessa n'ont pas dit un seul mot depuis qu'ils ont exprimé leur gratitude au début du dîner.

Au-dessus de leurs têtes, la nuit de l'Idaho se répand dans le ciel. Un bleu-noir sombre, émaillé d'étoiles. Emlyn admire le spectacle. La Voie lactée qui fait comme une trace dans l'obscurité. Immense traînée rose, violet et blanc. Les cimes se teintent de turquoise. Il y a tellement de couleurs, et elles se dédoublent en se reflétant sur le lac.

– C'est vraiment quelque chose, hein ? lâche-t-elle.

– Oui, dit Tyler.

– Magnifique, approuve Bush.

Comme promis, il remet du bois sur les braises.

– C'est une nature sublime, poursuit-il. Rude et impitoyable. Dangereuse si on n'est pas assez prudent. Mais aussi sublime.

Il déplie son canif dans le noir.

Emlyn se souvient de la définition de cet adjectif : « d'une beauté exceptionnelle, qui suscite l'admiration ou provoque une émotion, sensationnelle. » Elle n'a encore jamais attribué ce terme à personne… Elle partage l'avis de Bush, c'est un mot parfait pour décrire cet endroit, cette nuit.

Il joue avec le couteau, fait passer le manche entre ses doigts, le métal de la lame réfléchit la lumière des flammes.

– Et nous quatre, perdus au milieu de nulle part, reprend-il. Par une nuit incroyable. Quelle était la probabilité que ça arrive, franchement. C'est presque…

Il s'interrompt pour regarder Janessa, et Emlyn ne peut s'empêcher d'y percevoir une pointe de malveillance.

– C'est presque difficile à croire, dit-il. J'irais même jusqu'à penser que c'est *impossible*.

Emlyn observe Janessa, qui cligne des yeux et déglutit. Ses clavicules paraissent plus saillantes à la lumière du feu.

– Je suis sérieux, continue Bush. Rien que le fait d'avoir retrouvé notre trace, je suis soufflé. Remonter notre piste du camping-car jusqu'à ce lac. Tu es douée, Emlyn, très douée.

Il fait la moue, comme s'il réfléchissait à tout ça.

– Ce que je n'arrive pas vraiment à piger, par contre, c'est qu'on est censés être dans le Wyoming à cette heure. On a laissé tomber l'itinéraire de Tyler pour partir dans une autre direction. On a aussi coupé tous nos moyens de communication avec le monde pour vivre cette aventure comme une… Tu as appelé ça comment, J, déjà ? « Une consolidation de la confiance. »

Il considère Janessa avec dureté.

– C'est en tout cas ce que je croyais, moi. C'était notre accord.

Puis il se tourne vers Emlyn.

– Alors, si personne ne t'a explicitement indiqué où on se trouvait, comment nous as-tu retrouvés ? Comment as-tu pu savoir où chercher ?

Elle est déstabilisée par le changement d'humeur subit de Bush. Elle ouvre la bouche pour s'expliquer, mais Janessa ne lui en laisse pas le temps.

– J'ai dit à Emlyn où on était.

Elle enroule sa longue chevelure autour de son pouce et la ramène à l'avant de son épaule gauche. Emlyn reconnaît aussitôt leur signal secret. *Je dois me tirer de ce mauvais pas, aide-moi.*

– Et je lui ai demandé de venir, dit-elle en regardant Emlyn droit dans les yeux.

Elle continue à entortiller ses cheveux.

– C'est vrai, non ?

Emlyn hoche lentement la tête.

– Oui.

Elle comprend de moins en moins ce qui se passe, mais son instinct lui souffle qu'elle ne peut pas ignorer le message de Janessa. Elle invente rapidement un mensonge.

– Pour pêcher.

Le soulagement détend aussitôt les traits de Janessa.

– Oui, voilà, pour pêcher.

– Janessa sait que j'adore ça. Et elle sait que je te suis depuis longtemps sur les réseaux.

Emlyn se force à sourire.

– Je la supplie d'organiser une rencontre depuis des mois.

Bush se renfrogne.

– Je croyais que vous étiez ici parce que vous étiez inquiets.

Emlyn se rend compte qu'il va falloir qu'elle se dépêtre de la situation, et rapidement.

– Oui, oui, c'est aussi vrai. En fait, Janessa m'avait indiqué où se trouvait le van, parce qu'elle était sûre que je saurais vous pister à partir de là. Et j'ai été un peu déstabilisée par ce qu'on a trouvé sur place. Le poulet et les bananes, puis le bonnet. Là, j'ai commencé à m'inquiéter.

Bush émet un son étrange, doux, quelque part entre le murmure et le raclement de gorge. Il hoche la tête.

– D'accord, dit-il en regardant tour à tour Emlyn et Janessa, ça explique pas mal de choses en effet.

Emlyn a pourtant l'impression qu'il ne les croit pas. Il n'a pas touché à son assiette, posée en équilibre sur ses cuisses.

– Ça fait combien de temps qu'on est partis maintenant ? demande-t-il à Janessa.

Elle a terminé son repas et se rapproche de lui.

– Dix-huit mois.

– Dix-huit mois… Quel voyage, hein ?

Elle acquiesce.

Le bois qu'il a mis sur les braises, bien sec après les mois sans pluie, prend rapidement, et des flammes montent en se tortillant. Tous les quatre s'en rapprochent, visages éclairés par le feu. Tyler a à peine ouvert la bouche de la soirée.

– La confiance, lâche Bush. Au fond, tout se résume à ça. C'est vrai dans n'importe quel partenariat, où qu'on soit, mais particulièrement ici.

Son canif luit dans le noir.

– Il faut pouvoir faire confiance à son instinct, à sa capacité à se débrouiller seul.

Il se tourne vers Janessa.

– Et il faut pouvoir faire confiance à son entourage. Je ne parle pas seulement de compétence. Il faut être sûr que les autres sont là pour toi. Qu'ils ne feront jamais rien qui pourrait… compromettre ton bien-être.

Il saisit son canif dans sa main droite et remue un morceau de bois. Son geste manque de retenue et une gerbe d'étincelles monte dans la nuit.

– Ou le leur, ajoute-t-il.

Le whisky ne passe pas bien. Emlyn a l'impression que ses bras et ses jambes sont lourds, une vague nausée monte de son estomac.

Bush s'adresse à elle maintenant :

– Je n'ai pas raison ?

Elle ouvre la fermeture Éclair de sa doudoune, le feu commence à lui paraître trop fort.

– Euh…

– Par exemple, poursuit-il, si j'ai bien compris l'histoire, tu as sauvé la vie de Tyler, il y a des années de ça. Tu as fait tout ton possible pour le maintenir en vie. C'était à Gila, si je ne me trompe pas. Une forêt magnifique, sauvage, isolée.

Il finit la flasque de whisky.

– Alors que Tyler, lui, t'a abandonnée. C'est arrivé quoi ? Un an plus tard ?

Les mots se plantent dans le cœur d'Emlyn et l'entaillent. Leur cruauté. Aussitôt elle est projetée dans le passé, elle revit ses premiers jours dans le chalet de Varden, elle revoit la neige qui s'entasse, la profondeur du chagrin qui a bien failli l'ensevelir.

– Bush, s'il te plaît…, intervient Janessa.

Il repousse ses protestations d'un geste.

– Ça va, regarde-les.

Il tend son canif vers la tente de Tyler.

– On dirait bien qu'ils ont recollé les morceaux et tourné la page. Tu dois être quelqu'un de très indulgent, Emlyn, tant mieux pour toi. Pour être honnête, je t'envie un peu. L'indulgence… ça n'a jamais été mon point fort.

Tyler s'agite. Il trouve la main d'Emlyn sous le sac de couchage et la serre. Elle ne répond pas à son geste.

– J'ai merdé, dit-il. Dans les grandes largeurs. Je le reconnais.

Bush ne semble pas l'entendre.

– La confiance, ce n'est pas un truc très naturel chez moi. Certains accordent la leur trop facilement. Ils n'attendent pas qu'on la mérite, ils la donnent. Comme les bonbons le soir d'Halloween ou dans un cabinet médical.

Il focalise alors son attention sur Emlyn et, bien qu'elle ait envie de se détourner, elle se force à soutenir son regard.

– Ce qui est… eh bien, j'allais dire « tragique », mais c'est peut-être un mot trop fort. Disons plutôt « imprudent ».

Il secoue la tête et se remet à faire tourner son canif.

Tyler est fébrile, Janessa continue à enrouler ses cheveux à l'avant de son épaule gauche tout en observant Bush, yeux grands ouverts. Il semble intarissable.

– Moi, je ne suis pas de ce genre-là. Ma confiance, il faut la gagner, et durement. Sans confiance, reprend-il en scrutant les flammes, on n'a rien.

Il pince les lèvres et s'essuie l'œil avec sa manche.

Personne n'abonde dans son sens, personne ne le contredit.

– Emlyn…

Il referme le canif et se racle la gorge, avant de se lever. Il a visiblement réussi à chasser la tristesse qui l'a envahi un instant plus tôt.

– … qu'est-ce que tu dirais qu'on aille voir ce qu'on peut attraper, toi et moi ?

– Ah, j'ai dû abandonner mon matos au campement précédent, répond-elle, comprenant qu'elle est à nouveau prise au piège de son mensonge. Et ma tente. Je devais me délester d'une partie du poids.

Elle lorgne discrètement Janessa pour tenter de saisir ce qui se passe. Elle n'a aucune envie de se retrouver en tête-à-tête avec Bush après son petit laïus troublant. Le whisky fait des remous dans son ventre. Elle est fatiguée. Elle décide que demain matin, dès le réveil, elle remballera ses affaires et elle partira.

Janessa se lève et pose une main sur le bras de son compagnon.

– Bush, elle doit être crevée…

Il fait la sourde oreille et sort une canne à pêche pliable de son sac. Il l'assemble.

– Il est encore tôt, dit-il.

Janessa laisse retomber sa main.

– Je ne pêche pas de nuit…, rétorque Emlyn.

Tyler, qui lui tient toujours la main, écrase ses doigts entre les siens.

– Je n'aime pas ça, ajoute-t-elle.

Ce n'est pas tout à fait vrai. Varden et elle l'ont déjà fait deux fois, et elle a emmené une fois un couple de clients, fiancés de fraîche date, pêcher dans la Salmon, à minuit.

– Oh, allez, insiste Bush en lui décochant un sourire. C'est pour ça que tu es ici, non ? Pour pêcher. Alors allons pêcher !

Elle mesure son erreur. Elle ne peut pas vraiment refuser, pas maintenant. Pas après avoir inventé qu'elle était venue pour cette raison.

La canne qui a servi plus tôt est posée contre un tronc couché, et Bush va la chercher. Il s'agenouille près du feu qui crépite et ouvre sa boîte à mouches. Il en sort une grosse et l'approche de la lumière des flammes. Elle pend au bout de ses doigts, noire et touffue, se balance d'avant en arrière.

– Ça fait un moment que j'ai cette mouche souris, dit-il en regardant Janessa. Et j'attendais l'occasion idéale pour voir ce que je peux attraper avec.

## TROIS ANS PLUS TÔT

Ce vendredi-là, Emlyn et Tyler se préparent. Ça ne leur prend pas longtemps. Ils ont l'habitude de partir à l'aventure pour le week-end, dans la forêt, et l'essentiel du matériel reste dans la voiture, bien rangé à sa place.

Le plateau du pick-up a été transformé en couchette. Tyler a construit une estrade en contreplaqué à la hauteur des passages de roues, créant ainsi un vaste espace de rangement dans lequel ils peuvent glisser les quatre longs bacs en plastique étroits qui contiennent leurs affaires. Leurs tapis de sol et sacs de couchage sont déjà installés sur le dessus, et Emlyn rajoute des oreillers. Elle place la glacière, qu'ils ont remplie, sur la banquette arrière.

Ils roulent jusqu'à la réserve d'Hemingway-Boulders, qui n'est pas loin de chez eux, mais leur offre la possibilité d'être en pleine nature. Dès la première nuit, les températures chutent et des cristaux de givre fleurissent sur les vitres. Blottis l'un contre l'autre sur leur couchette, ils rêvent du camping-car idéal. Une petite douche, un minuscule évier, un lit qui pourrait se transformer en espace de repas. Des panneaux solaires. Emlyn lit *Les Vers du capitaine* à voix haute, grâce à la lumière de sa lampe frontale. Tyler, étendu sur le dos, l'écoute, yeux clos. Au milieu de la nuit, elle se réveille et observe la nébuleuse blanche de la Voie lactée qui s'étire dans un immense ciel infini et elle a la certitude qu'elle n'a, en dépit des épreuves que Tyler et elle ont surmontées, jamais été aussi heureuse.

Le lendemain est une magnifique journée, chaude et ensoleillée, et elle a envie de pêcher. Tyler propose d'aller en ville, à vingt-six kilomètres de là, pour acheter le déjeuner. Une pizza margherita. C'est un vieux rituel, une virée inutile dans la ville la plus proche quand ils sont en train de camper, juste pour acheter une pizza, rien d'autre – une perte de temps et d'argent, en somme un plaisir coupable. Au début, Emlyn hésite. Elle préférerait qu'ils restent ensemble, le beurre de cacahuètes et la confiture qu'ils ont emportés suffiraient. Malgré tout ils sont heureux, ce week-end, ce qui, elle le sait bien, est devenu rare, et elle ne veut pas lui refuser cette joie, elle ne veut pas jouer les trouble-fête. Alors elle accepte. Il en a pour une heure et demie environ, et elle en profitera pour pêcher. Elle prend son étui à mouches et glisse le recueil de poèmes de Neruda dans la poche de sa salopette cirée.

– Laisse-moi le sac jaune.

Il s'agit d'un petit sac à dos contenant le nécessaire en cas d'urgence : trousse de secours, panneau solaire pliant, filtre à eau, outil multifonction, poudre d'électrolytes, allumettes imperméables, lampe torche, barres protéinées. Elle a pensé à tout.

– Il est sur la banquette arrière.

Tyler ferme la cellule du pick-up et lui lance, par-dessus son épaule :

– Bien sûr.

Elle enfile les jambes de sa salopette.

– Pose-le là, contre cet arbre, dit-elle en montrant un pin.

Elle glisse ses pieds dans ses bottes et remonte les bretelles sur ses épaules. Il se rapproche et l'enlace.

– Évite de m'oublier et de me briser le cœur, promis ? lui lance-t-elle, répétant ce qu'il lui a dit le soir de leur rencontre.

Elle en a pris l'habitude chaque fois qu'ils se séparent. Il soulève sa casquette orange et se penche pour l'embrasser.

– Promis.

Une heure s'écoule, et Emlyn ne voit pas le temps passer au bord de la rivière. Les poissons mordent et elle est concentrée, l'eau exerce sur elle un pouvoir de fascination à nul autre pareille, le monde et sa temporalité disparaissent. Jusqu'à ce que trois heures, puis quatre filent. Elle a chaud, soif, et elle termine sa gourde. Le soleil glisse dans le ciel, et elle commence à s'inquiéter. Elle se traîne jusqu'à un rocher au bord de la rivière, se hisse dessus. Elle ouvre la poche poitrine pour sortir son téléphone. Aucun appel en absence, aucun message, mais surtout, elle s'en rend soudain compte : pas de réseau. Il s'est passé quelque chose, forcément. Un pneu crevé, la batterie à plat. Le crépuscule se rapproche.

Elle sépare les éléments de sa canne pour la ranger dans son étui, avant de remonter entre les aulnes jusqu'au campement. Elle se dirige vers l'endroit où elle a demandé à Tyler de lui laisser le sac jaune. Elle pourra filtrer de l'eau, y ajouter un peu de poudre d'électrolytes. Elle mangera une barre protéinée, et ça ira tout de suite mieux.

Sauf que. Le sac n'est pas contre l'arbre.

Elle en fait le tour, s'approche d'un autre, fouille toute la zone en décrivant des cercles concentriques de plus en plus grands. Une onde de colère monte en elle à l'idée qu'il a pu oublier une chose pareille. Ce sac à dos sert précisément à ça. Aux situations d'urgence. Et elle a d'ailleurs bien pensé à lui demander de le laisser.

Sa soif commence à devenir gênante. Elle regarde sa montre et estime qu'elle n'a rien bu depuis trois heures à peu près. Elle remonte la route forestière, irrégulière et pleine d'ornières, en salopette. Il y a huit kilomètres jusqu'à la route goudronnée et treize de plus jusqu'au poste du garde forestier, mais a-t-elle le choix ? Elle ne va pas attendre assise au bord de la rivière. Elle est sûre qu'elle ne tardera pas à apercevoir les phares du pick-up, tressautant au loin à cause des nids-de-poule. Tyler lui fera le récit de tous ses malheurs, il lui donnera de la pizza froide et se répandra en excuses.

L'air fraîchit, le souffle d'Emlyn forme de la buée blanche quand elle expire.

Son esprit s'aventure sur un terrain bien plus traître. Une roue du pick-up a glissé dans le vide sur une corniche abrupte, et Tyler a dévalé dans une gorge. La poignée de conducteurs qui sont passés sur la même route aujourd'hui n'ont rien remarqué. Elle se force à marcher plus vite, pense à chercher des phares au fond de chaque ravin, un éclat de métal au clair de lune.

L'obscurité s'intensifie et devient palpable. Elle a parcouru quoi ? Trois kilomètres, un peu plus peut-être. Encore cinq kilomètres jusqu'à la route goudronnée. Ça va être dur, mais ce n'est pas infaisable. *Tu es en bonne santé, tu es forte*, se dit-elle. Même si sa salopette la ralentit. Même si elle est fatiguée, affamée. Ses orteils sont comprimés, l'extérieur de ses pieds, irrité. Sa tenue n'est pas adaptée à la marche. Elle tente de calculer le temps qu'il lui reste avant que, Dieu l'en garde !, la déshydratation ou l'hypothermie ne commencent à entamer ses facultés rationnelles. Sur sa gauche, une grosse bête détale dans les bois, et son cœur fait un bond.

Son pied bute contre une pierre, elle trébuche et tombe, ses paumes atterrissent violemment dans une ornière où une fine couche de glace a commencé à se former. Un sanglot monte de sa poitrine et elle la retient dans sa gorge avant qu'il ne franchisse ses lèvres. Elle se force à se relever et à se remettre en route, parce qu'il n'y a pas que sa situation qui est inquiétante, seule au milieu de la forêt, démunie, il y a aussi cette idée odieuse et menaçante qui a pointé le bout de son nez et qui paraît de plus en plus probable à chaque pas.

Tyler aurait-il replongé ?

Il n'a touché à aucune drogue depuis cinq mois cette fois. C'est en tout cas ce qu'elle croit.

Elle se relève et essuie ses mains sur sa salopette. Elle tente de chasser de son esprit la dizaine de souvenirs qui l'assaillent. Tyler qui oublie de venir la chercher à la salle de sport à la sortie de son cours de vélo, Tyler qui se coupe la main et saigne sur son sandwich, Tyler qui oublie leur rendez-vous dans un café. Et aussi, Tyler pâle et inconscient sur le carrelage de la salle de bains, les secouristes qui prennent ses constantes alors qu'elle se tient en retrait dans un coin, en chemise de nuit. Tyler affalé sur la banquette arrière, qu'elle conduit en cure. Les oublis, les sautes d'humeur, les mensonges. Le temps qui n'a plus aucune consistance lorsqu'il devient un autre. Est-il à la recherche d'un dealer, est-il en train de planer, à cet instant précis, pendant qu'elle se traîne, péniblement, dans l'obscurité ?

Elle prend soudain conscience qu'elle est dans une mauvaise situation, désespérée. Elle meurt de soif, et maintenant elle est mouillée aussi, elle a froid. Elle s'arrête pour se reposer sur le bord de la route, elle replie ses genoux contre sa poitrine et appuie son menton dessus. *Les Vers du capitaine* lui rentre dans la poitrine. Cette pensée cruelle qu'il y a moins de vingt heures elle éprouvait un bonheur violent et exquis.

Des souvenirs de son père lui reviennent en mémoire. Ses yeux bleus si tendres, ridés au coin. La peau burinée par l'excès de soleil. Elle était tout pour lui, non ? Et pourtant... il l'a abandonnée. Il lui a juré que ça n'avait rien à voir avec elle, que c'était une histoire d'adultes. Il garderait le contact, il continuerait à la voir. Et il l'a fait, pendant un temps. Il a aussi tourné la page. La vieille rengaine familière est de retour, accompagnée de sa musique amère : on t'oublie facilement, tu es de celles que les autres abandonnent.

Il se met à neiger. Non, ce n'est pas vraiment de la neige. De la neige mêlée de pluie. Elle s'abat sur ses épaules et dans sa nuque, elle lui pique la peau : un millier de minuscules poignards infatigables. Elle remonte sa capuche. La nuit devient bruyante, elle résonne du fracas de ce déluge d'eau glaciale qui mitraille la moindre surface.

*Pitoyable.* « Qui suscite la compassion, en particulier à cause d'une tragédie ou d'une faiblesse. » « Sans valeur ni mérite, minable. » Dans le noir elle conçoit une nouvelle définition : « personne si aveuglée par l'amour qu'elle refuse d'accepter la vérité sur autrui. » Et une autre : « personne qui se laisse volontairement duper par un drogué et se retrouve abandonnée en pleine nature sauvage. » Voilà son adjectif et, roulée en boule sur le côté de la route, le recueil de poèmes d'amour de Neruda bien à l'abri dans la poche de sa salopette, tandis que le noir et le froid l'enveloppent et s'insinuent à l'intérieur d'elle, Emlyn sait qu'il n'a jamais été plus juste. Le givre s'agrippe à elle. À sa tête, à ses épaules, à ses jambes. Elle va se reposer. Fermer les yeux quelques instants, puis elle se lèvera et repartira. Ou pas. Et peut-être que ce ne sera pas si grave.

# 20

Bush fixe la mouche souris à une des cannes. Il tend sa collection de mouches à Emlyn et lui propose d'en choisir une. Elle s'approche du feu pour les observer. Elle choisit une « streamer » qui imite un petit vairon avec de beaux filaments argentés scintillant dans le noir. Elle l'accroche à sa canne, les doigts tremblants, alors qu'elle l'a déjà fait un millier de fois. Son souffle forme de petits panaches blancs dans l'obscurité.

– Bon choix, approuve Bush.

Janessa s'est rassise près du feu, et elle observe les flammes. Tyler se lève pour les rejoindre.

– Je viens avec vous, j'ai envie de regarder.

– Non, répond Bush. Reste ici. Tout ira bien. Je suis sûr que vous avez plein de choses à vous dire, Janessa et toi.

Tyler paraît hésiter. Il considère Bush puis Emlyn. Il se passe la main dans les cheveux avant de retourner s'asseoir.

Emlyn met sa lampe frontale, Bush aussi. Ils se dirigent vers l'eau avec leurs cannes. Un minuscule croissant de lune brille faiblement au-dessus des cimes accidentées. Arrivée au bord du lac, elle allume sa lampe.

– Ça te va si je vais par là ? demande-t-elle à Bush.

– Bien sûr.

Elle avance sur la plage, en regardant où elle pose les pieds. Des cailloux gros comme le poing, lissés par des millénaires d'érosion dus à l'eau, jonchent le sol. Elle les imagine dévalant du sommet d'une montagne, bégayant le long de la pente, s'amoncelant près du lac. Elle enjambe une branche puis regarde l'eau. Là. D'un coup d'œil sur sa gauche, elle constate que Bush a déjà lancé sa ligne.

Elle détache la sienne et agite la canne d'avant en arrière. Elle la lance. Elle lève la canne, la recule pour ensuite donner un coup de fouet vers l'avant. Elle répète le geste plusieurs fois. Cette canne ne lui appartient pas, et même si les sensations sont différentes de celles auxquelles elle est habituée avec la sienne, elle trouve le rythme avec facilité. Un point d'ancrage dans le froid. Elle ramène sa ligne vers elle, imagine la mouche gigotant dans l'eau comme un vairon, minuscule poisson scintillant dans le noir. Il faut que l'appât soit constamment en mouvement pour fonctionner. Rien ne mord. Elle lance à nouveau.

Sa vision s'est ajustée à l'obscurité maintenant, elle éteint sa lampe frontale. Il n'y a pas d'arbres derrière elle, pas de buissons, elle n'est donc pas obligée de retenir son geste lorsqu'elle recule son bras, sa mouche ne risque pas de s'accrocher où que ce soit. Loin en arrière, loin en avant : elle laisse sa ligne s'étirer plus loin. Elle la ramène. Son estomac, irrité par le whisky, gargouille et gémit. Elle jette un coup d'œil vers le feu par-dessus son épaule. Janessa est debout et fait de grands gestes. Tyler est resté assis à sa place, mais lui aussi lève les bras en l'air. Une dispute. À quel propos ? Leur arrivée inopinée, à Emlyn et lui ? La pression trop grande de la mission qu'elle a acceptée pour aider l'entreprise de Tyler ? Quelque chose de plus profond, de plus complexe, un fil enchevêtré dans la trame de leur longue histoire commune qu'Emlyn ne peut pas comprendre ?

Elle lance encore, ramène. Elle prend la mouche dans sa paume, fait semblant de l'examiner et en profite pour observer, de nouveau, Tyler et Janessa à la dérobée. C'est peut-être l'alcool qui lui embrouille l'esprit. C'est peut-être l'épuisement de la longue marche, ou le fait d'avoir parcouru tout ce chemin pour être accueillie par ces mots : « Tu n'as rien à faire ici. » C'est peut-être toutes ces années passées à se demander quel secret, ou quels secrets, Tyler et Janessa couvaient. Elle n'en sait rien. Ce qu'elle sait, c'est qu'elle veut savoir ce qu'ils se disent. Elle mérite des réponses. Elle en aura.

Elle sort la ligne de l'eau et couche la canne sur la berge.

– Hé ! lance-t-elle en allant vers Bush. J'ai besoin d'aller aux toilettes.

Il se tourne vers elle et l'éblouit avec la lumière de sa lampe frontale. Il semble réfléchir à sa réponse, et c'est vrai qu'on dirait qu'elle lui demande l'autorisation. Toujours éblouie, elle lève ses mains devant ses yeux, et il éteint sa lampe. Son corps est à présent une gigantesque silhouette sombre dans la nuit.

– D'accord, dit-il après un silence trop long. Bien sûr.

Dans le noir elle remonte rapidement la plage, tourne à gauche et évite le cercle de lumière qui entoure le feu. D'un coup d'œil en arrière, elle cherche Bush, mais il n'a pas rallumé sa lampe frontale, et elle ne peut donc pas le voir. Arrivée à l'entrée des bois, elle s'arrête, plaque son dos contre un pin. Elle entend des éclats de voix, cependant elle ne peut pas distinguer ce qui se dit précisément. Son pouls palpite et ça cogne dans sa tête. La nervosité. Le whisky. Elle prend une profonde inspiration et, profitant du couvert des arbres, se rapproche sans bruit du feu.

La voix de Tyler :

– Pourquoi tu as publié une photo en disant que vous étiez dans le Wyoming ?

– Et toi, rétorque-t-elle, pourquoi tu nous as fait passer sur CNN ?

– Je te l'ai déjà dit, j'étais inquiet.

– Oh, arrête de mentir, Tyler. Tu l'as fait pour m'acculer. Pour me forcer à me manifester. Je te l'ai dit avant de partir, tout était sous contrôle. Je t'ai demandé de me faire confiance. Et maintenant, je pense… je pense que Bush se doute de quelque chose. Je pense qu'il sait.

Tyler lâche un juron.

Emlyn s'accroupit, dos à eux, appuyée contre un arbre. Sous son pied gauche, une branche craque, et le bruit résonne dans la nuit. Elle se pétrifie, retient son souffle. Les voix se taisent. Elle imagine le regard qu'échangent Janessa et Tyler avant de se dévisser le cou en direction du son. L'un d'eux s'approche d'elle pour comprendre ce qui s'est passé. Le faisceau d'une lampe torche balaie l'obscurité au-dessus de sa tête. Elle enroule ses épaules pour être sûre que le tronc la cache bien.

Janessa finit par parler. D'une voix plus basse, mais où transparaît toujours sa colère. Emlyn a du mal à entendre ce qu'elle dit.

– Et qu'est-ce qui t'a pris de l'amener, elle, ici ?

Le cœur d'Emlyn se serre, son estomac se soulève.

– J'avais besoin d'elle…

– De toutes les décisions débiles et égoïstes que tu as pu prendre, Tyler, c'est sans doute la pire.

– Je sais, oui, je m'en rends compte maintenant.

– Je n'en suis pas certaine. Tu ne mesures absolument pas ce qui est en jeu. Tu n'as pas idée du danger que tu nous fais courir à tous.

Quel danger ?

Emlyn attend la suite. Abritée par son pin, elle ne peut pas voir Tyler ni Janessa, mais ils ont fini de parler. Le feu crépite et siffle. Ses genoux protestent contre cette longue position accroupie. Et maintenant ? Cette mission n'a servi qu'à accroître son angoisse. Son ventre se contracte et se soulève. Elle se redresse lentement et retourne vers la plage. Quand elle arrive au bord de l'eau, elle rallume sa lampe frontale pour trouver sa canne.

– Bush ?

Elle tourne la tête pour balayer, avec sa lampe, la portion de la berge où il se trouvait. Il n'y est plus. Il s'est peut-être déplacé pour chercher un meilleur endroit. Elle oriente le faisceau sur la gauche, sur la droite. L'appelle une nouvelle fois. Il n'est pas là, elle ne voit pas non plus sa canne. Est-il retourné au campement ? L'a-t-elle croisé dans le noir sans le voir ?

– Bush ? crie-t-elle à nouveau, plus fort cette fois, avant de braquer sa lampe sur le lac. Bush !

Janessa la rejoint.

– Qu'est-ce qui se passe ?

– Je l'ai laissé pour aller faire pipi, et à mon retour il n'était plus là.

Janessa sort une lampe frontale de sa poche. Elle l'allume et l'attache sur son front avant d'entraîner Emlyn par la main. Ses doigts, réchauffés par le feu, s'enfoncent dans la paume glaciale d'Emlyn. Elle la suit, en trottinant, jusqu'à l'endroit où elle s'était installée pour pêcher, puis elles repartent en sens inverse.

– Bush ! hurle Emlyn.

– Chut, lui dit Janessa en posant une main chaude sur sa bouche. Arrête.

Tyler arrive à son tour.

– Qu'est-ce qu'il y a ?

– Bush est parti, répond Janessa dans un murmure fébrile. Parti !

Elle lâche la main d'Emlyn et ajoute :

– Comme d'habitude, tu as tout gâché, Tyler.

Une onde de chaleur monte en Emlyn, et elle a soudain un goût métallique dans la bouche. Son corps dit assez ! Elle se détourne pour vomir.

Tyler s'approche pour poser une main sur son dos.

– Ça va ?

– Ouais, laissez-moi juste une minute.

Elle s'écarte de lui en chancelant et vomit une seconde fois.

Tyler lui apporte une gourde.

– Tiens.

Elle avale une gorgée pour se rincer la bouche, la recrache sur le côté.

– Désolée, c'est gênant, dit-elle. Je pense que c'est d'avoir bu de l'alcool à jeun.

En a-t-elle consommé tant que ça ?

– Je ne me sens pas terrible, moi non plus, rétorque Tyler. Et je n'ai rien bu.

Janessa jure tout bas.

– Pareil.

Elle éteint sa lampe et s'éloigne d'eux.

– Ce qui veut dire que la nuit va être longue, ajoute-t-elle.

– Pourquoi ? demande Emlyn. Qu'est-ce que tu veux dire ?

Sa gorge est sèche et endolorie, elle avale une petite gorgée d'eau.

– Ce n'est sans doute pas le whisky, lui répond Janessa, si bas qu'Emlyn a du mal à l'entendre.

– Je pense qu'on a été empoisonnés.

# 21

– Empoisonnés ? gémit Emlyn. Tu n'es pas sérieuse, là…

Sa gorge est en feu et ses dents fourmillent. Ses jambes flageolent alors qu'elle se dirige, en vacillant, vers le feu de camp. Tyler lui propose son aide, et elle accepte de prendre son bras. Une douleur fleurit à l'arrière de son crâne et irradie par décharges vers ses tempes.

– On va voir comment se passe la prochaine demi-heure, dit Janessa. Si on est malades tous les trois, on saura.

– Je ne comprends pas, insiste Emlyn. Pourquoi Bush nous aurait-il empoisonnés ? Et où est-il passé ? Imagine qu'il lui soit arrivé quelque chose ? Tu n'es pas inquiète ?

Janessa ne répond pas. Elle se précipite vers leur tente. Elle en ressort rapidement, et Emlyn voit aussitôt qu'elle est au bord des larmes.

– Il l'a emportée.

– De quoi tu parles ? demande Tyler.

– Ma trousse à maquillage. J'avais une clé USB, planquée dans un poudrier. C'est Bush qui l'a.

Elle se met à faire les cent pas en jouant avec ses cheveux.

– Il a compris, chuchote-t-elle avant de tourner vers Tyler des yeux écarquillés par le désespoir. Il sait !

– Il sait quoi ? gémit Emlyn en s'asseyant sur une des branches près du feu.

Celui-ci devient double, triple. Il y a quatre feux maintenant, ils se déplacent, ils sautillent sur la gauche, puis sur la droite. C'est pareil avec Janessa, elle se divise en deux, elle a un clone. Les glandes salivaires d'Emlyn s'emballent. Est-ce qu'elle bave ? Elle s'essuie la bouche avec sa manche.

*Le dîner*, pense-t-elle. C'est forcément ça qui la rend malade – à supposer que Janessa ait raison et que ce ne soit pas dû au whisky. Elle se creuse les méninges pour trouver une explication. Elle connaît les plantes sauvages comestibles, et elle connaît les dangers potentiels. La réponse devrait être à sa portée. Elle a appris plusieurs listes par cœur, il y a longtemps, l'été où Marlene a nettoyé l'atelier de son grand-père, mais son cerveau, à cet instant précis, est comme ces mares de boue du parc de Yellowstone. Ramolli et bouillonnant. *Réfléchis, Emlyn. Concentre-toi.* Les champignons représentent toujours un risque, et en Pennsylvanie, ils pullulaient dans les bois humides. Berce du Caucase. Dangereuse parce qu'elle ressemble à la carotte sauvage, des fleurs à la racine. Sa sève peut causer des brûlures douloureuses après exposition à la lumière, et même rendre aveugle. Marronnier d'Inde, belladone. Raisin des teinturiers, avec ses baies violet foncé et ses tiges d'un beau rose. On en trouvait sur la propriété de papy. Bush ne leur a pas servi de baies, et ils n'ont rien mangé qui ressemblait à des carottes. Ça ne colle pas.

Elle lève les yeux vers le ciel nocturne. Des vagues déchaînées labourent son ventre. Elle sait qu'elle n'a pas fini de vomir, et elle n'est pas certaine d'avoir ni l'énergie suffisante ni l'équilibre pour se lever et s'éloigner en courant du feu, et l'abattement qui accompagne cette pensée est terrible. Elle se force à passer en revue les noms et les images des plantes qu'elle a gravés dans son esprit toutes ces années auparavant. Raisin de couleuvre, qui ressemble à celui de la vigne sauvage. La forme des baies est légèrement différente, et il faut compter les grains qu'elles contiennent. Morelle de la Caroline. Non.

Dans le ciel, elle aperçoit, c'est rare, un avion qui clignote dans le noir. Les étoiles brillent. Soudain, Emlyn se la représente : une fleur à six pétales, blanche comme les étoiles, avec des glandes vertes en forme de cœur au centre. Modeste mais ravissante. Camas de la mort. Les feuilles vertes, les bulbes blancs tout simples. Pas plus tard que l'été précédent, un groupe d'adolescents partis camper les ont confondues avec de l'oignon sauvage. Ils les ont débitées en rondelles pour assaisonner leurs hot dogs, et ils ont tous fini aux urgences, avec des nausées, des vomissements et des crampes d'estomac. Elle a lu un article dans l'*Idaho Statesman*, qui invitait ses lecteurs à la prudence : c'était une erreur facile. Et parfois fatale. Le poison fait chuter la pression artérielle et la température corporelle.

Elle repense à Bush revenant des bois d'un pas guilleret. Bush découpant des oignons sauvages. En était-ce vraiment ? S'agissait-il en réalité de camas de la mort ? Et dans ce cas, Bush s'est-il trompé en toute bonne foi, ou leur a-t-il intentionnellement donné cette plante toxique à ingérer ? Vu ses connaissances et son expérience, la première option semble peu probable. Emlyn tourne la tête vers la gauche et pose les yeux sur l'assiette de Bush, toujours posée sur un morceau de bois. Il n'a pas touché à son repas. Quelle quantité en ont-ils consommée à eux trois ? Quelle quantité est mortelle ?

– Il veut nous tuer ? demande-t-elle à voix haute.

– Je ne pense pas, lui répond Janessa. Ça manquerait de discrétion. Trois morts par intoxication…

Elle a le front plissé, elle se mordille la lèvre.

– Il a dû vouloir faire quelque chose de plus subtil. Quelque chose… qui pouvait passer pour un accident. Il veut nous ralentir, nous dissuader. Enfin je crois. J'espère.

– Nous dissuader ? Mais qu'est-ce que ça veut dire ? Nous dissuader de quoi ?

– Tyler, lui lance Janessa, puisque c'est toi qui l'as traînée jusqu'ici, pourquoi tu ne te charges pas de la mettre au parfum ?

Il se retourne pour regarder derrière lui, à gauche, à droite. Il met ses mains dans ses poches, donne un coup de pied dans une pierre.

Janessa croise les bras avant de déclarer, d'un ton factuel :

– Bush organise un trafic d'opioïdes dans plusieurs États de la région depuis plus de dix ans. Oxycodone, Fentanyl, la totale.

Le monde chancelle, le pouls d'Emlyn s'emballe dans son cou.

– Pardon… quoi ?

– Il fait passer des médicaments…

Tyler fait un pas vers le feu et l'interrompt.

– Sérieux, Janessa, tu pensais vraiment que j'allais rester chez moi à me tourner les pouces une fois que tu m'as exposé ton plan délirant ?

– Ouais, Tyler, je le pensais. J'espérais que tu me ferais confiance.

– Impossible, désolé. Je savais que si Bush avait le moindre soupçon, tu aurais des ennuis. De gros ennuis. J'avais peur que tu sois déjà complètement dépassée par la situation.

Il s'interrompt et se tourne vers Emlyn.

– Et c'est pour ça que je suis venue te demander de l'aide.

– Tu étais au courant pour le trafic ?

Il hoche la tête.

– Je connais Bush. J'étais au courant de son petit trafic, il y a longtemps. Je ne savais pas qu'il avait toujours un pied dans cet univers. Et je savais encore moins ce que mijotait Janessa depuis le début, qu'elle voulait, comment dire, le faire tomber. Jusqu'à la semaine dernière, lorsqu'elle m'a envoyé un fichier crypté et m'a demandé de « ne pas bouger ».

– Je n'étais pas dépassée par la situation, se défend-elle.

– Ah, vraiment ? Parce qu'après le petit laïus de Bush sur la confiance, je pense qu'on peut aisément en déduire que tu ne fais plus partie, à ses yeux, des personnes fiables.

Il jette un regard en direction des arbres et baisse la voix.

– Il pourrait très bien être planqué dans les bois à cet instant précis pour surveiller le moindre de nos gestes et attendre le bon moment.

Il se tourne vers Janessa et ajoute :

– Il est armé ?

– Évidemment. En permanence.

Elle essuie ses paumes sur son legging et ajoute :

– Il n'en aurait même pas besoin.

– Je ne comprends pas, intervient Emlyn. Et sa passion pour la chasse et la pêche ?

– Elles sont réelles.

– Mais il s'expose avec toutes ces vidéos qu'il tourne. Il étale sa vie devant tout le monde.

– Je crois que c'est ce qui lui plaît. Agir au vu et au su de tout le monde. Ça l'excite.

Emlyn lance un coup d'œil en direction des bois, mais sa vision est trop trouble. Quelque part, dans un recoin de son esprit, elle sait qu'elle devrait être terrifiée. Elle devrait avoir des picotements de peur sur la peau, son cœur devrait tambouriner. Pourtant son corps ne fonctionne plus normalement. Elle presse deux doigts sous sa mâchoire, pour prendre son pouls. Il est lent, faible. Les camas de la mort.

– Au début, il se contentait de jouer les livreurs, continue Janessa. Je ne le connaissais pas encore. Pendant longtemps, il a eu un associé, quelqu'un qui joue un rôle clé dans l'organisation globale, mais la seule chose que j'ai pu trouver sur son compte, c'est qu'il, ou elle, après tout je n'en sais rien, s'appelait Collins. Et cette personne n'a pas donné signe de vie depuis des années.

Elle se frictionne le bras en coulant un regard vers les arbres, elle aussi.

– Il, ou elle, est sans doute mort, observe Tyler. Ça marche comme ça. On ne construit pas un empire sans qu'il y ait de casse.

– Je sais bien, s'agace Janessa. Tu penses vraiment que je ne le sais pas ?

– Et tu es sans doute la suivante sur la liste. On est sans doute les suivants.

Il se retourne une fois encore vers les bois, fébrile.

Janessa poursuit les explications pour Emlyn.

– Il a mis en place une plate-forme de distribution. Un ranch, dont personne ne connaît l'existence. C'est là qu'on allait. Je n'y ai encore jamais mis les pieds, mais je sais qu'il existe, et je sais où il se trouve, en gros. Il a toute une équipe qui travaille pour lui. Il passe les coups de fil, orchestre le réseau. J'ai réuni toutes les infos nécessaires pour le faire tomber.

Emlyn a du mal à digérer tout ce qu'elle vient d'apprendre ; ça fait beaucoup, même pour un cerveau qui ne serait pas embrumé.

– Comment ça, le faire tomber ?

Elle reconnaît la lueur dans le regard de Janessa, et elle a la certitude que ça ne va pas lui plaire.

– J'ai des photos, des vidéos, des enregistrements d'appels. Je compte tout balancer en ligne. Sur son compte YouTube, sur le mien, sur notre Instagram. Ça représente, au total, une communauté de deux millions de personnes, qui seront informées en quelques secondes. Il sera grillé. Je vais le griller.

– Et tu agis seule ?

– Bien sûr que non. J'ai un contact, un ami au FBI. Il suit le dossier depuis le début. Il était sur nos traces au début. On avait un accord, un signal.

Elle se tamponne le front, luisant de sueur.

– Si j'avais l'impression que Bush avait des soupçons, si j'avais la moindre intuition qu'il commençait à se méfier, je devais poser des pièges. Mon contact savait que s'il tombait sur une succession de plusieurs pièges, il devait rebrousser chemin jusqu'à ce que je reprenne contact avec lui.

Les pièges. L'homme au tour de cou pressé.

Tyler s'emporte :

– T'es devenue dingue, tu t'en rends compte ? Poser ces pièges, causer ce genre de souffrance à de pauvres bêtes ! Tu as encore franchi une limite, là. On a trouvé une biche à moitié morte. J'ai été obligé d'abréger ses souffrances. Et puis le reste, toute cette histoire. Je ne plaisante pas, J, tu as complètement vrillé.

– Oh, pitié, Tyler, tu es vraiment le plus mal placé pour me parler de franchir des limites.

– Est-ce qu'il s'appelle Oscar ? lance Emlyn.

Elle se remémore cette nuit étoilée sur la terrasse de Patten Lake, où elle a fait défiler les commentaires sous les différentes publications pendant que Tyler s'occupait de la vaisselle. Emlyn assemble les pièces du puzzle une à une.

– Et son pseudo c'est @ozkerwild ?

– Comment tu le sais ?

– J'ai regardé ton compte. Tu lui as répondu une fois. On aurait dit une erreur. Des chiffres et des lettres… Ce n'en était pas une, d'erreur, si ? Il s'agissait d'un code ?

– Les coordonnées GPS du camping-car.

Le regard de Janessa pétille, un petit sourire apparaît sur ses lèvres.

– Tu es géniale, Emmie.

Les épaules de Tyler s'affaissent. Il paraît si jeune soudain, si triste, un enfant qu'on vient de gronder, avec ses cheveux blonds en bataille et son bonnet à peine enfoncé sur sa tête.

– Et maintenant ? lâche-t-il.

Janessa regarde Emlyn.

– Je continue. Le temps d'éliminer les toxines, on va en baver, mais je n'ai pas l'intention de jeter l'éponge aussi facilement. Pas maintenant. J'ai consacré des années de ma vie à cette mission, et je ne vais pas renoncer aussi facilement. Je procéderai à une évaluation plus précise de la situation demain matin.

– Une évaluation ? ironise Tyler. Tu as perdu la tête ? C'est l'un des Américains qui maîtrise le mieux les aléas de la vie en plein air. Il pourrait sans doute rester dans la nature jusqu'à sa mort. On ne le retrouvera jamais, sauf s'il le décide et, dans ce cas, autant te dire qu'on sera face à un tout autre problème. Tu dois déclarer forfait, J.

Il remue le feu si violemment qu'une grande gerbe d'étincelles monte dans le ciel.

– Avant qu'il ne soit trop tard.

Elle secoue à peine la tête. À moins qu'il ne s'agisse d'un frisson. Tyler empoigne Janessa par le coude.

– Tu dois tout arrêter. Tu ne contrôles plus rien. Si tu veux me tenir pour responsable de cet échec, très bien, d'accord. Tu sais que j'ai raison, enfin ! Maintenant qu'il t'a démasquée, on ne sait pas ce qu'il fera pour t'arrêter. Je t'en supplie, Janessa, ça n'en vaut pas la peine. Laisse tomber et rentre chez toi.

Elle se relève d'un bond et s'éloigne en courant. Emlyn l'entend vomir.

– Je suis désolé, lui dit Tyler. Je n'aurais jamais dû te mêler à cette histoire. Je savais de quoi il était capable, ce qu'il risquait de faire s'il se sentait acculé. C'était pour ça que j'étais inquiet.

Il lui prend la main.

– J'aurais dû tout te dire dès le départ.

Il se met brusquement debout lui aussi, et va vomir plus loin.

Janessa revient et s'allonge sous son sac de couchage près du feu. Tyler les rejoint, pâle et transpirant.

– Il faut que quelqu'un monte la garde, dit-elle. Il nous reste six heures avant le lever du jour, ça fait des tours de garde de deux heures.

– Je peux prendre le premier, propose Emlyn.

– Et moi le dernier, ajoute Tyler.

– Parfait, je m'occuperai de celui du milieu.

Elle tapote le sol à côté d'elle pour faire signe à Emlyn d'approcher. Cette dernière rampe jusqu'à elle. Janessa lui fait de la place sous son sac de couchage.

– Tu m'as vraiment manqué, lui chuchote-t-elle.

Emlyn se sent vidée. L'éclat du feu, l'épuisement. Et pourtant, dans tout ce bourbier, ces mots font apparaître un minuscule diamant de joie. Elle abandonne sa tête sur l'épaule de Janessa.

– Tu m'as manqué, toi aussi.

# TROIS ANS PLUS TÔT

Emlyn se réveille dans une pièce sombre et bien chauffée.

Dans un coin, un poêle à bois noir siffle et crépite ; par sa porte ouverte se déverse une lumière chaude. Elle a du mal à ouvrir les yeux, la douleur lui laboure le crâne. Où est-elle ? Elle ne reconnaît pas cet endroit, les contours des formes qui l'entourent sont flous. Elle n'est pas dans la couchette à l'arrière du pick-up de Tyler, pas dans son appartement, pas dans son ancienne chambre chez Marlene, pas à l'hôpital. Un chalet. Celui des parents de Tyler à Patten Lake ? Non. Le bois est différent, le mobilier aussi. Sobre et modeste. Des lambris en pin, une petite cuisine ouverte bien ordonnée avec une table ronde. Une armoire ancienne en face du lit.

Et aussi, constate-t-elle, prise aussitôt de panique : un homme. Il est assis à côté du poêle et écrit dans un petit carnet noir.

– Bonjour, dit-il en relevant les yeux pour croiser les siens.

Sa voix est grave et douce. Il retire une paire de lunettes et place son stylo entre les pages de son carnet avant de le refermer.

Emlyn se démène pour reprendre le contrôle de ses sens, pour analyser les différentes informations à sa disposition. Où est-elle ? Que lui est-il arrivé ? Qui est cet inconnu ?

Elle est si assoiffée.

Il dépose son carnet sur un petit guéridon à côté de son fauteuil.

– Je vais vous apporter à boire si vous en êtes d'accord.

Elle hoche la tête. Il se lève lentement pour se rendre dans la cuisine. Il est grand et costaud, il porte un jean et une chemise à carreaux bleue. Il sort une tasse d'un placard et la remplit d'eau, puis il se dirige vers elle. Il fait des mouvements délibérément lents.

– Et voilà, dit-il en posant la tasse sur une table de chevet à côté d'Emlyn.

Il recule de deux pas et, semblant se rendre compte qu'elle doit se sentir écrasée par sa grande taille, il s'agenouille.

– Je peux vous aider à vous asseoir, si vous voulez un coup de main.

En a-t-elle vraiment besoin ? Cette idée saugrenue la panique. Elle se rend alors compte que son corps l'élance de partout, que chacun de ses membres est si lourd qu'il lui semble appartenir à quelqu'un d'autre. Ses orteils sont parcourus de picotements brûlants. Elle les remue, fait pareil avec ses doigts. Lentement, elle extirpe son bras droit de sous la courtepointe. Elle pose alors les yeux sur une manche en tissu écossais rouge qu'elle ne reconnaît pas. Elle porte les vêtements de quelqu'un d'autre, elle est dans la maison d'un inconnu. Brusquement la sensation de pesanteur la déserte, et elle s'assied rapidement dans le lit, avant de ramener ses jambes contre sa poitrine dans un geste de défiance.

– Doucement, lui dit-il.

Lorsqu'elle le regarde, elle lit de l'inquiétude sur ses traits. De la pudeur, de la bonté.

– Qui êtes-vous ? demande-t-elle d'une voix éraillée.

Sa gorge est si sèche que les mots ont du mal à sortir.

– Je travaille pour le service forestier. Je m'appelle Varden. Varden Thompson.

La pièce tangue et se brouille, se replie sur elle-même, bouge alors même qu'Emlyn reste, elle, parfaitement immobile. Elle ferme les paupières dans l'espoir que ça va cesser.

– Comme l'omble Dolly Varden ? murmure-t-elle.

Elle l'entend sourire.

– Ouais, comme l'omble.

Le poêle crépite.

– Je vais vous apporter votre tasse, si vous êtes d'accord.

Elle opine du chef. Elle le sent qui se rapproche, lentement. Elle ouvre les mains et les tend devant elle. Leurs doigts s'effleurent. Sans rouvrir les yeux, elle serre la tasse en porcelaine entre ses deux paumes. Varden ne s'éloigne pas, il l'aide à la porter jusqu'à sa bouche. Emlyn boit. L'eau est fraîche et plaisante. Elle se force à boire lentement, même si l'eau a si bon goût qu'elle pourrait pleurer. Avec beaucoup de précautions, elle ouvre un œil puis l'autre. La pièce continue à tourner. Lorsqu'elle a terminé, Varden lui reprend la tasse pour la reposer sur la table de chevet. Ensuite il recule. Il doit y avoir un banc ou un coffre au pied du lit, car il s'assied sur quelque chose.

– Vos vêtements sont là, dit-il en indiquant un fauteuil. Je les ai lavés.

Il se tourne vers la fenêtre. La lumière du feu éclaire sa barbe, et elle remarque des poils gris qu'elle n'avait pas vus avant. Il frotte ses paumes sur ses genoux.

– Vous les aviez retirés, lui précise-t-il.

Ça peut être une des conséquences de l'hypothermie, elle le sait. Lorsqu'on est sur le point de succomber au froid, on peut avoir chaud au point de se déshabiller. Elle a lu des histoires de personnes portées disparues qu'on a retrouvées mortes dans la neige, en sous-vêtements, malgré les températures négatives. Est-il possible qu'elle se soit approchée à ce point de la mort ? Elle se rappelle la pluie glaciale, si battante qu'elle laissait des traînées blanches dans le ciel noir d'encre, violentes et déterminées.

– Où suis-je ? demande-t-elle.

– À Heart, dans l'Idaho.

Elle se représente aussitôt une carte. À une heure et demie au nord de son appartement, plus près encore du chalet des parents de Tyler.

– Qu'est-ce qui s'est passé ?

Varden se penche en avant, les coudes sur les genoux.

– Je ne peux pas vous dire précisément. J'ai passé une partie de la journée à installer des caméras de chasse dans des coins reculés. On surveille une meute de loups dans les parages. La neige arrivait, alors j'ai pris le chemin du retour.

Il semble avoir du mal à trouver ses mots, comme si ça le peinait de lui faire ce récit.

– Vous étiez près de la route, seule. En salopette étanche.

Elle se souvient, maintenant. Tyler parti chercher des pizzas. Les heures d'attente. Le manque d'eau, la marche le long de la route dans son équipement de pêche, son pied qui a buté contre une pierre. Seule. *Pitoyable.* Cet adjectif revient la provoquer, tous crocs dehors. Un gémissement lui échappe.

– Je dois vous poser une question.

Elle réussit à hocher la tête.

– Comment vous appelez-vous ? Vous n'aviez pas de pièce d'identité sur vous.

Elle lui répond.

– Bien, c'est bien.

Le soulagement l'envahit, il se frotte le front avec le plat de la main.

– Je ne savais pas si on avait une seule affaire ou plusieurs.

Il retrousse une de ses manches.

– Quelques heures après que je vous ai trouvée, une femme a appelé le bureau du service forestier. Elle s'était rendue à l'endroit où vous étiez partie pêcher, et vous n'y étiez pas. Elle était dans tous ses états.

Emlyn était allongée près de la route. Elle avait compris que Tyler avait replongé, qu'il l'avait oublié. Le froid était remonté le long de ses jambes, avait pénétré de plus en plus profondément en elle. Le pouvoir de séduction de l'engourdissement.

– Vous auriez dû me laisser là-bas.

Elle n'est pas certaine qu'il l'entende, mais il soutient son regard.

Il se lève et disparaît dans une pièce qu'elle n'avait pas encore remarquée, dont il revient avec une boîte de mouchoirs en papier.

– C'est une sacrée amie que vous avez là. Il y avait déjà plus d'un mètre de neige, et pourtant elle s'est engagée sur cette route forestière pour vous chercher. Elle aurait pu se retrouver bloquée là-bas. De mon point de vue, soit elle est dingue, soit elle vous aime énormément.

À présent Emlyn, sanglote. Elle est chez un inconnu, avec les vêtements de quelqu'un d'autre, seule. Elle n'est pas sûre de la date, mais elle comprend que deux choses majeures se sont produites, deux événements inextricablement liés. Tyler l'a abandonnée en pleine forêt, et Janessa a, une fois encore, volé à son secours. Elle est de retour dans la vie d'Emlyn. Peut-être pour de bon. Peut-être pas. Elle s'essuie les yeux avec la manche de la chemise de Varden, se mouche.

– Les deux, réussit-elle à marmonner avant de se rallonger, submergée par l'épuisement. C'est un peu les deux.

Lorsqu'elle se réveille à nouveau, la pièce est baignée de lumière, car le soleil entre à flots par deux grandes fenêtres qu'elle n'avait pas encore remarquées. Elle ferme aussitôt les yeux.

– Ne vous inquiétez pas, jeune fille, ne vous inquiétez pas, la rassure une douce voix qui provient d'un coin de la pièce.

Emlyn ouvre les paupières, éblouie. Dans un petit coin de sa mémoire, elle se souvient du poêle à bois noir, de l'homme aux yeux doux, d'une tasse bleue et d'une eau délicieuse. Était-ce un rêve ? Un tour cruel de son cerveau ? Ou est-elle en train de rêver maintenant ? À moins que toute cette histoire soit un rêve de bout en bout ?

Une femme aux longs cheveux blancs est assise dans le fauteuil à bascule qu'occupait l'homme précédemment. Elle se balance d'avant en arrière dans la lumière tout en tricotant. Une pelote de laine bleue est posée sur ses genoux.

Emlyn tente de répondre, mais elle a de nouveau la gorge sèche et irritée, elle n'arrive pas à parler. D'autant que les mots semblent danser devant ses yeux, taquins, inatteignables. Elle ferme les paupières.

– C'est bien, lui dit la femme. Prenez votre temps.

Puis elle est au chevet d'Emlyn, devant la fenêtre, si bien que le soleil fait un halo autour d'elle.

– Tenez, dit-elle en posant une tasse bleue sur la table de chevet. Je peux vous aider à vous asseoir ?

Emlyn regarde l'eau, avant de hocher la tête. La femme se penche vers elle, et ses longs cheveux blancs effleurent son front. Elle glisse ses mains derrière Emlyn, une dans son cou et l'autre entre ses omoplates pour la soulever délicatement. Sa force est surprenante. Elle cale un oreiller dans le dos de la jeune femme.

– Voilà, dit-elle en lui confiant la tasse. Attention, c'est chaud.

Une infusion sucrée, familière : baies de sureau et miel. Aussitôt Emlyn est transportée dans son enfance, dans l'ancien atelier, où elle a vécu avec sa mère après le départ de son père. Marlene faisait cuire des baies de sureau pendant qu'Emlyn suait sur des problèmes de maths, assise derrière la vieille table qu'elles avaient trouvée dans la rue.

– Je suis Ruth, lui dit la vieille femme qui a repris son ouvrage. Mais tout le monde m'appelle Rev.

– Emlyn.

Rev hoche la tête.

– Enchantée de faire votre connaissance.

Elle paraît sincère.

– Il y avait un homme avant, non ?

Emlyn repense à la silhouette de cette nuit, son gentil regard noisette, son sourire timide. Elle ne se rappelle plus son nom.

– Varden, oui. Nous sommes dans son chalet.

Elle incline la tête vers la porte et ajoute :

– J'habite en face. Il est allé chercher du bois. Il m'a demandé de rester à votre chevet au cas où vous vous réveilleriez. Il ne va pas tarder.

– Est-ce que quelqu'un a prévenu ma mère ?

– Oui, ma belle. Votre amie.

– Elle vient me chercher ?

Quelque part dans les profondeurs de la brume qui l'enveloppe, Emlyn sait bien que Marlene vit à plus de trois mille kilomètres, et que personne ne va sans doute venir la chercher. Elle ne sait même pas très bien elle-même où elle se trouve. Cependant elle sait qu'elle n'est pas chez elle, et que ces inconnus ne vont pas pouvoir s'occuper d'elle très longtemps.

La femme pose une main chaude sur le bras d'Emlyn.

– Pas avec toute cette neige, jeune fille. Les trois routes qui mènent à cette vallée sont fermées. Personne ne viendra ici avant un moment.

Emlyn se tourne vers la fenêtre. Elle n'a pas vu ou pas retenu que le monde extérieur est d'un blanc étourdissant : une large vallée et, au-delà, d'immenses montagnes, tout scintille.

– Bon, lui dit Rev, il faudrait que je vérifie encore une fois vos pieds. Vous voulez bien ?

– Mes pieds ?

– Oui, vous avez des engelures. Rien de trop grave, on peut les soigner. Sur vos mains aussi.

Elle prend un flacon brun sur la table de chevet et le secoue.

– Je m'en suis occupée, ajoute-t-elle. Je pense que vous dormiez les fois précédentes. Vous avez ouvert les yeux, mais vous n'étiez pas vraiment consciente. En tout cas, l'heure est venue d'appliquer à nouveau votre traitement, d'accord ?

Emlyn acquiesce, et Rev soulève lentement les couvertures par le coin inférieur du lit, pour les replier sur les genoux de sa patiente. Elle dévisse le bouchon et verse un peu de lotion dans sa main, avant de reposer le flacon sur la table de chevet. Elle frotte ses paumes l'une contre l'autre.

– C'est de l'huile essentielle de cyprès.

L'odeur parvient jusqu'aux narines d'Emlyn, puissante et chaude.

– Elle favorise la circulation sanguine. Il y a aussi un peu de prèle. Et d'hamamélis pour éviter toute infection.

Elle masse les pieds d'Emlyn, applique la lotion sur chacun de ses orteils avant de les malaxer. Ce moment est si intime, Emlyn a tellement l'impression que cette femme se place à son service qu'elle est envahie par la gêne. Elle voudrait refuser, se dérober, mais Rev tient bon.

– Voilà, dit-elle. Et maintenant vos doigts.

Elle remet les couvertures en place.

– Ce n'est pas si grave, conclut-elle en serrant les mains d'Emlyn entre les siennes. J'ai vu bien pire. Des éleveurs à la recherche de leur bétail. Un voisin parti faire du ski de randonnée et qui est resté dehors trop longtemps. Parfois, il faut une intervention médicale, mais la plupart du temps j'arrive à faire quelque chose. Grâce au Seigneur, nous avons pas mal de remèdes à portée de main. Racines, baies, huiles. Alors tant qu'on sait s'en servir.

Elle applique la lotion sur chacun des doigts d'Emlyn. Elle glisse une mèche de cheveux blancs derrière son oreille.

– Est-ce que ça brûle, au niveau des orteils ou des doigts ?

La tendresse des gestes de cette femme, la chaleur de ces huiles essentielles, l'infusion de baies de sureau. Emlyn est emportée par le poids combiné de son épuisement et de la gentillesse de cette inconnue. Elle peine à garder les yeux ouverts.

– Non, réussit-elle à dire, même si les deux premières phalanges de son annulaire gauche fourmillent. Ça ne brûle pas.

## 22

Emlyn entend des balbuzards se chamailler à proximité. Ils poussent des cris. Il y en a plusieurs. Deux ? Elle n'a pas encore ouvert les yeux, elle reste immobile, à l'affût, réfléchit à ce que ces oiseaux peuvent bien se raconter. Cet exercice lui apporte un peu de joie. Une querelle de ménage, peut-être. Des responsabilités à partager : des oisillons à nourrir, un nid à nettoyer. Ou tout autre chose. Un autre balbuzard qui empiéterait sur leur territoire. Les oiseaux sont des créatures compliquées.

Elle découvre, en soulevant les paupières, un dôme orange vif et, l'espace d'un instant, elle ne sait plus où elle est. Ce n'est pas sa tente. Elle baisse les yeux vers son sac de couchage. Il ne lui appartient pas non plus. Puis elle se rappelle. La migraine de la veille reste un peu présente, et maintenant qu'elle a les yeux ouverts, une raideur commence à l'élancer à la base de la nuque. Elle se souvient vaguement d'avoir eu froid au milieu de la nuit. Tyler l'a aidée à se relever de l'endroit où elle était étendue, près du feu, et l'a conduite dans une tente. Elle referme les paupières le temps de se replonger dans les événements de la veille. Le festin de Bush qu'elle a dévorée, la partie de pêche nocturne, les vomissements, son tour de garde au chaud près de Janessa. Et ensuite ? Il ne s'est rien passé entre Tyler et elle, si ? Elle roule sur le flanc, s'attendant presque à le trouver à côté d'elle, mais c'est Janessa qui dort à poings fermés, le visage à moitié caché sous ses cheveux blonds.

Emlyn s'assied lentement. Ses Crocs sont dans un coin de la tente. Elle s'extirpe du sac de couchage et va glisser ses pieds à l'intérieur. Elle ouvre la tente pour sortir. Tyler n'est pas là où elle s'attendait à le voir, endormi près du feu. Le soleil est déjà haut. L'air est encore vif et mordant, mais il se réchauffe rapidement, comme toujours dans la montagne. De la fumée monte du feu de camp, les braises sont encore chaudes et Emlyn y jette machinalement du bois sec. Les balbuzards continuent à se disputer, et Emlyn les cherche, une main en visière sur le front. Là, dans un grand pin au bord du lac, en hauteur. Ainsi qu'elle l'avait imaginé, un nid. Un oiseau s'en rapproche, un poisson dans ses serres. L'autre piaille en voyant son compagnon atterrir. Peut-être qu'il ne s'est jamais agi d'une querelle, que c'étaient des cris de joie en réalité.

Elle se dirige vers la seconde tente et l'ouvre lentement. Tyler n'est pas non plus dedans.

Elle se retourne. Il a peut-être eu besoin d'aller se soulager, ou de marcher un peu. Elle observe la plage, les environs du lac. Rien. Elle examine plus attentivement le campement. Elle voit son sac à dos, celui de Janessa. Les assiettes du dîner, ses chaussures de randonnée. Elle pivote vers la gauche, vers la droite. Jette un dernier coup d'œil à l'intérieur de la tente pour en avoir confirmation. Elle n'a pas rêvé, le sac à dos de Tyler a disparu.

Elle file vers la tente orange, et c'est là qu'elle remarque le morceau de papier roulé et glissé dans l'une de ses chaussures.

Elle se baisse pour le prendre.

*Em,*

*J'ai fait une erreur en t'emmenant ici. Je t'ai mise en danger, ce qui n'est bien sûr pas la première fois, et pour ça je te présente mes plus sincères excuses. Je t'aime, Emlyn, et je pense que ça m'est tombé dessus depuis que je t'ai vue, pour la première fois, sur la terrasse de mes parents, où tu te cachais. Je te jure qu'à compter de ce jour ma vie n'a plus été la même. Et pourtant là, dans l'obscurité de cette nuit terrible, je suis obligé de faire le constat douloureux que je ne mérite toujours pas d'avoir une place dans la tienne. Tu vaux mieux que ça. Tu as droit à quelqu'un qui te fera passer en premier.*

*J'ai déconné. Encore une fois. Je suis comme ça. Je déconne. Je t'ai entraînée malgré toi dans cette histoire, et je tiens à t'offrir une issue... Cette fois, je vais tout arranger. S'il te plaît, rentrez, Janessa et toi. S'il te plaît, laissez-moi régler cette affaire.*

*Avec tout mon amour, Tyler*

Un son lui échappe, un cri animal qui n'est pas tout à fait un sanglot. Elle s'affale de tout son poids. Une foule d'émotions se mêlent dans son cœur. Comme les moutons de la veille, elles fondent sur elle dans un grondement, elles menacent de la piétiner. Elle veut bien croire, enfin, à l'amour de Tyler pour elle, mais elle a aussi le pressentiment terrible et tenace qu'il ne survivra pas à ce qu'il a décidé d'entreprendre. Elle ne le reverra jamais, alors qu'ils ont encore tant de choses à se dire.

Où est-il ? Et comment, exactement, espère-t-il « tout arranger » ?

Sous la tente, Janessa dort encore à poings fermés. Emlyn la secoue.

– Janessa…

Emlyn la voit bouger et répète son prénom :

– Janessa.

Elle ouvre lentement les yeux.

– Qu'est-ce qui se passe ? demande-t-elle d'une voix rauque, mal réveillée.

– Il faut que tu te lèves. Tyler est parti.

– Quoi ?

Elle roule sur le dos.

– Il a disparu. Et son sac aussi.

– Non, rétorque-t-elle en se frappant le front avec la paume de la main. Non !

– Je sais.

Emlyn lui attrape le genou à travers son sac de couchage.

– Il m'a laissé une lettre. Il est parti chercher Bush tout seul. Viens, il faut que tu te lèves.

Janessa s'assied puis presse ses paupières de toutes ses forces.

– Ça va ?

– Oui.

Elles n'ont pas le temps de préparer un café, mais Emlyn se souvient qu'elle a emporté des grains de café enrobés de chocolat. Elle va les chercher dans l'autre tente et rapporte deux barres protéinées aussi.

Janessa est sortie s'asseoir près du feu. Emlyn prend quelques grains et lui offre le reste du sachet.

Pendant un instant, elle hésite à montrer la lettre à Janessa. C'est sa lettre après tout. Tyler la lui a adressée. À elle. Et celle-ci contient des mots intimes, précieux, qu'elle n'a pas nécessairement envie de partager. D'un autre côté, il pourrait y avoir des indices qui lui ont échappé…

Elle la remet à Janessa, qui la lit, éblouie par le soleil matinal. Elle gobe un grain de café au chocolat et soupire.

– Imbécile.

Elle agite la feuille et ajoute :

– Non mais qu'est-ce qu'il compte faire ? Il pense sérieusement pouvoir retrouver Bush ? Il a toutes les chances de se perdre, surtout. De se blesser. Ou de mourir de faim.

Elle mange un autre grain.

– Et si, par le plus grand des hasards, il trouve Bush, qu'est-ce qu'il fera ?

Elle croise les bras.

– Tu sais, Em, toute ma vie, ça a été comme ça. Il faut toujours… il veut être un héros. Et il présume de ses forces. Il a un ego hypertrophié. Une assurance. De tout ce qui m'exaspère chez lui, c'est sans doute ce qu'il y a de pire.

Emlyn s'assied à côté d'elle. Elle comprend que c'est cette assurance, cette audace, qu'elle a toujours aimée en Tyler. Et en Janessa aussi. Elle lui donne une des barres protéinées.

– C'est sans doute aussi ce qui le rend si attachant.

– Je sais, peste Janessa en se prenant le visage à deux mains.

Elle se masse les tempes puis pose son menton sur ses poings.

– J'aurais tellement aimé que tu puisses le connaître avant, dit-elle. Il était si intelligent. Drôle et gentil. Même au collège, quand personne n'est sympa, Tyler l'était, lui. Il avait cette façon de, je ne sais pas, d'attirer les gens. Il était toujours si…

– Fascinant.

– Oui, exactement. Il aurait pu tout faire, devenir n'importe qui.

Elle prend un air attristé.

– À l'époque où tu l'as rencontré, il restait Tyler, mais il avait déjà changé. Je ne sais pas comment l'expliquer, il était comme une version amoindrie de lui-même.

Emlyn comprend très bien ce que Janessa veut dire. Elle se remémore la fois où, il y a plusieurs années, il s'est entaillé la main en lui préparant un sandwich, et où il n'a rien senti tellement il planait. Il était présent et absent à la fois. Janessa l'enlace par les épaules.

– Tu sais qui lui a donné son premier comprimé ?

Emlyn secoue la tête.

– Bush. Il y avait des tas d'élèves, dans notre lycée, qui voulaient faire disparaître une douleur de vivre, ou qui étaient en quête d'euphorie, ou je ne sais quoi, et ils avaient tous les moyens de payer. À l'époque, Bush n'était qu'un dealer à la petite semaine, mais il avait déjà une bonne petite organisation. Tyler l'a rencontré sur une piste de ski. Ils faisaient parfois la fête ensemble. J'ai essayé de l'aider.

Elle baisse les yeux avant de reprendre :

– Le temps que je pige qu'il se droguait, je crois qu'il n'aurait pas été capable de s'arrêter même s'il l'avait voulu.

– Alors tu savais ? Depuis le début, tu savais qui était Bush et ce qu'il avait fait ?

– Bien sûr que je savais.

– Tu as fait semblant de ne pas être au courant ?

– Au début, oui. Une fois que j'ai réussi à gagner sa confiance, j'ai commencé à poser des questions. Je lui ai dit que je voulais participer à son business.

– Et tu lui as fait croire que tu étais amoureuse de lui ?

Elle plisse le nez.

– J'aime pas quand tu dis ça, ça me fait passer pour une fille bidon ou une ordure.

Elle mange deux grains de café.

– J'avais une mission, ajoute-t-elle. J'ai une mission. Et j'ai décidé dès le départ que j'étais prête à faire ce qu'il fallait.

Emlyn observe son amie. Janessa a toujours été pleine de surprises, mais là ça paraît extrême, même pour elle. Le compte Instagram, leurs photos de voyage. Elle se rappelle leur dispute à la source chaude et elle éprouve une pointe de tristesse : Janessa continue à foncer tête baissée, à s'intéresser de trop près à la vie des autres.

– Quoi ? proteste-t-elle en voyant l'expression d'Emlyn. Il a foutu la vie de Tyler en l'air. Et par ricochet, la tienne. Je suis certaine que vous n'êtes pas les seuls.

Elle soutient le regard de son amie.

– J'ai bien remarqué comment il me reluquait à mon retour dans l'Idaho. La première fois que je lui ai adressé la parole, j'ai su. J'ai su que je pouvais le rendre dingue de moi.

Elle prélève un morceau de sa barre protéinée.

– Et c'est ce que j'ai fait.

Emlyn prend un grain de café dans le sachet. Elle pense soudain à Rev, à sa chaleur et à sa lumière, à Varden, à son calme et à sa stabilité.

– Ma vie n'est pas gâchée, finit-elle par dire. Elle est différente. Mais pas gâchée. Je vais bien. Je t'assure.

C'est la vérité. Elle va bien. Mieux que bien, peut-être.

– Je sais. Je le vois, Em. Et je suis vraiment, vraiment heureuse pour toi.

Janessa se penche pour coller son épaule contre la sienne.

– Parfois je repense au jour où tu m'as parlé de Tyler et de toi, la première fois. Je regrette de ne pas t'avoir tout déballé, de A à Z, de ne pas t'avoir expliqué pourquoi je ne voulais pas que tu entames une histoire avec lui. Je cherchais à te protéger, et je cherchais à le protéger en même temps. Au bout du compte, je vous ai perdus tous les deux.

– Tu ne m'as pas perdue, chuchote Emlyn. Pas pour toujours.

Elles restent assises là un instant. Le soleil est chaud sur leurs visages, les balbuzards continuent à piailler dans leur pin. Elles terminent les grains de café, et Emlyn sent, par pulsations, la stimulation de la caféine dans ses veines.

– Tu es d'accord qu'on ne peut pas l'abandonner, hein ? lance-t-elle.

Elle cherche à évaluer depuis combien de temps Tyler a pu partir et à quelle distance il pourrait se trouver maintenant.

Janessa mord dans sa barre protéinée.

– Évidemment, dit-elle.

Elle se lève.

– Il faut qu'on remballe et qu'on parte à sa recherche, ajoute-t-elle en tendant une main à Emlyn pour l'aider à se relever.

– J'espérais bien que tu serais aussi de cet avis.

## TROIS ANS PLUS TÔT

Le désespoir lèche la porte du cœur d'Emlyn. Il montre les crocs et chuchote ses mots cruels.

*Tu es pitoyable, on t'oublie facilement. Tu as gâché ta vie.*

Au bout de trois jours, la neige a cessé de tomber, mais un vent glacial assaille à présent la vallée. Il dévale le long des flancs des montagnes, soulève de la neige, provoque des tourbillons blancs dans le parking. Des paquets de poudreuse s'amoncellent devant la porte et viennent marteler la fenêtre du chalet. Varden déblaie sans relâche. Rev remplit des bocaux d'eau, pour le cas où il y aurait une panne d'électricité. Emlyn s'est installée chez celle-ci, elle a sa propre chambre, et elle passe de longues heures derrière l'immense fenêtre à contempler ce monde blanc. En dehors de l'expression de la politesse la plus élémentaire, « oui, merci », elle ne parle pas. Elle n'a plus de mots, elle est une pièce vide. Tyler appelle, appelle, appelle. Il envoie des textos avec une profusion de points d'interrogation. Elle les lit et n'y répond pas.

Janessa, non sans réticence, joue le rôle d'intermédiaire. C'est à travers elle qu'Emlyn a reconstitué ce qui s'était passé. Tyler a débarqué chez les parents de Janessa, en plein délire, et celle-ci, de retour dans l'Idaho pour l'anniversaire de son père, l'a conduit à l'hôpital. À un moment donné, au milieu de toute cette agitation, elle s'est rendu compte que personne n'avait de nouvelles d'Emlyn, et elle s'est immédiatement mise en devoir de la retrouver. Tyler est en cure. Emlyn charge Janessa de lui annoncer que tout est terminé.

Sauf que c'est plus facile à dire qu'à faire. Les souvenirs joyeux de son ancienne vie – la pizza du dimanche, les sandwichs pour Jorge, les nuits douillettes à l'arrière du pick-up, les week-ends dans le chalet de Patten Lake – se rappellent à elle, envoûtants. Ils prennent beaucoup de place dans son esprit, ils engloutissent les mauvais. Elle regarde, sur son téléphone, des vidéos de moments heureux, elle recompose la narration de sa propre vie, faite de vérités rapiécées entre elles. Au point d'arriver parfois à se convaincre, presque, qu'elle menait une existence radieuse et saine avec Tyler. Qu'il va aller mieux, qu'ils pourront tout arranger, que tout ce qui cloche chez eux deux pourra être réparé.

Pour son premier dimanche dans la vallée, Emlyn est assise derrière la longue table en bois de la cuisine de Rev, et elle remplit une grille de mots croisés d'un vieil exemplaire du *New York Times*, qu'un vacancier a laissé l'été précédent. Rev remplit une bouilloire bleu vif d'eau, puis se tourne vers elle.

– Dis-moi, jeune fille, il est peut-être temps d'aller t'habiller. L'office ne va pas tarder.

Emlyn porte une chemise de nuit qui lui arrive aux chevilles et qui appartient à Rev, sur laquelle elle a enfilé une chemise à carreaux de Varden. Ses chaussettes en laine épaisse sont remontées jusqu'aux genoux. Elle ne sait plus très bien si sa dernière douche remonte à deux ou trois jours. Elle inscrit des lettres dans les cases correspondantes : *parkour*. Puis elle redresse la tête et se force à sourire.

– Je ne vais pas à l'office.

– Non, peut-être pas. Et c'est très bien d'ailleurs. Sauf que l'office a lieu ici, dans ce salon. Naturellement, tu peux garder ma chemise de nuit aussi longtemps que tu le souhaiteras, personne ne t'en tiendra rigueur, mais ils vont commencer à arriver d'une minute à l'autre. Je préférais te prévenir.

Emlyn se retire dans la chambre qui est la sienne pour le moment. Elle troque la chemise de nuit contre un jogging en velours bleu que Rev lui a sorti et remet la chemise. Elle se lave le visage et, craignant de passer pour grossière si elle reste dans sa chambre pendant l'office, retourne dans le salon.

La bande de marginaux du dimanche commence à faire une entrée tapageuse ; ils cognent leurs chaussures sur le perron pour chasser la neige, retirent leurs écharpes et leurs gros manteaux à l'intérieur. Ce dimanche-là, le premier, Emlyn n'en connaît aucun, et son annulaire fourmille pendant toute la durée de l'office. Plus tard, elle apprendra leurs noms. Oliver, Roxy, Shane, Darla, Gerald avec son doux regard et son chien-loup silencieux qui monte la garde près de la porte. Rev apporte un plateau chargé de tasses. Varden ajoute une bûche dans le poêle.

Ce n'est pas le genre de célébration qu'Emlyn a pu voir dans les films. Il n'y a ni vitraux ni banc ciré. Pas de prêtre en chasuble blanche. Ni de prédicateur rageur, qui se dresse sur la pointe des pieds pour brailler, écarlate, comme dans le petit temple à côté de chez papy et où Marlene l'a emmenée une fois.

Non, ici, Rev entonne les chants de sa belle voix de ténor, en tapant du pied pour donner le rythme, en hochant la tête lorsque les fidèles doivent un peu accélérer. Elle prend des nouvelles de la nièce de Gerald, qui doit accoucher d'un jour à l'autre. Elle demande à Shane comment il tient face à sa dépression, qui semble empirer chaque hiver. Elle demande si quelqu'un d'autre a besoin de ses prières. Emlyn rive son regard sur le feu, de peur que l'on puisse l'observer en pensant qu'elle va vider son sac. Rev a une étrange façon de prier, musicale, elle lève les mains et on dirait qu'elle entonne une chanson. Emlyn hasarde un coup d'œil dans sa direction. Elle ne serait pas surprise de voir le ciel s'ouvrir et Rev y monter.

Après la prière, celle-ci ouvre sa bible.

– Nous allons poursuivre notre lecture du Livre des Nombres, le chapitre 11. Et pour ceux d'entre vous qui n'étaient pas là la semaine dernière, voici le résumé : Moïse a libéré les clans d'Israël, réduits en esclavage en Égypte. Ils ne sont plus sous la coupe de Pharaon, mais dans le désert. Tous ont faim et soif. Ils commencent à se dire qu'ils auraient peut-être mieux fait de rester en Égypte. Là-bas, au moins, ils savaient ce qui les attendait, même si c'était pour le pire. Dans le désert, ils découvrent de nouveaux dangers. Ils connaissent la peur et l'incertitude.

Elle met ses lunettes et entame la lecture.

À la fin de l'extrait, elle referme sa bible et balaie l'assemblée du regard.

– Alors, lance-t-elle en croisant les mains sur le livre, qu'est-ce que vous dites de tout cela ?

Au cours des semaines suivantes, Emlyn comprendra que c'est ce qui se rapproche d'un sermon pour Rev. Elle lit un passage des Écritures, puis elle pose des questions. Rien de plus. Ce dimanche-là, la petite assemblée est silencieuse. Gerald s'agite sur sa chaise. Son chien-loup lève la tête. Le doigt d'Emlyn la brûle.

C'est Varden qui finit par lever la main.

– Le désert est un lieu solitaire. Un lieu d'épreuves et de doute.

Il retire son bonnet et le triture entre ses mains.

– On n'a aucun repère, on ne voit aucune issue. C'est une situation très, très difficile. Je l'ai connue, et plus d'une fois.

Rev hoche la tête en murmurant :

– Moi aussi, Varden, moi aussi.

Le chien-loup grogne dans son coin. Le feu crépite, bleu et orange.

Les mots de Varden pénètrent sous la peau d'Emlyn. Cette histoire du Livre des Nombres est nouvelle pour elle, et pourtant elle comprend tout de suite qu'elle se trouve, justement, en plein désert, dans un territoire inconnu. Sans destination, seule. Pitoyable. Elle ignore où elle est, elle n'a aucune idée de la direction qu'elle doit prendre. *Comment en sortir ?* voudrait-elle demander. *Comment survivre ?* Elle est trop timide pour prendre la parole. Elle fixe le parquet, étudie les lignes du bois.

– Malgré tout, reprend Varden, c'est dans le désert qu'on grandit. D'une façon qui serait impossible ailleurs. Je ne sais pas si c'est clair. Et ce qu'il ne faut surtout pas oublier, c'est que le désert n'est pas la destination. Ce n'est pas le dernier chapitre. On peut avoir cette impression, on peut se sentir si perdu qu'on pense ne jamais s'en sortir.

Emlyn ose relever les yeux, et elle constate que Varden la regarde.

– L'histoire continue.

Elle soutient son regard. Elle a soudain l'impression qu'ils sont seuls dans la pièce. Elle finit par cligner des paupières et baisser la tête. Elle s'essuie les yeux avec la manche de sa chemise, avant de se rappeler que celle-ci appartient à Varden.

– Je dis amen, lance Rev. Amen !

Elle prie, mais Emlyn n'entend pas un seul mot.

À la fin de l'office, Gerald lui tend une main rugueuse et noueuse.

– Enchanté de t'avoir rencontrée, Emlyn, dit-il avant d'aller rejoindre son chien et de ressortir sans manteau.

Une bourrasque de neige s'engouffre par la porte ouverte. Le chien-loup se retourne et regarde Emlyn. Les paroles de Varden consument lentement son esprit. Du bruit, des bêtises, des absurdités, se dit-elle. Elle ne croit pas à tout ça. Et pourtant elle sait, sans l'ombre d'un doute, qu'elle en a envie. Elle a envie de croire qu'à la sortie de son désert se trouve un paysage plus accueillant et moins terrifiant. Même si, dans l'immédiat, elle ne peut pas imaginer un jour l'atteindre.

## 23

Emlyn et Janessa s'organisent pour mutualiser leurs affaires. Janessa vide le contenu du sac de Bush sur le sol et elles prennent ce qui les intéresse : un sachet de viande séchée et deux repas lyophilisés pour Janessa, un garrot, un canif, une petite boîte d'allumettes imperméables pour Emlyn. En fourrant ces affaires dans son sac, elle sent la lampe torche de Rev. Elle la regarde un instant, pense à son amie, à sa prière et au mot qu'elle lui a livré. Se sentant d'humeur sentimentale, elle la glisse dans la poche zippée de sa polaire.

Elles hésitent à emporter une tente : combien de temps peuvent-elles encore passer dans la réserve, en étant réalistes ? Elles finissent par opter pour celle de Tyler, qui peut contenir deux personnes et est plus légère. Elles la démontent rapidement. Alors qu'elle roule la toile, Emlyn sent un petit objet dur dans un coin, qu'elle extirpe des plis de nylon. Le GPS de randonnée ! Elle l'allume. Peut-être que les agents du service forestier ont répondu à Tyler, peut-être qu'ils ne sont pas très loin. Quoi qu'il en soit, elle va les prévenir de l'évolution de la situation et leur donner leurs nouvelles coordonnées.

Elle presse les petites touches grises et essaie de se repérer dans le menu. Parfait, elle trouve le message de Tyler avec leurs coordonnées de départ et un appel à l'aide, sauf que… Est-ce qu'elle se tromperait ? Le message n'a jamais été envoyé. La boîte des messages envoyés est vide.

Une pensée désagréable fait surface : et si ce n'était pas un oubli ou un accident ?

Non, ça n'a aucun sens. Il s'agit forcément d'une erreur. Tyler a toujours été étourdi, et avec l'épuisement et le stress, il est bien naturel que ça empire. Emlyn s'encourage à ne pas désespérer. Tout le monde va bien. Tout le monde s'en sortira.

Elle sort son portable pour récupérer le numéro de téléphone de Varden, qu'elle ajoute dans le GPS. Elle saisit un bref message. *Trouvé Janessa, saine et sauve. Tyler et Bush, le copain de Janessa, ont disparu. Partons à leur recherche. Em.* Elle ouvre son application de cartographie pour ajouter leurs coordonnées. Si elles retrouvent Tyler, elle actionnera le bouton d'urgence. Inutile de le faire tout de suite.

Janessa jette les restes du repas de la veille dans le feu, et Emlyn va chercher de l'eau dans le lac pour faire une vaisselle rapide. La casserole dont il s'est servi pour la purée de pommes de terre, les quatre assiettes et leurs couverts. Même si elles doivent se dépêcher, elles ne peuvent pas se permettre de courir le risque d'attirer des bêtes en leur absence. Janessa verse l'eau de la vaisselle sur les braises qui grésillent bruyamment dans un panache de vapeur. Elles filtrent de l'eau pour remplir leurs gourdes. Elles laissent tout le reste sur la plage. Si quelqu'un passe par là, que cette personne soit ou non à leur recherche, elle trouvera les restes de leur soirée à la belle étoile. Le sac à dos de Bush. Une tente et les traces dans le sable d'une seconde. Autant de signes d'un départ précipité. Si Emlyn tombait sur un campement de ce genre en pleine nature, une seule conclusion lui viendrait à l'esprit : quelque chose a mal tourné.

L'objectif, c'est de retrouver Tyler. Bush peut se débrouiller tout seul, et il le fera. Elles s'inquiètent pour Tyler. À une cinquantaine de mètres du campement, Emlyn retrouve sa piste, les empreintes qu'il a laissées dans le sable, avec son gros orteil gauche un peu traînant. Elle active l'option de suivi de l'itinéraire dans son application. Quoi qu'il advienne, il faudra qu'elle puisse repartir vers la civilisation.

Tyler se déplace vite. L'affolement grouille sur la peau d'Emlyn. Elle ne s'en fait pas seulement pour Tyler à cause de son incompétence. Il est en bonne santé, il est fort et il a les connaissances nécessaires. C'est qu'il n'est pas doué quand il est seul. Il se laisse déborder, tout devient une source de distraction : l'itinéraire, le paysage, l'odeur de l'armoise, la couleur jaune vif des astéracées. Il oublie de boire, il se convainc qu'il n'a pas faim. Sans Emlyn pour lui rappeler ces choses essentielles, y pensera-t-il ? L'ennui étant qu'à ce stade leur corps est déjà exténué. Après les vomissements de la nuit dernière, il a sans doute commencé la journée déshydraté et en déficit calorique. Et elle le connaît : il n'identifiera pas les signes de ces maux. Il continuera à avancer, il s'épuisera.

Elle accélère.

Les traces de Tyler suivent le lac. Emlyn scrute le sol tandis que Janessa observe la cime des arbres. Elles tombent sur une sorte de sentier. Il ne sert pas souvent, mais on devine son tracé. Elles cheminent en silence pendant plusieurs minutes.

– J'étais venue te présenter mes excuses, lâche soudain Janessa. Cet été-là. J'avais dépassé les bornes. Et tu avais raison, c'était une manie chez moi. Tu avais le droit de choisir d'être avec Tyler.

Elle s'arrête.

– Je savais que tu étais là, je t'avais vue par la fenêtre. Et le pick-up de Tyler était garé sur le parking.

Emlyn entend que Janessa a la gorge nouée. Elle se souvient de ce jour-là avec une vivacité déconcertante : le frisson malveillant à l'idée d'éviter son amie, le premier baiser avec Tyler.

– Je… je ne sais pas quoi te dire.

– Tu avais le droit d'être en colère. Tu avais le droit de me repousser.

Elle s'essuie les yeux du revers de la main.

– J'ai aussi compris ce jour-là que vous alliez construire quelque chose ensemble, tous les deux. Et qu'en essayant de m'interposer, j'avais abîmé mon amitié avec vous deux. J'ai compris que je n'avais plus de place dans vos vies.

Emlyn voudrait protester, elle voudrait mentir et dire : « C'est faux. Bien sûr que tu avais ta place, tu as toujours eu ta place. » Elle sait pourtant que ce ne serait pas vrai, ou plutôt que ça ne l'était pas, alors elle préfère enlacer son amie par les épaules et lui chuchoter :

– Je suis désolée.

Elle sent Janessa hocher la tête contre la sienne.

– Quand tu nous as annoncé ton départ, je n'aurais jamais dû lever mon verre pour trinquer.

Elle se revoit sur la terrasse de Betts. Elle a dû paraître si désinvolte, si insensible.

– J'aurais dû te retenir. Essayer au moins.

– Non, on avait toutes les deux besoin que nos chemins se séparent pour un temps. C'est comme ça que je vois les choses.

Emlyn la serre dans ses bras, et elles restent enlacées un long moment.

Elles reprennent la route. Le lac s'étrécit et dessine des lacets à flanc de montagne. Le campement de la veille disparaît. Tyler devient plus difficile à suivre. Il sait peut-être qu'elles sont à ses trousses et cherche à brouiller les pistes. Emlyn fait signe à Janessa de s'arrêter. Elles boivent et mangent un peu de bœuf séché. Emlyn sort son téléphone pour étudier la carte. Sa batterie n'est plus qu'à 12 %. Janessa se penche pour regarder aussi.

Lorsqu'elles repartent, Emlyn lui demande :

– Au fait, je voulais te poser une question. La dernière fois qu'on s'est parlé au téléphone, tu voulais me dire quelque chose. C'était quoi ?

Janessa soupire.

– Ça n'a plus d'importance maintenant.

– D'accord, mais dis-moi quand même.

Son amie se frotte la nuque en perdant son regard au loin.

– Je voulais te dire de refuser, si Tyler te contactait pour te demander de l'aide.

# TROIS ANS PLUS TÔT

Au huitième jour du séjour d'Emlyn à Heart, les températures remontent et la neige commence à fondre. On n'est encore qu'en octobre, au fond, et l'hiver s'échauffe seulement avant sa véritable attaque. D'ici quelques semaines, les températures chuteront, l'air froid en provenance des Obsidians et des Borahs dévalera des pics glacés pour s'établir dans la vallée. Pour le moment Emlyn n'a aucun projet d'avenir, elle ne sait pas exactement ce qu'elle fera, où elle ira, ni même qui elle devrait appeler. Elle sait seulement qu'elle ne pourra pas éternellement rester dans cette maison confortable avec son canapé écossais et son poêle à bois qui crépite, aux côtés de Rev et de son pain maison, aux côtés de Varden et de ses carnets.

– Il faut que je songe à partir, leur annonce-t-elle un soir, autour d'un repas de gibier rôti.

Dans l'après-midi, le chasse-neige a fini de déblayer les routes, repoussant une neige noircie en hautes congères sur les côtés de la chaussée. Un beau soleil chaud a fait fondre ce qui était resté accroché au bitume, et maintenant l'immensité blanche est sillonnée de lignes noires.

Rev se tapote la bouche avec une serviette en tissu à fleurs et la serre dans son poing.

– À ce sujet, jeune fille, je me demandais si tu n'envisagerais pas de rester.

Varden s'arrête de mastiquer pour regarder Rev, puis Emlyn. S'il répond toujours aux questions et transmet les informations essentielles – « Dis à Rev que je vais voir s'il y a des œufs » ou « Méfie-toi, l'eau est particulièrement chaude aujourd'hui » –, il n'est pas très bavard et semble souffrir d'une timidité maladive.

– Si je te dis ça, poursuit la vieille femme, c'est parce que j'aurais bien besoin d'aide. Pour le rangement des chalets et l'organisation de la prochaine saison. Ça représente toujours une sacrée charge, et avec l'âge ça devient de plus en plus lourd. Et pour être parfaitement honnête, nous ne serions pas mécontents d'avoir un peu de compagnie aussi, n'est-ce pas, Varden ?

Il pique un fard et baisse les yeux vers son assiette.

– Non.

Emlyn conserve le silence, elle.

– Je propose le gîte et le couvert en échange de tes services. Au printemps, tu pourras toujours réfléchir à la suite.

– Je ne peux pas, finit par répondre Emlyn, un morceau de pain chaud dans la bouche.

Elle se dit pourtant qu'elle pourrait très bien, en réalité. Remettre les chalets en état, passer l'hiver ici, éviter d'avoir à aller chercher ses quelques affaires dans l'appartement de Tyler, s'épargner la douleur de le revoir.

La douleur et la tentation.

– Promets-moi que tu vas prendre un jour ou deux pour y réfléchir, rétorque Rev en donnant des coups de fourchette dans sa purée de pommes de terre avant d'en avaler une bouchée. Tu me rendrais vraiment un fier service, si ça te paraît possible pour toi.

Emlyn hoche la tête et lorgne discrètement du côté de Varden, qui triture sa serviette entre son pouce et son index.

– Oui, bien sûr, je vais réfléchir, dit-elle avant de boire une gorgée d'eau, merci.

Elle joue avec une carotte, puis ajoute :

– Varden, je me demandais... Est-ce que je pourrais t'emprunter un livre ?

Elle sait qu'il a, dans son chalet, une immense bibliothèque. Si remplie qu'elle déborde, que des livres couchés s'entassent sur ceux trop serrés dans les rayons. Romans, biographies, recueils de poèmes. Une telle variété d'ouvrages qu'elle n'a pas pu identifier un goût particulier pour un genre de prédilection. Henri Nouwen, Stephen King, Mary Shelley, Tomas Tranströmer. (Elle a aussi remarqué la veille, car pendant que Varden déneigeait elle a cédé à la curiosité, une collection conséquente de romans d'amour amish, tous rangés à l'envers, la tranche vers l'avant.) Ça lui ferait du bien de lire un peu, et il y a bien un livre dans cette bibliothèque qui lui irait, même peut-être un roman d'amour amish.

Il scrute un nœud dans le bois de la table, puis il lui jette un coup d'œil.

– Pourquoi pas, marmonne-t-il avant de se lever pour aller à l'évier.

Rev roule les yeux.

– Oh, Varden.

Il est déjà en train de remplir le bac d'eau chaude et de liquide vaisselle. Emlyn l'observe pendant qu'elle termine son pain. Il entasse les casseroles et poêles sur sa droite et s'attaque aux assiettes. Rev sort un jeu de Scrabble du tiroir en bout de table.

Emlyn s'approche de Varden.

– Je vais essuyer, lui propose-t-elle. Si ça ne te dérange pas, je passerai plus tard t'emprunter un livre alors ?

– Dis-moi plutôt ce que tu cherches et je verrai si je l'ai.

– Je ne pourrais pas plutôt regarder ce que tu as ?

– Je ne préfère pas, non.

L'idée qu'il puisse être gêné par ces romans d'amour amish lui traverse l'esprit, et elle ne peut retenir un sourire. Elle prend une assiette propre sur l'égouttoir pour l'essuyer.

– D'accord, dit-elle en rangeant l'assiette dans le vaisselier. Alors surprends-moi.

Le lendemain matin, Varden frappe à la porte. Il est en uniforme de travail.

– Tiens, dit-il en tendant à Emlyn un livre, *Les Hauts de Hurlevent.*

Un petit morceau de papier, plié dans le sens de la hauteur et écorné, dépasse de la couverture. Il le sort et le place dans la paume d'Emlyn avant de plonger longuement son regard dans le sien. Ses yeux sont marron clair, avec des paillettes vertes, et ses lèvres sont pleines, douces. Il lui tient la main un moment puis tourne les talons. Elle déplie aussitôt le papier, c'est une page de son carnet qu'il a déchirée, sur lequel il a, de son écriture si soignée, recopié ces mots :

*L'ASTUCE*
*c'est d'aimer la vie, l'aimer même*
*quand on n'en a plus envie*
*et que tout ce à quoi on tenait*

*s'émiette comme du papier brûlé,*
*qu'on a la gorge chargée de suie.*
*Quand le chagrin est présent, que sa chaleur tropicale*
*alourdit l'atmosphère, qui devient eau,*
*qu'il faudrait avoir des branchies bien plus que des poumons ;*
*quand le chagrin accablant est comme une seconde chair,*
*mais plus lourde, une obésité de tristesse,*
*on se demande :* COMMENT MON CORPS LE SUPPORTE ?
*Alors il faut tenir la vie comme un visage*
*entre ses deux mains, un visage simple,*
*sans sourire enjôleur ni yeux violets,*
*et dire oui, je te reprendrai*
*et je t'aimerai, encore.*

*Ellen Bass*

Emlyn tient fort le bord de la page entre son index et son pouce. Elle relit le poème. Une sensation se faufile dans son ventre, comme un désir ou un désespoir. Est-ce vrai ? Tiendra-t-elle la vie comme un visage entre ses mains et dira-t-elle oui ? Elle a tant de mal à imaginer la possibilité qu'elle puisse aimer un jour la vie à nouveau. Et comment Varden a-t-il su ? Comment a-t-il bien pu deviner qu'un poème, ce poème, réussirait à percer sa carapace, à l'ouvrir en deux ?

Elle s'approche de la fenêtre sur des jambes chancelantes. Varden vient de monter dans sa jeep blanche du service forestier. Il ferme la portière et démarre. Puis il tourne la tête dans la direction d'Emlyn. L'espace d'un instant, ils restent ainsi pétrifiés, les yeux dans les yeux. La vitre se couvre de buée devant elle. Un panache blanc s'échappe à l'arrière de la jeep. Elle presse le poème contre la vitre.

Il lui adresse un signe de tête. Et même si les mots lui manquent pour la nommer, elle sent une émotion monter dans sa gorge. Ce n'est ni de l'amour ni de la paix, mais une étrange permutation de sentiments qui tourbillonnent et s'enveloppent les uns autour des autres.

Elle prend la décision à cet instant précis d'accepter la proposition de Rev et de passer l'hiver ici. Elle demande à Janessa d'aller chez Tyler et de ranger dans un carton toutes ses possessions pour les lui expédier à cette adresse.

À Noël, la pesanteur qui donnait envie à Emlyn de rester au lit et de ne jamais se lever commence lentement, et à regret, à se dissiper. Au printemps, elle aura trouvé le terme pour décrire ce que Varden et Rev lui ont fait ressentir cet hiver-là, alors que des tourbillons de neige dévalaient tels des revenants les pentes des Obsidians et des Borahs. L'impression que, peut-être, elle pourrait encore aimer et être aimée. Que peut-être Varden a raison au sujet du désert, que sa vie continuera. Un tout petit mot de six lettres sans fioritures. *Espoir.*

# 24

Le trajet devient de plus en plus difficile. Emlyn et Janessa enjambent des pierres, gênées par leurs sacs qu'elles doivent régulièrement retirer pour se hisser sur les rochers. Emlyn s'égratigne un genou et Janessa manque de peu de perdre l'équilibre. Le lac vire de nouveau. Non, comprend soudain Emlyn : il y a deux lacs, séparés par une fine bande de pierres et de pins qu'elles n'ont d'autre choix que de traverser. Le souvenir d'un terme de géographie appris en classe de 5$^{e}$ lui revient : *isthme.* Du côté gauche, la pente rocailleuse est vertigineuse, elle scintille au soleil.

Emlyn passe la première. Elle hisse son lourd sac au-dessus de sa tête pour le poser sur le premier rocher. Puis elle l'escalade. Elle récupère ensuite le sac de Janessa, qui la rejoint. La bande de terre forme un talus aux versants abrupts.

– Tu crois vraiment que Tyler est passé par ici ?

La question de Janessa est légitime, elle halète tant l'effort physique est grand.

– Où serait-il allé sinon ?

Petit à petit, elles gravissent les rochers escarpés. D'abord le sac, puis le corps. Le corps, le sac. Elles montent, montent, puis redescendent. Le soleil, proche du zénith à présent, brille de toute sa splendeur, et Emlyn identifie le picotement d'un coup de soleil dans sa nuque et sur son visage. Elle repense à l'homme avec le tour de cou, @ozkerwild. Une fois qu'elles auront franchi cette petite langue rocailleuse, elle enveloppera sa tête d'un foulard.

Quand elles arrivent de l'autre côté, elles sont hors d'haleine. Emlyn repère des arbres qui leur fourniront de l'ombre, et elles s'avachissent chacune contre un tronc, soulagées d'avoir franchi cet obstacle.

Janessa replie ses genoux et place sa tête entre eux.

– Je ne sais pas combien de temps je vais tenir encore.

Emlyn avale une immense gorgée d'eau.

– Si, ça va aller.

Voilà ce qu'elle dit tout haut, même si au fond elle doute. Janessa a l'air éreintée. Emlyn l'est aussi, elle ressent les effets des jours précédents. La longue marche éprouvante jusqu'au lac. Les vomissements, la déshydratation. Elles n'ont sans doute pas encore éliminé toutes les toxines, et dans le cas contraire, leurs corps ne se sont pas encore remis du stress qu'ils ont subi. Sans parler de l'impact émotionnel.

Elle ferme les yeux et se force à respirer profondément. Elle ouvre son sac pour en sortir son foulard, qu'elle enroule autour de son cou et de sa tête.

– Tu es aussi en train de cramer, dit-elle à Janessa, dont elle remarque les joues et le front rouges. Tu as de quoi te protéger ?

Janessa acquiesce et cherche un tour de cou dans son sac. Une brindille craque soudain, en hauteur, et Emlyn tourne la tête dans la direction du bruit.

– Tu as entendu ? murmure-t-elle.

Janessa fait non de la tête.

Elles restent silencieuses. Emlyn scrute le versant de la montagne. Pas le moindre mouvement, pas un seul son. Bien sûr, il y a des bêtes partout – marmottes, écureuils, tamias, souris, oiseaux –, et l'une d'elles est sans doute à l'origine du craquement. D'un autre côté, elles n'ont pas repéré la moindre trace de Bush, et l'idée, effrayante, que ce soient elles qui pourraient être prises en chasse traverse l'esprit d'Emlyn. Elle observe les environs plus attentivement. Et si Tyler avait raison ? Et si Bush s'était caché dans les environs du campement, la nuit dernière, et avait attendu de voir ce qui se passait ? Et s'il les suivait maintenant ?

Emlyn se tourne vers l'eau, limpide, d'un bleu-vert. Des restes de neige de l'hiver précédent ponctuent les façades noires des montagnes, poches de résistance qui ne fondent que lors des étés les plus chauds. Toutes ces couleurs si éclatantes, toute cette beauté.

Pendant de nombreuses années, Emlyn s'est efforcée d'ignorer cette part d'elle qui voit tout à travers le filtre assombrissant de la suspicion. Un frein, une mauvaise habitude à surmonter. Elle repense à la prière de Rev, juste avant son départ. Emlyn s'est efforcée d'accorder sa confiance. Aux autres, et à elle-même. La plupart du temps, elle est vraiment plus heureuse ainsi, lorsqu'elle laisse aux gens le bénéfice du doute, lorsqu'elle choisit de voir le meilleur en eux. Et pourtant, dans l'immédiat, sa vieille inclination reprend peu à peu l'ascendant dans son esprit, avec ses petites dents pointues. Elle n'a aucun moyen d'en être sûre, bien entendu, mais ce n'est peut-être pas elle, le problème. Ce qu'elle considère comme un défaut pourrait bien être de l'intuition, et doit-elle continuer à l'ignorer ? Tyler a-t-il véritablement oublié d'envoyer le message *via* le GPS ? Où est Bush ? Et si tout ce que Janessa lui a raconté à son sujet est vrai, jusqu'où ira-t-il pour se protéger ?

# 25

Emlyn décide qu'elles doivent continuer à monter, en tournant le dos à la berge rocailleuse pour s'enfoncer dans les bois. Elles reprennent donc leur route et avancent sans bruit sur les aiguilles de pin. Il y a de l'ombre au moins. Un pic attaque un tronc en hauteur, et Emlyn lève la tête. Le ventre d'un rose presque rouge, les ailes sombres impressionnantes. Le cou blanc et la tête rouge. Un pic de Lewis, spécimen rare. Varden lui a appris tellement de choses sur les oiseaux. Elle pense à lui, à eux deux derrière la fenêtre chez Rev, genoux contre genoux, à étudier les oiseaux qui se posent sur la mangeoire. Elle lève le bras vers le pic en murmurant son nom et se tourne vers Janessa, pour le lui montrer.

Son amie s'est arrêtée. Elle observe le lac, plus bas, comme fascinée. Emlyn suit son regard.

À travers les arbres, elle aperçoit une silhouette avec une casquette orange. Tyler ! Le soulagement l'envahit. Elle rebrousse chemin, prête à s'élancer vers lui, mais Janessa la retient par la manche.

– Attends, chuchote-t-elle en posant un doigt sur sa bouche.

Tyler s'accroupit et fouille dans un petit sac rose. Il se lève et vide son contenu par terre. Janessa étouffe un cri.

Tyler piétine tout.

Janessa part en courant vers l'eau, dévale la côte.

– Non !

Emlyn, sonnée, lui emboîte le pas. Au bord de l'eau, Tyler s'accroupit pour chercher quelque chose dans les débris. Lorsque Janessa arrive à sa hauteur, il veut se redresser, mais elle se jette sur lui pour le faire reculer. Il manque de tomber à la renverse.

Dès qu'Emlyn les a rejoints, elle prend son amie par le bras.

– Arrête ! Qu'est-ce que tu fais ?

Janessa lui montre les décombres, la centaine d'éclats de métal et de plastique qui scintillent sur les pierres. Un tube de baume à lèvres, un mascara, un poudrier dont les cristaux roses brillent au soleil.

– C'est ma trousse de maquillage ! Je pensais que Bush l'avait prise ! Et quelque part dans tout ce bazar il y a la clé USB où j'ai stocké tout ce que j'ai trouvé. Il voulait la détruire.

Janessa s'agenouille pour la chercher dans les débris. Elle ramasse un petit rectangle de plastique bleu et le brandit.

– C'est lui qui l'avait prise, pas Bush.

Emlyn se tourne vers Tyler, sourcils froncés. Elle défait les sangles de son sac à dos et le laisse glisser à terre.

– Je peux tout vous expliquer, dit-il en levant les mains.

– Ah oui ? rétorque Janessa. Je t'ai surpris en train de détruire les preuves que j'ai passé un an et demi à recueillir, comment tu vas expliquer ça ? Vas-y, je t'écoute.

Emlyn sent le soleil sur ses épaules. Elle entend le clapotis de l'eau à ses pieds.

Le sujet sur CNN.

Le message jamais envoyé.

L'insistance de Tyler pour que Janessa abandonne son projet et rentre chez elle.

Maintenant ça.

Emlyn voit toutes les pièces du puzzle étalées devant ses yeux et, d'un coup, elle comprend. Pourquoi ils ont parcouru tout ce chemin, pourquoi ils sont ici, dans ce désert.

Il n'a jamais été question de retrouver Janessa pour la sauver. Tyler voulait la retrouver pour l'arrêter.

Elle le regarde. Ses yeux, qui roulent de gauche à droit, son épaule gauche relevée. Il est en train d'inventer un nouveau mensonge, elle le sait. Elle ne lui en laisse pas le temps.

– Tu vas nous dire que tu as « deux ou trois choses à régler », lance-t-elle, en se rappelant ce qu'il lui a dit au début de cette expédition.

Elle se remémore leur première nuit autour du feu, ce qu'elle a ressenti en s'autorisant à croire que Tyler avait changé. Au point qu'elle a bien failli oublier l'essentiel : il fera toujours, toujours, passer quelque chose avant elle. La colère bouillonne dans sa gorge, et sa voix s'étrangle.

– Ou alors tu veux peut-être juste « tout arranger » ?

Elle enfonce le clou :

– C'est quoi, alors ?

Il fixe le lac d'un turquoise étincelant à la lumière de midi. Il prend une profonde inspiration.

– Les deux.

Le cœur d'Emlyn se serre. Elle s'attendait à un mensonge, et en disant la vérité il l'a prise à contre-pied.

– C'était quoi ? demande-t-elle doucement après avoir pris le temps de se ressaisir. Ces choses à régler ?

Il ne répond pas.

– Tyler, je crois qu'après tout ce qui vient de se passer tu me dois bien ça.

Il lève la tête vers le ciel. Il paraît hésiter.

– J'en faisais partie.

– Partie de quoi ?

– Je bossais pour lui parfois.

Janessa étouffe un cri. Emlyn garde le cap.

– Quand on était ensemble ? Avant ? Après notre rupture ?

Elle se force à rester calme.

– Et je t'interdis de me mentir, Tyler. J'exige la vérité.

Il ferme les yeux, réfléchit.

– Avant et pendant. Pas après.

Emlyn prend le temps d'intégrer cette information. Comment ne s'est-elle rendu compte de rien ? Ils ont vécu ensemble, mangé à la même table, partagé la même salle de bains. Ils faisaient tout ensemble. Comment n'a-t-elle rien vu ?

Il retire sa casquette pour se passer la main dans les cheveux.

– Je te jure que j'ai vraiment décroché depuis que tu m'as quitté. Je n'ai touché à rien. Je n'ai plus participé à son business.

Janessa fait un pas vers lui.

– Sauf que j'ai trouvé un truc qui t'a rendu nerveux.

Il confirme d'un hochement de tête.

– Dans les fichiers cryptés que tu m'as envoyés, il y avait de quoi m'expédier au trou pendant des années.

– Tu veux dire que tu es Collins ? lui demande-t-elle, la lèvre tremblante.

Emlyn repense soudain à cette journée, il y a des années, au parc de Craters of the Moon, et à la fascination de Tyler pour le troisième astronaute, oublié par l'histoire.

– Était, répond Tyler. Plus maintenant. Et c'est pour ça que je ne mérite pas… d'aller en prison. D'être puni. J'en ai fini depuis des années.

Il pose un regard implorant sur Emlyn.

– Je devais l'arrêter, tu comprends, non ? Je savais que si Janessa faisait tomber Bush, je tomberais aussi.

– Alors tu as menti. Et tu t'es servi de moi. Tu m'as persuadée que Janessa était en danger, et tu nous as tous fait courir de gros risques pour pouvoir sauver ta peau.

Il s'est montré si convaincant. À la boutique d'abord, puis au chalet, et toutes ces soirées au coin du feu. Ses grandes déclarations – les je t'aime, je suis désolé, je ne t'ai jamais oubliée… Étaient-ce des mensonges aussi ?

– Je t'ai cru, murmure-t-elle. Je t'ai fait confiance.

Il tend la main vers elle, mais elle se dérobe en secouant la tête. Elle ne veut plus entendre ce qu'il a à dire. C'est terminé.

Janessa s'interpose entre eux deux et repousse Tyler des deux mains. Cette fois, il ne parvient pas à garder l'équilibre, même en faisant de grands moulinets avec ses bras, et il tombe à la renverse sur les pierres.

Bouleversée, Emlyn prend une longue inspiration et se détourne, par réflexe, pour ne pas voir. Puis elle se ressaisit et bouscule Janessa, se précipite au chevet de Tyler.

Agenouillée dans les pierres, elle répète son prénom. Elle prend son pouls. Il rouvre les paupières, les plisse.

Derrière elle, soudain, une agitation, un bruit sourd de chairs qui claquent. Elle se retourne et découvre Janessa étendue face contre terre.

Elle reçoit alors un coup violent dans le dos, et la douleur irradie aussitôt le long de sa colonne. Sa tête est projetée d'avant en arrière, et elle se mord la langue jusqu'au sang. Elle a le réflexe de tendre les mains pour amortir sa chute, mais son visage heurte les pierres. Une nouvelle douleur se diffuse dans sa mâchoire cette fois, et le goût âcre du sang lui emplit la bouche. Ce n'est pas terminé. Son assaillant empoigne ses longs cheveux et la traîne sur la grève. Elle donne des coups de pied pour accompagner le mouvement. Elle se tortille et se débat, elle cherche à atteindre la main qui la tient par les cheveux. Un gigantesque poing puissant, aux articulations rugueuses.

Bush.

Elle plante ses ongles dans la chair, de toutes ses forces, pour le griffer.

Il pousse un rugissement de douleur et, sans la lâcher, la retourne pour qu'elle le voie. Elle est éblouie par le soleil. Son visage, si beau, s'est transformé en masque hideux et terrifiant. Il se remet en mouvement et l'entraîne vers l'eau. Elle gonfle ses poumons d'oxygène.

Le froid lui fait l'effet d'une décharge dans les jambes, le ventre, les épaules. Elle a l'impression que son cœur va exploser. Il lui enfonce la tête sous l'eau. Elle ouvre les yeux. Avec ses pieds, elle cherche le fond du lac. Là. Elle les plante, puis se redresse de toutes ses forces pour sortir de l'eau. De l'air. Elle a le temps d'en avaler une grande goulée, avant qu'il ne lui enfonce de nouveau la tête sous l'eau, à deux mains cette fois.

Elle réussit à lui griffer les bras. Il relâche sa prise un bref instant et, même si elle réussit à peine à remonter à la surface, elle reprend un peu son souffle.

Une journée de baptêmes. Sous le chaud soleil d'août. Rev dans la Salmon, récitant les paroles : « Au nom du Père, du Fils et du Saint-Esprit… » Trois fidèles ont été baptisés ce jour-là, et chacun d'eux, Emlyn pourrait le jurer, est ressorti de l'eau radieux, aussi épanoui que Rev. Varden en faisait partie. Elle ne l'a jamais vu aussi beau.

Rev. Ses beaux cheveux blancs, son regard bleu si tendre. Ne reverra-t-elle plus sa chère amie ? Et Varden ? Ces rêveries de matins de Noël, de chocolat chaud et de lecture sur un canapé. Aura-t-elle seulement l'occasion de lui dire qu'elle a rêvé de ces choses ? Est-ce cela que l'on ressent lorsqu'on se trouve aux portes de la mort ?

Ce n'est pas la première fois pour elle. Ce jour-là sur la route, il y a trois ans, alors que la pluie glaciale lui martelait le cou et que le froid s'emparait d'elle…

Elle s'agite, se débat. Elle reçoit un coup dans la poitrine. Une fois encore, ses pieds trouvent le fond du lac, et elle jaillit à l'air libre, haletante. Bush ne lui laisse pas de répit. Elle sent que ses forces faiblissent.

Un autre coup, cette fois dans les côtes. Elle sent un objet dur qui rend l'attaque plus douloureuse. La lampe de Rev. Elle tire sur la fermeture Éclair, se débat avec sa poche mais réussit à la sortir. Elle passe son pouce sur l'extrémité pointue, censée servir à briser du verre. Elle serre la lampe de toutes ses forces dans sa main. Bush l'entraîne de plus en plus profond. Bientôt, elle n'atteindra plus le fond du lac.

Tout à coup, il relâche un peu sa prise. Il a encore les doigts emmêlés dans sa chevelure mais il a ouvert le poing.

*Maintenant.* Elle se repousse sur le sol une dernière fois et remonte. Bush est à une trentaine de centimètres, il se cache les yeux avec les mains. Convoquant ses toutes dernières forces, Emlyn le frappe à la tête. La pointe de la lampe rencontre sa tempe, pile l'endroit qu'elle visait. Cet endroit si sensible de la tête. Il ouvre la bouche. Oscille vers la gauche, la droite.

Emlyn a du mal à respirer, elle veut gonfler ses poumons, et... Une terrible brûlure dévorante s'empare d'elle. De ses yeux, de sa bouche, de sa gorge. Elle ferme les paupières et se force à retenir son souffle, mais la douleur ne reflue pas, elle est entrée dans son corps, elle écorche ses poumons. Une peur dévorante la consume : c'est à ça que ressemble une noyade ?

Un bras la saisit par la poitrine, sous les aisselles. Mince, bronzé.

– Viens là, Em, tout va bien. Viens.

Janessa la sort de l'eau avec des gestes aussi sûrs qu'une sauveteuse. Elle l'éloigne de Bush, qui a toujours les mains plaquées sur ses yeux et hurle de douleur, de l'eau jusqu'à la taille.

Emlyn s'effondre sur la grève. Elle tousse, sans relâche, jusqu'à ce qu'elle recrache un jet d'eau et de bile.

– Là, c'est bien, lui dit Janessa en lui tapotant le dos.

Les oreilles d'Emlyn tintent. Elle a de l'eau partout, dans des endroits où elle ne devrait pas en avoir, à l'intérieur du nez, des oreilles, de la gorge, du ventre. Ça cogne dans son crâne. Tout est flou, et pourtant, maintenant qu'elle est hors du lac, elle remarque que Bush, qui a laissé retomber ses bras, a du sang sur la tempe et le visage. Sa tête roule en arrière et il s'écroule dans l'eau avec une immense gerbe. Le coup qu'elle lui a porté avec la lampe torche a fini par avoir raison de lui.

Au début, elle sent un soulagement l'envahir. Elle est débarrassée de Bush. Il ne pourra plus lui faire de mal, ni à elle ni à personne d'autre.

– Tyler, pense-t-elle soudain.

– Il va bien, lui répond Janessa, assise dans son dos. Ne bouge pas, halète-t-elle avant de se relever.

Emlyn regarde la silhouette aux contours brouillés de son amie retourner dans l'eau.

Une part d'elle voudrait dire à Janessa de laisser Bush mourir. Il y a moins d'une minute, il essayait de la noyer dans ce même lac. Il ne mérite peut-être pas d'être sauvé. C'est le karma, le bien qui triomphe du mal.

Et pourtant, même si elle a mal partout, même si plus rien n'a de sens, une autre part d'elle, mieux avisée, sait qu'elle n'aspire pas à cette issue-là. Oui, elle se défendait. Oui, il cherchait à la tuer, mais… elle ne veut pas que Bush meure à cause d'elle. Qu'il soit un monstre n'y change rien, elle ne veut pas de ce poids sur sa conscience. Elle n'est pas cette femme.

Janessa ressort du lac en tenant Bush par le col de son tee-shirt. Elle réussit à traîner son corps inerte sur la grève. Emlyn rampe jusqu'à lui, les galets ronds s'enfoncent dans ses genoux et ses paumes. Elle a du mal à respirer encore, pourtant elle le fait rouler sur le dos. Elle approche son visage tout près du sien pour sentir un souffle. Rien. Elle positionne le talon de sa main au centre du torse massif de Bush. Elle exerce une forte compression, recommence, encore et encore, une centaine de fois, à un rythme soutenu. Elle s'est entraînée sur des mannequins, à des dizaines de reprises, mais c'est la première fois qu'elle le fait sur un véritable être humain.

Emlyn n'a presque plus aucune force. Elle se penche vers lui pour approcher sa joue tout près. Toujours rien. Elle s'écarte, lui pince le nez, gonfle ses poumons et couvre entièrement sa bouche avec la sienne. Une seconde d'insufflation. Elle reprend son souffle pour expirer de nouveau dans sa bouche. Elle fixe le torse dans l'espoir de le voir se soulever, recommence un cycle de trente compressions thoraciques. À la dix-huitième, Bush se tord et recrache une gerbe d'eau sur les bras d'Emlyn. Il tousse et tente d'avaler de grandes goulées d'air. Elle le fait rouler sur le flanc.

– Tu dois lui retirer ses vêtements mouillés, dit Emlyn en claquant des dents. Il doit se réchauffer. Et moi aussi.

– Toi d'abord, répond Janessa.

Elle se rapproche pour l'aider à se débarrasser de sa polaire et de son tee-shirt gorgés d'eau glaciale. Elle déboutonne aussi le pantalon d'Emlyn et le descend sur ses jambes mouillées, lui enlève ses chaussettes. Puis elle va sortir un sac de couchage.

– Viens, dit-elle en l'aidant à se glisser à l'intérieur.

Ensuite, seulement, Janessa s'occupe de Bush. Elle le déshabille et laisse ses vêtements en tas. Emlyn se tortille jusqu'à son sac pour en sortir le GPS. Ses mains tremblent à cause du froid, et elle a du mal à soulever la petite trappe qui protège le bouton d'urgence. Elle le presse pendant plusieurs secondes. Un message apparaît à l'écran pour lui demander de confirmer cet appel au secours. *Oui*, tape-t-elle. Elle regarde sa montre. Six minutes plus tard elle reçoit une réponse de l'IERCC, l'International Emergency Response Coordination Center. *Ici l'IERCC, quelle est la nature de votre urgence ?*

Comment répondre à une question pareille. *Mon amie et moi, nous sommes en pleine nature sauvage avec deux hommes, grands, forts et peut-être fous, et nous ne pourrons jamais les emmener par nos propres moyens, alors nous avons besoin d'aide.* Au lieu de quoi elle presse les minuscules touches pour écrire : *Deux quasi-noyades, une commotion cérébrale.*

Neuf minutes plus tard, elle reçoit la réponse. *Les secours sont prévenus. Ils vous envoient des sauveteurs et demandent à ce que vous restiez à l'endroit où vous vous trouvez.*

Ça, c'est dans leurs cordes.

Elle imagine l'effervescence – les coups de fil, les textos, la ruée pour réunir une équipe – qu'elle vient de déclencher. Le soulagement dénoue la tension dans ses épaules, c'est une couverture douillette, une compresse chaude sur une contusion.

Elle presse les flèches sur le clavier du GPS pour accéder aux messages, dans l'espoir que Varden lui aura répondu. Ce n'est pas le cas.

Janessa est en train d'attacher les mains de Bush dans son dos avec de la paracorde. Il continue à tousser. Elle fait plusieurs tours avec le cordage ultra résistant en serrant bien.

– On pourrait attendre une minute, dit Emlyn.

Chaque mot lui écorche la gorge.

– Désolée, dit Janessa en faisant un premier puis un second nœud, mais je ne veux courir aucun risque.

Quand elle a terminé, elle s'attaque aux pieds. Bush se cabre, agité de haut-le-cœur. Janessa le recouvre avec le second sac de couchage, en vérifiant qu'il est bien au chaud.

Emlyn grimace.

– Je ne comprends pas pourquoi j'ai l'impression d'avoir les yeux, la gorge et les poumons en feu.

Janessa fait la grimace.

– Le spray anti-ours. Je visais Bush, mais tu en as aussi reçu un peu, désolée.

– Ah d'accord, dit Emlyn en toussant.

Elle se souvient de leur toute première rencontre, au Bumpy's Diner, quand Janessa a posé d'un geste sec la bombe sur la table en Formica avant de dire qu'elle avait toujours eu le désir d'asperger un fumier avec ce spray.

– En somme, tu viens de réaliser un de tes rêves.

# 26

– Rien ne vous oblige à faire ça, dit Bush.

Ça fait deux heures qu'Emlyn a envoyé le S.O.S., et ils patientent toujours au bord du lac.

Tyler a repris conscience, mais il reste sonné. Janessa lui a donné un Ibuprofen pour ses maux de tête, et Emlyn lui a proposé une poche de froid instantané qu'il tient dans sa nuque.

– La ferme, lui répond Janessa, assise près d'Emlyn.

Elle se lève pour aller vérifier qu'il a toujours les mains et les pieds bien attachés.

– Je dis juste que ce n'est pas la seule option. Vous pouvez encore changer d'avis. On pourrait tous tourner la page. Sans rancune.

Une vilaine contusion violet foncé commence à s'étendre de la tempe de Bush à son œil gauche, et le sang qui a coulé à cause de la pointe de la lampe a laissé une trace sur tout le côté de son visage en séchant. Il a les yeux injectés de sang et gonflés à cause du spray, les muqueuses sont rouge vif.

– Pense à tous les bons moments qu'on a partagés, bébé, roucoule-t-il. On s'est tellement amusés… Tu ne peux pas me faire ça.

– Arrête.

Après quelques instants de silence, il tente une nouvelle tactique :

– Je peux en avoir terminé avec tout ça. Je peux changer.

– C'est un peu trop tard.

– Je t'aime, et je sais qu'une part de toi m'aime aussi.

– Tu ne m'aimes pas, déclare-t-elle sans émotion, en fixant ses chaussures avant d'ajouter, tout bas : Et je ne t'ai jamais aimé.

Bush s'assombrit. Il devient hideux, et pas seulement à cause de ses blessures et du sang. Disparu le charisme qu'il respirait, disparu son sourire contagieux. À leur place il ne reste que la rage, la haine et le désespoir, qui irradient de son corps et de son visage, ténèbres palpables et répugnantes. La transformation déstabilise Emlyn. Il foudroie Janessa du regard et la couvre d'une litanie d'insultes.

Celle-ci prend son bâton de marche. Emlyn se demande un instant si elle compte frapper Bush avec, mais elle la voit retirer un morceau de scotch orange vif juste en dessous de la poignée. Un vieux truc des amoureux de la nature, un moyen d'avoir de l'adhésif sur soi en cas d'urgence sans transporter un rouleau entier. Janessa en déroule un morceau d'une vingtaine de centimètres puis s'approche de Bush, toujours lancé dans sa diatribe enragée. Il jure et postillonne, la bouche écumante. Elle se baisse et il s'écarte. Il remue la tête, résiste, jusqu'à ce qu'elle se saisisse d'une poignée de ses cheveux épais.

– On t'a assez entendu, dit-elle en collant le scotch d'un côté avant de bien le tendre sur sa bouche.

La fureur de Bush est démultipliée, il donne des coups avec ses pieds entravés, se cambre. Emlyn préfère éviter de penser aux dégâts qu'il pourrait causer s'il n'était pas attaché. Les secours sont en chemin, se souvient-elle. Ils mettront peut-être deux heures, peut-être six. Mais la fin de ce cauchemar approche. Ils doivent juste patienter.

Emlyn n'a pas adressé un seul mot à Tyler. Elle n'a toujours pas fini de mettre de l'ordre dans sa confusion – celle des trois derniers jours, celle des cinq dernières années –, et elle est si épuisée que trouver du sens à quoi que ce soit lui paraît impossible dans l'immédiat.

La nuit tombe. Emlyn est presque entièrement sèche maintenant, à l'exception de ses longs cheveux, mais elle a encore un peu froid. Elle sait qu'elle a réchappé au pire, pourtant elle garde cette sensation effroyable d'avoir de l'eau à l'intérieur d'elle, dans des endroits où celle-ci ne devrait pas se trouver. Ses deux oreilles bourdonnent, et elle est sûre qu'une poche liquide est prisonnière tout au fond de la gauche.

Elle s'assoupit. Dans ses rêves, elle entremêle des souvenirs.

Son père qui lui fait signe de la rejoindre au milieu d'un cours d'eau. Son père qui s'éloigne et se retourne pour agiter la main.

Papy avec son sourire grincheux, qui lui tend *Le Meilleur des mondes*.

Bush avec ses énormes mains qui l'attrape par les cheveux et la plonge dans le lac. Les flots d'eau glaciale qui pénètrent en elle, la brûlure du spray au poivre.

Varden qui lui glisse le poème d'Ellen Bass dans la main, recopié avec soin sur une page de son carnet.

Plus tard, elle rouvre les yeux. Le feu projette un éclat orange, les braises sont brûlantes. Janessa a aussi attaché

Tyler maintenant, Bush et lui sont allongés dos à dos dans des sacs de couchage. Janessa s'est endormie à côté d'Emlyn. Et là, au loin, une lumière. Petite, blanche, éblouissante. Elle tressaute le long de la berge la plus éloignée du lac, se déplace à gauche, à droite, vers le haut, vers le bas, dans des mouvements tremblants, irréguliers. Une lampe torche ?

La lumière disparaît. Emlyn a peut-être rêvé. À moins qu'il ne s'agisse d'un corps flottant dans son œil après le spray au poivre. Elle ferme les paupières et tente de se rendormir.

– Emlyn ?

La voix tonne dans la nuit.

Elle se redresse aussitôt. Les secours sont là !

Elle secoue Janessa.

– Tu as entendu ?

Janessa roule sur l'autre flanc en gémissant.

– Emlyn ! répète la voix.

La lumière se rapproche en dansant.

– Ici ! essaie-t-elle de hurler, mais le son qui sort de sa bouche ressemble plus à un faible croassement, un cri étranglé comme celui des biches lorsqu'elles ont peur. Je suis là !

Elle s'extirpe de son sac de couchage et se relève. Ses cheveux sont encore humides.

Le mouvement de la lumière est de plus en plus erratique : la personne qui la tient a accéléré. Janessa s'agite et s'assied.

– Emlyn !

Elle reconnaît la voix maintenant, et son cœur se gonfle d'espoir, de joie et de soulagement.

– Varden !

Sa voix ne lui répond toujours pas, mais cette fois c'est à cause de l'émotion. Tout à coup, elle est un millier de ruisseaux, elle est la fonte des neiges. Des larmes coulent, sans relâche, de ses yeux.

La lumière dévale la pente. Elle a du mal à marcher, et pourtant elle se forcer à aller à sa rencontre.

– Dieu soit loué, dit-il en l'enlaçant.

Elle sanglote tellement qu'elle ne peut pas parler.

– Hé, tout va bien ? s'inquiète-t-il en la serrant contre lui. Je me suis tellement inquiété…

– J'ai envoyé un S.O.S. à partir d'un GPS. Tout à l'heure.

– Bien, approuve-t-il sans la lâcher. C'est bien.

Elle grelotte et verse encore des larmes, parce qu'elle comprend que si Varden est déjà là, c'est qu'il s'est mis en route avant qu'elle ne lui écrive. Et qu'il n'avait pas de réseau.

– Tu n'as pas eu mon message, si ?

Il secoue la tête.

– Je ne comprends pas alors… Comment nous as-tu trouvés ?

– On a synchronisé nos applis de cartographie, à l'automne, quand je t'ai accompagnée pour ta mission avec ce reporter du magazine. Je ne m'en souvenais plus pour être honnête, sauf qu'il y a deux jours, en me préparant pour aller pêcher au lac Tatum, lorsque j'ai ouvert l'appli pour planifier mon itinéraire, j'ai vu le tien. Je suis quand même parti pêcher, mais j'avais un mauvais pressentiment qui ne me lâchait pas, alors j'ai rapidement fait demi-tour et je suis parti à ta recherche.

Il recule d'un pas pour élargir son champ de vision.

– Et les autres ? Tu as retrouvé ton amie ? Elle va bien ?

– Oui, on l'a retrouvée, et elle va bien.

Elle mesure tout ce qu'elle a à lui dire. Quand et comment pourra-t-elle lui expliquer ? Varden se dirige vers le feu.

– Service forestier, annonce-t-il en guise de présentation avant de prendre le temps d'observer la scène qu'il découvre.

Bush, couvert de contusions, attaché et bâillonné. Tyler, un tee-shirt noué sur les yeux, la poche de glace toujours dans la nuque, ficelé lui aussi. Janessa, debout, l'air ahuri.

– Je ne m'attendais pas à ça, lâche Varden avant que le professionnel en lui ne reprenne le dessus.

Il s'agenouille à côté de Tyler et allume sa lampe pour vérifier l'état de ses pupilles. Il lui pose des questions. « Vous savez où vous vous trouvez ? Pouvez-vous compter de 20 à 0 ? » « Vous savez quel jour on est ? » Lorsqu'il a terminé, il passe à Bush. Il semble hésiter, mais il retire lentement le scotch qui l'empêche de parler.

– Monsieur, nous sommes retenus prisonniers contre notre volonté par ces deux folles, dit-il d'une voix grave.

Emlyn ne peut s'empêcher de remarquer qu'il semble être redevenu le Bush plus aimable. Il paraît sincère, inquiet.

Varden se contente de hocher la tête et de lui faire passer le même examen rapide qu'à Tyler. Il sort sa trousse de secours de son sac à dos pour tamponner la tempe de Bush avec une lingette antiseptique.

Celui-ci grimace.

– Comment vous êtes-vous fait ça ? lui demande Varden.

Il utilise un coton-tige pour appliquer un peu de crème antibiotique sur la plaie.

– Elle m'a frappé, crache Bush en tendant le menton vers Emlyn.

Varden se retourne et lui sourit d'un air surpris.

– Emlyn ?

– Oui !

– C’est que vous deviez l’avoir cherché alors, dit Varden en posant un large pansement sur la blessure.

– Détachez-nous s’il vous plaît, laissez-nous partir.

Janessa s’apprête à protester, mais avant qu’elle n’ait eu le temps de dire quoi que ce soit, Varden replace soigneusement le scotch orange sur les lèvres de Bush. Il se cambre, hors de lui.

Varden se tourne vers Emlyn et Janessa.

– J’imagine que vous avez une sacrée histoire à raconter, toutes les deux… Au fait, je m’appelle Varden, ajoute-t-il en tendant la main à cette dernière. Je pense que nous nous sommes parlé, il y a quelques années, mais c’est la première fois que nous nous rencontrons.

– Janessa, répond-elle en lui serrant la main. Enchantée de faire votre connaissance.

Elle se tourne vers son amie, yeux exorbités, bouche ouverte et s’évente le visage d’un air théâtral. Emlyn, gênée, lui jette un regard noir. Janessa s’assied à côté d’elle et lui glisse à l’oreille :

– Tu es complètement cinglée de penser encore à Tyler alors que tu as ce type-là devant toi. Tu en es consciente quand même ?

Dans le ciel, le modeste croissant de lune n’éclaire presque pas la nuit. Un morceau de bois s’échappe du feu, et une pluie d’étincelles monte en crépitant. Elle sent son annulaire fourmiller dans l’air froid.

Emlyn regarde Varden, qui a séparé Tyler et Bush et s’est assis entre eux.

– Je sais, dit-elle tout bas. J’espère juste qu’il n’est pas trop tard.

## L'ÉTÉ DERNIER

Tous les soirs, Emlyn observe Varden à travers la fenêtre du salon de Rev. À son retour du travail, il ressort de son chalet avec son arc et sa cible et les transporte, chacun sous un bras, jusqu'au champ derrière le parking. Là, il disparaît. Malgré sa curiosité dévorante, elle ne trouve pas le courage d'aller assister à son entraînement. Jusqu'à ce qu'un jour de juillet, elle enfile sa casquette, crie à Rev qu'elle revient tout de suite et emboîte le pas à Varden.

Le soleil est encore dans le ciel, l'herbe d'une belle couleur de miel s'embrase avec la lumière du crépuscule. Varden se trouve à une centaine de mètres, les pieds écartés à la largeur des épaules, torse nu. Il s'immobilise, une légère onde passe d'une épaule à l'autre, un léger souffle traverse sa posture. Il encoche sa flèche, lève l'arc, arme son bras. Tous les muscles de son dos se tendent, c'est comme une houle solide qui parcourt sa peau. Il tire. Le petit bruit sec de la corde, le sifflement de la flèche qui atteint la cible. En plein dans le mille. Il observe le résultat. Il sort une autre flèche de son carquois, la fait tourner entre ses doigts, puis la met en position. Cette fois Emlyn remarque que ses doigts lui effleurent la joue lorsqu'il tire sur la corde. L'ondoiement des muscles dans son dos, les tendons de son avant-bras. Encore dans le mille.

Il se tourne vers elle, lui jette un bref coup d'œil, et elle rive son regard sur la montagne. Elle rougit, prise sur le fait. Il dépose son arc contre le rocher sur lequel il a posé son tee-shirt et le remet.

– J'ai un vieil arc, dit-il. Je peux régler sa puissance si tu veux essayer de tirer.

Elle s'aventure plus près, l'armoise crépite contre ses jambes.

– C'était beau. Ta façon de tirer, je veux dire. C'est beau. Tu es fort.

– Merci, marmonne-t-il en remuant la terre sèche avec la pointe de ses chaussures.

– Pourquoi tu fais ça ? lui demande-t-elle.

– Qu'est-ce que je fais ?

– Tu détournes parfois les yeux quand je te parle.

Il a une petite fossette sous l'œil gauche. Elle frémit.

– Non, c'est faux, se défend-il.

– Si, c'est vrai.

– Je préfère ne pas te répondre.

Elle le prend par le coude et il tressaille.

– Dis-moi.

Il fixe le sol un instant, avant de redresser la tête et de la regarder droit dans les yeux. Elle remarque qu'avec cette lumière ses yeux sont assortis au paysage, d'un beau vert qui tire sur le doré.

– C'est parce que la première fois que je t'ai vue, tu étais nue, et que ça me met un peu mal à l'aise.

À son tour, elle ne sait plus où se mettre. La fossette frémit de nouveau.

– Normalement, j'aurais aimé t'inviter au moins à dîner avant d'en arriver là.

Il lui sourit alors à pleines dents et une vague de rire secoue son visage.

– Varden !

Elle n'en revient pas de l'entendre plaisanter sur ce sujet. Elle repense aux romans d'amour amish dans sa bibliothèque, rangés à l'envers. Elle est sûre qu'elle est rouge vif, mais elle se surprend à rire elle aussi.

– Ce n'est pas la vraie raison, reprend-il. Enfin, ça en fait partie. Disons que je suis maladroit en présence des femmes, ça a toujours été le cas. Surtout avec celles que j'apprécie.

Il s'interrompt pour fermer les yeux et plisser le nez.

– Voilà, tu en as une illustration parfaite, conclut-il.

– Tu es maladroit, lui dit-elle avec un sourire, mais ça ne me dérange pas.

Il retourne prendre son arc, se met en position et tire. La flèche passe complètement à côté de la cible.

– C'est une façon de me faire comprendre que je te distrais ? lui lance-t-elle.

Il s'éloigne pour aller ramasser la flèche et lui tourne donc le dos, ce qui ne l'empêche pas d'entendre sa réponse.

– Tu n'as pas idée.

# 27

À l'aube, Emlyn est réveillée par le bruit d'un hélicoptère qui approche en balbutiant. Le soleil déverse des flots orange sur le lac. Elle s'assied, se frotte les yeux et regarde autour d'elle. Janessa dort encore. Varden monte la garde, adossé à un pin, bras croisés. Au loin, sur le lac, l'hélicoptère finit par apparaître. Après avoir décrit un tour au-dessus d'eux, il repart vers le sud en quête d'un endroit où se poser.

Varden a libéré Bush de son bâillon pour la nuit, et celui-ci saisit cette dernière occasion de convaincre Janessa.

– Il est encore temps, tu peux changer d'avis.

– Il est trop tard au contraire.

– Bébé...

Janessa le foudroie du regard puis lui montre le scotch orange sur son bâton de marche.

– Si tu continues...

Les secouristes descendent de l'hélicoptère et approchent au pas de course sur la grève. Ils se livrent à une série d'examens rapides, comme Varden la veille. Ils écoutent le cœur d'Emlyn, auscultent ses oreilles.

Varden a utilisé son propre GPS pour demander qu'au moins un policier accompagne les secours, et il lui explique

que les deux hommes doivent rester attachés pour la durée du vol.

– Désolé, dit un secouriste une fois qu'ils ont vérifié l'état de tout le monde. On n'a de la place que pour quatre passagers.

Varden lève la main :

– Je peux repartir à pied.

– Moi aussi, s'empresse d'ajouter Emlyn.

Elle sait qu'elle n'est pas vraiment en état de faire cette longue marche et qu'elle va sans doute le ralentir, mais il y a tellement de choses qu'elle veut lui dire, tellement de choses qu'elle a enfin comprises. Elle le considère d'un air penaud.

– Si tu es d'accord, bien sûr.

– Pourquoi pas, répond-il en se détournant, ce qui emplit le cœur d'Emlyn d'appréhension.

Elle refuse de regarder Bush et Tyler, lorsqu'ils sont conduits à l'hélicoptère.

– Appelle-moi quand tu seras rentrée, lui dit Janessa. Je veux te rendre visite. Admirer ton Airstream et rencontrer Rev.

Elle lorgne du côté de Varden et ajoute :

– Je veux tout savoir de ta nouvelle vie.

Emlyn hoche la tête, puis serre son amie contre elle, jusqu'à ce qu'elle se libère pour aller monter dans l'hélicoptère. Il décolle, soulevant des cailloux et de la poussière. Emlyn et Valden se protègent derrière un rocher et se cachent les yeux. Ils le regardent ensuite s'éloigner au-dessus du lac et s'évanouir. Ils finissent de remballer leurs affaires et éteignent le feu sans un mot. Ce n'est pas le silence qu'ils sont habitués à partager, simple et confortable. Emlyn est au supplice. Elle veut dire quelque chose, mais quoi ? Des excuses ? Lui demander si tout va bien entre eux ? Sauf qu'elle ne sait pas par où commencer. Elle craint d'empirer la situation.

Ils entreprennent le long trek retour. Emlyn a les jambes faibles, le dos endolori, et son oreille gauche reste bouchée. Il ne lui faut pas longtemps pour s'interroger sur sa décision de rentrer à pied, mais elle ne se plaint pas.

Lors de leur première pause, Varden la dévisage et penche la tête sur le côté.

– Est-ce qu'on peut parler ?

Le cœur d'Emlyn se serre. Ça y est. Le moment qu'elle redoutait, celui dont elle savait qu'il viendrait inévitablement est là. Ce qui était sur le point de se concrétiser entre eux… C'est fini, elle a tout gâché. Il en a assez.

Il prend une profonde inspiration puis donne un coup de pied dans un galet de la grève.

– Je sais que toi et moi, on n'est pas… ensemble. Dans les faits. Même si j'ai parfois l'impression qu'on l'est ? Ou qu'on devrait l'être… Bref, quand Rev m'a dit ce que tu étais partie faire, et avec qui, je ne vais pas te mentir, ça m'a tapé sur les nerfs. Je n'arrêtais pas de me dire que si tu avais accepté de le suivre, après…

Il s'interrompt, secoue la tête, bute sur les mots.

– Mais je me disais aussi que s'il t'arrivait quelque chose, je m'en voudrais à vie d'avoir laissé passer trois ans sans te dire ce que je ressens.

Emlyn frissonne. Varden est-il réellement en train de lui dire ce qu'elle croit comprendre ? Elle ferme les yeux et se laisse aller contre lui.

– Je sais que je suis sans doute en train de prononcer plus de mots en quelques minutes que depuis toutes les années où tu me connais. Seulement il faut que je parle. Je t'apprécie. Beaucoup. Plus que ça. Et je suis dingue ou il y a un truc entre nous ? Un truc bien, qui vaut le coup. Qui aurait une chance d'exister si on l'acceptait ?

– Je suis paumée, murmure-t-elle. Il faut que tu le saches. J'ai vraiment des tonnes de choses à régler.

– Comme tout le monde.

– Des choses vieilles de plusieurs années.

– Ce n'est pas grave.

Il s'écarte d'elle pour la regarder.

– Je veux que tu entendes bien ce que je vais te dire, Emlyn.

Il plonge ses yeux noisette tout au fond des siens.

– Je ne partirai nulle part.

Ils marchent et marchent. Emlyn est plus lente que de coutume, et à plus d'une occasion il doit s'arrêter pour l'attendre. Sur la langue de terre rocailleuse, dans les bois, au campement au bord du lac. Le crépuscule n'est pas loin, ils y passeront la nuit. Ils sortent leurs sacs de couchage, et Varden fait un feu.

– Je vais voir si je peux nous trouver à dîner, dit-il en montant sa canne à pêche. Tu m'accompagnes ?

– Je ferais mieux de me reposer, répond-elle à regret, tant elle est fatiguée. Je vais venir t'encourager.

Juchée sur un rocher, elle le regarde attacher sa mouche et lancer. Il n'y a pas grand-chose de plus fascinant que de voir Varden pêcher. Il est si doué, si à l'aise. Il marche le long de la grève, sans quitter le lac des yeux.

Emlyn pense à Rev, qui lui a massé les mains et les pieds avec des huiles essentielles juste après que Varden l'a découverte au bord de la route et conduite dans la vallée. Qu'est-ce que lui a dit son amie déjà, il y a quelques jours, lorsqu'elle hésitait à partir ? « Je suis incapable de te dire ce que tu dois régler, exactement. Ce que tu dois tirer au clair pour toi, ce qui doit se passer là… »

À son retour, Emlyn racontera tout à Rev. Les gens, la fumée, le puma, la lampe torche, le monde sauvage.

Elle a le pressentiment que son amie ne sera pas si surprise que ça.

Le soleil a commencé sa descente, les températures fraîchissent. Elle enfile sa veste et pose son sac de couchage sur ses jambes. Elle les borde bien. Elle repense aux aveux de Tyler. Elle voit enfin qu'une grande partie de leur vie commune reposait sur des mensonges. Pendant une brève période, peut-être, ça n'a pas été le cas. Le soir où ils se sont rencontrés et où ils ont été trempés par l'arrosage automatique, ce premier rendez-vous scintillant au lac, cette soirée violette au parc de Craters, où ils étaient tous deux déguisés en astronautes. Ces moments-là étaient sincères. Et positifs. Mais elle s'y est raccrochée durant bien trop longtemps, se convainquant qu'ils contrebalançaient tout le négatif, qu'elle était responsable des problèmes de Tyler, qu'elle ne méritait pas de tourner la page. À présent elle comprend : toutes ces choses qu'elle croyait sur leur histoire et sur elle… étaient aussi des mensonges.

Malgré tout, elle devrait être furieuse, ou brisée, ou elle ne sait quoi encore, non ? Il y a trois ans, quand Tyler l'a abandonnée dans les bois, elle a regretté que Varden l'ait retrouvée. Pendant des semaines elle a regardé la neige tomber, animée d'une envie puissante et terrifiante : être ensevelie dessous. Elle ne souhaitait plus vivre. Plus tard, au printemps, ce désir s'est estompé, il a été remplacé par une rage et une haine de soi qui écumait dans ses tripes, vilaine mixture bien pire qu'un désir de mort. Elle est d'ailleurs persuadée que celle-ci aurait eu raison d'elle sans Rev et Varden.

Et pourtant.

Étonnamment, elle ne se sent pas dévastée. Elle n'est pas en colère, elle n'est pas anéantie. Janessa est en sécurité, de retour dans sa vie, Varden est devant elle, le ciel de l'Idaho se déploie au-dessus de leurs têtes, et elle éprouve une sérénité inexplicable. Elle est en paix. Pour la toute première fois, elle voit Tyler tel que Janessa a dû le voir tout ce temps. Tel qu'il est vraiment. Non pas fascinant, ainsi qu'elle l'a toujours considéré, mais abîmé, égoïste, désespéré. Tragique.

Et il y a une forme de libération, étrange et mystérieuse, à percevoir une personne dans sa réalité.

Parce qu'elle réussira peut-être – serait-ce possible ? – à se voir enfin comme elle est réellement. Car à cet instant, malgré l'épuisement et la douleur qui continue à laminer son corps, elle ne se sent pas pitoyable. Pas du tout. Elle se sent courageuse, endurante, aimée, choisie, appréciée, pleine d'espoir et aussi… oui, honorable. Peut-être même rayonnante ? Toutes ces choses à la fois en un sens. Ces adjectifs s'abattent sur elle, avalanche de nouveaux possibles éclatants.

Une ombre passe au-dessus d'elle. Elle abrite ses yeux et voit un balbuzard plonger vers l'eau, vif et parfaitement concentré. Varden l'appelle pour le lui montrer. C'est son oiseau préféré. Il le surnomme le « faucon aux poissons ». L'eau gicle, un quart de seconde de chaos. Le balbuzard remonte dans les airs, sans prise. Il a échoué. Emlyn sait qu'il recommencera, encore et encore. Un dernier adjectif roule dans son esprit, et c'est peut-être le plus inattendu, le plus beau de tous. *Libre.*

# NOTE DE L'AUTRICE

Mes titres ne restent jamais.

C'est mon quatrième livre, et *aucun* des titres originaux n'est resté ; je devrais donc, je suppose, l'avoir accepté. Pourtant, lorsque ce roman était presque terminé et que j'ai reçu un mail avec pour objet : *Réflexions sur le titre*, j'ai évidemment pressenti que je n'allais pas lire : « Kimi, on adore ton titre ! » Et j'avais raison. Nous étions en voiture dans l'Idaho, nous traversions d'immenses champs d'un beau moutarde éclatant typique de juillet. Je me suis préparée à la bataille.

Pour tout vous dire, j'ai tendance à m'attacher à mes titres, et il m'est toujours difficile d'y renoncer.

Ce livre s'est longtemps intitulé *Wilderness*[1]. Je l'avais trouvé assez tôt pendant la rédaction de mon texte – il lui fallait bien un titre ! Au début, je n'en étais pas particulièrement éprise. Au cours des nombreux mois d'écriture,

1. Terme qui n'a pas son équivalent exact en français et qui désigne un espace de nature sauvage, au sens propre et métaphorique, et qui correspond aussi au « désert » de la Bible. *(Note de la traductrice.)*

néanmoins, je m'y suis attachée. C'est devenu un terme qui m'a conduite à des réflexions et que j'ai travaillé à intégrer dans les trajectoires des personnages. Et pendant que j'étais immergée dans ce projet, le pasteur de ma paroisse a choisi de faire une série de sermons sur la thématique du désert, ce que j'ai, bien sûr, reçu comme un signe providentiel. J'ai pris des notes et je me suis accrochée à mon titre.

Quand ce mail *Réflexions sur le titre* est arrivé dans ma boîte, j'ai appelé mon agent pour lui expliquer mon embarras. Je ne trouve jamais un titre *a posteriori*, une fois que le livre est écrit. Je ne sais pas me creuser les méninges pour concocter des phrases accrocheuses qui attireront l'attention des lecteurs dans une librairie. *Wilderness* était un mot sur lequel je m'étais focalisée, qui m'avait obnubilée, autour duquel j'avais construit mon livre. Je ne pouvais pas y renoncer !

Mon agent m'a écoutée. Elle m'a dit qu'elle me soutiendrait, si ma décision était prise, et je sais qu'elle était sincère. Elle m'a ensuite exposé la situation d'un autre point de vue.

Ce choix d'un titre est une formidable technique de travail pour toi, m'a-t-elle dit. C'est un fil directeur qui te permet de développer des thèmes et de tisser l'action du livre autour de questions plus générales. Mais peut-être que ce n'est rien d'autre que cela, une méthode qui t'aide à te cadrer, à te concentrer et à avancer. Et peut-être que cet outil n'a pas à être le titre du livre.

Je ne sais pas pourquoi je n'y avais jamais pensé.

Je ne sais pas pourquoi il me paraît aussi important que les lecteurs sachent que *Wilderness* était le premier titre de ce roman, que c'est autour de ce mot que je l'ai construit.

Je tiens à ce qu'ils sachent, aussi, que lorsque j'ai écrit ce livre, j'ai voulu créer un personnage de femme forte, résiliente et attachante, même si elle ne se considère pas comme telle. J'aspirais à emmener mon lecteur sur des montagnes et dans des vallées, à lui faire traverser des champs et des ruisseaux. Je voulais qu'il fasse l'expérience à la fois de la beauté et des défis physiques uniques que représentent les espaces sauvages, mais aussi du sentiment de solitude et d'égarement qui caractérise ces contrées, prises dans un sens plus métaphorique ou spirituel. Je souhaitais écrire une histoire qui pourrait, au bout du compte, apporter un réconfort aux lecteurs, et particulièrement ceux qui se trouvent, eux-mêmes, en plein désert. Un réconfort et un soutien. Si vous vous reconnaissez dans cette description, j'espère que vous ne l'oublierez pas : ce désert n'est pas votre destination. Ce n'est pas le dernier chapitre. Votre histoire continue.

# REMERCIEMENTS

Je n'aurais jamais réussi à terminer ce livre sans mon engagement quotidien à la prière, qui m'a non seulement guidée par rapport à son contenu – Quelle direction prendre ? De quoi parler ? –, mais m'a aussi tout simplement aidée à aller au bout. Alors, avant toute chose, merci au Saint-Esprit, pour sa grâce, son aide et sa présence.

Merci, bien évidemment, à mon agent, Amy Cloughley, qui a conduit ce livre de son idée initiale – à l'époque, « l'histoire d'une femme qui vit dans une caravane Airstream et part à la recherche de quelqu'un dans la forêt » – à sa forme finale. J'ai beaucoup de chance de t'avoir à mes côtés.

Je pense aussi à mon éditrice, la perspicace et intrépide Sarah Grill, qui a cru à ce livre quand il était encore un nouveau-né, et qui m'a poussée à creuser, construire, polir. Il s'est tant enrichi grâce à toi.

J'exprime ma gratitude au reste de l'équipe chez Minotaur, Kelley Ragland, Allison Ziegler, Hector DeJean, Cathy Turiano, Lisa Davis, Benjamin Allen, Terry McGarry, David Rotstein et tous ceux qui ont œuvré pour transformer mon document Word en livre imprimé.

Merci à mes amies et premières lectrices, Erica Young Reitz, Melissa Morrow McCulley, Tanya Botteicher, Amy Henning et Bethany Spicher Schonberg, qui ont jeté un coup d'œil à ce manuscrit à différentes étapes de sa finalisation, qui, grâce à leur soutien et leurs commentaires, m'ont aidée à avancer.

Je remercie aussi mes amis médecins, Joshua Botteicher et Nathan Salinas, pour leur éclairage sur l'aspect médical du chapitre qui se déroule dans la forêt de Gila.

Merci à Melanie Rios, pour tous les cafés, pour tes visites du vendredi et ton amitié.

Merci à mon beau-frère et pasteur, Aaron Henning, pour sa série de sermons sur le désert, qui sont tombés au meilleur moment.

Merci à Hudson Grant pour sa leçon sur la confection des mouches.

Merci à Ellen Bass, qui m'a gentiment autorisée à reproduire son poème dans ce livre, et pour tout ce qu'elle fait afin de soutenir les écrivains.

Merci à Missy, de m'avoir envoyé le poème en question. J'ai aussitôt su que je voulais qu'il figure dans mon roman.

Merci à Hudson et Holt, mes compagnons de flânerie, qui partagent ma passion pour l'Idaho. Votre vitalité, votre curiosité et votre amour m'aident à m'améliorer.

Merci à toi, Chris, mon meilleur ami et compagnon depuis deux décennies. Tu as cru en moi bien avant que je n'y arrive moi-même.

*Soli deo gloria.*

COMPOSITION ET MISE EN PAGES
NORD COMPO À VILLENEUVE-D'ASCQ

ACHEVÉ D'IMPRIMER PAR CPI
EN MAI 2024

N° d'impression : 178983
Dépôt légal : juin 2024
*Imprimé en France*